SCIENCE FICTION

Herausgegeben
von Wolfgang Jeschke

Von Christopher Priest erschienen in der Reihe
HEYNE SCIENCE FICTION & FANTASY:

Die Stadt · 06/3465
Sir Williams Maschine · 06/3540
Ein Traum von Wessex · 06/3631
Der weiße Raum · 06/4073
Der schöne Schein · 06/4413

BIBLIOTHEK DER SCIENCE FICTION LITERATUR

Der steile Horizont · 06/41
(ursprünglich: Die Stadt)

CHRISTOPHER PRIEST

DER SCHÖNE SCHEIN

Science Fiction Roman

Mit einem Nachwort von
Michael Nagula

Deutsche Erstveröffentlichung

WILHELM HEYNE VERLAG
MÜNCHEN

HEYNE SCIENCE FICTION & FANTASY
Band 06/4413

Titel der englischen Originalausgabe
THE GLAMOUR
Deutsche Übersetzung von Walter Brumm
Das Umschlagbild und die Illustrationen
im Text schuf Jobst Teltschik

Redaktion: Wolfgang Jeschke

Printed in Germany 1987
Umschlaggestaltung: Atelier Ingrid Schütz, München
Satz: Schaber, Wels
Druck und Bindung: Elsnerdruck, Berlin

ISBN 3-453-00427-2

Für Lisa

ERSTER TEIL

1

Ich habe versucht, mich zu erinnern, wo es begann, habe über meine frühe Kindheit nachgedacht und mich gefragt, ob damals etwas geschehen sein könnte, das mich zu dem machte, was ich bin. Früher hatte ich mich nie gründlich damit beschäftigt, weil ich im ganzen glücklich war. Ich denke, der Grund dafür war der, daß ich gegen das Wissen, was wirklich vorging, abgeschirmt war. Meine Mutter starb, als ich erst drei war, aber selbst dies war ein Schicksalsschlag, der gemildert war; sie war lange krank gewesen, und als sie schließlich starb, war ich es schon gewohnt, die meiste Zeit mit dem Kindermädchen zu verbringen.

Am besten erinnere ich mich an Dinge, die mich erfreuten. Als ich acht war, wurde ich mit einem Brief vom Schularzt nach Hause geschickt. Eine Virusinfektion hatte viele Kinder der Schule befallen, und nachdem wir alle geröntgt und untersucht worden waren, hatte sich herausgestellt oder war beschlossen worden, daß ich der Überträger war. Ich wurde unter häusliche Quarantäne gestellt und durfte keinen Umgang mit anderen Kindern haben, bis ich aufhörte, ein Krankheitsüberträger zu sein. Schließlich wurde ich in eine Privatklinik eingewiesen, wo man mir meine vollkommen gesunden Mandeln sachkundig entfernte. Kurz nach meinem neunten Geburtstag kehrte ich zur Schule zurück.

Die Quarantänezeit hatte annähernd sechs Monate gedauert und war mit dem besten Teil eines langen, heißen Sommers zusammengefallen. Ich blieb die meiste Zeit mir selbst überlassen, und obwohl ich mich anfangs einsam und isoliert fühlte, paßte ich mich rasch an. Ich entdeckte die Freuden der Einsamkeit. Ich las eine Unzahl von Büchern, ich durchstreifte stundenlang das Land um unser Haus und bemerkte zum ersten Mal das heimliche Leben der Wildtiere. Mein Vater kaufte mir eine einfache Kamera, und ich begann Vögel und

Blumen und Bäume zu studieren, deren Gesellschaft ich der meiner Freunde vorzog. Im Garten baute ich eine geheime Höhle, in der ich stundenlang mit meinen Büchern und Fotografien saß, Phantasien nachhing und träumte. Ich baute einen Karren mit den Rädern eines alten Kinderwagens und sauste auf den Feldwegen und Hügeln umher, glücklicher, als ich je zuvor gewesen war. Es war eine zufriedene, unkomplizierte Zeit, in der ich persönliche Reserven und ein inneres Selbstvertrauen aufbaute, und sie veränderte mich.

Die Rückkehr zur Schule war für mich sehr schmerzlich. Für die anderen Kinder war ich zum Außenseiter geworden, weil ich so lange fort gewesen war. Ich wurde von gemeinsamen Aktivitäten und Spielen ausgeschlossen, Gruppen bildeten sich ohne mich, und ich wurde wie jemand behandelt, der die Geheimsprache und die Zeichen nicht kannte. Mir machte es kaum etwas aus: es erlaubte mir, mein einzelgängerisches Leben in reduzierter Form weiterzuführen, und den Rest meiner Schulzeit blieb ich am Rande, kaum bemerkt von den anderen. Ich habe diesen langen, einsamen Sommer niemals bedauert, und ich wünschte nur, er hätte länger währen können. Als ich heranwuchs, änderte sich das, und ich bin heute nicht, was ich damals war, doch noch immer denke ich mit einer Art kindlicher Sehnsucht an jene glückliche Zeit zurück.

Vielleicht begann es also damals, und diese Geschichte ist der Rest. Im Augenblick bin ich nur »ich«, obwohl ich bald einen Namen tragen werde. Dies ist meine eigene Geschichte, in verschiedenen Stimmen erzählt.

ZWEITER TEIL

1

Das Haus war so gebaut, daß es die See überblickte. Seit seiner Umwandlung in eine Rehabilitationsklinik waren zwei große Flügel im ursprünglichen Stil hinzugefügt und die Gartenanlagen so umgestaltet worden, daß Patienten, die sich im Freien bewegen wollten, nirgendwo starke Steigungen überwinden mußten. Die kiesbestreuten Wege führten in gemächlichen Windungen zwischen den Rasenflächen und Blumenbeeten zu verschiedenen ebenen Flächen, wo hölzerne Bänke aufgestellt waren und Rollstühle abgestellt werden konnten. Die Anlagen waren parkähnlich, mit dichtem, aber gepflegtem Gebüsch und schönen Gruppen von Laubbäumen.

In dem am tiefsten gelegenen Teil des Gartens gab es, erreichbar durch einen schmalen Weg, einen von ausgewachsenen Hecken geschützten, abgeschiedenen Flecken, überwuchert und vernachlässigt, wo man einen freien Blick über die Bucht hatte. An diesem Ort war es möglich, für eine Weile zu vergessen, daß Middlecombe ein Krankenhaus war. Doch auch hier gab es Vorsichtsmaßnahmen: Eine niedrige Betonschwelle war in das Gras eingebettet und hinderte Rollstuhlfahrer daran, das unebene Gelände bis zum Rand des Kliffs zu befahren, und am Rand des Gebüsches im Hintergrund war eine ziemlich auffällige Notrufsäule, die unmittelbar mit der Station der diensttuenden Schwester im Hauptgebäude verbunden war. Nur wenige Patienten suchten diesen Ort auf. Es war ein weiter Weg hier herunter und zurück, und das Pflegepersonal war ungern bereit, Rollstühle so weit zu schieben. Der Hauptgrund war jedoch mit hoher Wahrscheinlichkeit der Umstand, daß der Aufwartungsdienst nicht weit über die Terrasse und die umliegenden Rasenflächen hinausreichte.

Gerade darum kam Richard Grey hier herunter, so oft er konnte. Der weite Weg trainierte seine Armmuskeln, wenn er die Räder des Rollstuhls vorwärtsstieß, und außerdem gefiel ihm die Einsamkeit. Er konnte Zurückgezogenheit auch in seinem Zimmer finden, wo es Bücher gab, einen Fernseher, Telefon und Radio, doch wenn man sich im Hauptgebäude aufhielt, gab es immer einen subtilen Druck, sich zu den anderen Patienten zu gesellen.

Er war immer ein aktiver Mann gewesen, und obgleich er seit langem in Middlecombe war, hatte er sich noch immer nicht ganz an die Vorstellung, ein Patient zu sein, gewöhnen können.

Zwar standen ihm keine weiteren Operationen mehr bevor, doch schien ihm, daß seine Wiederherstellung sich endlos in die Länge zog. Seine Tage im Krankenhaus waren insgesamt unerfreulich. Die Physiotherapie war ermüdend und hinterließ Schmerzen. War er allein, fühlte er sich einsam, mischte er sich aber unter die anderen Patienten, von denen viele nicht gut Englisch sprachen, wurde er leicht ungeduldig und reizbar. Da ihm Freunde fehlten, waren die Gartenanlagen und die Aussicht alles, was er für sich hatte.

Jeden Tag kam Grey herab zu diesem stillen Flecken, um über die See hinauszublicken. Dies war ein Teil der Küste, der als Start Bay bekannt war und den äußersten westlichen Teil der Lime Bay an der Südküste Devons umfaßte. Zu seiner Rechten erstreckte sich die felsige Landzunge von Start Point in die trübgraue, bisweilen von Nebel oder Regen verhangene See. Zu seiner Linken, gerade noch sichtbar, waren die Häuser von Beesands, die häßlichen, geordneten Reihen von Wohnwagen, die ruhigen Wasser von Widdicombe Ley. Jenseits davon erhoben sich die Kliffs von neuem und verbargen das nächste Dorf. Die Küste hier war steinig, und an ruhigen Tagen lauschte er dem Zischen der Wellen, wenn sie zu Füßen des Kliffs auf der Strandplatte brachen und gischtend ausliefen.

Am liebsten war ihm eine stürmische See, etwas, was

er als positiv und dramatisch empfand und was geeignet war, sein tägliches Einerlei zu durchbrechen. Aber dies war Devon, eine Gegend milder Witterung und gemäßigter Jahreszeiten, das geeignete Klima für Rekonvaleszenten.

Es spiegelte alles seinen Gemütszustand, der ohne Neugier und ohne Fragen war. Sein Körper hatte ernste Verletzungen erlitten, sein Geist weniger, und er spürte, daß beide in der gleichen Weise gesunden würden: viel Ruhe, mäßige Anstrengung, zunehmende Entschlossenheit. Oftmals war alles, dessen er fähig war, auf die See hinauszustarren, die Gezeiten zu beobachten, der Brandung zu lauschen. Der Flug der Seevögel erregte ihn, und wann immer er das Motorengeräusch eines Wagens hörte, fühlte er ein Beben von Angst.

Sein einziges Ziel war die Rückkehr zur Normalität. Mit Stöcken konnte er jetzt ohne fremde Hilfe stehen, und er war überzeugt, daß die Krücken endgültig der Vergangenheit angehörten. Nachdem er mit dem Rollstuhl durch die Anlagen hinuntergefahren war, pflegte er sich in die Höhe zu stemmen und mit Hilfe der Stöcke ein paar Schritte zu tun. Er war stolz darauf, dies allein tun zu können, ohne einen Pfleger oder eine Krankenschwester an der Seite, ohne ein Geländer zum Festhalten, ohne aufmunternde Worte. Wenn er stand, konnte er mehr von der Aussicht sehen, näher zum Rand des Kliffs gehen.

Heute hatte es geregnet, als er erwacht war, ein beharrliches, gleichmäßiges Nieseln, das den ganzen Vormittag angedauert hatte. Es bedeutete, daß er einen Mantel hatte anziehen müssen, doch nun hatte es aufgehört zu regnen, und er war noch immer im Mantel. Es deprimierte ihn, weil er ihn nicht ohne Hilfe ausziehen konnte und an sein Unvermögen erinnerte.

Er hörte Schritte auf dem Kies, und das raschelnde Geräusch der streifenden nassen Zweige und Blätter, als jemand den schmalen Weg daherkam. Er drehte sich langsam um, einen Schritt und einen Stock zur Zeit, das Gesicht starr, um die Schmerzen zu verbergen.

Es war Dave, einer der Pfleger. »Kommen Sie zurecht, Mr. Grey?«

»Ich kann mich auf den Beinen halten.«

»Möchten Sie wieder in den Stuhl?«

»Nein ... Ich stand gerade hier.«

Der Pfleger hatte ein paar Schritte vor ihm haltgemacht, eine Hand auf dem Rollstuhl, wie um bereit zu sein, ihn rasch näherzuschieben und unter Greys niedersinkenden Körper zu schieben.

»Ich bin gekommen, um zu sehen, ob Sie etwas brauchen.«

»Sie können mir aus dem Mantel helfen. Ich schwitze unter dem Ding.«

Der junge Mann trat näher und hielt Grey den Unterarm hin, daß er sich darauf stützen konnte, während er die Stöcke wegnahm. Mit einer Hand knöpfte er den Mantel auf, dann schob er die großen Hände unter Greys Achseln und hielt sein Gewicht, so daß sein Patient den Mantel selbst ausziehen konnte. Für Grey war es ein umständlicher, schmerzhafter Vorgang, denn er mußte die Schulterblätter zusammendrücken, um aus dem Ärmel zu kommen, ohne Hals- und Rückenmuskeln allzusehr anzuspannen. Das erwies sich selbst mit Daves Hilfe als unmöglich, und als er den Mantel endlich ausgezogen hatte, gelang es ihm nicht mehr, die Schmerzen zu verbergen.

»In Ordnung, Richard, setzen wir Sie in den Stuhl.« Dave drehte ihn herum, trug ihn beinahe, und ließ ihn behutsam in den Sitz nieder.

»Ich hasse das, Dave. Ich kann nicht ertragen, schwach zu sein.«

»Es geht Ihnen jeden Tag besser.«

»Seit ich hier bin, haben Sie mir in diesen verdammten Rollstuhl hinein oder aus ihm herausgeholfen.«

»Es gab eine Zeit, da konnten Sie nicht aus dem Bett.«

»Daran erinnere ich mich nicht.«

Dave blickte weg, den Weg hinauf. »Brauchen Sie auch nicht.«

»Wie lang bin ich schon hier?« fragte Grey.

»Drei oder vier Monate. Wahrscheinlich vier, jetzt.«

In ihm war ein Schweigen der Erinnerung, eine unwiederbringlich verlorene Zeitspanne. All seine bewußten Erinnerungen waren von diesem Garten, diesen Wegen, dieser Aussicht, diesem Schmerz, dem endlosen Regen und der dunstverhangenen See. In seinem Geist verschmolz alles das miteinander, jeder Tag glich den anderen in seinem unveränderten Ablauf, aber hinter ihm gab es auch diese verlorengegangene Zeit. Er wußte, daß er wochenlang bettlägerig gewesen war, wußte von den Beruhigungsmitteln und Schmerzspritzen, den Operationen. Irgendwie hatte er alles das durchgestanden, und irgendwie war er in die Rehabilitationsklinik überwiesen worden, hatte ein weiteres Bett bekommen, aus dem er allein nicht heraus konnte. Aber wann immer er versuchte, weiter zurückzudenken, wandte sich etwas in seinem Gedächtnis ab und entglitt seinem Zugriff. Es gab nur den Garten, die Therapiestunden, Dave und die anderen Pfleger und Schwestern.

Er hatte sich damit abgefunden, daß diese Erinnerungen nicht zurückkehren würden, daß der Versuch, sich mit ihnen zu beschäftigen, nur seiner Erholung hinderlich wäre.

»Tatsächlich bin ich wegen einer anderen Sache gekommen«, sagte Dave. »Sie haben heute vormittag ein paar Besucher.«

»Schicken Sie sie fort!«

»Das würden Sie vielleicht bedauern. Eine von ihnen ist ein Mädchen, und hübsch obendrein ...«

»Ist mir gleich«, sagte Grey. »Sind sie von der Zeitung?«

»Kann sein. Ich habe den Mann schon einmal gesehen.«

»Dann sagen Sie ihnen, ich sei in der Physiotherapie.«

»Ich denke mir, die beiden werden wahrscheinlich auf Sie warten.«

»Können Sie nicht etwas tun, Dave? Sie wissen, was ich von ihnen halte.«

»Niemand zwingt Sie, sie zu empfangen, aber ich meine, Sie sollten wenigstens erfahren, was sie wollen.«

»Ich habe ihnen nichts zu erzählen, nichts zu sagen.«

»Sie könnten Neuigkeiten für Sie haben. Haben Sie daran gedacht?«

»Das sagen Sie immer.«

Während dieses Gesprächs hatte Dave die Handgriffe gefaßt und den Rollstuhl umgedreht. Nun stand er bereit und schob den Rollstuhl auf der Stelle hin und her.

»Außerdem«, sagte Grey, »welche Neuigkeiten könnten sie haben? Das einzige, was ich nicht weiß, ist, was ich nicht weiß.«

Dave ließ den Rollstuhl auf die zwei kleinen Vorderräder nieder, blockierte sie und kam herum an Greys Seite. »Soll ich Sie zum Haus hinauffahren?«

»Es scheint, daß ich keine andere Wahl habe.«

»Selbstverständlich haben Sie die. Aber wenn die beiden eigens von London gekommen sind, werden sie nicht zurückreisen, bevor sie mit Ihnen gesprochen haben.«

»Also gut, dann.«

Dave trat hinter den Rollstuhl und schob ihn langsam den Weg entlang. Es war eine lange, allmähliche Steigung zum Haus hinauf, und die Unebenheiten des Weges ließen kein beschleunigtes Tempo zu. Wenn er sich selbst fortbewegte, hatte Grey bereits einen Instinkt für plötzliche Stöße und ihre Wirkung auf seinen Rücken und die Hüfte entwickelt, aber wenn ein anderer ihn schob, konnte er sie nie voraussehen.

Dave bugsierte ihn durch einen Seiteneingang mit automatischer Schiebetür ins Gebäude, dann rollte er ihn durch den Korridor zum Aufzug. Der Parkettboden hatte einen Seidenglanz, ohne Zeichen von Abnutzung. Das ganze Haus wurde ständig gesäubert; es roch anders als ein Krankenhaus, nach Möbelpolitur und Bohnerwachs, Teppichen, gutem Essen. Auch die Akustik war gedämpft, als ob es sich in Wirklichkeit um ein teures Hotel handelte, wo die Patienten verwöhnte Gäste waren. Für Richard Grey war es der einzige Ort, den er als sein Zuhause kannte. Manchmal kam es ihm so vor, als sei er sein Lebenlang hier gewesen.

2

Sie fuhren zum ersten Stock, und Dave schob den Rollstuhl zu einem der Gesellschaftsräume. Ungewöhnlich für die Tageszeit, waren keine anderen Patienten anwesend. An einem Tisch in der Fensternische saß James Woodbridge, der leitende klinische Psychologe, und telefonierte. Er nickte Grey zu, als sie hereinkamen, dann sagte er rasch und mit gedämpfter Stimme ein paar Worte und legte auf.

Bei dem anderen Fenster saß Tony Stuhr, einer der Reporter von der Zeitung. Sein Anblick ließ in Grey die vertrauten widersprüchlichen Empfindungen wiederaufleben: als Mensch war der Mann freimütig und angenehm, aber die Zeitung, für die er arbeitete, war ein Boulevardblatt von zweifelhaftem Ruf und riesiger Auflage. In den vergangenen Wochen waren unter Stuhrs Namen mehrere Artikel über eine Romanze im Königshaus erschienen. Die Zeitung wurde jeden Tag nach Middlecombe geliefert, eigens für Richard Grey. Er schenkte ihr selten mehr als einen Blick.

Stuhr stand auf, als Grey hereingefahren wurde, lächelte ihm kurz zu und blickte dann zu Woodbridge. Der Psychologe hatte den Tisch beim Telefon verlassen und kam herüber. Dave trat auf die Fußbremse des Rollstuhls und ging fort.

»Richard«, sagte Woodbridge, »ich habe Sie gebeten, ins Haus zu kommen, weil ich Sie gern mit jemandem bekannt machen möchte.«

Stuhr grinste ihm zu, beugte sich dann über den Tisch und drückte seine Zigarette aus. Grey bemerkte, daß sein Jackett offenhing und ein zusammengelegtes Exemplar der Zeitung aus der inneren Brusttasche ragte. Woodbridges Bemerkung verwunderte ihn, denn der Psychologe mußte wissen, daß er und Stuhr schon mehrmals zusammengetroffen waren. Dann sah Grey, daß jemand bei Stuhr war. Eine junge Frau stand neben ihm und schaute her. Ihr Blick ging nervös zu Woodbridge, als warte sie auf die Vorstellung. Er hatte die Frau bis zu diesem Augenblick nicht gesehen; sie mußte bei dem Reporter gesessen haben, und als sie aufgestanden waren, hatte er sie verdeckt.

Sie trat näher.

»Richard, dies ist Miß Kewley, Miß Susan Kewley.«

»Hallo«, sagte sie zu Grey und lächelte.

»Sehr angenehm.«

Sie stand vor ihm, scheinbar groß, aber nicht in Wirklichkeit. Grey war noch immer nicht gewohnt, die einzige sitzende Person zu sein. Er überlegte, ob er ihr die Hand geben sollte.

»Miß Kewley hat in der Presse über Ihren Fall gelesen und ist von London gekommen, um Sie zu besuchen.«

»Tatsächlich?« sagte Grey.

»Man könnte sagen, daß wir diese Begegnung für Sie arrangiert haben, Richard«, sagte Stuhr. »Sie wissen, wir interessieren uns immer für Sie.«

»Was wünschen Sie?« sagte Grey zu ihr.

»Nun ... Ich würde gern mit Ihnen sprechen.«

»Worüber?«

Sie blickte zu Woodbridge.

»Möchten Sie, daß ich bleibe?« sagte der Psychologe über Greys Kopf hinweg zu ihr.

»Ich weiß nicht«, sagte sie. »Es liegt bei Ihnen.«

Grey merkte, daß er für diese Zusammenkunft unwichtig war; der eigentliche Dialog ging über ihn hinweg. Es gemahnte ihn an die Schmerzen, wie er in der Intensivstation des Londoner Krankenhauses gelegen und zwischen Operationen undeutlich gehört hate, wie über ihn diskutiert wurde.

»Ich werde in einer halben Stunde wiederkommen«, sagte Woodbridge. »Brauchen Sie mich vorher, können Sie mich über das Telefon dort erreichen.«

»Danke sehr«, sagte Susan Kewley.

Als Woodbridge gegangen war, löste Tony Stuhr die Fußbremse am Rollstuhl und fuhr Grey an den Tisch, wo sie gesessen hatten. Die junge Frau nahm auf dem Stuhl Platz, der ihm am nächsten stand, und Stuhr setzte sich ans Fenster.

»Ich habe mit Ihnen nichts zu besprechen«, sagte Grey.

»Ich wollte dich nur sehen«, sagte sie.

»Nun, da bin ich. Ich kann nicht weglaufen.«

»Richard, erinnerst du dich nicht an mich?«

»Sollte ich?«

»Gewiß, ja. Ich hoffte, du würdest.«

»Sind wir Freunde?«

»Ich denke, so könnte man sagen. Eine Zeitlang.«

»Tut mir leid. Ich kann mich nicht an vieles aus der Vergangenheit erinnern. Wie lange ist es her?«

»Nicht lange«, sagte sie. Beim Sprechen schaute sie ihn nur gelegentlich an, blickte die meiste Zeit vor sich auf den Tisch oder zu dem Reporter hin. Stuhr schaute zum Fenster hinaus, hörte offenbar zu, nahm aber nicht am Gespräch teil. Als er merkte, daß Grey ihn ansah, zog er die Zeitung aus der Brusttasche und schlug die Sportseite auf.

»Möchten Sie Kaffee?« fragte Grey.

»Du weißt, ich ...« Sie unterbrach sich. »Nein, ich trinke nur Tee.«

»Ich lasse welchen kommen.« Grey stieß sich vom Tisch zurück und rollte zum Telefon, behauptete sein Unabhängigkeitsgefühl. Nachdem er bestellt hatte, fuhr er zurück zum Tisch. Stuhr hob wieder die Zeitung auf; offenbar waren Worte gewechselt worden.

Grey blickte sie an und dann ihn und sagte: »Ich könnte geradesogut sagen, daß Sie Ihre Zeit vergeuden. Ich habe Ihnen nichts zu sagen.«

»Wissen Sie, was Ihr Aufenthalt in diesem Haus meine Zeitung kostet?« fragte Stuhr.

»Ich habe nicht darum gebeten.«

»Unsere Leser machen sich Sorgen um Sie, Richard. Sie sind ein Held.«

»Ich bin nichts dergleichen. Ich war nur zufällig dort.«

»Sie wären beinahe umgekommen.«

»Und das macht mich zu einem Helden?«

»Schauen Sie, ich bin nicht hier, um mit Ihnen zu streiten«, sagte Stuhr.

Der Tee wurde auf einem silbernen Tablett serviert: Kanne und Teegeschirr, ein Schälchen mit Zucker, Biskuits. Während der Aufwärter das Geschirr auf dem Tisch arrangierte, vertiefte Stuhr sich von neuem in seine Zeitung, und Grey nutzte die Gelegenheit, Susan Kewley eingehender zu betrachten. Er entsann sich, daß Dave sie als hübsch bezeichnet hatte, aber das war kaum das rechte Wort. Was Grey am meisten an ihr auffiel, war, daß ihr bestimmte Merkmale fehlten. Sie war wahrscheinlich Mitte bis Ende zwanzig. Sie war unscheinbar, aber in einem angenehmen Sinne; neutral war vielleicht besser. Sie hatte regelmäßige Züge, nußbraune Augen, dunkelblondes, glattes Haar, schmale Schultern. Sie saß entspannt da und hatte die Hände mit den schmalen Gelenken auf die Stuhllehnen gelegt, ihre Haltung war aufrecht und doch lässig. Sie mochte ihn nicht ansehen, sondern blickte auf das Teegeschirr, als müßte sie nicht nur seinen Blick, sondern auch seine Meinung meiden. Doch er hatte keine Meinung, abgesehen von dem Umstand, daß sie da war, daß sie mit Stuhr gekommen war und darum direkt oder indirekt mit der Zeitung in Verbindung stehen mußte.

Wie hatte er sie in der Vergangenheit gekannt? Von welcher Art war ihre Freundschaft gewesen? Eine Arbeitskollegin? Eine Geliebte? Aber daran würde er sich gewiß erinnern, nicht wahr?

Ein Gedanke ging ihm durch den Sinn: daß Stuhr sie zu irgendeinem Schaustück mitgebracht haben könnte, um eine Reaktion zu provozieren, über die er dann in der Zeitung schreiben konnte. GEHEIMNISVOLLE FRAU WIRBT UM LIEBE würde ungefähr zum Stil der Zeitung passen, und so wirklichkeitsgetreu wie die meisten Berichte sein, die sie veröffentlichte.

Als der Aufwärter gegangen war, sagte Grey zu ihr: »Nun, worüber haben wir miteinander zu sprechen?«

Sie sagte nichts, zog aber eine Tasse und Untertasse zu sich. Noch immer mied sie seinen Blick, und ihr Haar fiel ihr ins Gesicht und verbarg es vor ihm.

»Soweit ich mich erinnern kann, habe ich Sie nie im Leben gesehen. Sie werden mir schon etwas mehr Anhaltspunkte geben müssen.«

Sie hielt die Untertasse. Blasse Adern waren unter ihrer durchscheinenden Haut sichtbar. Sie schien kaum merklich den Kopf zu schütteln.

»Oder sind Sie hier, weil er Sie mitgebracht hat?« sagte Grey ärgerlich. Er blickte zu Stuhr, der nicht reagierte. »Miß Kewley, ich weiß nicht, was Sie wollen, aber ...«

Dann wandte sie sich zu ihm, und zum ersten Mal sah er ihr Gesicht ganz. Länglich war es, feinknochig, von winterlicher Farbe. Ihre Augen waren voller Tränen, und ihre Mundwinkel zuckten abwärts. Sie stieß rasch den Stuhl zurück und stellte die Tasse so hastig wieder auf den Tisch, daß sie überschwappte. Im Aufspringen stieß sie gegen den Rollstuhl. Schmerz fuhr ihm durch den Rücken, und er hörte ein würgendes Einatmen von ihr. Sie lief durch den Raum und hinaus in den Korridor.

Ihr nachzublicken hätte bedeutet, daß er den Kopf gegen die Steifheit seines Genicks hätte wenden müssen, also unterließ Grey den Versuch. Der Raum kam ihm still und kalt vor.

»Was für ein Schweinekerl Sie sein können.« Stuhr warf seine Zeitung beiseite. »Ich werde Woodbridge rufen.«

»Augenblick ... Was meinen Sie damit?«

»Konnten Sie nicht sehen, was Sie ihr antaten?«

»Nein. Wer ist sie?«

»Sie ist Ihre Freundin, Grey. Sie hat die weite Reise hierher in der Hoffnung auf sich genommen, daß das Wiedersehen eine Erinnerung in Ihnen auslösen könnte.«

»Ich habe keine Freundin.« Aber er fühlte wieder den hilflosen Zorn seiner verlorenen Wochen. Genauso wie er versuchte, Erinnerungen an die Schmerzen zu vermeiden, scheute er die Wochen vor der Explosion der Autobombe. In seinem Geist war eine tiefe Verwirrung, eine, in die er niemals vordrang, weil er nicht wußte, wie er es anfangen sollte. »Und wenn sie jemand ist, die ich kenne, warum, zum Kuckuck, kommt sie dann mit Ihnen hierher?«

»Schauen Sie, Grey, es war ein Experiment.«

»Hat Woodbridge sich das ausgedacht?«

»Nein ... hören Sie zu, Grey. Susan trat an uns heran. Sie las die Berichte in der Zeitung und meldete sich. Sie sagte, Sie hätten einmal ein Verhältnis miteinander gehabt, es sei zwar vorbei, aber ein Wiedersehen könnte Ihnen vielleicht helfen, Ihre Erinnerung zurückzugewinnen.«

»Dann ist es ein Reklametrick.«

»Ich will nicht leugnen, daß ich darüber geschrieben hätte, wenn Sie Ihr Gedächtnis auf diesem Weg zurückgewonnen hätten. Aber wirklich, diesmal bin ich bloß hier, um den Wagen zu fahren.«

Grey schüttelte den Kopf und starrte ärgerlich zum Fenster hinaus auf die See. Sobald er entdeckt hatte, daß er wegen der Gehirnerschütterung an retroaktiver Amnesie litt, hatte er sich bemüht, mit der Sache zu leben. Zwar hatte er anfangs immer wieder versucht, das Gefühl von Verwirrung zu durchstoßen, hatte gedacht, wenn er irgendwie eine Möglichkeit finden könnte, sie zu durchdringen, werde er sich selbst heilen können, doch hatten die Anstrengungen nur eine deprimierte und in sich gekehrte Stimmung erzeugt. Seitdem versuchte er nicht daran zu denken und zu akzeptieren, daß die Wochen, die er verloren hatte, verloren bleiben würden.

»Was hat Woodbridge mit dieser Sache zu tun?«

»Er hat es nicht eingefädelt. Er erklärte sich einverstanden. Die Idee kam von Susan.«

»Es war eine schlechte Idee.«

»Das ist nicht ihre Schuld«, sagte Stuhr. »Sehen Sie sich an – Sie sind davon völlig unbewegt geblieben! Der einzige Vorbehalt, den Woodbridge machte, war der, daß Sie eine durch den Schreck entstehende nervöse Störung davontragen könnten. Dabei sitzen Sie hier, als ob nichts geschehen wäre, und das Mädchen ist in Tränen.«

»Ich kann daran nichts ändern.«

»Es genügt, wenn Sie nicht ihr die Schuld daran geben.« Stuhr stand auf. Er steckte die Zeitung wieder in die Brusttasche.

»Was werden Sie jetzt tun?« fragte Grey.

»Es hat keinen Sinn, dies fortzusetzen. Ich werde Sie in einem Monat oder so anrufen und noch einmal besuchen. Vielleicht sind Sie dann empfänglicher.«

»Was ist mit dem Mädchen?«

»Ich werde heute nachmittag wiederkommen.«

Sie stand schräg hinter seinem Rollstuhl, eine Hand auf dem Griff hinter seiner linken Schulter. Beim Klang ihrer Stimme schrak Grey zusammen und machte unwillkürlich eine ruckartige Kopfbewegung nach links, eine Vollendung der Bewegung, die er bei ihrem Weggang unterlassen hatte. Wie lange hatte sie dagestanden, gerade außerhalb seines Gesichtsfelds? Stuhr hatte durch nichts zu erkennen gegeben, daß sie zurückgekehrt war. Nun sagte er zu ihr: »Ich werde im Wagen auf Sie warten.«

Er ging an ihnen vorbei, und wieder hatte Grey das unangenehme Empfinden, daß alle größer waren als er. Susan setzte sich auf den Stuhl, den sie vorher innegehabt hatte.

»Ich bedaure das alles«, sagte sie.

»Nein ... ich bin derjenige, der sich entschuldigen sollte. Ich war sehr unhöflich.«

»Ich werde jetzt nicht bleiben. Ich brauche Zeit zum Nachdenken. Ich werde später wiederkommen.«

»Nach dem Mittagessen muß ich zur Physiotherapie«, sagte Grey. »Könnten Sie morgen wiederkommen?«

»Es könnte möglich sein. Tony fährt heute nachmittag nach London zurück, aber ich könnte bleiben.«

»Wo sind Sie?«

»Letzte Nacht waren wir in einer Pension in Kingsbridge. Ich könnte wahrscheinlich noch eine oder zwei Nächte bleiben. Ich werde etwas arrangieren.«

Wie zuvor schon, sah sie ihn beim Sprechen nicht mehr an, außer mit kurzen, schnellen Blicken durch die Strähnen ihres feinen Haars. Ihre Tränen waren getrocknet, aber sie sah blasser aus als zuvor. Er wollte gern etwas für sie empfinden, sich ihrer entsinnen, aber sie war eine Fremde.

In einem Versuch, ihr etwas Freundlicheres als diesen kalten Austausch von Informationen zu geben, sagte er:

»Sind Sie sicher, daß Sie nach dem, was geschehen ist, noch mit mir sprechen wollen?«

»Ja, natürlich.«

»Mr. Stuhr sagte, daß wir, ich meine, Sie und ich, früher einmal ...«

»Wir gingen eine Weile miteinander. Es dauerte nicht lang, aber damals bedeutete es uns etwas. Ich hatte gehofft, du würdest dich erinnern.«

»Tut mir leid«, sagte Grey. »Ich erinnere mich wirklich nicht.«

»Sprechen wir jetzt nicht darüber. Ich werde morgen früh wiederkommen. Ich werde nicht wieder aufgeregt sein.«

Um zu erklären, sagte er: »Es war, weil Sie mit Tony Stuhr gekommen waren. Ich dachte, Sie arbeiteten für die Zeitung.«

»Es war die einzige Möglichkeit, wie ich herausfinden konnte, wo du warst. Ich kannte die Situation nicht.« Sie hatte ihre Tasche aufgenommen, eine Art Segeltuchsack mit langem Tragegurt. »Ich werde morgen wiederkommen.« Sie legte eine ihrer langen Hände leicht auf die seine. »Soll ich?«

»Ja, natürlich. Kommen Sie zeitig vor dem Mittagessen.«

»Ich hätte gleich fragen sollen: hast du starke Schmerzen? Ich hatte keine Ahnung, daß du in einem Rollstuhl sitzen würdest.«

»Es geht mir jetzt besser. Alles geschieht sehr langsam.«

»Richard ...?« Ihre Finger ruhten noch auf seinem Handrücken. »Bist du sicher – ich meine, du kannst dich wirklich nicht erinnern?«

Er hätte gern die Hand umgedreht, so daß sie seine Handfläche berühren würde, aber das wäre eine Intimität, die er nicht verdient hatte. Er blickte ihr in die großen Augen und ihr klares Gesicht und spürte, wie leicht es ihm einmal gefallen sein mußte, intim mit ihr zu sein. Wie war sie, diese stille Frau, die früher einmal seine Freundin gewesen war? Was wußte sie von ihm? Was wußte er von ihr? Warum hatten sie sich getrennt, wenn ihre Beziehung ihnen beiden wichtig gewesen war? Sie war von jenseits der Todesqualen, der zerrissenen Organe und der verbrannten Haut, vom verlorenen Teil seines Lebens. Doch bis heute hatte er keine Ahnung gehabt, daß sie überhaupt existierte.

Er wollte die Frage wahrheitsgemäß beantworten, aber etwas hinderte ihn daran.

»Ich versuche mich zu erinnern«, sagte er. »Mir ist, als ob ich Sie ... als ob ich dich kennte.«

Ihre Finger verstärkten leicht den Druck auf seine Hand. »Gut. Ich werde morgen wiederkommen.«

Sie stand auf, ging an seinem Stuhl vorbei und aus seinem Gesichtskreis. Er hörte ihre Schritte leise auf dem Teppich, dann deutlicher im Korridor draußen. Dennoch konnte er den Kopf nicht wenden, ohne den Schmerz zu verspüren.

3

Richard Greys Eltern waren beide tot. Er hatte keine Brüder oder Schwestern. Seine einzige Verwandte war die Schwester seines Vaters, die in Australien verheiratet war. Nach dem Schulbesuch ging er an die Technische Hochschule Brent, wo er mit einem Diplom in Fotografie abschloß. Noch während seines Studiums schrieb er sich in ein Ausbildungsprogramm der BBC ein, und nachdem er sein Diplom erhalten hatte, fing er als Anlernling bei den Fernseh- und Filmstudios der BBC in Ealing an. Nach ein paar Monaten wurde er Kameraassistent und arbeitete mit verschiedenen Aufnahmeteams in den Studios und bei Außenaufnahmen. Schließlich graduierte er zum vollgültigen Kameramann.

Mit vierundzwanzig verließ er die BBC und arbeitete als Kameramann für eine unabhängige Nachrichtenagentur mit Sitz im Norden Londons. Die Agentur vertrieb ihr Nachrichtenmaterial über einen Ring unabhängiger Agenturen in aller Welt, bediente vor allem aber eines der amerikanischen Sendernetze. Die meisten Nachrichtenfilme, denen er zugeteilt wurde, waren in Großbritannien und Europa, aber er reiste mehrere Male in die Vereinigten Staaten, in den Fernen Osten, nach Australien und Afrika. Während der 70er Jahre machte er mehrere Reisen nach Nordirland, um über die Unruhen dort zu berichten.

Er schuf sich einen Ruf als kaltblütiger und mutiger Mann. Aufnahmeteams, die für Nachrichtensendungen und Wochenschauen arbeiten, sind häufig im Brennpunkt gefährlicher Ereignisse, und es erfordert eine besondere Art von Hingabe, inmitten eines Aufruhrs oder unter Feuer weiterzufilmen. Richard Grey hatte bei mehreren Anlässen sein Leben riskiert.

Zweimal wurde er für den BAFTA-Preis für Dokumentar- und Nachrichtenfilme nominiert, und 1978 erhielten er und sein Tonaufzeichner einen besonderen Prix Italia für eine Filmreportage über Straßenkämpfe in Belfast. In der Laudatio hieß es: »Für die Aufnahme einzigartigen und erschreckenden Filmmaterials unter Bedingungen äußerster persönlicher Gefahr.« Bei seinen Kollegen war Grey beliebt, und trotz seines Rufes fand er nie, daß Leute ungern mit ihm arbeiteten. In dem Maße, wie sein Format wuchs, wurde auch anerkannt, daß er nicht tollkühn oder leichtfertig war und sich selbst ebenso wie andere unnötig in Gefahr brachte, sondern daß er mit Geschicklichkeit und Erfahrung arbeitete und intuitiv spürte, wann ein Risiko eingegangen werden konnte.

Grey lebte allein in einer Wohnung, die er mit dem hinterlassenen Geld seines Vaters gekauft hatte. Die meisten seiner Freunde waren Arbeitskollegen, und weil seine Arbeit mit vielen Reisen verbunden war, hatte er es nie zu einer festen Freundin gebracht. Es fiel ihm leicht, von einer Begegnung zur nächsten zu treiben und niemals feste Bindungen einzugehen. Wenn er nicht an der Arbeit war, ging er gern ins Kino, manchmal ins Theater. Ungefähr einmal wöchentlich traf er sich mit einigen seiner Freunde in einem Wirtshaus. Gewöhnlich ging er allein in Urlaub, zeltete oder unternahm Wanderungen; einmal hatte er einen Arbeitsaufenthalt in den Vereinigten Staaten verlängert, einen Wagen gemietet und war nach Kalifornien gefahren.

Abgesehen vom Tod seiner Eltern hatte es in seinem Leben nur einen größeren Bruch gegeben, und das war ungefähr sechs Monate vor der Autobombe geschehen.

Richard Grey arbeitete am liebsten mit Film. Er schätzte das Gewicht einer Arriflex, ihre ausbalancierte Konstruktion, das leise Schnurren des Motors. Durch den Reflexsucher sah er wie mit einem zusätzlichen Auge; manchmal sagte er, er könne ohne ihn nicht richtig sehen. Und es war etwas an der Beschaffenheit des Films selbst, der Bildqualität, der Feinheiten seiner Wirkungen. Das Wissen, daß Film durch die Kamera lief, hielt und wieder vorrückte, vierundzwanzigmal pro Sekunde, teilte seiner Arbeit ein eigenes, ungreifbares Gefühl mit. Er war immer ärgerlich, wenn Leute sagten, sie könnten vor dem Fernseher den Unterschied zwischen einer Filmaufnahme und der Aufzeichnung durch eine elektronische Kamera nicht unterscheiden. Ihm schien der Unterschied unübersehbar: Aufzeichnungen mit der Videokamera hatten eine leere Qualität, eine Helligkeit und Schärfe, die unnatürlich und falsch waren.

Aber für das Nachrichtenmedium war Film langsam und umständlich. Irgendwie mußten die Filmtrommeln zu einem Entwicklungslabor gebracht werden, dann zu einem Schneideraum. Der Ton mußte synchronisiert oder unterlegt werden. Es gab immer technische Probleme während der Sendung, besonders dann, wenn ein lokales Nachrichtenstudio verwendet oder wenn der Film durch Satellitenübertragung zu einer der angeschlossenen Stationen gesendet werden mußte. Die Schwierigkeiten mehrten sich, wenn man im Ausland oder in einem Kriegsgebiet arbeitete; manchmal war die einzige Möglichkeit, die Reportage hinauszubringen, die, daß man den belichteten, aber noch nicht entwikkelten Film zum nächsten Flughafen brachte und einer Maschine nach London, New York oder Amsterdam mitgab.

Überall auf der Erde ging der Trend zu elektronischen Kameras. Mit Hilfe von Parabolantennen konnte ein Reportageteam seine Aufzeichnung gleichzeitig mit der Aufnahme direkt zum Studio senden. Hier konnte sie elektronisch redigiert und ohne Verzögerung gesendet werden.

Eines nach dem anderen wechselten die Reportageteams zu elektronischen Kameras über, und eines Tages war Grey an der Reihe. Er nahm an einem Umschulungskurs teil und mußte von da an mit einer elektronischen Kamera arbeiten. Aus Gründen, die er selbst nicht verstand, fiel es ihm schwer, seine Geschicklichkeit und Erfahrung als Kameramann auf das neue Gerät zu übertragen. Er konnte ohne das Medium des Films, des leisen Schnurrens des Elektromotors nicht ›sehen‹. Das Problem brachte ihn in Verlegenheit, und er versuchte es zu lösen, indem er seine Vorgangsweise von Grund auf neu zu bestimmen suchte. Er suchte sein Auge anzupassen, um wieder ›sehen‹ zu können, ein Vorhaben, das seine Kollegen teilnehmend begleiteten, obwohl die meisten von ihnen die gleiche Umstellung erfolgreich hinter sich brachten. Er sagte sich immer wieder, daß die Technologie lediglich ein Instrument sei, während seine Fähigkeit angeboren und nicht ein Produkt des Mediums sei. Dennoch war ihm klar, daß er sein Flair verloren hatte.

Es gab andere Stellen, die ihm offenstanden. Die

Nachrichtenabteilung der BBC und das private Fernsehen stellten auch auf elektronische Nachrichtenübermittlung um, und obwohl ihm eine private Sendeanstalt eine Position als Kameramann für Fernsehfilme anbot, sah er, daß dort über kurz oder lang das gleiche Problem entstehen würde. Ein weiteres Angebot betraf Dokumentarfilme aus der Industrie, aber er hatte an der Nachrichtenarbeit Geschmack gefunden, und so war das Angebot keine wirkliche Alternative.

Die Lösung ergab sich, als die Agentur unerwartet ihren Vertrag mit dem amerikanischen Sendernetz verlor. Personalabbau war unumgänglich, und Richard Grey erbot sich, seinen Platz zu räumen. Er hatte keine bestimmten Pläne; er nahm einfach die Abfindung aus dem Sozialplan, um damit Zeit zu erkaufen, in der er seine berufliche Laufbahn überdenken wollte. Im ersten Monat machte er Urlaub in den Vereinigten Staaten, dann kehrte er nach London in seine Wohnung zurück, um die nächsten Schritte zu planen.

Er war nicht in Geldverlegenheit; er hatte seine Wohnung mit dem Geld seines Vaters gekauft, und von der Abfindungssumme konnte er bei vernünftiger Einteilung mindestens ein Jahr leben. Auch war er nicht müßig, denn er bemühte sich und bekam gelegentlich Arbeit als freier Mitarbeiter.

Aber dann gab es eine Lücke.

Seine nächsten Erinnerungen waren unterbrochen: er war in einer Intensivstation im Krankenhaus Charing Cross in London, überlebte durch künstliche Hilfen und mußte sich einer Serie schwieriger Operationen unterziehen. Er litt Schmerzen und bekam Beruhigungsmittel. Auf diesen Zustand von unbestimmter Dauer folgte eine quälende Reise in einem Krankenwagen, und seither war er zur Genesung in Middlecombe an der Südküste von Devon.

Irgendwo in der Lücke in seinem Leben war er auf einer Londoner Straße gewesen, wo vor einem Polizeirevier eine Autobombe gelegt worden war. Sie explodierte, als er vorbeiging. Er erlitt schwere Verbrennungen und Fleischwunden, Verletzungen des Rückens und innerer Organe, Brüche des Beckens, eines Beines und eines Armes. Er war beinahe gestorben.

Dies war das Ausmaß seiner Erinnerungen an den Tag, als Susan Kewley ihn besuchte, und sie fügte sich nirgendwo in das Bild.

4

Es bestanden medizinische Meinungsverschiedenheiten über Greys Amnesie, und für ihn selbst komplizierte sich dies durch einen Konflikt persönlicher Meinungen.

In der Rehabilitationsklinik wurde er von zwei Ärzten behandelt, dem Psychologen James Woodbridge und einem beratenden Psychiater namens Dr. Hurdis.

Grey hegte eine Abneigung gegen Woodbridge, den er anmaßend und oft vage fand, aber der Psychologe schlug eine Richtung ein, die Grey annehmbar fand. Zwar anerkannte Woodbridge die traumatische Natur der Verletzungen und die Folgen der Gehirnerschütterung, glaubte aber, daß retrograde Amnesie auch psychische Ursachen haben könnte.Mit anderen Worten, daß es zusätzliche Ereignisse in seinem Leben gab, ohne Zusammenhang mit der Explosion, die Grey nun unterdrückte. Woodbridge meinte, daß die Erinnerungen an diese durch Psychotherapie behutsam zutage gefördert werden sollten, und daß die Vorzüge anderer Techniken zur Öffnung der Erinnerungen die mit ihnen verbundenen Risiken nicht lohnten. Er dachte, daß Grey allmählich rehabilitiert werden sollte, und daß er mit seiner Rückkehr zu einem normalen Leben imstande sein würde, mit seiner Vergangenheit ins Reine zu kommen, da sein Gedächtnis in Etappen wiederhergestellt würde.

Dr. Hurdis, den Grey gut leiden konnte, hatte ihn andererseits in eine Richtung gedrängt, die ihm widerstrebte. Hurdis glaubte, daß mit den Mitteln der orthodoxen analytischen Psychotherapie zu langsam Erfolge erzielt würden, besonders dort, wo es um organischen Gedächtnisverlust ging.

Gegen seine persönlichen Empfindungen hatte Grey bisher besser auf Woodbridge als auf Hurdis angesprochen.

Bis zu Susan Kewleys Ankunft war Grey nicht allzu besorgt gewesen, was in den Wochen, die er verloren hatte, tatsächlich geschehen sein mochte. Viel mehr beunruhigte ihn das Gefühl von Abwesenheit, das Bewußtsein, ein Loch in seinem Leben zu haben, eine dunkle und stille Periode, die ihm für alle Zeit verschlossen schien. Sein Denken scheute instinktiv davor zurück, und wie er Bewegungen vermied, die ihm Schmerzen bereiteten, war er diesem Problem ausgewichen.

Aber Susan Kewley war aus der Abwesenheit zu ihm gekommen, unerkannt und unerinnert. Sie hatte ihn damals gekannt, und er hatte sie gekannt, und nun weckte sie in ihm das Bedürfnis nach Erinnerung.

5

Am Morgen, als Richard Grey gebadet und angekleidet worden war und in seinem Zimmer auf die Nachricht von Susans Ankunft wartete, kam Woodbridge zu ihm.

»Ich wollte unter vier Augen mit Ihnen sprechen, bevor Miß Kewley kommt«, sagte der Psychologe. »Sie scheint eine sehr angenehme junge Frau zu sein, finden Sie nicht?«

Grey bejahte, plötzlich gereizt.

»Ich überlegte, ob Sie nicht irgendeine Erinnerung an sie haben.«

»Nicht im geringsten.«

»Nicht einmal ein unbestimmtes Gefühl, daß Sie sie irgendwo gesehen haben könnten?«

»Nein.«

»Sagte sie Ihnen etwas über Ereignisse oder Erlebnisse aus der Zeit Ihrer Bekanntschaft?«

»Nein.«

»Richard, worauf ich hinaus will, ist, daß Sie vielleicht eine Meinungsverschiedenheit oder einen Streit mit ihr hatten, den Sie vielleicht hinterher bewältigten, indem Sie die Erinnerung zu begraben suchten. Eine solche Verhaltensweise wäre vollkommen normal.«

»In Ordnung«, sagte Grey, »aber ich sehe nicht, warum das jetzt von Bedeutung sein sollte.«

»Weil retroaktive Amnesie durch den unbewußten Wunsch, unglückliche Erinnerungen zu verbannen, ausgelöst werden kann. Ich finde, Sie sollten das erkennen.«

»Glauben Sie, daß es einen Unterschied machen wird?«

»Wenn Sie das Mädchen jetzt sehen, könnte das Ihren unbewußten Wunsch, sie zu blockieren, vertiefen.«

»Gestern hat es nichts dergleichen getan. Im Gegenteil, es vertiefte meinen Wunsch, sie besser kennenzulernen. Es scheint mir bloß, daß sie in der Lage sein könnte, mich an Dinge und Ereignisse zu erinnern, zu denen ich allein keinen Zugang finde.«

»Ja, bedeutsam ist aber Ihre Akzeptanz, daß sie Ihnen nicht von sich aus die Lösung liefern wird.«

»Aber das kann doch sicherlich nicht schaden?«

»Wir werden abwarten müssen. Wenn Sie anschließend mit mir sprechen wollen, ich werde den Rest des Tages hier sein.«

Grey blieb hartnäckig irritiert, nachdem Woodbridge

gegangen war. Er hatte das Gefühl, daß es eine subtile, aber bestimmte Unterscheidung zwischen seinem Privatleben und seinem Aufenthalt als Patient in der Rehabilitationsklinik gebe. Manchmal dachte er, daß seine Amnesie von den Leuten, die ihn behandelten, als eine berufliche Herausforderung gesehen wurde, als etwas, das mit seinem wirklichen Leben ohne Zusammenhang war. Wenn Susan tatsächlich seine Freundin gewesen war, dann war ihr beiderseitiges Wissen voneinander vermutlich intim und zutiefst persönlich. Woodbridges Fragen drangen in diesen persönlichen Bereich ein.

Ein paar Minuten nachdem Woodbridge gegangen war, nahm Grey das Buch, das er gegenwärtig las, und fuhr aus seinem Zimmer zum Aufzug. Im Erdgeschoß angelangt, rollte er auf die Terrasse hinaus bis an ihr entferntes Ende. So war er nicht nur von den anderen Patienten ein gutes Stück entfernt, sondern er hatte auch noch einen Aussichtspunkt über weite Teile der Gartenanlagen und die Zufahrt zum Besucherparkplatz.

Das Wetter war kühl und grau, niedrige Wolken zogen dunkel von Nordwesten her. Die See, unter normalen Umständen von der Terrasse durch Bäume sichtbar, war von grauen Dunstschleiern verhangen.

Er begann zu lesen, aber der Wind war böig und kalt, und nach einigen Minuten rief er einen Aufwärter und bat um eine Decke. Nach einer Stunde gingen die anderen Patienten ins Haus.

In Abständen kamen Wagen die steile, geteerte Zufahrtsstraße herauf. Zwei waren Krankenwagen, die neue Patienten brachten; mehrere waren Lieferwagen verschiedener Händler, die übrigen Privatfahrzeuge. Mit der Ankunft jedes dieser Wagen stiegen Greys Hoffnungen, und er wartete aufgeregt, daß sie erscheine.

Es war ihm unmöglich, sich auf sein Buch zu konzentrieren und der Vormittag verging langsam. Er fühlte sich kalt und unbehaglich, und als der Mittag nahte,

J.H. TELTSCHIK 3.86

mehr und mehr verdrießlich. Schließlich hatte sie es versprochen und mußte gewußt haben, was der Besuch ihm bedeuten würde. Er fing an, Entschuldigungen für sie auszudenken: sie hatte einen Wagen mieten müssen, und dabei hatte es eine Verzögerung gegeben; der Wagen war unterwegs mit einer Panne liegengeblieben; es hatte einen Unfall gegeben. Aber sicherlich würde er davon gehört haben ...

Mit der ganzen hilflosen Egozentrik des Invaliden konnte Grey an nichts anderes denken.

Um ein Uhr wurde das Mittagessen serviert, und er würde in den Speisesaal gefahren. Selbst wenn sie in den nächsten paar Minuten käme, bliebe ihnen nur wenig Zeit zusammen; um zwei mußte er zur Physiotherapie.

Fünf Minuten vor eins kam ein Wagen die Zufahrt herauf. Grey beobachtete die den Himmel spiegelnden Fenster und das metallisch-silbrige Dach mit der fatalistischen Gewißheit, daß es Susan war. Er wartete.

Kurz darauf erschien sie mit Schwester Alicia, einer der Krankenschwestern, auf der Terrasse. Beide kamen auf ihn zu.

»Das Mittagessen wird jetzt serviert, Mr. Grey. Soll ich Sie hineinfahren?«

Er blickte zu Susan und sagte: »Ich werde in ein paar Minuten nachkommen.«

»Ich kann nicht lange bleiben«, sagte Susan, und sie sah dabei nicht Grey an, sondern die Krankenschwester.

»Soll ich in der Küche Bescheid sagen, daß Sie auch bei uns essen?«

»Nein, danke.«

Die Krankenschwester blickte von einem zur anderen und zurück. »Nun, Sie dürfen keine Mahlzeit auslassen, Mr. Grey«, sagte sie, dann machte sie kehrt und ging.

»Richard, es tut mir leid, daß ich nicht vorher kommen konnte.«

»Wo bist du gewesen?«

»Ich wurde aufgehalten.«

»War etwas mit dem Wagen?«

»Wie? O nein. Den habe ich gestern abend gemietet.«

»Ich habe den ganzen Vormittag auf dich gewartet«, sagte er.

»Ich weiß. Es tut mir wirklich leid.«

Sie setzte sich auf die niedrige Betonbrüstung der Terrasse. Ihr rehbrauner Regenmantel teilte sich über den Knien und zeigte ein geblümtes Kleid und Knöchelsocken über den Strümpfen. Sie hatte schmale Fesseln und dünne Waden.

»Ich mußte das Studio anrufen, und dabei sind alle möglichen Probleme aufgetreten«, sagte sie.

»Studio?«

»Wo ich arbeite. Du mußt dich erinnern – nein, entschuldige. Ich bin freischaffende Künstlerin und arbeite drei Tage in der Woche für ein Entwurfsstudio. Es ist meine einzige reguläre Arbeit.«

Sie beugte sich zu ihm und ergriff seine Hand. Grey starrte auf den Boden, und zu seiner Bestürzung spürte er, wie zum zweiten Mal feindselige Gefühle in ihm wach wurden.

»Tut mir leid«, sagte er.

»Und ich muß heute noch zurück nach London, Richard.« Er blickte rasch zu ihr auf, und sie fügte hinzu: »Ich weiß ... aber ich werde irgendwann nächste Woche wiederkommen.«

»Kannst du nicht vorher kommen?«

»Es geht wirklich nicht. Es ist sehr schwierig. Ich brauche das Geld, und wenn ich das Studio im Stich lasse, werden sie jemand anders finden. Es ist sehr schwierig, die Arbeit zu bekommen.«

»Schon gut, schon gut.« Grey kämpfte seine Enttäuschung nieder und versuchte seine Gedanken zu ordnen. »Laß dir erzählen, was ich seit gestern gedacht habe. Ich möchte dich anschauen.«

Er hatte bereits bemerkt, daß sie ihm selten das Gesicht voll zuwandte und immer ein Viertelprofil zeigte, wobei sie den Kopf gesenkt hielt. Das Haar fiel ihr ins Gesicht und verhüllte ihre Züge. Anfangs war es ihm wie eine attraktive Eigenheit vorgekommen, eine Schüchternheit, aber er wollte sie richtig sehen.

Sie sagte: »Ich mag nicht gern angeschaut werden.«

»Ich möchte mich an dich erinnern.«

Sie warf das Haar mit einer kurzen Bewegung zurück und hob den Kopf, ihn anzusehen. Er betrachtete sie, versuchte sich zu erinnern oder so zu sehen, wie er es früher getan haben mochte. Sie hielt seinem Blick einen Moment lang stand, dann schaute sie wieder weg.

»Starr mich nicht so an!« sagte sie.

»In Ordnung.« Sie hielten sich noch immer bei den Händen. »Aber siehst du, ich glaube, daß ich mich auch an alles andere erinnern werde, wenn ich mich erst an dich erinnern kann.«

»Deshalb bin ich hier.«

»Ich weiß ... aber es ist schwierig für mich. Hier wird einem immer gesagt, was man zu tun hat, die Zeitungsleute versuchen mich dahin zu bringen, daß ich ihnen meine Geschichte erzählte, ich bin an diesen Stuhl gefesselt, und dabei möchte ich nichts als wieder normal sein. Die Wahrheit ist, Susan, daß ich mich überhaupt nicht an dich erinnere.«

»Aber ...«

»Laß mich ausreden! Ich erinnere mich nicht an dich, aber mir ist, als kennte ich dich. Ich kann beim besten Willen nicht sagen, ob das so ist, weil ich dich wirklich kenne, oder weil ich es nur möchte ... – aber was es auch ist, es ist das erste wirkliche Gefühl, das ich habe, seit ich hier bin.«

Sie nickte stumm, das Gesicht wieder halb verdeckt vom Vorhang ihres Haars.

»Ich muß dich so oft sehen, wie du es einrichten kannst.«

»Ich kann es mir nicht leisten«, sagte sie. »Das meiste von dem, was ich habe, mußte ich für die Wagenmiete ausgeben. Und ich muß die Bahnfahrt zurück nach London bezahlen.«

»Ich werde für alles das aufkommen ... ich habe Geld. Oder die Zeitung kann bezahlen. Etwas ließe sich arrangieren.«

»Es ist nicht ganz einfach.«

»Gehst du jetzt mit einem anderen?«

Sie starrte über die leere Terrasse hin, und er wünschte, sie würde ihn ansehen.

»Nein«, sagte sie, »es gibt keinen anderen.« Ihre Hand bewegte sich unruhig, strich über das Kleid, zupfte daran. »Es gab jemanden ... aber nicht mehr.«

»Ist das der Grund, weshalb du nicht schon früher gekommen bist?«

»Zum Teil. Er wußte, wie sehr ich dich vermißte, aber nun ist alles vorbei.«

Grey spürte aufkommende Erregung, eine Anspannung von Muskeln, ein Gefühl, das er nicht gekannt hatte, so weit seine Erinnerung zurückreichte.

»Susan, erzähl mir, was zwischen uns kam. Am Ende. Warum trennten wir uns?«

»Du weißt es wirklich nicht, wie?«

»Nein.«

Sie schüttelte den Kopf. »Es ist schwer zu begreifen, daß du es vergessen konntest.«

»Kannst du es mir nicht sagen?«

»Nun, es ist nicht mehr wichtig. Jetzt, da ich dich wiedergesehen habe, kommt es mir so vor, als wäre es nicht geschehen.«

»Aber ich möchte versuchen, mich zu erinnern!«

»Es war nicht etwas Bestimmtes. Ich nehme an, es hatte von Anfang an nie richtig geklappt.«

»War es ein Streit? Was wurde gesagt?«

»Nein, kein Streit. Es war seit einiger Zeit schiefgegangen, und wir wußten beide, daß wir so, wie wir waren, nicht weitermachen konnten. Es war kompliziert. Dieser ... diese andere Person war dabei, und du warst darüber unglücklich. Du wolltest Schluß machen, aber wir wollten noch einmal darüber reden. Dann hörte ich auf einmal, daß du von der Bombe verletzt worden seist.«

»Kannst du mir nicht mehr darüber sagen?« sagte Grey.

»Erinnerst du dich an die Wolke?«

»Wolke? Was für eine Wolke? Was meinst du?«

»Einfach ... die Wolke.«

Einer der Aufwärter war auf die Terrasse getreten, eine zusammengelegte Serviette über dem Arm. »Wir servieren jetzt den Hauptgang, Mr. Grey. Möchten Sie und Ihre Besucherin zu Mittag essen?«

»Ich verzichte heute auf das Mittagessen«, sagte Grey und wandte sich wieder Susan zu. Sie war aufgestanden. »Was tust du? Du kannst jetzt nicht gehen!«

»Ich muß. Ich muß den Wagen nach Kingsbridge fahren und von dort habe ich eine lange Busfahrt nach Totnes, um den Zug zu erwischen. Ich habe mich bereits verspätet.«

»Wovon sprachst du gerade eben? Was meintest du mit der Wolke?«

»Es war etwas, woran du dich vielleicht erinnern würdest, dachte ich.«

»Ich habe keine Erinnerung an irgend etwas. Erzähl mir mehr!«

»Erinnerst du dich an Niall?«

»Nein.«

»Und diese Leute beim Sonnenbaden? Erinnerst du dich an die?«

Er schüttelte den Kopf. »Sollte es etwas bedeuten?«

»Ich weiß einfach nicht, was du hören willst! Sieh mal, wir können nächstes Mal ausführlicher über alles sprechen. Ich muß wirklich gehen, und du solltest nicht auf dein Mittagessen verzichten.«

Sie ging; schon hatte sie sich von ihm abgewandt.

»Wann wirst du wiederkommen? Nächste Woche?«

»Ich werde kommen, sobald ich kann«, sagte sie. Sie beugte sich über ihn und drückte ihm sehr sanft die Hand. »Ich möchte dich sehen, Richard. Ich würde jetzt bei dir bleiben, wenn ich könnte. Glaubst du das?«

Sie kam näher und küßte ihn leicht auf die Wange. Er hob die Hand, ihr Haar zu berühren, und wandte den Kopf, fand ihre Lippen. Ihre Haut war kalt von der Witterung. Sie verharrte ein paar Sekunden lang, dann richtete sie sich auf.

»Geh nicht!« sagte er leise. »Bitte geh jetzt nicht!«

»Ich muß wirklich.« Sie entfernte sich, dann hielt sie inne. »Beinahe hätte ich es vergessen! Ich habe dir ein Geschenk mitgebracht.«

Sie kam zurück, eine Hand in ihrer Segeltuchtasche. Sie zog eine weiße Papiertüte hervor, zugefaltet und mit einem Streifen Klebeband verschlossen.

»Soll ich es jetzt aufmachen?« sagte er.

»Ja. Es ist nicht viel, fürchte ich.«

Er riß das Klebeband mit dem Daumen ab und zog aus der Tüte, was darin war. Es war ein Päckchen von ungefähr zwei Dutzend Postkarten verschiedener Größen und Ausführungen. Alle waren sehr alt, die meisten schwarzweiß oder sepiafarben. Einige zeigten Ansichten von englischen Seebädern, andere Landschaften, und mehrere waren vom europäischen Festland: deutsche Kurorte, französische Kathedralen, Alpenlandschaften.

»Ich sah sie heute früh in einem Trödlerladen in Kingsbridge.«

»Danke ... sie sind sehr hübsch.«

»Könnte sein, daß du ein paar von ihnen schon hast. In deiner Sammlung.«

»Meiner *Sammlung?*«

Sie lachte, ein kurzes, eigentümliches lautes Lachen. »Nicht einmal daran erinnerst du dich, wie?«

»Du meinst, ich sammle alte Postkarten?« Er lächelte zu ihr auf. »Ich bin neugierig, wieviel ich noch von dir erfahren werde!«

»Da gibt es einen Punkt, zum Beispiel. Du nanntest mich nie Susan. Es war immer Sue.«

Sie küßte ihn wieder, dann ging sie schnell über die Terrasse davon und verschwand im Gebäude. Er wartete, und kurze Zeit später hörte er eine Wagentür zuschlagen, dann das Geräusch eines anspringenden Motors. Bald sah er die Fenster und das Dach ihres Wagens, als er langsam die Zufahrt hinabrollte.

6

An diesem Wochenende kam Dr. Hurdis nach Middlecombe und verbrachte einen guten Teil des Samstagnachmittags mit Grey. Hurdis bediente sich einer mitfühlenden Vorgangsweise, hörte mehr zu als selbst zu sprechen und versuchte seinen Patienten niemals mit plötzlichen oder überraschenden Fragen zu überrumpeln. Er behandelte Grey als einen Teilnehmer an einem gemeinsamen Problem, nicht als den Gegenstand einer Behandlung, und sehr oft glichen die Therapiestunden mehr einem Gespräch als einer Analyse, obwohl Grey begriff, daß dies wahrscheinlich nicht der Fall war.

Er war an diesem Tag in einer gesprächigen Stimmung, weil er endlich etwas hatte, worüber er sprechen konnte, und dazu ein Interesse an sich selbst, das vordem gefehlt hatte.

Nicht, daß die zwei kurzen Begegnungen mit Sue etwas geklärt hätten; seine Amnesie blieb so tief wie zuvor, ein Umstand, den Hurdis ihm bald entlockt hatte. Die wichtigste Erkenntnis, die sie ihm gebracht hatte, war die Gewißheit, daß er in der verlorenen Zeit tatsächlich existiert hatte. Bis jetzt hatte er nicht wirklich an sich geglaubt; das Gefühl von Abwesenheit hinter ihm schien ihn auszuschließen. Aber Sue war eine Zeugin der Tatsache seiner Existenz. Sie erinnerte ihn, wo er es nicht vermochte.

Natürlich hatte er seit ihrem Weggang fast nur an sie gedacht. Seine Gedanken und sein Leben war von ihr erfüllt. Er sehnte sich nach ihrer Gesellschaft, der Berührung ihrer Hand, ihren Küssen. Vor allem wünschte er sie zu sehen, sie eingehend zu betrachten, aber in einer eigentümlichen Verkleinerung seines größeren Problems fand er es schwierig, sich zu erinnern, wie sie war. Er konnte sich periphere Einzelheiten an ihr vorstellen: die Segeltuchtasche, die Knöchelsocken, das geblümte Kleid, ihren Mantel, das maskierende Haar. Er wußte, daß sie ihm ins Gesicht gesehen hatte, als wolle sie ihm einen geheimen Einblick geben, doch hinterher entdeckte er, daß er ihr Gesicht nicht mit dem inneren Auge sehen konnte. Er erinnerte ihre Einfachheit, eine gewisse Unscheinbarkeit, die Regelmäßigkeit ihrer Züge, aber auch diese wirkte wie eine Maske ihrer Erscheinung.

»Ich glaube, Sue ist meine beste Chance, das Gedächtnis wiederzugewinnen«, sagte er. »Offensichtlich kennt sie mich gut, und sie war während der verlorenen Wochen da. Immer wieder denke ich, daß es ausreichen könnte, wenn sie mir nur irgend etwas sagen würde, was meiner Erinnerung einen Stoß gibt.«

»Da mögen Sie recht haben«, sagte Hurdis. Sie waren in dem Büro, das er an Wochenenden benutzte, einem bequemen Zimmer mit großen Ledersesseln und einem Bücherschrank. »Aber ein Wort der Warnung. Sie dürfen nicht allzu eifrig um Erinnerung bemüht sein. Es gibt einen Zustand, der als Paramnesie bekannt ist, hysterische Paramnesie.«

»Ich glaube nicht, daß ich hysterisch bin, Dr. Hurdis.«

»Offensichtlich nicht, im üblichen Sinne. Aber es kommt vor, daß jemand, der unter Gedächtnisverlust leidet, nach jedem Strohhalm greift, nach jeder Andeutung einer Erinnerung, und ohne zu wissen, wie genau sie sein mag, läßt er sich zu einer ganzen Abfolge erfundener Erinnerungen verleiten.«

»Ich bin sicher, daß das mit Sue nicht geschehen könnte. Sie würde mich berichtigen.«

»Wie Sie meinen. Aber wenn Sie anfingen, vertraulich miteinander zu plaudern, könnte es sein, daß Sie den Unterschied nicht erkennen. Wie denkt Mr. Woodbridge darüber?«

»Ich glaube, er ist dagegen, daß ich mit ihr spreche.«

»Ja, ich verstehe.«

Greys Hauptbeschäftigung nach Sues Abreise war dem Bemühen um irgendwelche Erinnerungen gewidmet, die sie erwähnt hatte. Befeuert von seinem neuen Interesse an ihr, wurde das wenige, was sie gesagt hatte, ungemein wichtig für ihn, und er untersuchte es von allen Gesichtspunkten aus. Er besprach es mit Dr. Hurdis, froh, einen unkritischen Zuhörer zu haben, der ihn ermunterte, weiter und weiter zu reden.

Tatsächlich hatte sie bemerkenswert wenig über ihre gemeinsame Vergangenheit gesagt. Es war symptomatisch, so Hurdis, daß er sich an derartige Bruchstücke klammerte und versuchte, Bedeutsames in ihnen zu finden. Ein kleines Geheimnis hatte er allein gelöst: die Angelegenheit der Postkarten. Zuerst dachte er, er sei hier auf etwas aus seinen verlorenen Wochen gestoßen, etwas bisher Vergessenes, aber dann tauchte die Erinnerung aus der früheren Vergangenheit wieder auf.

Er hatte in Bradford im Norden Englands gearbeitet. Eines Nachmittags war er allein durch die Seitenstraßen gewandert und auf einen Trödlerladen gestoßen. Er besaß eine kleine Sammlung alter Filmausrüstungen und war immer auf der Suche nach weiterem Material. Dieser Laden hatte nichts Geeignetes, aber auf der Theke fand er einen mit alten Postkarten vollgestopften Schuhkarton. Er schaute sie eine Weile durch, mäßig interessiert. Die Frau aus dem Trödlerladen erzählte ihm, daß die Preise auf der Rückseite jeder Postkarte angegeben seien, und einer plötzlichen Eingebung folgend, fragte er sie, wieviel sie für alle zusammen wolle. Ein paar Sekunden später hatte der Schuhkarton voller Postkarten für zehn Pfund den Besitzer gewechselt.

Als er einige Tage später nach Hause kam, sortierte Grey die alten Postkarten, von denen er nun ein paar Hundert besaß. Manche waren in der Vergangenheit offensichtlich von jemand gekauft und gesammelt worden, weil sie unbenutzt waren; viele aber waren beschrieben. Er las alle, die er entziffern konnte, mit Füllhalter oder Kopierstift bekritzelt. Fast alle waren prosaische Urlaubsgrüße: man hatte eine herrliche Zeit, das Wetter besserte sich, gestern Tante Sissy besucht, die Landschaft ist schön, es hat die ganze Woche geregnet, aber wir halten durch, Teddy mag das Essen nicht, die Gärten sind so friedlich, die Sonnenwärme lockt die Stechmücken heraus, wir sind alle schwimmen gewesen, Wetter, Wetter, Wetter.

Viele der Postkarten waren aus der Zeit vor dem Zweiten Weltkrieg, mit ihren Briefmarken zu einem halben Penny stumme Zeugen, wie die Preise sich geändert hatten. Wenigstens ein Drittel der Karten war aus dem Ausland geschickt worden: große Europarundreisen, Fahrten mit Seilbahnen, Besuche in Spielkasinos, unerträgliche Hitze. Es waren Botschaften einer wohlhabenden Klasse, die in dieser Form unwiederbringlich verschwunden war: Reisende in einem Zeitalter vor dem Massentourismus.

Die Fotografien der Ansichtskarten waren noch interessanter. Er sah sie als Filmfotos aus einem längst verlorenen Reisebericht der Vergangenheit, Ansichten von Städten und Schauplätzen, die in gewissem Sinne nicht mehr existierten. Mehrere Ansichten stellten Sehenswürdigkeiten oder Stadtansichten dar, die er kannte: Wilhelminische Herren und Damen, flanierend auf

Seeuferpromenaden, die jetzt übersät waren mit Hotelhochhäusern, Amüsierlokalen und Parkuhren; romantische Täler, die nun von breiten Autostraßen zerschnitten waren; französische und italienische Wallfahrtsorte, die heute von fliegenden Händlern und Andenkenbuden überschwemmt waren; friedliche Märkte und Landstädte, jetzt von Einkaufszentren entstellt und am Verkehr erstickend. Auch dies waren Erinnerungen an eine verschwundene Vergangenheit, fremd, aber noch kenntlich, unerreichbar in jedem wirklichen Sinn.

Er ordnete die Ansichtskarten nach Ländern, dann tat er sie wieder in den Schuhkarton. Wann immer Freunde ihm danach Ansichtskarten schickten, fügte er sie der Sammlung hinzu und dachte, daß auch sie eines Tages eine bestimmte Vergangenheit repräsentieren würden.

Daß Sue an dies gedacht hatte, überraschte ihn, aber die Ansichtskarten stammten nicht aus seiner Amnesieperiode. Er war in Bradford gewesen, als er noch für die Agentur gearbeitet hatte, und das lag mindestens ein Jahr vor einer möglichen ersten Begegnung mit ihr. Der Umstand, daß sie von den Postkarten wußte, bedeutete immerhin, daß sie sie gesehen haben mußte, oder daß sie darüber gesprochen hatten.

Was sie ihm noch gesagt hatte, war ziemlich unbestimmt. Sie waren allem Anschein nach ein Liebespaar gewesen, wenn auch nur für kurze Zeit. Sie hatten sich getrennt. In ihrem Leben gab es einen anderen, und der Name Niall war erwähnt worden. Sie war Sue, nicht Susan. Dann zwei sonderbare Details: die Sonnenbadenden, die Wolke.

Was war mit der Beziehung schiefgegangen? Zweimal hatte sie ihn hier in der Rehabilitationsklinik besucht, und beide Male war er ihr anfangs feindselig begegnet; war dies ein Erwachen aus dem Unbewußten? Wenn es einen anderen gab, war das Verhältnis vielleicht durch Eifersucht zerbrochen?

Und welches war die Bedeutung der Sonnenbadenden, der Wolke? Diese beiden Bilder erzeugten zwangsläufig eine Vorstellung von einem heißen Strand, von Leuten, die in der Sonne lagen, der Unterbrechung durch eine aufziehende Wolke. Das waren Alltäglichkeiten; warum hatte sie diese ausgewählt?

Doch insgesamt gesehen, hatte nichts von allem, was sie gesagt hatte, in ihm auch nur die leiseste Erinnerung wachgerufen. Von dem – aufgeklärten – Hinweis auf die Postkarten bis zu der rätselhaften Wolke war nichts wirklich hilfreich gewesen.

Dr. Hurdis hörte ihm aufmerksam zu und machte ein paar Notizen, während Grey sprach. Aber am Ende saß er mit zugeklapptem Notizbuch da.

»Da gibt es etwas, was ich gern versuchen würde«, sagte er. »Sind Sie jemals hypnotisiert worden?«

»Nein. Würde das helfen?«

»Nun, es könnte. Hypnose ist bisweilen eine Hilfe zur Wiedergewinnung verlorengegangener Gedächtnisinhalte, aber sie ist eine unvollkommene und keineswegs eine sichere Methode. In Ihrem Fall könnte sie jedoch etwas bewirken.«

»Warum haben Sie früher nichts davon erwähnt?«

»Sie sind jetzt motiviert, Richard«, antwortete Hurdis lächelnd. »Am Mittwoch werde ich wieder hier sein. Dann werden wir es versuchen.«

Am Abend verbrachte Grey eine Stunde im Therapiebecken im Keller des Gebäudes, schwamm langsam, ließ sich auf dem Rücken treiben und dachte an Sue.

7

Sue rief am Dienstagabend an. Grey nahm den Anruf am Münzfernsprecher im Korridor entgegen; in seinem Zimmer hatte er einen eigenen Anschluß, aber man mußte ihr die andere Nummer gegeben haben. Schon nach den ersten Worten merkte er, daß sie ihn enttäuschen würde.

»Wie geht es dir, Richard?« fragte sie.

»Viel besser, danke.«

Darauf folgte ein kurzes Schweigen. Dann: »Ich bin in einer Telefonzelle, also kann ich nicht allzu lange sprechen.«

»Häng ein, und ich rufe dich von meinem Zimmer zurück.«

»Nein ... nein, da wartet jemand. Paß auf, ich muß dir etwas sagen. Ich werde diese Woche nicht kommen können. Ist dir nächste Woche recht?«

»Nein, absolut nicht«, sagte er, vor Enttäuschung wie betäubt. »Du hast versprochen, daß du kommen würdest.«

»Nun, es ist nicht möglich.«

»Was hindert dich daran?«

»Ich kann mir das Fahrgeld nicht leisten, und ...«

»Ich habe dir gesagt, ich bezahle es für dich.«

»Ja, aber ich kann die Zeit nicht freinehmen. Da ist ein Termin, und ich muß jeden Tag ins Studio.«

Zwei Patienten wanderten langsam durch den Korridor, ohne zu sprechen. Grey beugte sich in einem Versuch, Zurückgezogenheit zu wahren, über den Hörer. Die Patienten gingen durch die Flügeltür in den Gesellschaftsraum, und er hörte einen Moment lang Musik vom Fernsehgerät.

Als die Tür hinter ihnen zugefallen war, sagte er: »Verstehst du nicht, wie wichtig das für mich ist?« aber er hatte den Satz erst halb gesagt, als die Piepstöne ihn unterbrachen. Er hörte eine Münze ins Magazin fallen, und die Verbindung war wieder da.

»Ich habe das nicht gehört«, sagte Sue.

»Ich sagte, es ist sehr wichtig, daß wir uns treffen.«

»Ich weiß. Es tut mir leid.«

»Wirst du nächste Woche bestimmt kommen?«

»Ich werde es versuchen.«

»Du wirst es *versuchen?* Du sagtest, du wolltest kommen.«

»Das ist auch so, wirklich.«

Wieder wurde es still.

Dann sagte Grey: »Von wo sprichst du? Ist jemand bei dir?«

»Ich bin zu Hause ... das Telefon ist im Korridor.«

»Ist jemand bei dir?«

»Nein, Richard. Ich arbeite bloß in meinem Zimmer, versuche eine Arbeit fertigzumachen.«

Grey wurde bewußt, daß er keine Ahnung hatte, wo sie wohnte. Eine Schweißperle rann ihm neben dem Auge übers Gesicht. »Paß auf, die Verbindung wird jeden Augenblick unterbrochen. Hast du noch eine Münze?«

»Nein, ich werde Schluß machen müssen.«

»Bitte nicht. Besorg dir etwas Geld, und ruf mich wieder an, damit wir reden können. Oder gib mir die Nummer, und ich rufe dich an.« Die Zeit verrann.

»Ich werde versuchen, am Wochenende zu kommen, als Entschädigung.«

»Wirklich? Das wäre ...«

Aber wieder fingen die Piepstöne an, und Grey ächzte frustriert. Diesmal fiel keine Münze, die Verbindung kam wieder, für die wenigen zusätzlichen Sekunden, die das Gerät immer zugestand.

»Bitte – ruf mich gleich wieder an. Ich warte am Telefon.«

»Alles ...« Die Verbindung wurde unterbrochen.

Er hängte den Hörer ein, aufgewühlt von Enttäuschung und Zorn. Das ganze Gebäude lag in tiefer Stille, als ob seine Stimme für alle hörbar in den Räumen widergehallt hätte. Das war jedoch eine Illusion: durch die Tür konnte er noch immer leise den Fernseher hören, und irgendwo im Untergrund machte der Boiler der Zentralheizung sein gewohntes, fernes Geräusch. Vom anderen Ende des Korridors drangen Stimmen an sein Ohr.

Er saß in seinem Rollstuhl, das Telefon etwas über Kopfhöhe, und versuchte seine Gefühle zu beruhigen. Er wußte, daß er sich unvernünftig verhielt; er behandelte sie, als ob sie ihm für all ihre Handlungen und Gedanken verantwortlich wäre, als ob Gelöbnisse gebrochen würden.

Zehn Minuten vergingen, dann läutete das Telefon. Er riß den Hörer an sich, hörte wieder die verdammten Piepstöne.

Sue sagte: »Ich konnte nur eine Münze borgen. Wir können ungefähr zwei Minuten sprechen.«

»In Ordnung, über das Wochenende ...«

»Bitte, Richard, laß mich sprechen. Ich weiß, du denkst, ich ließe dich im Stich, aber als ich herausfand, wo du bist, kam ich dich besuchen, ohne an die Konsequenzen hier zu denken. Ich muß meine Arbeit tun, aber ich werde am Wochenende kommen ... das verspreche ich dir. Du wirst aber etwas Geld schicken müssen.«

»Ich weiß deine Adresse nicht!«

»Hast du Papier und Bleistift? Oder kannst du es dir merken?« Sie nannte eine Anschrift im Norden Londons. »Hast du das?«

»Ich werde morgen einen Scheck schicken.«

»Nun gibt es noch etwas. Unterbrich mich nicht, weil dafür keine Zeit ist. Ich bin ganz durcheinander, weil du dich nicht an mich erinnern kannst ... aber seit ich dich sah, habe ich viel an dich gedacht. Ich liebe dich noch immer.«

»Noch immer?«

»Ich liebte dich immer, Richard, von Anfang an. Du wirst dich bald erinnern. Ich weiß es.«

Er lächelte; er konnte kaum glauben, was er soeben vernahm.

»Ich werde nicht mehr lange hier sein«, sagte er.

»Vielleicht noch eine oder zwei Wochen. Ich fühle mich viel besser.«

»Es ist schrecklich, dich in dem Rollstuhl zu sehen. Du warst immer so aktiv.«

»Heute bin ich weit gegangen ... fünfmal durchs Zimmer. Ich steigere mich jeden Tag. Du wirst es sehen, am Wochenende. Du wirst kommen, nicht wahr?«

»Freilich! Ich kann es kaum erwarten, dich wiederzusehen.«

Die depressive Stimmung, in die sie ihn gestoßen hatte, war vergangen. »Es tut mir leid, daß ich so war und alles ... Ich bin hier von allem abgeschnitten. Nächstes Mal wird es anders sein.«

»Ich weiß.« Es piepste wieder, aber nun machte es ihm nichts aus. Als die Verbindung wiederkam, sagte Sue: »Ich werde Freitagabend kommen.«

»In Ordnung. Auf Wiedersehen.«

»Wiedersehen, Schatz.« Die Verbindung wurde unterbrochen.

Er hängte ein, dann fuhr er den Korridor hinunter, stieß mit aller Kraft die Treibräder vorwärts. Am Ende des Korridors drehte er um und rollte zurück zum Aufzug.

Wieder in seinem Zimmer, nahm er sich den Karton mit persönlichen Papieren vor, der von der Polizei geschickt worden war, und suchte nach seinem Scheckbuch. Der bloße Augenschein dieser Dinge war wie ein Blick in seine alte Identität: ein Führerschein, zwei Kreditkarten, eine Scheck-Garantiekarte (inzwischen verfallen), Mitgliedsausweise vom Britischen Filminstitut, ein Gewerkschaftsausweis, eine Klubkarte der BBC, ein Versicherungsschein für sein Auto, eine Bankerklärung, ein Mitgliedsausweis des Naturschutzbundes ...

Er fand sein Scheckbuch und schrieb einen Scheck über einhundert Pfund aus. Dann schrieb er eine Notiz auf Briefpapier der Klinik und steckte sie mit dem Scheck in einen Umschlag. Er versah ihn mit der Anschrift, die Sue ihm diktiert hatte, dann stellte er das Kuvert so auf, daß es nicht übersehen werden konnte, um es am nächsten Morgen zur Post zu geben.

Dann lehnte er sich eine Weile im Rollstuhl zurück und überdachte mit Genuß ihre liebevollen und zärtlichen Worte am Ende des Gesprächs. Er schloß die Augen, versuchte sich ihre Züge zu vergegenwärtigen.

Etwas später wendete er sich wieder den Papieren zu, die er auf dem Tisch ausgebreitet hatte. Sie waren seit seiner Ankunft in Devon in seinem Besitz gewesen, aber er hatte sie kaum beachtet. Nichts hätte ihm unwichtiger sein können. Seine Angelegenheiten, wenn man von solchen sprechen konnte, wurden von einem Anwalt wahrgenommen, den die Zeitung bezahlte, und der Scheck für Sue war der erste, den er seit der Explosion der Autobombe ausgestellt hatte.

In dem unvermittelten erwachten Interesse an sich selbst schlug er das Scheckbuch auf und blätterte in den Durchschlägen. Ungefähr die Hälfte der fünfundzwanzig Schecks waren gebraucht worden, und die Daten, die er eingetragen hatte, stammten alle aus der Zeit unmittelbar vor der Bombe. Mit der Hoffnung, einen Hinweis zu finden, sah er jeden einzelnen Durchschlag an, mußte aber bald erkennen, daß er nichts daraus lernen konnte. Die meisten waren Barschecks; einer war auf die British Telecom ausgestellt, einer auf die Londoner Elektrizitätsgesellschaft, einer auf den Namen einer Buchhandlung, und einer über die Summe von 12,53 Pfund an eine G.F. & T. Ltd. Dieser letzte Scheck war der einzige, mit dem er nichts anzufangen wußte, doch sah er nicht, daß es von Bedeutung für sein Problem sein konnte.

Sein Adressenverzeichnis war auch dabei, ein kleines, in Plastik gebundenes Notizbuch. Er wußte, daß die meisten Seiten darin leer waren, weil er nie sehr gut im systematischen Niederschreiben von Anschriften gewesen war, aber gleichwohl schlug er die Seite für K auf.

Für Sue gab es keinen Eintrag; nicht überraschend, doch ein wenig enttäuschend. Es wäre eine Art Beweis gewesen, Bindeglied zu seiner vergessenen Vergangenheit.

Er durchblätterte das ganze Notizbuch und untersuchte alles darin. Die meisten Anschriften betrafen Leute, an die er sich erinnerte: Kollegen, alte Freundinnen, die Tante in Australien. Mehrere Namen waren nur mit den Telefonnummern eingetragen. Alles in dem Notizbuch hatte das vertraute Gefühl seiner bekannten Vergangenheit und konnte ihm nichts Neues sagen.

Als er im Begriff war, es aus der Hand zu legen, dachte er daran, die Rückseite des letzten Blattes aufzuschlagen, da ihm einfiel, daß er sie manchmal für flüchtige Notizen benutzte. Dort fand er, wonach er Ausschau hielt: inmitten einer Anzahl obskurer Berechnungen, einer Erinnerung an einen Zahnarzttermin und ein paar Schnörkeln war das Wort ›Sue‹. Daneben war eine Londoner Telefonnummer.

Er war versucht, sie sofort anzurufen und den Umstand zu feiern, daß er sie in seiner eigenen Vergangenheit gefunden hatte, ließ es aber sein. Er war damit zufrieden, was zwischen ihnen gewesen war. Er würde Sue am Wochenende treffen und wollte nicht riskieren, daß sie ihre Meinung noch einmal änderte.

Er steckte das Adreßbuch in die Tasche und dachte bei sich, daß er leicht würde nachprüfen können, ob dies noch immer ihre Telefonnummer war. Das wäre Beweis genug, eine Bestätigung der Verbindung zwischen ihr und ihm.

8

Am folgenden Morgen suchte Grey Dr. Hurdis in seinem Büro auf. Er war noch in der optimistischen Stimmung des Vorabends, hatte gut geschlafen und dies zum ersten Mal ohne schmerzstillende Medikamente getan. Der Psychiater erwartete ihn und machte ihn mit einer jungen Frau bekannt, die gleichfalls anwesend war.

»Richard, das ist eine meiner graduierten Forschungsmitarbeiterinnen, Miß Alexandra Gowers. Richard Grey.«

»Sehr erfreut.«

Sie tauschten einen förmlichen Händedruck aus. Grey fand, daß sie sehr jung aussah. Sie trug einen roten Rock mit einem schwarzen Wollpullover, hatte eine Brille und langes dunkles Haar.

»Wenn Sie gestatten, Richard, würde ich Miß Gowers gern dabeihaben, während Sie hypnotisiert werden. Haben Sie etwas dagegen einzuwenden?«

»Ganz und gar nicht.«

»Dies ist lediglich eine vorbereitende Sitzung. Ich möchte Sie in einen leichten Trancezustand versetzen und sehen, wie Sie darauf reagieren. Wenn es gut geht, werde ich vielleicht versuchen, die Trance ein wenig zu vertiefen.«

»Wie Sie meinen«, sagte Grey. »Mir ist es recht.« Er war neugierig darauf, wie Hypnose für ihn sein würde, aber die Aussicht darauf machte ihn nicht nervös.

Dr. Hurdis und die junge Frau halfen ihm aus dem Rollstuhl, und Dr. Hurdis hielt ihn, als er sich in einen der Ledersessel sinken ließ und es sich bequem machte.

»Nun, Richard, haben Sie irgendwelche Fragen?«

»Ich möchte gern wissen, wie es sich mit der Trance verhält ... bedeutet es, daß ich das Bewußtsein verliere?«

»Nein, Sie werden die ganze Zeit wach sein. Sie werden sich hinterher an alles erinnern. Hypnose ist einfach eine Form von Entspannung.«

»Dann ist es in Ordnung.«

»Bitte versuchen Sie so weit wie möglich mit mir zusammenzuarbeiten. Sie können sprechen, die Hände bewegen, die Augen öffnen, und nichts davon wird die Trance unterbrechen. Vor allem aber möchte ich Sie darauf hinweisen, daß wir vielleicht nicht gleich Ergebnisse erzielen werden. Sie dürfen also nicht enttäuscht sein.«

»Ich verstehe das.«

»Sehr gut.« Hurdis stand neben ihm, streckte die Hand aus und bewegte eine Gelenklampe so, daß sie irgendwo über Greys Kopf war. »Können Sie dies sehen?«

»Ja.«

Hurdis schob sie ein wenig zurück. »Und hier?«

»Gerade noch.«

»Blicken Sie weiter auf, daß die Lampe am Rand Ihres Gesichtsfeldes ist. Entspannen Sie den Körper so vollständig wie möglich, und atmen Sie ganz ruhig und leicht. Hören Sie auf das, was ich sage, und wenn Ihre Augen müde werden, schließen Sie sie.« Grey bemerkte, daß Alexandra Gowers sich von ihm entfernt hatte und auf einem der geraden Stühle saß, die entlang der Wand aufgestellt waren. »Achten Sie darauf, daß die Lampe in Sicht bleibt, und hören Sie mir zu, und während Sie das tun, möchte ich Sie bitten, in Gedanken rückwärts zu zählen, von dreihundert abwärts, fangen Sie gleich damit an, zählen Sie gleichmäßig und hören Sie, was ich Ihnen sage, aber zählen Sie langsam 299, atmen Sie ganz ruhig 298 und denken Sie 297 an nichts, aber blicken Sie zur Lampe auf und 296 zählen Sie langsam rückwärts und hören Sie 295 auf das, was ich sage, und fühlen Sie, wie Ihr Körper sich vollkommen entspannt 294 und wie angenehm Ihnen ist, sehr angenehm und Ihre Beine 293 fühlen sich sehr schwer an, Ihre Arme fühlen sich sehr schwer 292 und nun beginnen Ihre Augen sich 291 sehr müde zu fühlen, wenn Sie also den Wunsch haben, können Sie sie schließen, lassen Sie die Augen einfach zufallen, aber zählen Sie 290 langsam weiter und hören Sie zu, Ihr Körper ist völlig entspannt, 289, und nun sind Ihre Augen geschlossen, aber Sie zählen 288 noch immer langsam, während Sie fühlen, daß Sie rückwärts treiben, ganz entspannt treiben Sie langsam rückwärts, und nun 287 fühlen Sie sich sehr schläfrig, sehr angenehm, während Sie rückwärts treiben und sich schläfrig fühlen, und hören, was ich sage, aber schläfrig werden, tiefer und tiefer in ruhigen Schlaf sinken, doch immer noch hören, was ich sage ...«

Grey fühlte sich angenehm entspannt und schläfrig, war sich aber aller Vorgänge ringsum bewußt. Er hatte die Augen geschlossen und lauschte Dr. Hurdis, aber er konnte auch darüber hinaus Wahrnehmungen machen. Draußen im Korridor gingen zwei Leute vorbei, in ein Gespräch vertieft, und irgendwo im Zimmer machte Alexandra Gowers ein klickendes Geräusch mit einem Kugelschreiber und raschelte mit Papier. Im Nebenzimmer läutete ein Telefon, und jemand nahm den Hörer ab und meldete sich. Gehorsam den Anregungen des Psychiaters, fühlte sein Körper völlige Entspannung, aber sein Geist war hellwach.

»... treiben rückwärts, fühlen sich schläfrig, hören mir zu, Ihr Körper ist entspannt, und Sie sind schläfrig. Gut, Richard, das ist ausgezeichnet. Nun atmen Sie ganz ruhig und gleichmäßig weiter, aber ich möchte, daß Sie sich dabei auf Ihre rechte Hand konzentrieren. Denken Sie an Ihre rechte Hand, und wie sie sich anfühlt, und konzentrieren Sie sich darauf, und vielleicht finden Sie, daß sie auf etwas sehr Weichem ruht, etwas sehr, sehr Leichtem, etwas, was Ihre Hand trägt, was sie sehr sanft von unten emporhebt, höher hebt ...«

Als Hurdis dies sagte, spürte Grey zu seiner Verblüffung, daß seine rechte Hand sich vom Schoß hob. Sie schwebte langsam aufwärts, bis sein Arm nach oben wies, oder annähernd nach oben.

»Gut, das ist fein. Nun fühlen Sie es in der Luft, fühlen Sie die Luft ringsum, die den Arm stützt. Die Luft hält ihn oben, die Luft trägt ihn, und nun können Sie den Arm nicht mehr herabziehen, die Luft hält ihn hoch ...«

Grey dachte, er sollte es versuchen, spannte die Armmuskeln und versuchte die Hand herunterzunehmen ... aber die Empfindung von etwas Weichem und Stützendem war deutlich, und seine Hand blieb, wo sie war.

»... hält den Arm oben, aber nun möchte ich, daß Sie die Hand sinken lassen, sobald ich bis fünf gezählt habe, sobald ich von eins bis fünf gezählt habe, wird Ihre Hand zurücksinken, aber nicht bevor ich fünf erreiche, Richard, eins ... zwei ... Ihre Hand ist noch in der Luft ... drei ... vier ... nun spüren Sie, wie die Luft Ihren Arm freigibt ... fünf ... Ihr Arm ist frei ...«

Der Arm sank langsam zurück in seinen Schoß, scheinbar von seinem eigenen Willen bewegt.

»... das ist fein, Richard, sehr schön. Nun möchte ich, daß Sie weiter langsam atmen, Ihr ganzer Körper bleibt entspannt, aber wenn ich Ihnen sage, daß Sie die Augen öffnen, können Sie die Augen öffnen und sich umsehen, und wenn Sie die Augen öffnen und sich umsehen, möchte ich, daß Sie nach Miß Gowers Ausschau halten, aber erst wenn ich es Ihnen sage, schauen Sie nach Miß Gowers, aber Sie werden sie nicht sehen können, sie ist hier, aber Sie werden sie nicht sehen können, aber öffnen Sie die Augen erst, wenn ich bis fünf gezählt habe, wenn ich von eins bis fünf gezählt habe, möchte ich, daß Sie die Augen öffnen ...«

Hurdis leierte eintönig weiter, und Grey, der aufmerksam zuhörte, fand das ruhige, gleichmäßige Sprechen unwiderstehlich, zwingend.

»... öffnen die Augen, wenn ich fünf sage ... eins ... zwei ... drei ... vier ... ich möchte, daß Sie die Augen öffnen ... fünf ...« Grey öffnete die Augen und sah Dr. Hurdis etwas seitwärts stehen und mit einem freundlichen Lächeln zu ihm herschauen.

»Sie können Miß Gowers nicht sehen, Richard, aber ich möchte, daß Sie nach ihr Ausschau halten, sich im Zimmer umsehen, aber Sie können Sie nicht sehen, blicken Sie jetzt umher ...«

Grey richtete seinen Blick auf die Reihe der Stühle an der Wand, da er wußte, daß sie dort war. Er hatte gehört, wie sie sich niedergesetzt hatte, und danach hatte er sie mit ihrem Kugelschreiber und dem Notizbuch gehört, aber als er hinschaute, war sie nicht da. Da er meinte, sie müsse einen anderen Platz eingenommen haben, sah Grey sich rasch um, aber es gab kein Versteck, wo sie sich verborgen haben konnte. Wieder blickte er zu den Stühlen, wußte, daß sie dort war, konnte sie aber nicht sehen. Matter Sonnenschein fiel durch das Fenster auf die Wand, aber dort war nicht einmal ein Schatten von ihr. Er versuchte sich ihren roten Rock und den schwarzen Pullover vorzustellen, aber das half nicht.

»Sie können sprechen, wenn Sie es wünschen, Richard.«

»Wo ist sie? Ist sie hinausgegangen?«

»Nein, sie ist noch hier. Nun lehnen Sie sich bitte wieder zurück und machen Sie es sich bequem. Schließen Sie wieder die Augen, beruhigen Sie Ihren Atem und erlauben Sie Ihren Gliedmaßen, sich zu entspannen, denn Sie fühlen sich schläfrig. Fein, das ist sehr gut. Sie fühlen, wie Sie wieder treiben, langsam rückwärts treiben, und nun fühlen Sie sich wirklich sehr schläfrig, sehr schläfrig, und Sie sinken tiefer und tiefer, das ist gut, tiefer und tiefer, und nun werde ich bis zehn zählen, von eins bis zehn, Sie werden tiefer und tiefer sinken und mit jeder Zahl werden Sie tiefer sinken und sich schläfriger und schläfriger fühlen, eins ... sehr tief ... zwei ... Sie sinken tiefer und tiefer ... drei ...«

Aber dann kam eine Lücke.

Als nächstes hörte Grey: »– sieben ... Sie werden sich sehr erfrischt fühlen, sehr glücklich, sehr ruhig ...

acht ... Sie beginnen zu erwachen, Sie werden ganz wach sein, hellwach und sehr ruhig ... neun ... Ihr Schlaf ist jetzt sehr leicht, viel leichter, Sie können das Tageslicht hinter den Augenlidern sehen, und gleich werden Sie die Augen öffnen und ganz wach sein, und Sie werden sich ruhig und glücklich fühlen ... zehn ... Sie können jetzt die Augen öffnen, Richard.«

Grey wartete noch ein paar Sekunden, bequem zurückgelehnt, die Arme auf dem Schoß, und bedauerte, daß es vorbei war. Nur ungern brach er den Zauber; während der Hypnose war er frei von der Versteifung in seinem Körper gewesen, frei von Schmerzen. Aber seine Augenlider zuckten, und einen Moment später schlug er die Augen auf.

Etwas war geschehen. Dies war sein erster Gedanke, als er aufblickte; Hurdis und Miß Gowers standen neben dem Sessel und schauten zu ihm herab.

»Wie fühlen Sie sich, Richard?«

»Gut«, sagte er, aber schon kehrten die Schmerzen zurück, die vertraute Steifheit breitete sich von den Hüften durch den Rücken bis in die Schultern aus. »Ist etwas schiefgegangen?«

»Nein, natürlich nicht. Möchten Sie eine Tasse Kaffee?«

Grey bejahte, und Alexandra Gowers legte ihr Notizbuch weg und verließ das Zimmer. Hurdis' Verhalten war verlegen und abrupt. Er ging zu dem anderen Sessel und setzte sich.

»Nun, ich möchte Sie fragen: erinnern Sie sich an alles, was gerade geschah?«

»Ich denke schon.«

»Würde es Ihnen etwas ausmachen, mir den Ablauf zu beschreiben? An was erinnern Sie sich als erstes?«

»Sie sagten mir, ich solle von dreihundert rückwärts zählen, und das tat ich. Es war schwierig, mich zu konzentrieren, und nach einer Weile gab ich auf. Die nächste Erinnerung ist, daß meine Hand aufgehoben wurde und ich sie nicht sinken lassen konnte, bis Sie es sagten. Dann brachten Sie Miß Gowers zum Verschwinden.«

Hurdis nickte. »Das einzige, was ich dazu sagen würde, ist, daß Sie dies alles taten, nicht ich.«

»Wenn Sie meinen.«

»An was erinnern Sie sich als nächstes?«

»Ich ... glaube, Sie wollten fortfahren, aber dann schienen Sie Ihre Meinung zu ändern. Ich bin nicht sicher, was geschah. Ich fing an aufzuwachen.«

»Und das ist alles, an was Sie sich erinnern?«

»Ja.«

Alexandra Gowers kam mit einem kleinen Tablett zurück. Als sie die Kaffeetassen über den Tisch reichte, wiederholte Hurdis, was Grey gerade gesagt hatte. Sie ging mit einer dritten Tasse Kaffee zu ihrem Platz und sagte: »Dann ist es spontan.«

»Das meine ich auch«, sagte Hurdis.

Grey, dessen leichte Euphorie von der kühlen Atmosphäre rasch aufgelöst worden war, fragte: »Würde es Ihnen etwas ausmachen, mir zu sagen, wovon Sie sprechen?«

»Sie erweisen sich als eine ausgezeichnete hypnotische Versuchsperson«, sagte Hurdis. »Ich konnte Sie ohne jede Schwierigkeit in eine tiefe Trance versetzen. Normalerweise ist die Versuchsperson imstande, sich hinterher daran zu erinnern, aber in einigen Fällen nicht. Ich glaube, Sie sind solch ein Fall. Sie befanden sich ungefähr fünfundvierzig Minuten lang in tiefer Trance. Ich hatte gehofft, Sie würden sich daran erinnern.«

»Es ist als spontane Amnesie bekannt«, sagte Alexandra Gowers, und Hurdis warf ihr einen tadelnden Blick zu.

»Das ist nur ein technischer Begriff, Richard.«

»Natürlich«, sagte er ruhig. Das meiste von dem, was er in den letzten Monaten anzuhören gezwungen gewesen war, hatte aus technischen Begriffen bestanden, die manchmal erklärt worden waren, manchmal nicht. Ihm war es mittlerweile gleich; er freute sich darauf, gewöhnliche Leute zu hören, die gewöhnliche Dinge sagten.

»Der entscheidende Punkt ist, daß ich Sie zu der von der Amnesie verdunkelten Periode zurückführte. Es würde natürlich besser sein, wenn Sie sich selbst erinnern könnten, aber wenn nicht, könnte es helfen, wenn wir Ihrem Gedächtnis einen kleinen Anstoß geben.«

»Dann brachten Sie mich zurück?« fragte Grey, jetzt interessiert.

»Als Sie in tiefer Trance waren, forderte ich Sie auf, sich der Ereignisse des letzten Jahres zu erinnern. Wir können die fragliche Periode ungefähr auf den Spätsommer vergangenen Jahres datieren, da der Unfall durch die Autobombe Anfang September war. Ist das richtig?«

»Ja.«

»Wie ich erwartet hatte, wirkten Sie traumatisch. Ihre Stimme wurde emotional, und es war schwierig, vieles von dem, was Sie sagten, genau zu verstehen. Ich forderte Sie auf, zu beschreiben, wo Sie waren, aber Sie taten es nicht. Ich fragte, ob jemand bei Ihnen sei, und Sie sagten, es sei eine Frau.«

»Susan Kewley!«

»Sie nannten sie Sue. Ich muß Ihnen sagen, Richard, daß nichts davon wirklich schlüssig ist. Es wird mehr Sitzungen als bloß diese eine erfordern. Es war uns nicht möglich, all Ihren Äußerungen einen Sinn abzugewinnen. So sagten Sie zum Beispiel manches auf französisch.«

»Französisch! Aber ich spreche nicht Französisch! Nun, kaum. Warum sollte ich unter Hypnose französisch sprechen?«

»Es kann passieren.«

»Nun, was sagte ich?«

Alexandra Gowers hatte ihr Notizbuch geöffnet.

»Einmal«, sagte sie, »hörten wir Sie sagen, *encore du vin, s'il vous plaît,* als ob Sie in einem Restaurant wären.«

Grey lächelte; es war länger als drei Jahre her, daß er zuletzt in Frankreich gewesen war. Damals war er mit einem Aufnahmeteam nach Paris gereist, um über die französischen Präsidentschaftswahlen zu berichten. Sie hatten eine Forschungsassistentin als Dolmetscherin mitgenommen, und während der ganzen Reise hatte er kaum ein Wort Französisch gesprochen. An was er sich von der Reise am lebhaftesten erinnerte, war die eine Nacht, in der er mit der Assistentin geschlafen hatte.

»Ich kann das nicht erklären«, sagte er.

»Vielleicht«, sagte Hurdis. »Aber Sie dürfen es auch nicht von der Hand weisen.«

»Was soll ich daraus folgern? Daß ich letzten Sommer in Frankreich war?«

»Es wäre verfrüht, bereits Schlüsse zu ziehen. Nun, hier ist noch etwas, was Sie sehen sollten.« Er reichte Grey ein Blatt Papier, augenscheinlich aus einem Notizbuch gerissen. »Erkennen Sie diese Handschrift?«

Grey blickte darauf, dann sah er überrascht genauer hin. »Es ist meine eigene!«

»Wissen Sie, was es bedeutet?«

»Woher haben Sie das Papier? Ich erinnere mich nicht, dies geschrieben zu haben.« Rasch überflog er die Zeilen: es handelte sich offenbar um die Beschreibung eines Fluggast-Warteraums in einem großen Flughafen, mit Menschenmengen, Lautsprecherdurchsagen, Luftlinienschaltern. »Es sieht wie der Teil eines Briefes aus... wann habe ich dies geschrieben?«

»Vor ungefähr zwanzig Minuten.«

»O nein, das kann nicht wahr sein!«

»Sie baten um Papier, und Miß Gowers gab Ihnen ihr Notizbuch. Sie sagten nichts, während Sie schrieben, und hörten erst auf, als ich Ihnen den Stift wegnahm.«

Grey las die Seite wieder, aber nichts davon ließ in seinem Gedächtnis eine Saite anklingen. Die Schilderung kam ihm vertraut vor, aber nur in dem Sinne, daß sie die Atmosphäre der Eile, Langeweile und nervöser Erwartung übermittelte, die auf Flughäfen herrschte. Grey war in seiner Eigenschaft als Kameramann viele Male geflogen, aber irgendwie war die letzte Stunde vor dem Besteigen der Maschine immer eine quälende Erfahrung. Zu sagen, er fürchte sich vor dem Fliegen, wäre eine Übertreibung, aber er war bei solchen Anlässen immer nervös und angespannt, bestrebt, die Reise hinter sich zu bringen. So gesehen, mochte dieser Text etwas sein, was er geschrieben oder geschildert haben konnte, aber nichts hatte ihm an diesem Morgen ferner gelegen.

»Was könnte das sein?« fragte er Hurdis.

»Sie haben selbst keine Ahnung?«

»Nein.«

»Es könnte Teil eines Briefes sein, wie Sie meinten. Es könnte eine durch die Hypnose freigesetzte unbewußte Erinnerung sein. Es könnte sogar ein Auszug aus einem Buch sein, oder aus irgendeinem anderen Text, den Sie früher einmal gelesen haben mögen.«

»Und wenn es eine unbewußte Erinnerung wäre? Könnte das die Antwort sein?«

»Von allen Möglichkeiten ist das die eine, der Sie am meisten Mißtrauen entgegenbringen sollten.« Hurdis warf einen Blick zur Wanduhr.

»Aber das ist gerade, was ich suche!«

»Richtig, Sie müssen jedoch sehr vorsichtig sein. Wir haben noch einen weiten Weg vor uns. Vielleicht sollten wir nächste Woche wieder zusammentreffen?«

Grey fühlte eine Regung von Unzufriedenheit. »Ich hoffe, bald hier herauszukommen.«

»Aber nicht schon nächste Woche?«

»Nun, das nicht ... aber bald, hoffe ich.«

»Sehr gut.« Hurdis war augenscheinlich im Begriff zu gehen. Auch Alexandra Gowers war aufgestanden.

Grey, noch immer in dem Sessel liegend, sagte: »Aber

was hat es für mich zu bedeuten? Habe ich einen Fortschritt gemacht?«

»Bei unserer nächsten Zusammenkunft werde ich Ihnen während der Trance suggerieren, daß Sie behalten sollen, was geschieht. Vielleicht haben wir dann eine bessere Interpretationsmöglichkeit.«

»Was ist damit?« sagte Grey mit einem Blick auf die beschriebene Seite. »Soll ich es behalten?«

»Wenn Sie wünschen. Nein, bei genauerer Überlegung denke ich, daß ich es mit meinen Fallnotizen aufbewahren werde. Ich möchte den Text eingehender studieren, vielleicht können wir ihn nächste Woche als Ausgangsbasis verwenden.« Er nahm Grey das Blatt aus den Fingern. Grey hätte das Geschriebene gern genauer untersucht, doch schien es in sich selbst nicht von Wichtigkeit zu sein.

Bevor sie ging, kam Alexandra Gowers zu ihm herüber.

»Ich bin Ihnen dankbar, daß Sie mich bleiben ließen«, sagte sie. Sie streckte ihm die Hand hin, und er schüttelte sie so förmlich, wie es bei ihrer Vorstellung geschehen war.

»Waren Sie hier in diesem Zimmer«, sagte Grey, »als ich nach Ihnen Ausschau hielt?«

»Ich saß die ganze Zeit auf dem Stuhl.«

»Wie ist es möglich, daß ich Sie dann nicht sehen konnte?«

»Einmal blickten Sie mir gerade in die Augen. Es ist ein verbreiteter Test der Beeinflußbarkeit, der induzierte negative Halluzination genannt wird. Sie wußten, daß ich da war, Sie wußten, wie Sie mich wahrnehmen sollten, aber Ihr Verstand wollte mich nicht wahrnehmen. Bühnenhypnotiseure arbeiten mit ähnlichen Wirkungen, aber gewöhnlich suggerieren sie ihren Versuchspersonen, die Leute ohne ihre Kleider zu sehen.« Sie sagte es ganz ernsthaft, das Notizbuch unter dem Arm. Sie schob die Brille auf dem Nasenrücken hoch.

»Ja«, sagte Grey. »Nun, jedenfalls war es ein Vergnügen, Sie anzuschauen.«

»Ich hoffe wirklich, daß Sie Ihr Gedächtnis zurückgewinnen«, sagte sie. »Es interessiert mich sehr, zu erfahren, was geschieht.«

»Mich auch«, sagte Grey, und sie lächelten beide.

9

Am gleichen Abend, allein in seinem Zimmer, stemmte Richard Grey sich aus dem Rollstuhl und tappte, gestützt auf seine Stöcke, hin und her. Später ging er bis zum Ende des Korridors und zurück. Er kam sich vor wie ein Nichtschwimmer, der ins Tiefe geworfen wird, und die Anstrengung war beträchtlich. Nach einer Ruhepause wiederholte er den Gang, doch brauchte er diesmal länger und blieb wiederholt stehen, um Kräfte zu sammeln. Am Ende schmerzte seine Hüfte, als hätte man mit einem Hammer darauf herumgeschlagen, und als er zu Bett gegangen war, konnte er wegen der Schmerzen nicht einschlafen. Er lag wach, entschlossen, daß seine lange Genesung so bald wie möglich enden müsse, und er fühlte, daß sein Geist und sein Körper gleichzeitig heilen würden, daß er sich erst erinnern würde, wenn er gehen könnte, und umgekehrt. Bisher hatte er sich passiv mit dem Gedanken zufriedengegeben, daß die Zeit ihren Gang nehmen und die Heilung allmählich voranschreiten würde, aber nun war sein Leben anders geworden.

Am folgenden Tag hatte er eine Sitzung mit James Woodbridge, sagte aber nichts davon, was unter Hypnose geschehen war. Er wollte keine weiteren Interpretationen, keine technischen Begriffe. Er war überzeugt, daß seine vergessene Vergangenheit nun erinnert werden mußte, daß sie in einer Weise symbolisch für die gesamte Wiederherstellung stand und den Weg zu seiner persönlichen Zukunft öffnete. Irgendwie waren diese Wochen vor der Explosion der Autobombe bedeutsam und wichtig gewesen. Vielleicht war nicht mehr daran als ein Liebesverhältnis mit Sue, doch wenn es sich so verhielt, war es wichtig, sich auch dessen zu erinnern. Auch darin versprach die stumme Lücke in seinem Leben Neues für die Zukunft.

Der Donnerstag verging ihm langsam, aber dann war es Freitag. Er räumte sein Zimmer auf, zog frische Kleider an, machte Freiübungen und konzentrierte sich wieder auf die Versuche, sein Gedächtnis zu beleben. Das Personal wußte, daß er Sue erwartete, und er ließ sich die Neckereien gern gefallen. Nichts konnte ihm jetzt die Stimmung verderben. Alles wurde durch sie erhöht, gewann Form und Bedeutung. Der Tag verging schleppend, der Abend kam, und Befürchtungen mischten sich in die Hoffnung. Spät, viel später, als er erwartet hatte, rief sie ihn aus einer Telefonzelle an. Sie war am Bahnhof von Totnes und im Begriff, ein Taxi zu nehmen. Eine halbe Stunde später war sie bei ihm.

DRITTER TEIL

1

Die Abfluganzeige meldete für meinen Flug eine Verspätung, aber ich hatte die Paßkontrolle bereits passiert, und aus dem Fluggast-Warteraum gab es kein Entkommen. Obwohl es ein weitläufiger Bereich war, auf einer Seite ganz mit Glas verkleidet, so daß man ungehinderten Ausblick auf das Rollfeld hatte, war die Atmosphäre von Lärm, Hitze und schlechter Luft gekennzeichnet. Menschenmengen drängten sich im Warteraum, viele davon Teilnehmer von Gruppenreisen, die nach Benidorm, Faro, Athen und Palma wollten. Säuglinge schrien, Kinder rannten in tatkräftigen Spielen hin und her, und in regelmäßigen Abständen dröhnten Durchsagen aus den Lautsprechern.

Ich bedauerte bereits, daß ich nicht den Zug und das Fährschiff nach Frankreich genommen hatte, aber es war Hochsaison, und ich war schon einmal zu dieser Jahreszeit an Bord einer Kanalfähre gewesen. Eine Luftreise hatte immer die Verlockung der Schnelligkeit, selbst auf einer kurzen Strecke wie der meinigen, doch seit ich an diesem Morgen meine Wohnung verlassen hatte, hatte es eine Verzögerung nach der anderen gegeben: die Durchquerung Londons mit der U-Bahn, mit zweimaligem Umsteigen, die langwierige Fahrt mit der überfüllten Bahn zum Flughafen Gatwick, und nun das Warten auf den Abflug.

Unruhig, denn trotz meiner zahlreichen Flüge – es waren mehr, als ich mich erinnern konnte – fühlte ich mich vor einem Flug immer angespannt und nervös, wanderte ich im Warteraum umher und versuchte mich abzulenken. Am Zeitschriftenstand blätterte ich in den Büchern und Magazinen und kaufte schließlich ein Taschenbuch; ich betrachtete das Spielzeug und die Geschenke, die zum Verkauf auslagen; ich schlenderte an den Informationsschaltern der Fluggesellschaften vorbei: British Caledonian, British Airtours, Dan-Air, Iberia. Nirgendwo gab es einen freien Sitzplatz, und es blieb einem nichts anderes übrig als herumzustehen oder zu gehen und die anderen Fluggäste anzuschauen. Ich unterhielt mich mit einem Spiel, das ich in ähnlichen Umständen oft mit mir gespielt hatte: ich versuchte zu erraten, welche der Fluggäste zu meinem Flug gehörten, warum sie flogen, was sie anschließend tun würden, wer sie waren. Durch irgendeinen Instinkt gelang es mir oft, richtig zu erraten, welche Leute meinen Flug mit mir teilten. Ich erinnerte mich eines Fluges nach Australien, als ich im überfüllten Warteraum des Flughafens Heathrow eine Frau in einem auffallenden buntfarbenen Kleid ausgemacht hatte. Vier Tage später hatte ich dieselbe Frau im selben Kleid in der Swanston Street in Melbourne gesehen.

Heute suchte ich mir einen Mann mittleren Alters mit zwei gewaltigen Kabinenkoffern aus, ferner eine unauffällig in eine helle Jacke und Jeans gekleidete junge Frau und einen Geschäftsmann mit einer Wirtschaftszeitung.

Endlich war die Verzögerung überwunden, und in rascher Folge wurden drei Flüge aufgerufen. Die Menge der Wartenden lichtete sich, und die Leute, die ich ausgewählt hatte, blieben mit mir im Warteraum. Als nächster Flug wurde der meinige aufgerufen, und ich ging mit den übrigen Fluggästen durch die Personalschleuse in die ausfahrbare Rampe. In dem anschließenden Durcheinander bei der Suche nach den Sitzplätzen verlor ich die anderen drei aus den Augen und dachte nicht mehr an sie.

Der Flug war sehr kurz. Kaum hatte die Maschine ihre normale Flughöhe erreicht, ging sie schon wieder in den Landeanflug nach Le Touquet über. Eine halbe Stunde nach dem Start in Gatwick hatten wir das Ziel erreicht. Zoll und Paßkontrolle winkten uns ohne Aufenthalt durch, und ich suchte meinen Zug; die meisten der anderen Passagiere gingen zur Schnellbahnverbindung nach Paris. Da ich eine lange Reise vor mir hatte, versorgte ich mich mit Proviant, bevor ich den Zug bestieg: frisches Brot, Käse, ein wenig gekochtes Fleisch, Obst und eine große Flasche Coca-Cola.

Mein erster Zug war ein Personenzug, der in jeder Station hielt. So war es Nachmittag, als ich in Lille eintraf, wo ich umsteigen mußte, diesmal in den Schnellzug nach Basel, doch fuhr dieser womöglich noch langsamer und hielt noch öfter als der erste. Beim vierten Halt senkte sich eine tiefe Stille auf den Zug und den Bahnhof, und es geschah nichts mehr. Zehn oder fünfzehn Minuten vergingen.

Ich las in dem gekauften Taschenbuch und war mir nur am Rande bewußt, daß jemand durch den Gang gekommen und vor meinem Abteil stehengeblieben war. Dann wurde die Tür zurückgezogen, und ich blickte auf. Es war eine junge Frau von mittlerer Größe und Statur, die in der Türöffnung stand.

Sie sagte: »Sie sind Engländer, nicht wahr?«

»Ja.« Ich hob das Taschenbuch in die Höhe, daß sie es sehen konnte.

»Ich dachte es mir. Ich sah Sie schon in dem anderen Zug, nach Lille.«

»Suchen Sie einen Platz?« sagte ich, denn meine eigene Gesellschaft langweilte mich bereits.

»Nein, ich habe einen reservierten Platz schon in London gebucht. Mein Gepäck ist in dem anderen Abteil. Das Dumme ist, daß ich nicht sehr gut Französisch spreche, und dort ist eine Familie, die ständig auf mich einredet. Ich möchte nicht unhöflich sein, aber ...«

»Nach einer Weile wird es anstrengend, nicht wahr?«

Der Zug ruckte an, dann hielt er wieder. Irgendwo unter dem Waggon fing ein Generator an zu schnurren. Auf dem Bahnsteig gingen zwei Männer in Uniformen der SNCF langsam am Fenster vorüber.

»Würde es Ihnen etwas ausmachen, wenn ich mich eine Weile zu Ihnen setzte?« fragte sie.

»Absolut nicht. Ich freue mich über Gesellschaft.«

Sie schob die Tür zu, dann nahm sie den Fensterplatz mir gegenüber ein. Sie hatte eine große, prall mit Habseligkeiten gefüllte Segeltuchtasche bei sich, die sie auf den Platz neben sich stellte.

»Ich habe Sie vorher schon gesehen!« sagte ich. »Waren Sie nicht in der Maschine ... Ich meine, sind Sie nicht von Gatwick geflogen?«

»Ja ... Ich sah Sie auch.«

»Heute morgen!« Ich lachte überrascht, denn urplötzlich hatte ich sie als einen der drei Passagiere wiedererkannt, über die ich im Warteraum Spekulationen angestellt hatte.

»Wohin fahren Sie jetzt?« fragte sie.

»Ich hoffe heute noch nach Nancy zu kommen.«

»Das ist ein Zufall ... ich auch.«

»Ich werde wahrscheinlich nicht länger als einen oder zwei Tage bleiben. Und Sie? Besuchen Sie Freunde?«

»Nein, ich bin allein. Ich hatte vor, ein paar Leute in Südfrankreich zu treffen, aber die wissen noch nicht einmal, daß ich schon in Frankreich bin.«

Sie hatte glattes dunkelblondes Haar, ein blasses Gesicht, schmale Hände. Ich schätzte sie auf Ende zwanzig. Ihre Gesellschaft war mir sehr willkommen, teils als Erlösung von meiner eigenen Langeweile, vor allem aber, weil sie so liebenswürdig war, so unbefangen. Sie schien sich für mich zu interessieren und brachte mich dazu, daß ich allerlei erzählte.

»Sie wissen nicht zufällig, ob es einen Speisewagen gibt?« sagte sie. »Ich habe seit meinem Frühstück nichts gehabt.«

»Ich habe viel Proviant mitgebracht«, sagte ich. »Bedienen Sie sich.« Ich hatte bereits etwas gegessen und vorgehabt, den Rest für später aufzusparen, nun aber öffnete ich den Beutel und gab ihn ihr. Ich selbst nahm einen Apfel, und sie aß den Rest.

Während unseres Gesprächs war der Zug weitergefahren, und wir rollten bereits durch das flache und uninteressante Land. Die Sonne schien zum Fenster herein, und weil es sich nicht öffnen ließ, war es warm im Abteil. Als sie hereingekommen war, hatte sie die Jacke getragen, die ich schon im Warteraum des Flughafens bemerkt hatte, aber nun zog sie sie aus und legte sie ins Gepäcknetz. Während sie mir den Rücken zukehrte, konnte ich nicht umhin, sie zu mustern. Sie war schlank, ein wenig knochig um die Schultern, hatte aber einen attraktiven Körper. Ich bemerkte die weißen Verstärkungen ihres Büstenhalters, die durch die Bluse sichtbar waren. Ich hatte unbestimmt erotische Gedanken und überlegte, wo sie die kommende Nacht bleiben werde, und ob ihr ein Reisegefährte für mehr als diese Bahnfahrt gefallen würde. Es war beinahe zu gut, um wahr zu sein, schon am ersten Tag jemanden wie sie kennenzulernen. Ich hatte vorgehabt und erwartet, den Urlaub allein zu verbringen, aber nicht daran gedacht, es zum Prinzip zu erheben.

Wir unterhielten uns weiter, während sie den Proviant aufaß, und schließlich tauschten wir unsere Namen aus: ihrer war Sue. Sie wohnte in London, nicht gerade in meiner Nähe, aber in der gleichen allgemeinen Gegend. In Highgate gab es eine Wirtschaft, die wir beide kannten und zu verschiedenen Zeiten besucht hatten. Sie sagte, sie sei freiberuflich als Graphikerin und Illustratorin tätig, habe die Kunsthochschule in London besucht, stamme aber aus Cheshire. Natürlich erzählte ich auch von mir und den Ereignissen, die ich gefilmt hatte, und von den Ländern, in denen ich gewesen war, warum ich die Arbeit aufgegeben hatte und was ich als nächstes vorhatte. Wir waren sehr aneinander interessiert; ich jedenfalls konnte mich nicht erinnern, jemals eine attraktive Frau kennengelernt zu haben, mit der ich nach so kurzer Bekanntschaft so freimütig reden konnte. Sie hörte aufmerksam zu, beugte sich bisweilen vor, um den Abstand zwischen uns zu verringern, den Kopf etwas zur Seite geneigt, so daß sie den

Platz neben mir anzuschauen schien. Ich versuchte das Thema mehrmals zu wechseln und sie aus ihrer Reserve zu locken, und sie antwortete auch auf direkte Fragen, schien ansonsten aber nicht gern über sich zu sprechen.

Ich fragte mich immer wieder, warum sie allein reiste. Weil ich sie attraktiv fand, war es schwierig zu glauben, daß sie nicht irgendwo einen Freund hatte, vielleicht einen von denen, die sie in Südfrankreich besuchen wollte.

Das Thema kam nicht zur Sprache. Ich hatte eine Freundin namens Annette im Hinterkopf. Einer der Gründe, die mich zu meiner Urlaubsreise bewogen hatten, war der Umstand, daß Anette sich in Canada aufhielt, wo sie ihren Bruder besuchte. Aber ich hatte kein festes Verhältnis mit ihr; unsere Freundschaft war eher beiläufig; manchmal schliefen wir miteinander, manchmal ließen wir es sein. Ich hatte in gemäßigter Promiskuität gelebt, war oft wochenlang von zu Hause fort gewesen und hatte mit Frauen geschlafen, die ich kaum kannte, ohne jemals feste Bindungen einzugehen.

Sue und ich machten wie in stillschweigender Übereinkunft einen Bogen um das Thema etwaiger Partner. Schließlich waren wir Fremde füreinander, die sich zum Zeitvertreib während einer Bahnfahrt unterhielten, und es gab keinen Anlaß, unser ganzes Privatleben voreinander auszubreiten. Immerhin fühlten wir uns bereits wohl miteinander; kleinere Vertraulichkeiten wurden ausgetauscht, Meinungen, Scherze. Ich hätte sie gern berührt und wünschte, sie würde herüberkommen und sich neben mich setzen, oder ich hätte den Mut, mich neben sie zu setzen. Ich war etwas befangen, aber sie versetzte mich in Erregung, und je länger wir miteinander sprachen, um so deutlicher wurde, daß wir das Thema andere Leute mieden.

Als der Zug endlich in Longuyon einfuhr, sagte ich: »Ich glaube, wir müssen hier umsteigen.«

»Mein Gott, ich habe mein Gepäck vergessen! Es ist

im anderen Abteil.« Sie sprang auf. »Warten Sie auf dem Bahnsteig auf mich?« fragte sie. »Ich weiß nicht genau, welcher Zug nach Nancy geht.«

»Ich auch nicht.« Sie stieß die Abteiltür auf. »Vergessen Sie Ihre Jacke nicht!« Ich reichte sie ihr. »Wir sehen uns draußen.«

Der Zug begann zu bremsen, als sie das Abteil verlassen hatte. Ich nahm meinen Koffer aus dem Gepäcknetz und ging hinaus in den Gang. Mehrere Passagiere standen zum Aussteigen bereit, und die Türen waren blokkiert. Als der Zug hielt, gab es ein Gedränge, aber sobald ich auf dem Bahnsteig war, stellte ich den Koffer ab und machte mich auf die Suche nach Sue. Türen wurden zugeworfen, die Reisenden verloren sich nach und nach. Es wurde ruhig.

Dann flog plötzlich eine Tür auf, und eine dickliche Frau mittleren Alters mit einem Kopftuch kletterte auf den Bahnsteig herab. Sie trug einen Koffer, den sie abstellte, dann wandte sie sich um und zog einen zweiten Koffer nach. Sue folgte; sie sah geplagt und beunruhigt aus. Es gab ein kurzes, einseitiges Gespräch, zum Abschluß dann flüchtige Küsse auf beide Wangen. Die Frau stieg wieder ein und schloß die Tür. Ich ging hinüber, Sue mit dem Gepäck zu helfen, und sie lächelte.

Eine Stunde später saßen wir im Personenzug nach Nancy, diesmal nebeneinander, und die Ermüdung und Langeweile des Reisens verband uns mit einer Art erschöpfter Vertrautheit. Ich fühlte den leichten Druck ihres Armes an meinem, aber die Unterbrechung durch das Umsteigen hatte die erste Unbesonnenheit verfliegen lassen.

Es war Abend, als der Zug in Nancy einfuhr. Wir erkundigten uns im Touristenbüro nach einem preisgünstigen Hotel im näheren Umkreis des Bahnhofs, dann machten wir uns mit unseren Koffern auf. Als wir vor dem Haus anlangten, blieb Sue stehen und stellte ihr Gepäck ab.

»Richard, da gibt es etwas, was wir nicht besprochen haben«, sagte sie.

Ich fragte, was es sei, obwohl ich mir denken konnte, was sie meinte.

»Ich möchte nicht, daß es wegen heute nacht zu irgendwelchen Mißverständnissen kommt.«

»Ich habe nichts angenommen«, sagte ich.

»Ich weiß, aber nun stehen wir hier vor dem Hotel, wir haben uns gerade erst kennengelernt, und obwohl es sehr angenehm war ...«

Sie blickte an mir vorbei über die Straße. In der Stadt herrschte starker Verkehr, und in dem warmen Abend waren viele Passanten unterwegs.

»Möchten Sie für sich ein anderes Hotel suchen?« fragte ich.

»Nein, natürlich nicht. Aber wir sollten getrennte Zimmer haben. Wir haben nicht darüber gesprochen, aber ich treffe jemand, wenn ich nach St. Raphael komme. Einen Freund.«

»Das ist in Ordnung«, sagte ich und bedauerte, daß ich es ihr überlassen hatte, das Thema anzuschneiden. Je länger es ungesagt geblieben war, desto unausweichlicher mußten sich Vermutungen und Erwartungen einstellen.

Das Hotel hatte glücklicherweise Einzelzimmer frei, und vor dem Aufzug kam der Augenblick der Trennung.

Sue sagte: »Ich werde eine Dusche nehmen und mich ein wenig hinlegen. Was haben Sie vor? Gehen Sie zum Essen?«

»Noch nicht gleich. Ich bin auch müde.«

»Wollen wir zusammen essen?«

»Wenn Sie mögen.«

»Sie wissen, daß es mir recht ist. Ich werde in einer Stunde an Ihre Tür klopfen.«

2

In der Stadtmitte von Nancy gab es einen großartigen weiten Platz, umgeben von Palästen des 18. Jahrhunderts, die Place Stanislas. Wir betraten ihn von der Südseite und sahen uns bald von großartiger Weite und Frieden umgeben. Es war, als ob die Geschäftigkeit der Stadt zu diesem Platz nicht durchdringen könne. Nur wenige Leute schlenderten oder standen wie verloren in der großartigen Weitläufigkeit. Die tief stehende Sonne warf lange Schatten auf das Sandsteinpflaster. Ein Autobus parkte vor dem Hôtel de Ville, dem früheren Palast des Herzogs von Lothringen, und mit einigem Abstand hinter ihm standen vier lange schwarze Limousinen aufgereiht. Für den allgemeinen Verkehr war der Platz gesperrt. Ein Mann mit einer Schiebermütze schob sein Fahrrad langsam über den Platz, vorbei an der Statue des Herzogs, die sich in der Mitte erhob.

In einem Winkel des Platzes war der Neptunbrunnen, ein herrliches Rokokobauwerk mit Nymphen, Najaden und Engeln, wo Wasser aus Muschelschalen in die tiefergelegenen Becken plätscherte. Die schmiedeeisernen Gittertore von Jean Lamour umgaben den Brunnen. Wir wanderten über die kopfsteingepflasterte Durchfahrt, blickten zum Triumphbogen auf und gingen weiter auf die Place Carrière. Schöne alte Häuser säumten den Platz, dessen Mitte eine schmale, von zwei Baumreihen eingefaßte Parkanlage bildete. Wir gingen hindurch, völlig allein. Über den Dächern zu unserer Linken konnten wir den Turm der Kathedrale sehen.

Ein Wagen rumpelte über den Platz, eine Rauchfahne hinter sich lassend. Am anderen Ende war eine Kolonnade vor dem früheren Palais de Gouvernement, und dort ging ein anderes Paar langsam vorüber. Wir blickten den Weg zurück, den wir gekommen waren, durch den Triumphbogen zur Place Stanislas: der Schein der Abendsonne machte, daß die klaren Linien der Gebäude, die würdevoll modellierte Anlage, statisch und einfarbig erschienen. Der Wagen mit der Rauchfahne war weitergefahren, und nun bewegte sich nichts mehr, wohin wir auch blickten.

Wir verließen die Place Carrière und gingen durch eine schmale, beschattete Gasse zu einer der Haupteinkaufsstraßen. Ringsum schwoll der Lärm an, und wir sahen das Gedränge der Passanten. Im Cours Leopold gab es eine Anzahl Straßencafés, und wir setzten uns in eines von diesen und bestellten *demis pressions*. Am Abend zuvor hatten wir eines der Restaurants auf der gegenüberliegenden Seite besucht und waren nach der Mahlzeit bis nach Mitternacht beim Wein sitzengeblieben. Wir hatten, zumeist in allgemeinen Begriffen, über die anderen Menschen in unserem Leben gesprochen, Menschen aus der Vergangenheit, obwohl ich meine Beziehung zu Annette als ein unspezifisches Gegenstück zu Sues Freund, der in St. Raphaël auf sie wartete, beschrieben hatte.

Nun, nach unserem Besuch der Sehenswürdigkeiten, war sie eher bereit, über die Gegenwart zu sprechen.

»Ich mag das Leben in London nicht«, sagte sie. »Es kostet soviel Geld, bloß am Leben zu bleiben. Eigentlich hatte ich nie Geld, seit ich mein Elternhaus verlassen hatte. Ich bin immer pleite, muß mich immer abquälen. Ich wollte eine wirkliche Künstlerin sein, habe es aber nie geschafft, damit anzufangen. Was ich mache, ist alles kommerzielle Arbeit, Gebrauchsgraphik.«

»Leben Sie allein?« fragte ich.

»Ja ... das heißt, ich habe ein Zimmer in einem Haus. Es ist eins von diesen großen viktorianischen Häusern in Hornsey. Wurde vor Jahren in Wohnungen und Einzimmer-Apartments unterteilt. Mein Zimmer ist im Parterre. Es ist recht groß, aber ich kann nicht bei Tageslicht arbeiten ... vor dem Fenster ist eine Wand.«

»Ist Ihr Freund auch Künstler?«

»Mein Freund?«

»Derjenige, von dem Sie mir gestern erzählten. In St. Raphaël!«

»Nein, er ist gewissermaßen ein Schriftsteller.«

»Was ist gewissermaßen ein Schriftsteller?«

Sie lächelte. »Er sagt, daß er einer sei. Er verbringt den größten Teil seiner Freizeit mit Schreiben, zeigt mir aber nie etwas davon, und ich glaube nicht, daß er je etwas veröffentlicht hat. Ich darf nicht danach fragen.«

Sie schüttelte den Kopf und blickte auf den kleinen Teller mit Salzbrezeln, die der Kellner mit den Getränken gebracht hatte. »Er wollte zu mir ziehen, aber ich wollte es nicht. Ich würde nie irgendeine Arbeit fertigbringen.«

»Wo wohnt er dann?«

»Er zieht von einem Ort zum anderen. Ich weiß nie, wo er ist, bis er auftaucht. Er zahlt keine Miete und schnorrt einfach bei anderen Leuten.«

»Aber warum dann ...? Na, egal. Wie heißt er?«

»Niall.« Sie buchstabierte es für mich. »Niall ist ein Schmarotzer, ein Parasit. Das ist der einzige Grund, weshalb er sich in Frankreich aufhält. Die Leute, bei denen er war, machten eine Urlaubsreise, und die Alternative war, ihn allein im Haus zu lassen oder mitzunehmen. Also bekommt Niall kostenlose Ferien an der Riviera, und deshalb fahre ich da hinunter, ihn zu besuchen. Er sagt, er brauche mich.«

»Die Vorstellung scheint Sie nicht gerade zu begeistern.«

»Tut sie auch nicht.« Sie blickte mich offen an. »Wenn Sie die Wahrheit wissen wollen, ich kann mir die Ausgaben nicht leisten. Außerdem war ich ganz froh, ihn nicht die ganze Zeit um mich zu haben und fing an, mich daran zu gewöhnen, als er anfing, mich aus Frankreich anzurufen.« Sie trank ihr Glas leer. »Ich sollte es nicht sagen, aber ich habe Niall satt. Ich wünschte, er würde mich in Ruhe lassen.«

»Na, dann machen Sie doch Schluß!«

»So einfach ist das nicht. Niall läßt nicht locker. Ich kenne ihn schon zu lange, und er weiß, wie er seinen Willen durchsetzen kann. Ich habe ihn öfter hinausgeworfen, als ich mich erinnern kann, und doch gelingt es ihm jedesmal, wieder in mein Leben zu kriechen. Ich habe die Versuche aufgegeben.«

»Aber was für eine Art von Beziehung ist das?«

»Lassen Sie uns noch ein Glas trinken!« Sie winkte dem Kellner, als er vorbeiging.

»Sie haben meine Frage nicht beantwortet.«

»Ich wollte es nicht. Was ist mit Ihrer Freundin, derjenigen, die in Canada ist? Wie lang kennen Sie die schon?«

»Sie wechseln das Thema«, sagte ich.

»Nein, keineswegs. Wir lange kennen Sie sie schon? Sechs Jahre? So lange kenne ich Niall. Wenn man so lange mit jemand zusammen ist, kennt er einen. Er weiß einen zu manipulieren, weiß, wie er einen verletzen, wie er Dinge oder Umstände gegen ihn verwenden kann. Darin ist Niall besonders gut. Ich kann nicht weg von ihm, denn jedesmal, wenn ich es versuche, findet er etwas Neues, womit er mich unter Druck setzen kann.«

»Aber warum machen Sie nicht ...?« Ich brach ab, bemüht, mir solch eine Beziehung vorzustellen, mich in eine ähnliche Lage hineinzudenken. Es war völlig jenseits all meiner Erfahrungen.

»Warum mache ich nicht was?«

»Ich kann nicht verstehen, warum Sie es weitergehen lassen.«

Der Kellner kam mit zwei frischen Gläsern und nahm die alten fort. Sue bezahlte ihn, und er legte das Wechselgeld auf den Tisch, nachdem er die Banknote in den kleinen Lederbeutel gesteckt hatte, den er am Gürtel trug.

»Ich kann es selbst nicht verstehen«, sagte sie. »Ich habe nie einen anderen gefunden, und so nehme ich an, ist es leichter, einfach weiterzumachen. Es ist tatsächlich meine Schuld.«

Ich blieb eine Weile still, saß zurückgelehnt und gab vor, die Passanten zu betrachten. Sie war der passiven Person, als die sie sich darstellte, so unähnlich. Wie sie das Verhältnis geschildert hatte, schien es eine destruktive Beziehung zu sein, die sie mit diesem Niall unterhielt. Am liebsten hätte ich ihr gesagt: »Ich bin anders, ich klammere mich nicht an, du hast jetzt einen anderen gefunden. Laß diesen Niall tun, was er will, und bleib bei mir! Du brauchst dich nicht mit ihm herumzuplagen.

Schließlich sagte ich: »Wissen Sie, warum er Sie bei sich haben möchte?«

»Nichts Besonderes. Wahrscheinlich ist er enttäuscht und ärgert sich, braucht eine, die ihm zuhört.«

»Ich sehe nicht, warum Sie das auf sich nehmen. Sie sagen, Sie seien pleite, und doch reisen Sie durch ganz Frankreich, nur damit er mit Ihnen reden kann.«

»Es wird mehr als reden sein«, sagte sie. »Wie auch immer, Sie kennen ihn nicht.«

»Das kommt mir alles ziemlich irrational vor.«

»Ja. Ich weiß.«

3

Wir übernachteten ein zweites Mal in Nancy, dann nahmen wir einen Zug nach Dijon. Das Wetter hatte sich verschlechtert, und als der Zug langsam durch die ausgedehnten Vororte der Stadt fuhr, setzte starker Regen ein. Wir beratschlagten, ob wir bleiben sollten oder nicht, aber ich hatte es nicht mehr eilig, den Süden zu erreichen, und wir kamen überein, an dem Plan festzuhalten, den wir am Vorabend ausgearbeitet hatten.

Dijon war eine belebte, geschäftige Stadt, wo gerade

ein Kongreß stattfand, und die ersten zwei Hotels, die wir aufsuchten, waren ausgebucht. Das dritte, Hôtel Central, hatte nur Doppelzimmer frei.

»Wir können zusammen eins nehmen«, sagte Sue, als wir uns vom Empfangsschalter zur Beratung zurückzogen. »Nehmen wir ein Doppelzimmer.«

»Macht es Ihnen wirklich nichts aus?«

»Es wird sowieso billiger sein als zwei Einzelzimmer.«

»Wir könnten es anderswo versuchen.«

Sie sagte ruhig: »Es macht mir nichts aus, das Zimmer zu teilen.«

Unser Zimmer war im obersten Geschoß, am Ende eines langen Korridors. Es war klein, hatte aber ein großes Fenster mit einem Balkon und einen angenehmen Ausblick über die Bäume des Platzes zu unseren Füßen. Die zwei Betten standen nahe beisammen, getrennt durch einen kleinen Nachttisch mit einem Telefon. Sobald der Gepäckträger gegangen war, stellte Sue ihre Segeltuchtasche ab und kam zu mir herüber. Sie umarmte mich fest, und ich legte die Arme um sie. Der Rücken ihrer Jacke und ihr Haar waren naß vom Regen.

»Wir haben nicht viel Zeit zusammen«, sagte sie. »Laß uns nicht länger warten.«

Wir fingen an, uns zu küssen, sie mit großer Leidenschaft. Es war das erste Mal, daß wir einander umarmten und küßten. Ich hatte nicht gewußt, wie sie sein würde, wie ihre Haut und ihre Lippen schmecken würden. Ich kannte sie nur als Gesprächspartnerin, als Gegenüber; nun konnte ich sie fühlen, an mich drükken, und sie war anders. Bald kleideten wir einander aus, und dann lagen wir auf dem nächsten Bett.

Wir verließen das Hotel erst nach Dunkelwerden, von Hunger und Durst hinausgetrieben. Wir waren körperlich voneinander besessen und konnten kaum aufhören, einander zu berühren. Ich hielt sie eng umfaßt, als wir die vom Regen überschwemmte Straße entlanggingen, und dachte nur an sie und was sie mir jetzt bedeu-

J.H. TELTSCHIK 2·86

tete. In der Vergangenheit hatte Sex allzuoft bloß körperliche Neugierde befriedigt, aber mit Sue hatte er tiefere Gefühle freigesetzt, größere Intimität, einen neuen Appetit aufeinander.

Wir fanden ein Restaurant, Le Grand Zinc, und wären fast vorbeigegangen, weil wir dachten, es müsse geschlossen sein. Als wir eintraten, entdecken wir, daß wir die einzigen Gäste waren; fünf Kellner, gekleidet in schwarze Westen und Hosen, mit gestärkten weißen Schürzen, die über die Knie hinabreichten, standen in einer geduldigen Reihe neben dem Küchendurchgang.

Als wir zu einem Fenstertisch geführt wurden, traten sie in Aktion – aufmerksam, aber diskret. Jeder hatte kurzgeschnittenes dunkles Haar, mit glänzender Pomade an den Kopf geklebt, und jeder hatte einen bleistiftdünnen Schnurrbart. Sue und ich tauschten Blicke aus, unterdrückten ein Kichern. Wir hatten gefunden, daß es nicht viel brauchte, um uns zum Lachen zu bringen.

Draußen wetterleuchtete es durch den Regen: grelle, rosagetönte Flächenblitze, weit entfernt, ohne Donner. Der Regen schüttete weiter herab, aber der Verkehr in dieser Straße war spärlich. Ein alter Citroën parkte an der Bordsteinkante, glänzend im Regen, und das doppelte kopfstehende V am Kühlergrill reflektierte den roten Lampenschein vom Restaurant.

In Erinnerung einer Lektion, die ich während eines früheren Besuchs in Paris gelernt hatte, schlug ich vor, daß wir die plat du jour bestellen sollten, und bald darauf servierten uns die wie aus einer komischen Oper entsprungenen Kellner saucisson en croûte, gefolgt von côtes de porc. Es war ein denkwürdiges Essen, garniert mit persönlichen Gedanken und heimlichen Zeichen. Nach der Mahlzeit nippten wir vom Cognac und hielten uns über den Tisch hinweg bei den Händen. Die Kellner schauten weg.

»Wir könnten nach St. Tropez fahren«, sagte ich. »Bist du schon mal dort gewesen?«

»Ist es um diese Jahreszeit nicht überfüllt?«

»Das nehme ich an. Aber es ist kein Grund, nicht hinzufahren.«

»Es würde teuer sein. Mir geht das Geld aus.«

»Wir können billig leben.«

»Ich kann mir nicht leisten, weiterhin in Restaurants wie diesem zu essen«, sagte sie.

»Dies ist eine Feier.«

»Richtig, aber hast du die Preise bemerkt?«

Wegen des Regens hatten wir die Preise nicht vor dem Betreten des Lokals überprüft, aber sie waren deutlich auf die Speisekarte gedruckt. Die Preise waren in alten Francs, oder schienen es zu sein. Ich hatte einen halbherzigen Umrechnungsversuch gemacht, war aber zu der Folgerung gelangt, daß sie entweder lächerlich niedrig oder empörend hoch waren; die Qualität der Küche und der Bedienung deuteten auf letzteres hin.

»Das Geld wird uns nicht so schnell ausgehen«, sagte ich.

»Ich weiß, was du meinst, aber das wird nicht gehen. Ich kann nicht bei dir schmarotzen.«

»Was soll dann geschehen? Wenn wir zusammen reisen, und es macht dich bankrott, wie lange können wir dann noch weitermachen?«

»Wir müssen darüber sprechen, Richard«, sagte sie. »Ich werde noch immer Niall besuchen. Ich kann ihn nicht im Stich lassen.«

»Was ist mit mir? Meinst du nicht, daß du dadurch mich im Stich lassen wirst?« Sie schüttelte den Kopf und schaute weg. »Wenn es nur das Geld ist, dann laß uns morgen nach England heimfahren.«

»Es ist nicht nur das Geld. Ich versprach, daß ich ihn besuchen würde. Er wartet auf mich.«

Ich nahm die Hand von der ihren weg und starrte sie ärgerlich an. »Ich möchte nicht, daß du gehst.«

»Und ich auch nicht«, antwortete sie mit leiser Stimme. »Niall ist eine verdammte Plage, natürlich ist mir das klar. Aber ich kann nicht einfach wegbleiben.«

»Ich werde mit dir kommen«, sagte ich. »Wir werden ihn zusammen besuchen.«

»Nein, nein ... das wäre unmöglich. Ich könnte das nicht ertragen.«

»In Ordnung. Ich werde mit dir nach St. Raphaël fahren und auf dich warten, während du ihm sagst, was zu sagen ist. Dann werden wir nach England zurückkehren.«

»Er erwartet, daß ich bei ihm bleibe. Eine Woche, vielleicht zwei.«

»Kannst du nicht *irgend etwas* tun?«

»Ich wüßte nicht, was.«

»Nun, wenigstens werde ich hier die verdammte Rechnung bezahlen.« Ich schnippte mit den Fingern zu den Kellnern, und Sekunden später wurde mir eine zusammengefaltete Rechnung auf einem Teller vorgesetzt. Die Gesamtsumme, *service compris,* belief sich auf 3600 Francs, in der alten Weise geschrieben. Ich legte versuchsweise 36 Francs auf den Teller, und es wurde ohne Einwendungen angenommen. *»Merci, Monsieur.«* Als wir das Restaurant verließen, standen die Kellner makellos in Reih und Glied, lächelten und nickten uns zu, *bonne nuit, à bientôt.*

Wir eilten im Regen die Straße entlang, und das Unwetter vertagte wirksam jeden weiteren Streit um das Problem. Ich ärgerte mich mehr über mich selbst als über Sue und ihre schwer verständlichen Probleme: noch am Vortag hatte ich mich dazu beglückwünscht, daß ich im Umgang mit Frauen weder zu Eifersucht noch zu Besitzdenken neigte, und nun empfand ich genau das Gegenteil. Der Ausweg war offensichtlich: Nachgeben, Sue zu ihrem Freund reisen lassen und hoffen, daß ich sie später einmal in London treffen würde. Aber sie war mir bereits zu wichtig geworden. Ich mochte sie, und sie machte mich glücklich, und unsere körperliche Liebe hatte es bestätigt und mehr versprochen.

Oben im Hotelzimmer trockneten wir unser Haar mit dem Handtuch und entledigten uns der nassen Oberkleidung. Es war warm im Zimmer, und wir stießen das Fenster auf. Donner grollte in der Ferne, und unten zischten die Reifen der Wagen auf dem nassen Asphalt. Ich stand eine Weile auf dem Balkon, wurde wieder naß und überlegte, was zu tun sei. Ich wollte die Entscheidung bis zum Morgen aufschieben.

Aus dem Zimmer hinter mir sagte Sue: »Kannst du mir helfen?«

Ich ging hinein. Sie hatte die Laken von einem der Betten abgezogen.

»Was tust du?« fragte ich.

»Laß uns die Betten zusammenschieben. Wir werden den Nachttisch wegnehmen müssen.«

Sie stand in Büstenhalter und Schlüpfer, das Haar wirr und noch feucht. Ihre Gestalt war schlank, leicht gerundet, und die dünne Unterwäsche verbarg kaum etwas. Ich nahm den Nachttisch heraus und half ihr die Betten schieben, und wir fingen an, sie neu zu beziehen, so daß die Laken einander überlappten und ein großes Doppelbett bildeten, aber bevor die Arbeit zur Hälfte getan war, begannen wir uns wieder zu küssen und zu umarmen. In dieser Nacht wurden wir mit dem Bettzeug nicht mehr fertig, obwohl die Betten aneinandergerückt waren.

Am Morgen hatte ich noch immer keine Entscheidung getroffen, da mir klargeworden war, daß ich sie nun verlieren würde. Die Erörterung des Problems verschlimmerte es. Nachdem wir an einem Tisch vor dem Hotel gefrühstückt hatten, brachen wir zu einem Rundgang durch die Stadt auf. Über die Fortsetzung unserer Reise nach Süden wurde nicht gesprochen.

Im Mittelpunkt von Dijon lag La Place de la Libération, mit dem Herzogschloß auf einer Seite und einem Halbkreis malerischer Häuser aus dem 17. Jahrhundert auf der anderen. Der Platz vor dem Schloß war in einem kleineren, mehr menschlichen Maßstab gehalten als in Nancy, aber auch hier fiel uns auf, daß die Menschenmengen und der Verkehr sich anderswo konzentrierten. Das Wetter hatte sich wieder gebessert, und die Sonne schien heiß und strahlend. Auf dem kopfsteingepflasterten Platz standen noch mehrere große Pfützen. Das Schloß beherbergte ein Museum, und wir wanderten darin herum und bewunderten die prachtvollen Säle und Zimmer ebenso wie die Ausstellungsstücke. Wir verweilten einige Zeit vor den unheimlichen Grabmälern der Herzöge von Burgund, steinernen Männlein zwischen gotischen Spitzbogen, jedes in einer grotesk lebensnahen Haltung.

»Wo sind die Touristen?« fragte Sue, und obwohl sie leise sprach, löste ihre Stimme zischelnde Echos aus.

Ich zuckte die Achseln. »Ich dachte, Frankreich sei um diese Jahreszeit überlaufen.«

Sie nahm meinen Arm und schmiegte sich an mich. »Mir gefällt es hier nicht. Laß uns anderswohin gehen!«

Den größten Teil des Vormittags bummelten wir durch die geschäftigen Einkaufsstraßen, kehrten einoder zweimal in Cafés ein, kamen dann an einen Fluß und setzten uns unter den Bäumen auf eine Bank. Es war gut, zeitweilig den Menschenmengen und dem endlosen Verkehrslärm zu entrinnen.

Sue zeigte nach oben durch die Baumkronen und sagte: »Gleich wird die Sonne verschwinden.«

Eine einzelne Wolke, schwärzlich und dicht, schwamm durch den Himmel auf die Sonne zu. Sie sah nicht wie eine Regenwolke aus, war aber groß genug, um die Sonne für eine halbe Stunde zu verdecken. Ich blinzelte hinauf und dachte an Niall.

»Laß uns zum Hotel zurückgehen«, sagte Sue.

»Meinetwegen.«

Wir wanderten zurück zum Stadtzentrum. In unserem Zimmer entdeckten wir, daß das Zimmermädchen die Betten für uns gemacht hatte. Sie waren zusammengerückt, wie wir sie verlassen hatten. Und als wir die Decken zurückschlugen, fanden wir die Laken sauber überlappend und glattgezogen.

4

Wir fuhren weiter nach Süden, stiegen in Lyon um und machten einen Abstecher nach Grenoble, einer großen und modernen Stadt in den Bergen. Wir fanden ein Hotel, nahmen diesmal ein Zimmer mit einem Doppelbett, dann, weil es erst Nachmittag war, gingen wir aus, die Stadt anzusehen.

Wir entwickelten uns zu mustergültigen Reisenden, besuchten pflichtschuldig die Sehenswürdigkeiten jeder Stadt, die wir besuchten. Es gab unseren Wanderungen einen äußerlichen Zweck, eine Ruhepause von der gegenseitigen Besessenheit.

»Wollen wir auf den Berg?« sagte ich. Wir waren zum Quai Stephane Jay gekommen, und hier war die Endstation einer Seilbahn. Vom breiten Vorplatz konnte man die Kabel sehen, die aus der Stadt hoch hinauf zu einem felsigen Vorgebirge führten.

»Diese Dinger sind nicht sicher«, sagte Sue und faßte mich beim Arm.

»Natürlich sind sie es.« Ich wollte die Aussicht von oben sehen. »Möchtest du lieber den Rest des Tages durch die Straßen laufen?«

Wir hatten die Altstadt noch zu entdecken, und weite Teile von Grenoble bestanden aus Betonhochhäusern, die auf der Straßenebene einen Windkanaleffekt erzeugten, so daß Staub und Papierfetzen durch die Straßen gefegt wurden. Der Stadtführer empfahl Besuchern einen Gang zur Universität, aber die lag draußen am Ostrand der Stadt.

Ich überredete sie zu der Fahrt, aber sie gab Nervosität vor und hielt sich an mir fest. Bald hob sich die Gondel mit uns von der Stadt und gewann rasch an Höhe. Eine Weile blickte ich zurück zur Stadt, sah ihre riesenhafte Ausbreitung durch das Tal, doch dann gingen wir zur anderen Seite der Kabine, um die Berghänge zu beobachten, die sich unter uns erhoben. Es war ein ultramodernes Seilbahnsystem mit vier glasverkleideten Kugeln, die sich im Konvoi zusammen durch die Luft bewegten.

Als die Gondeln oben verlangsamten, mußten wir uns beeilen, um hinauszukommen, dann gingen wir durch das geräuschvolle Maschinenhaus und traten hinaus in den kalten Wind des Bergkamms. Sue schob ihren Arm unter mein Jackett und schmiegte sich an mich. Mit einem Mädchen zu sein, das ich wirklich mochte, mit dem ich mir eine Zukunft vorstellen konnte, war ein einzigartiges Gefühl für mich. Im stillen entsagte ich meiner Vergangenheit, wollte nie wieder oberflächliche Eroberungen machen; nach vielen Jahren hatte ich den Menschen gefunden, mit dem ich alle Zeit zusammen sein wollte.

»Wir können hier was zu trinken bekommen«, sagte ich. Auf dem letzten Ausläufer des Felskamms war ein Restaurant mit Café erbaut, ausgestattet mit einer Aussichtsplattform, die das Tal überblickte. Wir gingen hinein, froh, vor dem scharfen Wind geschützt zu sein. Ein Kellner brachte uns zwei Cognacs, an denen wir mit einem Gefühl von Dekadenz nippten, weil es noch heller Tag war. Später ging Sue zur Toilette, und ich kaufte ein paar Postkarten am Andenkenstand. Ich dachte, daß ich ein paar an Freunde verschicken sollte, aber die Wahrheit war, daß ich seit meiner Begegnung mit Sue das Interesse an fast allem außer ihr verloren hatte.

Sie fand mich vor dem Andenkenstand.

»Mir ist jetzt wärmer«, sagte sie. »Schauen wir uns die Aussicht an.«

Wir gingen hinaus in den Wind, legten wieder die Arme umeinander und schauten vom Rand der Aussichtsplattform. Drei Münzfernrohre standen an der Brüstung und starrten mit ihren Linsen talwärts. Wir standen zwischen zweien von ihnen, lehnten an der Betonmauer und spähten hinab. Die Luft war klar unter einem nackten Himmel. Am Horizont waren die Berge im Süden jenseits der Stadt; zu unserer Linken hoben sich die schneebedeckten Gipfel der Französischen Alpen scharf vom Blau des Himmels ab.

»Sieh mal«, sagte Sue, »ich glaube, das ist die Universität.« Sie deutete auf einen Komplex schöner alter Gebäude mit Bastionen und Spitztürmen hinab, der sich am Fluß erstreckte. »Sie ist näher an der Stadt, als wir dachten.«

Es gab einen Übersichtsplan, der anzeigte, was zu sehen war. Wir verglichen die verschiedenen Landmarken.

»Die Stadt ist doch kleiner als ich dachte«, sagte ich. »Als wir mit dem Zug ankamen, schien sie das ganze Tal auszufüllen.«

»Wo sind all diese Blocks mit Bürohäusern? Ich kann sie nicht mehr sehen.«

»Sie waren beim Hotel.« Ich sah auf den Übersichtsplan, aber dort war es nicht markiert. »Es war ein ganzes Stadtviertel, nahe der Seilbahnstation.« Mein Blick folgte den Kabeln der Bahn bergab, aber die Talstation war verborgen. »Es muß ein optisches Phänomen sein.«

»Vielleicht hat man sie so entworfen, daß sie sich in die älteren Teile der Stadt einfügen.«

Auf der Tafel mit den Erläuterungen stand zu lesen, daß im Nordosten der Mont Blanc zu sehen sei, und wir wandten uns in diese Richtung. Hinter uns waren jedoch Wolken, und die Aussicht auf die fernen Gipfel war getrübt. Oberhalb des Restaurants standen die Ruinen eines alten Forts und wir gingen hinüber. Angekommen, stellte sich heraus, daß Eintrittsgebühr verlangt wurde, und wir besannen uns eines anderen.

»Noch einen Cognac?« sagte ich. »Oder zurück zum Hotel?«

»Beides.«

Eine halbe Stunde später gingen wir noch einmal auf die Plattform hinaus, um einen weiteren Blick auf die Stadt zu werfen. Dort unten glommen die Lichterketten der Straßenbeleuchtung, und winzige Punkte orangefarbenen und gelben Lichts blinzelten aus den Gebäuden. Wir betrachteten eine Weile den Abend, dann bestiegen wir die Seilbahnkabine zur Talfahrt. Nach Überwindung einer vorgeschobenen Felsbastion kam die Stadt wieder ganz in Sicht. Über dem Tal bildete sich ein Dunst, aber nun konnten wir die neueren Stadtviertel deutlich erkennen: bläulichweiße Leuchtstoffröhren schienen aus den Glastürmen. Es schien uns schwer vorstellbar, daß wir sie von oben nicht hatten sehen können. Ich zog die gekauften Postkarten hervor: eine von ihnen war eine Darstellung der Aussicht, und sie zeigte die modernen Hochhäuser deutlich am unteren Rand des Stadtpanoramas.

»Ich werde hungrig«, sagte Sue.

»Auf Essen?«

»Das auch.«

5

Wir trafen in Nizza ein. Die Touristensaison hatte den Höhepunkt erreicht, und das einzige erschwingliche Hotel, das wir finden konnten, lag im Norden der Stadt, versteckt in einem Labyrinth schmaler Straßen, einen weiten Fußweg von der See entfernt. Mit unserer Ankunft gewann mein Vorgefühl von Furcht die Oberhand. Wir hatten bestenfalls noch einen oder zwei gemeinsame Tage; St. Raphaël war nur ein paar Kilometer entfernt an der Küste.

Niall war zu einem verbotenen Thema geworden, allgegenwärtig, aber niemals erwähnt. Selbst das Stillschweigen über ihn wurde offensichtlich. Wir wußten genau, was jeder von uns sagen würde, und keiner von uns wollte es hören. Wenn ich eine Möglichkeit hatte, mit dem Problem fertigzuwerden, dann war es nur die, daß ich mich Sue von meiner besten Seite zeigte und ihr damit deutlich zu machen hoffte, was wir zu verlieren im Begriff waren. Sie schien die gleiche Taktik zu verfolgen. Wir hatten beide die Fähigkeit zur Konzentration und machten davon Gebrauch. Wir hatten nur noch Augen füreinander.

Ich liebte sie. Die Empfindung hatte in Dijon ihren Anfang genommen, und jede wache Minute mit ihr kräftigte und vertiefte sie. Sue begeisterte mich in jeder Weise, und ich war in sie vernarrt. Dennoch scheute ich mich, die Worte auszusprechen, nicht weil ich daran zweifelte, sondern weil sie ein Druckmittel darin sehen mochte.

Ich wußte noch immer nicht, was ich tun sollte. An unserem ersten Abend in Nizza schlief Sue neben mir ein, während ich beim Licht der Nachttischlampe im Bett saß, vorgeblich in mein Taschenbuch vertieft, in Wahrheit aber mit brütenden Gedanken an sie und Niall beschäftigt.

Nichts würde wirken. Ein Ultimatum, eine Wahl zwischen mir oder ihm, würde fehlschlagen. Wenn es um Niall ging, war Sue von einer Halsstarrigkeit, gegen die ich nichts vermochte. Verworfen war auch die Idee, mich selbst als den verletzten Verlierer zu porträtieren; das gab tatsächlich meine Gefühle wieder, aber nichts würde mich dazu bringen, sie zur Grundlage meines Vorgehens zu machen. Auch Vernunftgründe kamen nicht in Betracht. Sie gab freimütig zu, daß ihre Beziehung zu ihm irrational sei.

Außerdem hatte sie meine anderen Ideen zurückgewiesen: daß ich im Hintergrund ausharrte, während sie ihren Besuch machte, oder eine vorzeitige Rückkehr nach England.

Stunden der Selbstbetrachtung ergaben nichts als die lahme Hoffnung, daß sie von selbst anderen Sinnes werden könnte.

Den größten Teil des nächsten Tages verbrachten wir in unserem Hotelzimmer, das wir alle zwei oder drei Stunden zu einem Spaziergang oder zum Essen verließen. Wir sahen sehr wenig von Nizza, aber meine gequälte Gemütsverfassung brachte es mit sich, daß mir alles, was ich sah, verhaßt war. Ich setzte die Stadt mit dem Gefühl meines bevorstehenden Verlustes gleich und machte sie dafür verantwortlich. Ich verabscheute die herausfordernde Schaustellung von Reichtum: die Jachten im Hafen, die Alfas und Mercedes und Ferraris, die Frauen mit ihren gelifteten Gesichtern und die Männer mit ihren Wohlstandsbäuchen. Genauso verabscheute ich die auffallend herausgestellte Umkehrung: die schmuddeligen jungen Engländer beiderlei Geschlechts in rostigen Minis, die ausgelatschten Turnschuhe, die abgeschnittenen Jeans, die verwaschenen Kleider. Die Oben ohne-Sonnenanbeterinnen verdrossen mich ebenso wie die Palmen und Aloe-Pflanzen, die steinigen Strände und das ungemein blaue Meer, das Spielkasino und die Hotels, die Villen auf den Hügeln, die Hochhaus-Wohnblocks, die sonnengebräunten Jugendlichen auf Motorrädern, die Windsurfer und Wasserskifahrer mit Fallschirmen, die Rennboote, Strandhütten und Pedalos. Ich mißgönnte allen ihr Vergnügen.

Mein einziges Vergnügen war die Quelle meines Elends: Sue selbst. Vorausgesetzt, ich verdrängte Niall aus dem Vordergrund meines Denkens, vorausgesetzt, ich dachte nicht über die nächsten paar Stunden hinaus, vorausgesetzt, ich hielt an meiner lahmen Hoffnung fest, war einstweilen alles gut.

Natürlich wußte sie Bescheid.

Auch sie hatte ihre Selbstbetrachtungen; einmal fand ich sie weinend auf dem Bett. Unsere Liebe nahm Züge von Verzweiflung an, und wenn wir ausgingen, blieben wir ständig in Berührung. Oft saßen wir in einer Bar oder in einem Restaurant, hielten einander bei den Händen und starrten weg zu anderen Leuten, anderen Stellen.

Wir beschlossen eine zweite Nacht in Nizza zu bleiben, obwohl es das Elend nur verlängern würde. Stillschweigend kamen wir überein, daß wir am Morgen nach St. Raphaël abreisen und uns dort trennen würden. Dies war unsere letzte Nacht zusammen. Wir liebten uns, als ob sich nichts ändern sollte. In unserem Zimmer waren das Fenster und die Läden weit geöffnet, um die kühle Nachtluft einzulassen. Insekten summten um das Licht. Endlich brach sie das Schweigen.

»Wohin wirst du morgen fahren, Richard?«

»Ich habe mich noch nicht entschieden. Vielleicht fahre ich einfach nach Hause.«

»Aber was wolltest du tun, bevor wir uns trafen? Du mußt Pläne gehabt haben.«

»Ich reiste bloß so herum. Jetzt hat es keinen Sinn, ohne dich.«

»Warum fährst du nicht nach St. Tropez?«

»Allein? Ich möchte mit dir zusammensein.«

»Sag das nicht!«

»Es ist das einzige, dessen ich gewiß bin.«

Sie schwieg, blickte auf das zerdrückte Laken, auf dem wir saßen. Ihr Körper war so weiß, und auf einmal hatte ich eine eifersüchtige Vorstellung, daß ich sie in ein paar Wochen in London wiedersehen und entdekken würde, daß sie eine Sonnenbräune angenommen hatte.

»Sue, willst du wirklich dabei bleiben?«

»Ich muß. Wir haben das alles schon erörtert.«

»Dann ist dies das Ende, nicht wahr?«

»Ich glaube, das liegt bei dir.«

»Wie kannst du das sagen? Ich möchte nicht, daß dies aufhört! Das mußt du inzwischen wissen.«

»Aber Richard, du machst solch ein Aufhebens davon. Du tust, als ob wir einander nicht wiedersehen könnten. Warum muß es so endgültig sein?«

»Na gut, dann sehen wir uns in London. Du hast meine Adresse.« Sie rückte auf dem Bett herum, zupfte am Laken, befreite es von ihrem Gewicht und zog es über ihre bloßen Knie. Ihre Hände spielten damit, während sie sprach.

»Ich muß Niall treffen. Ich werde ein Versprechen nicht brechen. Aber ich möchte dir nicht weh tun ... Wenn es nach mir ginge, würde ich Niall nie wiedersehen.«

»Was soll das heißen?«

»Ich werde ihn morgen besuchen. Du machst weiter Urlaub, sagst mir, wo du sein wirst, und ich komme wieder zu dir, sobald ich kann.«

»Ist das dein Ernst?«

»Selbstverständlich!«

»Was willst du ihm sagen? Willst du ihm von mir erzählen?«

»Wenn ich kann.«

»Dann kann ich geradesogut hier auf dich warten.«

»Das geht nicht, weil ... Ich kann es ihm nicht einfach sagen. Ich werde eine Weile bei ihm bleiben müssen.«

»Wie lange wird das sein?«

»Ich weiß es nicht. Drei oder vier Tage ... vielleicht eine Woche.«

»Eine Woche!« Ich wandte mich zornig von ihr. »Um Himmels willen, wie lange dauert es, um jemandem zu sagen, daß man mit ihm fertig ist?«

Sie neigte den Kopf. »Laß es mich auf meine Weise

tun. Du verstehst das Problem mit Niall nicht. Ich werde es ihm nach und nach beibringen müssen. Zuerst muß ich ihm klarmachen, daß ich einen anderen kennengelernt habe, jemand, der mir mehr bedeutet als er. Meinst du nicht, daß das genug auf einmal ist? Den Rest kann ich dann sagen, wenn er sich an die Vorstellung gewöhnt hat.«

Ich stand auf und schenkte uns aus der Flasche, die wir vorher gekauft hatten, etwas Wein ein. Es gab keinen anderen Weg als ihren Weg, das wußte ich. Ich gab ihr ein Glas Wein, aber sie stellte es unberührt beiseite.

»Wenn du Niall triffst, wirst du mit ihm schlafen?«

»Ich habe seit sechs Jahren mit ihm geschlafen.«

»Das ist nicht, was ich fragte.«

»Es geht dich nichts an.«

Die Antwort schmerzte, aber es traf zu. Ich sah sie an und versuchte mir einen anderen Mann mit ihr vorzustellen. Ich verabscheute die Idee zutiefst. Sue war mir so kostbar geworden. Sie hatte den Kopf gebeugt, das Haar fiel ihr ins Gesicht. Ich trat näher und legte ihr eine Hand auf den Arm. Sie reagierte sofort und erfaßte sie.

»In Ordnung, Sue. Ich werde tun, was du vorschlägst. Ich werde dich morgen in St. Raphaël verlassen und die Küste entlang weiterfahren. Wenn du innerhalb einer Woche nicht nachgekommen bist, werde ich entweder ohne dich weiterreisen oder nach England zurückkehren.«

»Es wird keine Woche erfordern«, sagte sie. »Drei Tage, vielleicht weniger.«

»Mach es eben, so früh du kannst.« Ich bemerkte, daß ich mein Glas Wein ausgetrunken hatte, ohne davon Notiz zu nehmen. Ich stellte es weg. »Nun, was ist mit Geld?«

»Was ist damit?«

»Du sagtest, du hättest fast nichts mehr. Wie willst du nach diesem Besuch bei Niall weiterreisen?«

»Ich werde irgendwo etwas borgen.«

»Du meinst, du wirst es von Niall bekommen.«

»Wahrscheinlich. Er hat immer genug.«

»Sein Geld willst du borgen, aber von mir willst du nichts nehmen. Siehst du nicht, daß ihm dies nur Macht über dich gibt?« Sie schüttelte den Kopf. »Überhaupt, ich dachte, du sagtest, er habe kein Geld.«

»Ich sagte, daß er keine Arbeit hat. An Bargeld fehlt es ihm nie.«

»Woher kriegt er es? Stiehlt er?«

»Ich weiß es nicht. Bitte, hör jetzt auf damit! Geld bedeutet Niall nichts. Ich kann bekommen, was ich brauche.«

Das warf ein eigentümliches Licht auf den Charakter ihrer Beziehung. Sie konnte sich vornehmen, ihm zu sagen, daß sie zugunsten eines anderen Schluß mit ihm machen wolle, und dennoch erwarten, daß er ihr Geld leihe. Alles, was ich über Niall wußte – und alles davon hatte ich von ihr –, war unerfreulich: ein Tyrann, ein Schmarotzer, ein Manipulator, vielleicht ein Dieb. In diesem Augenblick haßte ich sogar seinen verdammten Namen.

Ich stand wieder auf, und während sie schweigend zusah, zog ich eine Hose und ein Polohemd an. Ich ging hinaus, schloß geräuschlos die Tür, ging den Korridor entlang und dann die vier Treppen hinunter zum Erdgeschoß.

Draußen in der warmen Nacht ging ich die Straße hinunter zu einem Café an der Ecke. Es war geschlossen. Ich bog um die Ecke und ging die nächste Straße hinunter. Es war ein heruntergekommenes, schlecht beleuchtetes Viertel von Nizza, die Häuser standen eng zusammengedrängt, der Putz war an vielen Stellen abgeblättert. Aus wenigen Fenstern drang Lichtschein, und an der nächsten Kreuzung voraus sah ich den Verkehr hin und her fluten. Ich ging bis zu dieser Querstraße, dann kam ich zur Besinnung. Ich war ungerecht, ich hatte keine Gewalt über sie, sie war in meiner eigenen

Art genau so manipuliert wie Niall. Das alles war mir bewußt, aber ich wollte es nicht wissen und sah Sue als eine Frau, die solch ein Verhalten in Männern provozierte, die das wahrscheinlich immer tun würde. Noch vor einer Woche hatte ich nicht gewußt, daß sie überhaupt existierte; nun beherrschte sie mein Denken und Fühlen vollständig. Ich begehrte sie mehr, als ich jemals irgendeine andere Frau begehrt hatte.

Minuten vergingen, und meine zornige Verwirrung legte sich. Nun gab ich mir selbst die Schuld: Ich war in ihr Leben eingedrungen und erwartete jetzt von ihr, daß sie alles änderte. Durch meine Ansprüche an sie zwang ich ihr eine Wahl auf, zwang sie, uns als Alternativen zueinander zu sehen. Sie kannte Niall besser als mich, und ich wußte nichts von ihm.

Ich machte kehrt und eilte zurück zum Hotel, überzeugt, daß ich sie verlieren würde. Ich sprang, zwei Stufen auf einmal nehmend, die Treppe hinauf und ging schnell zum Zimmer, erwartete beinahe, daß sie schon fort sein würde. Aber sie war da, lag im Bett und hatte den Rücken der Tür zugekehrt. Eine dünne Decke verhüllte ihren schmalen Körper. Sie rührte sich nicht, als ich eintrat.

»Schläfst du?« fragte ich leise.

Sie drehte sich herum und schaute zu mir her; ihr Gesicht war naß, die Augen gerötet.

»Wo bist du gewesen?« fragte sie.

Ich zog mich aus und stieg zu ihr ins Bett. Wir legten die Arme umeinander, küßten uns und hielten uns zärtlich umarmt. Sie weinte wieder, schluchzte an meiner Schulter. Ich strich ihr übers Haar, berührte ihre Augenlider, und dann sagte ich endlich, viel zu spät, aber in vollem Ernst die Worte, die ich bis dahin zurückgehalten hatte.

Alles, was sie undeutlich sagte, war: »Ja. Und ich. Ich dachte, du wüßtest es.«

6

Der Morgen brachte eine weitere Stille zwischen uns, nun aber war ich zufrieden. Wir hatten eine Art Übereinkunft getroffen. Sie kannte meinen Reiseweg und wo und wann wir uns treffen konnten.

Im Stadtzentrum von Nizza bestiegen wir einen Bus, und bald ging es westwärts. Sue hielt mich bei der Hand und schmiegte sich an mich. Der Bus fuhr zuerst nach Antibes und Juan-les-Pins, dann nach Cannes. Bei jeder Haltestelle stiegen Passagiere ein und aus. Hinter Cannes befuhren wir eine der schönsten Landschaften, die ich bis dahin in Frankreich gesehen hatte: bewaldete Hügel, tief eingeschnittene Täler, und immer wieder Ausblicke aufs Mittelmeer. Am Straßenrand wuchsen Zypressen und Olivenbäume, und auf jedem unbestellten Flecken Land gediehen Wildblumen in bunter Vielfalt und Fülle. Die Lüftungsklappen im Dach waren offen, und würzige Düfte strömten herein; wegen des Verkehrs auf der stark befahrenen Straße roch es manchmal auch nach Benzin- und Dieselabgasen. Die gesamte Küste war gesprenkelt mit Häusern und Wohnblocks, die zwischen den Bäumen oder frei standen; die Zersiedelung reichte hoch ins hügelige Hinterland der Küste hinauf; bisweilen ruinierte die Bebauung Aussicht und Landschaftsbild, aber das tat in einer anderen Weise auch die Straße.

Auf einem Hinweisschild sahen wir, daß St. Raphaël noch vier Kilometer entfernt war, und schmiegten uns unwillkürlich enger aneinander und küßten uns. Ich wollte den Abschied sowohl hinauszögern als auch hinter mich bringen, aber es gab nichts mehr zu sagen.

Nur noch eines. Als der Bus im Zentrum von St. Raphaël hielt, einem Platz am winzigen Hafen, hob Sue den Mund zu meinem Ohr und sagte leise: »Ich habe eine gute Neuigkeit für dich.«

»Was für eine?«

»Ich habe heute früh meine Periode bekommen.«

Sie drückte mir die Hand, küßte mich schnell und schob sich in der Reihe der anderen Passagiere durch den Mittelgang zur Tür. Ich blieb auf meinem Platz und schaute zu ihr hinaus, während sie wartete, daß ihr Gepäck entladen wurde. Zwei- oder dreimal blickte sie mit einem nervösen Lächeln zu mir auf. Der kleine Platz war voller Touristen, und ich ließ meinen Blick über sie hingehen und fragte mich, ob Niall irgendwo zwischen ihnen sei. Alle waren jung, gebräunt, attraktiv. Sue kam zu meinem Fenster und blickte zu mir auf, und ich wünschte, der Bus würde endlich weiterfahren.

Schließlich wurden die Türen geschlossen, der Bus fuhr an. Sue stand lächelnd da und winkte mir nach. Der Bus bog in eine Seitenstraße, um wieder die Fernstraße zu erreichen, und ich verlor sie aus den Augen.

Allein, versank ich beinahe augenblicklich in Niedergeschlagenheit. Ich dachte nur das Schlimmste: daß ich sie niemals wiedersehen würde, daß sie in Nialls Händen gegen mich manipuliert würde, daß ihre Empfindungen für mich nachlassen würden, daß sie, hin und her gerissen zwischen zwei Männern, sich für den entscheiden würde, den sie besser kannte.

Abgesehen von allem anderen, vermißte ich sie einfach. Ich hatte mich nie so einsam gefühlt.

7

Nachdem ich in St. Tropez Unterkunft gefunden hatte, unternahm ich einen Spaziergang durch das Dorf und entdeckte, daß es mir gefiel. Was mir gefiel, waren perverserweise die gleichen Dinge und Erscheinungen, die mir in Nizza mißfallen hatten. Hier fanden sich die gleichen Leute, die gleiche aufdringliche Schaustellung von Reichtum, der gleiche schöne Schein und der gleiche

Hedonismus. Im Gegensatz zu Nizza war St. Tropez jedoch klein, und die Architektur war menschlicher, anheimelnder, und es war möglich zu glauben, daß der Ort am Ende der Saison seine eigene Identität wiederfinden würde. St. Tropez war auch viel mehr kosmopolitisch; eine Menge Leute hausten offenbar auf Campingplätzen oder schliefen außerhalb des Dorfes im Freien und kamen jeden Tag herein.

Ich suchte das örtliche Hertz-Büro auf, um für den Tag meiner Abreise einen Leihwagen zu bestellen. Ich hatte Glück: wegen der Nachfrage war für den dritten Tag nur noch ein Wagen erhältlich. Ich leistete die Anzahlung, unterschrieb den Mietvertrag. Das Hertz-Mädchen hatte ein Namensschild an die Bluse gesteckt: Danièle.

Nach meiner Verabredung mit Sue sollte ich jeden Abend um sechs im Sénéquier, dem großen Straßencafé direkt am inneren Hafen, auf sie warten. Schon am ersten Abend ging ich dort vorbei, aber natürlich war sie nicht gekommen.

Während des nächsten Tages waren meine Gedanken an Sue weniger häufig. Ich fühlte mich ausgelaugt durch sie und widmete mich der weniger anstrengenden Aktivität, am Strand zu liegen und von Zeit zu Zeit im Meer zu schwimmen. Am Abend ging ich zu Sénéquier, aber sie erschien nicht.

Am nächsten Tag war ich wieder am Strand, diesmal sehr viel vorsichtiger wegen der Sonne. Gut eingeschmiert mit schützender Salbe und unter einem gemieteten Sonnenschirm sitzend, verbrachte ich den Tag, indem ich die Leute ringsum und das Badeleben betrachtete und unvermeidlich an Sue dachte. Sie hatte ein unmittelbares körperliches Verlangen in mir geweckt, und nun war sie nicht da.

Ich war umgeben von weiblicher Nacktheit: bloße Brüste starrten allenthalben sonnenwärts. Am Vortag hatte ich kaum darauf geachtet, aber nun, da ich Sue

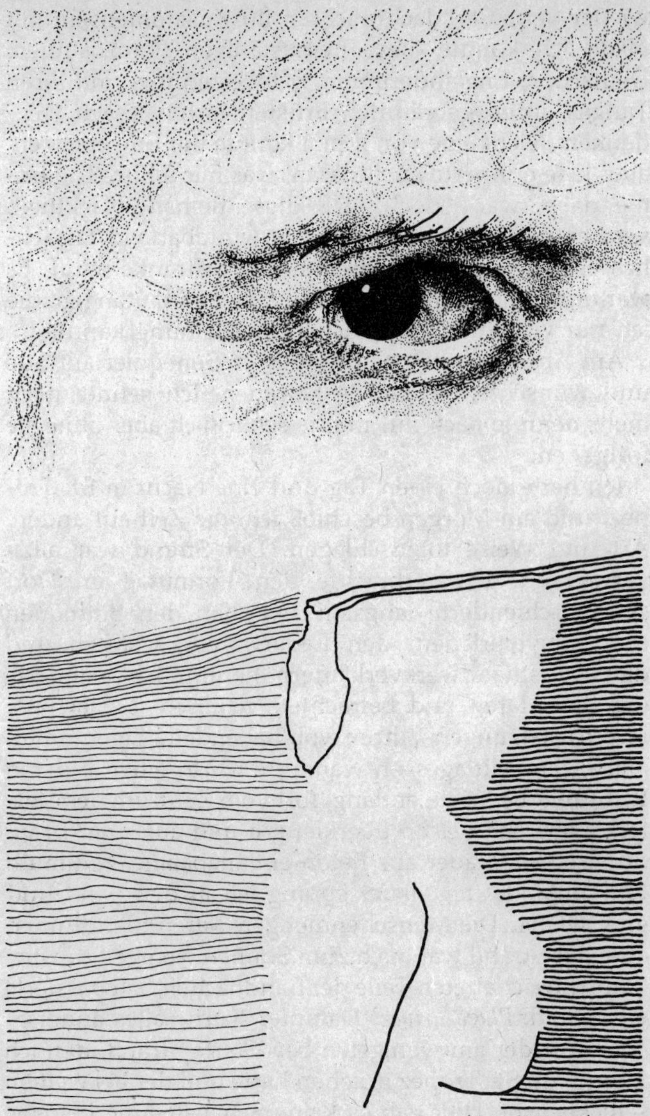
J.H. TELTSCHIK 2.86

wieder vermißte, dachte ich an ihr Zusammensein mit Niall. Ich konnte diese heiratsfähigen Französinnen, Deutschen, Engländerinnen, Schweizerinnen mit ihren Tangas, ihren gebräunten Brüsten nicht einfach wegdenken. Nicht eine von ihnen könnte mir Sue ersetzen, aber jede erinnerte mich daran, was mir fehlte. Die Ironie dabei war jedoch, daß diese Beinahe-Nacktheit, vermeintlich eine Form von Verwundbarkeit, tatsächlich eine neuartige gesellschaftliche Schranke schuf. Es war unmöglich, ein Gespräch mit einer anzufangen, die ich nur von ihrer körperlichen Erscheinung kannte.

Am Abend wartete ich wieder im Sénéquier auf Sue und wünschte, sie würde kommen. Ich sehnte mich mehr denn je nach ihr, mußte schließlich aber ohne sie fortgehen.

Ich hatte noch einen Tag und eine Nacht in St. Tropez, und am Morgen beschloß ich, die Zeit auf andere Art und Weise totzuschlagen. Der Strand war allzu verwirrend. Ich verbrachte den Vormittag im Dorf selbst, schlenderte langsam zwischen den Boutiquen und Souvenirläden, den Lederwarengeschäften und den Kunsthandwerkverkäufern herum. Ich wanderte um den Hafen und betrachtete neidisch die Jachten, ihre Besatzungen, ihre wohlhabenden Eigentümer. Nach dem Mittagessen wanderte ich in einer anderen Richtung die Küste entlang, fort vom Zentrum des Dorfes, wobei ich Felsen überklettern und auf einer Brandungsschutzmauer aus Beton entlangbalancieren mußte. Am Ende der Mauer sprang ich in den Sand und ging weiter. Die Menschenmengen waren hier dünner, aber der Strand war auch zum Sonnen weniger günstig: Bäume beschatteten Teile der Sandflächen. Ich passierte ein Schild: *Plage Privée.* Dahinter wurde alles anders.

Es war der am wenigsten bevölkerte Strand, den ich in und um St. Tropez gesehen hatte und der bei weitem schicklichste. Hier gab es keine Schaustellung beinahe nackter Leiber. Viele Leute erfreuten sich der Sonne, und einige schwammen im Meer, doch soweit ich sehen konnte, gab es keine barbusigen Frauen, keine Männer in Dreieckhosen. Kinder spielten, ein Anblick, den ich anderswo nicht gesehen hatte, und an diesem Strand gab es kein Freiluftrestaurant, keine Bar mit Stühlen und Tischen im Freien, keine Sonnenschirme oder Strandmatten, keine Fotografen und Zeitschriftenverkäufer.

Ich wanderte langsam den Strand entlang und kam mir in den ausgefransten Shorts, dem Polohemd und den Sandalen empörend anstößig vor, aber niemand nahm von mir Notiz. Ich passierte mehrere Gruppen von Leuten, die meisten in mittleren Jahren. Sie hatten Picknickkörbe, Thermosflaschen und kleine Primuskocher zum Erhitzen ihrer Teekessel mit zum Strand gebracht. Viele Männer trugen Hemden mit aufgerollten Ärmeln und graue Flanellhosen oder weite, khakifarbene Shorts. Sie saßen in gestreiften Liegestühlen, Pfeifen zwischen den Zähnen, und einige von ihnen lasen englische Zeitungen. Die Frauen trugen in der Mehrzahl leichte Sommerkleider, und diejenigen, welche Sonnenbäder nahmen, taten es mehr im Sitzen als im Liegen und waren in sittsame einteilige Badeanzüge gekleidet.

Ich ging zum Wasser hinunter und stand in der Nähe einer Gruppe von Kindern, die im seichten Wasser platschten und einander jagten. Weiter draußen tanzten von Gummibadekappen geschützte Köpfe auf den Wellen. Ein Mann stand auf und watete aus der See an den Strand. Er trug Shorts und ein Unterhemd und eine Taucherbrille über den Augen. Als er an mir vorbeikam, nahm er die Taucherbrille ab und schüttete Wasser heraus, das über den weißen Sand spritzte. Er grinste mir zu und ging über den Strand hinauf zu den Bäumen. Vor der Küste ankerte ein Kreuzfahrtschiff.

Voraus stieg ein Wasserskiläufer unter seinem Fallschirm in die Luft empor und schwebte hinter dem

Rennboot mit Außenbordmotor, das ihn am Kabel zog. Ich wanderte weiter, aus dem privaten Abschnitt zu einem weiteren Strand, wo Reihen strohgedeckter Sonnenschirme standen. In ihrem Schatten oder ausgebreitet in der unbarmherzigen Sonnenglut, lagen Massen von fast nackten Sonnenhungrigen in ihrem gewohnten Sichgehenlassen. Diesmal ging ich zu einer Freiluftbar oberhalb des Badestrandes und kaufte zu einem wucherisch teuren Preis ein Glas geeisten Orangensafts. Ich war nun ein gutes Stück vom Dorf entfernt, also verließ ich das Ufer und ging die Straße entlang zurück.

Als ich ins Dorf kam, war noch früher Nachmittag, also ging ich wieder zu dem Strand, an dem ich am Vortag gebadet hatte. Ich machte es mir bequem und besah wohlgefällig, doch arglos die Mädchen. Ungefähr eine Stunde verging.

Dann sah ich eine den Strand daherkommen, die sich von all den anderen unterschied: sie trug Kleider, und ich war nicht der einzige Mann am Strand, der sie ansah. Sie hatte hautenge Jeans an, dazu eine durchscheinende weiße Bluse, und sah unter einem breitkrempigen Strohhut kühl und selbstsicher aus. Als sie herangekommen war, erkannte ich sie: es war Danièle, aus dem Hertz-Büro. Sie näherte sich mir bis auf einige Meter, dann nahm sie den Strohhut ab und schüttelte das Haar aus. Während ich zusah, entledigte sie sich ihrer Jeans und der Bluse und ging gemessen ins Wasser. Als sie herauskam, zog sie die Bluse über die nasse Haut, aber nicht die Jeans, und legte sich zum Trocknen in den Sand.

Ich ging hinüber, um mit ihr zu sprechen, und nach einer Weile kamen wir überein, am Abend zusammen zu essen.

Um sechs war ich im Sénéquier und hielt Ausschau nach Sue. Wäre sie gekommen, so hätte ich meine Verabredung mit Danièle ohne Bedenken fahren lassen, aber Danièle hatte meine Selbstsicherheit gestärkt. Dieser Abend sollte nicht wieder einsam sein, und wenn Sue sich nicht blicken ließ, gab es eine Heilsalbe für meinen verwundeten Stolz. Gleichwohl hatte ich Gewissensbisse, weil ich mich aus offensichtlichen Gründen an Danièle herangemacht hatte, und das Ergebnis war, daß ich die Schuld auf Sue schob. Ich stellte mir vor, wie sie sich mit Niall, dem Möchtegern-Schriftsteller, dem Rivalen, dem tyrannisierenden Manipulator die Zeit vertrieb, und daß alles wieder in Ordnung sein würde, wenn Sue plötzlich erschiene.

Ich wartete lange über die verabredete Stunde hinaus, um schließlich einzuräumen, daß sie nicht mehr kommen würde.

Vom Sénéquier ging ich zu einer Boutique, wo ich früher am Tag ein großes Postkartensortiment gesehen hatte. Noch immer von Empfindungen unvernünftiger Rachsucht gegenüber Sue beeinflußt, suchte ich eine Karte aus. Die Abbildung war die Reproduktion einer Vorkriegsansicht von St. Tropez, vor der Zeit des Massentourismus' und der allgemeinen Kommerzialisierung. Fischer flickten Netze auf der Kaimauer, und die einzigen Boote in Sicht waren Fischkutter. Hinter ihnen, wo jetzt die Urlauber in endlosen Strömen einherzogen und wo das elegante Sénéquier lag, befand sich ein schmaler Hof mit einem hölzernen Lagerhaus.

Ich nahm die Postkarte in mein Zimmer, und bevor ich mich umzog, setzte ich mich aufs Bett und adressierte sie an Sues Wohnung in London. »Wollte, du wärest hier«, schrieb ich in ironischer Stimmung, und statt mit meinem Namen zu unterschreiben, malte ich ein X.

Ein paar Minuten später, unterwegs zu meiner Verabredung mit Danièle, warf ich die Karte ein.

Danièle führte mich zu einem Restaurant mit Namen La Grotto Fraîche, dem einzigen, was sie sagte, das ganzjährig geöffnet war und das auch von den Einheimischen besucht wurde. Anschließend gingen wir in die Wohnung, die sie mit drei anderen Mädchen teilte.

Ihr Schlafraum war neben dem Wohnzimmer, wo die beiden anderen vor dem Fernseher saßen. Während wir miteinander schliefen, konnte ich die Geräusche des Fernsehers und von Zeit zu Zeit die Stimmen der Mädchen durch die Wand hören. Als wir fertig waren, dachte ich nur an Sue und bedauerte alles. Danièle spürte, daß ich niedergeschlagen war, fragte aber nicht. Sie zog einen Morgenmantel über und machte Kaffee mit Cognac. Bald ging ich zurück zum Hotel.

Am Morgen, als ich den Renault abholte, sah ich Danièle wieder. Sie trug die Hertz-Uniform, war freundlich, heiter und ganz und gar nicht reumütig. Bevor ich wegfuhr, küßten wir einander nach Landessitte auf beide Wangen.

8

Ich fuhr von St. Tropez landeinwärts, weil ich dem dichten Verkehr auf den Küstenstraßen entgehen wollte. Der Renault war anfangs schwierig zu fahren, der Schalthebel ging streng und war auf meiner rechten Seite, was meine Koordination durcheinanderbrachte. Rechts zu fahren, verlangte ständige Aufmerksamkeit, besonders als die Straße sich in scharfen Kehren durch das Bergland aufwärts wand. Bei Le Luc erreichte ich die Autobahn, und das Fahren wurde weniger anstrengend.

Als ich westwärts fuhr, entfernte ich mich weiter und weiter von Sue, aber wir hatten unser Wiedersehen verabredet, und meine Hauptsorge war jetzt, die verabredeten Treffpunkte rechtzeitig zu erreichen.

Ich folgte der Autobahn bis Aix-en-Provence, dann bog ich südwärts nach Marseille ab. Zur Mittagszeit hatte ich eine kleine Pension im Hafengebiet gefunden und verbrachte den Nachmittag mit Spaziergängen durch die Stadt. Noch vor sechs Uhr stand ich an unserem Treffpunkt vor dem Bahnhof St. Charles und wartete an einer Stelle, die guten Überblick gewährte. Um acht ging ich fort, um irgendwo zu Abend zu essen. In Marseille hatte ich einen weiteren Tag totzuschlagen und besuchte den alten Hafen mit den Straßenbahnen und Werften, den Drei- und Viermastbarks, die an den Kais aufgereiht lagen. Alles war erfüllt vom ohrenbetäubenden Lärm der Dampfkräne und Werften. Am Nachmittag unternahm ich eine Schiffsrundfahrt zur Besichtigung der eindrucksvollen Hafenfront, vorbei am düsteren Gemäuer des Forts Saint-Jean, dann hinaus in die ruhige Bucht, um das Château d'If zu umkreisen. Den weiteren Nachmittag verbrachte ich im Gewühl vor dem Bahnhof und spähte besorgt in die Menschenmengen, wann immer ein Zug von der Riviera eintraf. Ich machte mir Sorgen, daß ich sie nicht wiedererkennen würde.

9

Nach kurzer Fahrt von Marseille kam ich nach Martigues. Martigues liegt auf einer schmalen, aber gebirgigen Landzunge zwischen dem Mittelmeer und dem Etang de Berre, einer weiten Salzwasserlagune. Im Mittelpunkt der Stadt lag das ursprüngliche Dorf, aber benachbarte Ölraffinierien hatten Größe und Bevölkerungszahl während des ganzen 20. Jahrhunderts anschwellen lassen. Es war unmöglich, mit dem Wagen ins Zentrum, der Île Brescon zu fahren, weil eine Anzahl kleiner, malerischer Kanäle die Straßen ersetzte. Ich ließ den Renault auf einem städtischen Parkplatz und ging mit meinem Koffer weiter, um irgendein Quartier zu finden.

Dies war der letzte verabredete Treffpunkt mit Sue;

wenn sie hier nicht erschien, wußte ich, daß ich nicht mehr mit ihr rechnen konnte.

Das Dorf war kein Ort, um einsam zu sein. Viele Besucher durchwanderten die schmalen Gassen oder ließen sich in Booten herumfahren, und mir schien es, als wären alle anderen in Paaren oder Gruppen. Ich begann den Abend zu fürchten, fühlte, daß Sue mich unausweichlich versetzen würde. Das Schlimmste daran war die beharrlich immer wieder aufkommende Hoffnung, die meine Entschlossenheit, die Sache mit Sue hinter mich zu bringen, schwächte.

Le Quai Brescon war der Treffpunkt, die Mündung des Hauptkanals in den Etang de Berre. Gleich nach meiner Ankunft ging ich dorthin, um mich mit der Örtlichkeit vertraut zu machen, und kehrte während des Tages mehrmals zurück. Es war ein stiller, wenig besuchter Teil der Stadt. Die Häuser standen unmittelbar am Wasser, und entlang den schmalen Kais waren zahlreiche kleine Ruderboote und Kähne vertäut. Wenige Besucher verirrten sich hierher, und es gab keine Restaurants, Läden und nicht einmal eine Bar. Hier versammelten sich die alten Leute des Dorfes, und als ich zu meiner abendlichen Wache eintraf, waren sie schon da, saßen auf einem Sortiment alter Korbstühle und Kisten vor ihren abblätternden Häusern. Die Frauen trugen alle Schwarz, die Männer verwaschene *serge de Nîmes*. Sie starrten mich an, als ich am Kai dahergeschlendert kam, und wo ich ging, verstummte das Gespräch. An der Mündung des Kanals blickte ich über das schwarze, glatte Wasser der Lagune hinaus und bekam Kloakengeruch in die Nase.

Der warme Abend dunkelte, es wurde Nacht, in den kleinen Häusern gingen die Lichter an. Ich war allein.

10

Ich fuhr um die Carmague zum Dorf Saintes Maries de la Mer, das durch seine Kirche und die Zigeunerwallfahrten bekannt ist. Ich wollte einen Ort aufsuchen, den ich Sue gegenüber nicht erwähnt hatte, einen Ort, wo sie mich nicht finden konnte, selbst wenn sie sich bemühte. Ich wollte auch wieder am Meer sein, um Steine ins Wasser zu werfen und verdrießlich am Strand entlangzuwandern.

Aber es war ein Fehler. Das winzige Dorf war überfüllt, und Busse blockierten die Straßen und Parkplätze. Ich fand einen Platz, wo ich den Wagen abstellen konnte, und ging eine Weile herum. Das Heiligtum, ein wundertätiger Quell, war gefaßt und von einer Kapelle überbaut, deren Wände mit handschriftlichen Zeugnissen der Heilkraft seines Wassers bedeckt waren. Ich las einige dieser rührenden, beglückten Botschaften der Dankbarkeit, dann ging ich wieder hinaus in die Helligkeit der sonnenbeschienenen Straßen. In der Ortsmitte war beinahe jedes Haus eine Kommerzialisierung des Heiligtums: überall wurden Marienfiguren, Kerzen, Kreuze und andere Devotionalien verkauft. Das einzige offene Restaurant war eine riesige moderne Selbstbedienungsgaststätte mit Resopalplatten auf den Tischen und Metalltabletts. Ich ging auf der Suche nach einem Mittagessen hinein, wurde aber von den Menschenmengen und den Fliegen wieder ins Freie getrieben.

Als ich zum Strand hinunterging, erschreckte mich das größte fliegende Insekt, das ich je gesehen hatte; es war gelb und schwarz, wie eine enorm vergrößerte Wespe. Ich vermutete, daß es eine Hornisse war, aber sie ließ mich in Frieden. Nach dieser Begegnung hielt ich wachsam nach weiteren Hornissen Ausschau, doch währte mein Aufenthalt nicht lange. Der Strand war flach und leer, unbenutzt von den Besuchern, und als ich zum Wasser kam, wo die winzigen Wellenausläufer matt im weißen Sand versickerten, sehnte ich mich nach einem Ozeanstrand mit Felsen und Brandung und Seewind, einem Gefühl von natürlicher Dramatik.

11

Am nächsten Tag fuhr ich zu einer Stadt namens Aigues Mortes. Als ich zusammen mit Sue die Karte studiert hatte, war mir der Name aufgefallen, und ich hatte überlegt, was er bedeuten mochte. Wir hatten nachgeschlagen und gefunden, daß es eine Entstellung des römischen Namens Aquae Mortuae war, »Die toten Wasser«. Die Stadt lag zwischen Lagunen und war umgeben von gewaltigen Befestigungsmauern aus dem Mittelalter. Ich parkte den Wagen außerhalb der Mauern, dann folgte ich in der feuchten Hitze dem Rand des früheren Festungsgrabens. Bald wurde ich dessen müde und erstieg eine niedrige Anhöhe in der Nähe, von der ich zurückblickte. Die Stadt hatte eine einfarbige Qualität, wie eine alte, sepiafarbene Fotografie: der blasse Himmel verbreitete einförmiges Licht, das die Farben verschwimmen ließ. Ich konnte die Dächer innerhalb der Mauern sehen, und in einiger Entfernung lag jenseits der Stadt ein Industriekomplex mit einer Anzahl hoher, aber nicht rauchender Schornsteine. Die Lagunen spiegelten den Himmel.

In dem Augenblick kam mir der Gedanke, daß dies gleichsam sinnbildlich dafür stand, was Frankreich für mich geworden war: ohne Sues belebende Gegenwart war es eine eindimensionale, stille und unwirkliche Gegend, die an mir vorüberzog, wenn ich reiste, und in Unbeweglichkeit erstarrte, wenn ich hinsah. Wenn ich über die vergangenen Tage zurückblickte, mußte ich mir eingestehen, daß Sue alles beherrscht hatte. Ich erinnerte mich an ihre Gesellschaft, an ihr Lachen, an ihre

Liebe, an ihren Körper. Aber hinter ihr, beinahe unbemerkt, waren meine Vorstellungsbilder von Frankreich. Sue hatte mich von ihnen abgelenkt, erst durch ihre Gegenwart, dann durch ihre Abwesenheit. Die leeren Plätze von Nancy, das altmodische Restaurant in Dijon, der Gebirgsblick auf Grenoble, die sittsamen Badegäste von St. Tropez, der Hafen von Marseille ... das alles war statisch in meinem Gedächtnis, Augenblicke, die ich in Geistesabwesenheit durchlebt hatte. Nun Aigues Mortes: wie gefroren in der flirrenden Sonne, wie ein Überbleibsel der Erinnerung. Es hatte eine willkürliche, zufällige Qualität, seine Stille spiegelte vergessene Gedanken und Bilder, etwas von Sue völlig Verschiedenes. Frankreich verfolgte mich, halb gesehen jenseits meiner Voreingenommenheit. Wieviel mehr von diesem Land hatte ich nicht bemerkt, wieviel mehr lag noch vor mir?

Meine Gegenwart auf der Anhöhe zog Stechmücken an, die mich unangenehm umsirrten, also ergriff ich die Flucht und wanderte durch die Stadt zur anderen Seite, wo ich den Wagen abgestellt hatte. Die Leblosigkeit war eine Illusion gewesen, und helle Farben leuchteten im Sonnenlicht.

Am Eingang zum Parkplatz sah ich zwei Koffer beisammen stehen und überlegte, wie sonderbar es sei, daß jemand sie dort stehengelassen hatte. Ich fand den Renault, sperrte die Tür auf.

»Richard! Richard!«

Sie kam zwischen den Wagen gerannt, denen sie im Laufen auswich, und das Haar flog ihr ums Gesicht. Ich spürte, wie das Gefühl von Unwirklichkeit sich von mir hob, und konnte nur denken, wie unverändert sie aussah, wie sehr sie sie selbst war. Ich schloß sie in die Arme, fühlte ihren biegsamen Körper an mir und liebte die Vertrautheit, die von ihr ausging, und wie natürlich es war, sie in den Armen zu halten.

12

Auf der Fahrt nach Südwesten, die Fenster gegen die Hitze geöffnet, die Riviera hinter uns lassend:

»Wie hast du mich gefunden?«

»Einfach Glück ... ich war drauf und dran, aufzugeben.«

»Aber warum gerade dort?«

»Du hattest die Stadt erwähnt, ich wußte, daß du dorthin fahren würdest. Ich kam gestern abend an und bin den ganzen Tag herumgelungert.«

Wir hielten Ausschau nach einer Bleibe, wo wir allein zusammen sein konnten. Sie war seit drei Tagen mit verschiedenen Bussen unterwegs gewesen, ihr Geld war zur Neige gegangen, und sie hatte versucht, genug für die Rückreise aufzusparen. Niall hatte ihr etwas Geld gegeben, wie sie sagte, aber auch er sei pleite. Es sei nicht so gewesen, wie sie erwartet hatte.

In Narbonne machten wir halt und gingen in das erstbeste Hotel. Sue tauchte in die Badewanne, und ich setzte mich auf den Rand und blickte auf sie nieder. Ich bemerkte, daß sie einen Bluterguß am Bein hatte, der vorher nicht dort gewesen war.

»Starr mich nicht so an!« Sie rutschte tiefer ins Wasser, hob ein Knie, um ihre Scham vor mir zu verbergen, brachte damit aber den Bluterguß erst recht zum Vorschein.

»Ich dachte, du wolltest es.«

»Ich lasse mich nicht gern anschauen.«

Etwas hatte sich geändert; vorher hatte ich sie immer angesehen. Ich verließ das winzige Bad, zog mich aus und ging zu Bett. Sue plätscherte in der Wanne, dann ließ sie das Wasser ab. Eine lange Stille folgte, dann hörte ich sie ein Päckchen Papiertaschentücher aufreißen und sich schneuzen. Als sie hereinkam, hatte sie eine kurze Hose und ein Polohemd an.

Nach einem Blick in meine Richtung schlich sie im

Zimmer herum, starrte zum Fenster hinaus auf den Hof, beschäftigte sich mit den Kleidern auf ihrem Koffer. Schließlich ließ sie sich am Fußende des Bettes nieder, wo ich sie nicht erreichen konnte, ohne aufzusitzen und die Hand nach ihr auszustrecken.

»Wo hast du dir den Bluterguß zugezogen?« fragte ich.

Sie drehte das Bein seitwärts, um ihn anzusehen. »Eine Art Unfall. Ich fiel gegen etwas. Da ist noch einer.« Sie verrenkte sich seitwärts und zog das Polohemd hoch, daß ich einen zweiten dunklen Bluterguß an ihrem Rücken sehen konnte. »Es tut nicht weh«, sagte sie.

»Niall hat das getan, nicht wahr?«

»Nicht wirklich ... es war ein Unfall. Es war nicht seine Absicht.«

An der Distanz zwischen uns erkannte ich, daß sie nichts entschieden hatte, aber ich war froh, sie wiederzuhaben und sagte nichts. Ich zog mich wieder an, und wir gingen zum Essen in die Stadt. Ich nahm die Umgebung kaum wahr; ich war reisemüde, hatte zu viele verschiedene Orte gesehen. Und meine Gedanken beschäftigten sich mit Sue. Narbonne machte einen realen und lebendigen Eindruck auf mich, war keine bloße Kulisse, aber sie lenkte mich davon ab.

Beim Abendessen erzählte sie mir endlich ausführlicher, was geschehen war.

Nialls Freunde wohnten außerhalb St. Raphaël in einem umgebauten Bauernhaus. Niall war bei ihrer Ankunft nicht dagewesen; man sagte ihr, er sei auf einem Ausflug unterwegs. Sie wartete eineinhalb Tage, hin und her gerissen zwischen dem Pflichtgefühl, das sie warten ließ, und dem Wunsch, ihn ganz zu verlassen. Als Niall auftauchte, war er in einer Gruppe von fünf Personen: einem anderen Mann und drei jungen Mädchen. Niemand sagte, wo sie gewesen waren oder was sie getan hatten. Mit Sue waren jetzt neun Personen in dem kleinen Haus zusammengepfercht, und ungeachtet anderer Überlegungen war sie gezwungen gewesen, ein Bett mit ihm zu teilen. Er war in einer nervösen, heftigen Stimmung, was Sue zu der Mutmaßung verleitete, daß mit einem der Mädchen etwas vorgefallen war. Es gab Streit. Am nächsten Tag verschwand Niall wieder und nahm einen der Wagen mit. Sue beschloß abzureisen, um mit mir zusammenzutreffen, und kam so weit, daß sie ihre Sachen packte, aber Niall kehrte rechtzeitig zurück, um sie zurückzuhalten. Sie erzählte ihm von mir, und er fing an, sie zu verprügeln. Die andern zogen ihn von ihr fort, und augenblicklich wandelte sich Nialls Stimmung: zuerst wurde er melancholisch und anhänglich – in einer Weise, von der Sue sagte, sie wisse damit umzugehen –, dann aber schlug seine Stimmung abermals um, und er sagte, wenn sie eine Entscheidung getroffen habe, wolle er ihr nicht im Weg stehen.

»Das machte es gerade schwierig«, sagte sie zu mir. »Hätte er sich weiter schlecht benommen, hätte ich ihn stehenlassen und weggehen können. Statt dessen gab er vor, es sei ihm jetzt gleichgültig.«

»Wenigstens bist du jetzt hier«, sagte ich. »Sicherlich ist das alles, worauf es ankommt?«

»Ja, aber ich traue ihm nicht. So hat er sich noch nie verhalten.«

»Was willst du damit sagen? Daß er dir folgen könnte?«

Sie sah angespannt aus, spielte nervös mit dem Besteck auf dem Tisch. »Ich denke, es ist wahrscheinlicher, daß er mit einem dieser Mädchen schlief und nicht gestört werden wollte.«

»Können wir ihn jetzt vergessen?« sagte ich.

»In Ordnung.«

Nach dem Essen unternahmen wir einen Rundgang durch die Stadt, doch war unser wirkliches Interesse aufeinander beschränkt, und bald kehrten wir zurück zum Hotel. Wir gingen hinauf in unser Zimmer, öffneten die Fenster, um die Nachtluft einzulassen, und zogen die Vorhänge zu. Ich nahm ein Bad, lag im Wasser und starrte verwirrt zur Decke auf. Ich fragte mich, was ich tun sollte. Nichts wollte mir gefallen, nicht einmal die Vorstellung, mit ihr zu schlafen. Die Badezimmertür stand offen, und ich hörte sie umhergehen, Kleider aufhängen, die Tür des Kleiderschranks öffnen und schließen.

Einmal hörte ich, wie sie den Riegel an der Zimmertür zustieß. Sie kam nicht herein, nach mir zu sehen, und es bedeutete mir nichts, ob sie es tat oder unterließ. Wir schienen einen Zustand geschlechtsloser Vertrautheit erreicht zu haben, in dem wir ein Zimmer miteinander teilten, uns voreinander auszogen, im selben Bett schliefen, doch durch Niall getrennt blieben.

Als ich gebadet hatte, ging ich ins Schlafzimmer. Sue saß im Bett und blätterte in einer Zeitschrift. Sie war nackt. Als ich zu ihr ins Bett stieg, legte sie die Zeitschrift weg.

»Soll ich das Licht ausmachen?« sagte ich.

»Letzte Woche, als wir in Nizza waren, sagtest du etwas zu mir. War es dein Ernst?«

»Kommt darauf an, was es war.«

»Du sagtest, du liebtest mich. War das wahr?«

»Das war es, zu der Zeit«, sagte ich. »Dort liebte ich dich mehr als jeden anderen Menschen, den ich kannte. Tatsächlich hat es nie eine andere gegeben, die mir soviel bedeutete.«

»Das dachte ich mir. Und was ist jetzt?«

»Es ist kein guter Zeitpunkt, danach zu fragen. Ich fühle mich entfremdet.«

»Dann ist es der beste Zeitpunkt, zu fragen. Liebst du mich?«

»Natürlich. Warum, meinst du, ist dies alles so wichtig?« Sie ließ sich auf das Kissen zurücksinken.

»Das wollte ich hören. Mach das Licht nicht aus! Ich tue es nicht gern im Dunkeln.«

13

Collioure war ein Fischerdorf im äußersten südwestlichen Winkel der französischen Mittelmeerküste, unweit der spanischen Grenze. Es lag an einer kleinen Bucht, eine verschachtelte Ansammlung kleiner Steinhäuser, beschützt von einem alten Fort und umgeben von felsigen Hügeln, die braungrün in der Sonnenglut lagen. Auch hier fiel mir sofort wieder eine Qualität erstarrter Zeitlosigkeit auf, als gäbe es hier ein unveränderliches Leben, das uns Zutritt und Durchgang gewährte, aber niemals wirklich eindringen ließ. Es gemahnte mich an die Stasis von Aigues Mortes, und an meine Erkenntnis, daß die Ablenkung durch Sue mich unfähig machte, richtig zu sehen.

Aber weil ich mit Sue zusammen war, endlich wahrhaft mit ihr, fühlte ich mich imstande, mit dieser Diskrepanz fertigzuwerden, da ich erkannte, daß sie und das Dorf nur verschiedene Aspekte meiner Wahrnehmung waren. Wenn ich es zuließ, konnte jeder auf den anderen einwirken und ihn beeinträchtigen, doch nun war ich zum ersten Mal entspannt und sehr glücklich. Wir diskutierten nicht mehr über uns.

Bei Tag lag Collioure beinahe verlassen, und die Fensterläden der Häuser waren gegen die Hitze geschlossen. Wir schlenderten durch die schmalen, gepflasterten Gassen, erstiegen die Hügel und sahen uns die Fischerboote an; wenn es Abend wurde, stellten die Einheimischen ihre Stühle vor die Türen und setzten sich mit einer Flasche Wein in die langen Schatten und schauten zu, wie die Fänge des Tages für die Lastwagen auf Eis gelegt wurden. Entgegen den Angaben im Reiseführer gab es in Collioure weder Hotels noch Ferienwohnungen, und wir wohnten in einem kleinen Fremdenzimmer über einer Bar. Für die Dorfbewohner waren wir *les anglais,* mütterlich belächelt von den Frauen, wenn wir am Abend umhergingen, angestarrt von den

Männern, aber im allgemeinen ließ man uns in Ruhe. Während unseres Aufenthalts gab es im Dorf keine anderen Besucher.

Außer einem. Wir sahen ihn an unserem zweiten Tag, als wir östlich vom Dorf in die Hügel aufstiegen. Wo die schmale Straße über der Ortschaft anstieg, machte sie eine Kehre und gewährte einen hübschen Blick auf die Häuser und den Hafen. Aus diesem Blickwinkel gesehen, schienen die Wände und Dächer verkürzt und in einem unregelmäßigen geometrischen Muster, das von der Morgensonne beschienen war, ineinander verschränkt. An dieser Stelle saß ein Maler, vor sich eine Staffelei mit einer kleinen Leinwand.

Er war ein kleiner Mann, mit einem runden Kopf und gebeugten Schultern. Sein Alter war schwierig zu erraten: nicht alt, vielleicht vierzig bis fünfzig. Im Vorbeigehen nickten wir ihm zu, aber er reagierte nicht darauf. Ich fühlte, wie Sue mir ihre Hand entzog und noch einmal scharf zu dem Mann hinsah, dann zu mir und wieder zu dem Maler. Sie versuchte offensichtlich, mich auf etwas aufmerksam zu machen, aber ich hatte keine Ahnung, was es war. Als wir weitergingen, blickte sie zurück, als wollte sie sehen, was auf der Leinwand war.

Sobald wir außer Hörweite waren, sagte sie: »Der sah wie Picasso aus!«

»Der ist tot, nicht?«

»Natürlich ist er tot! Er kann es nicht gewesen sein ... aber dieser Mann sah genau wie er aus.«

»Hast du gesehen, was er malte?«

»Es war nicht möglich. So etwas habe ich noch nicht erlebt! Er sah genauso aus wie die Aufnahmen von Picasso.«

»Vielleicht ist er ein Verwandter ... oder jemand, der wie Picasso aussehen will.«

»Das muß es sein.«

Wir gingen weiter und sprachen darüber, daß manche Leute die Erscheinung jener, die sie bewunderten, nachzuahmen suchten, aber Sue wollte sich damit nicht zufriedengeben. Für sie war es ein tieferes Geheimnis, und sie kam immer wieder darauf zurück.

Schließlich sagte ich: »Möchtest du zurückgehen und ihn noch einmal anschauen?«

»Ja, laß uns das machen!«

Ich hatte beinahe erwartet, daß er bis zur Zeit unserer Rückkehr verschwunden sein würde, aber er war noch an Ort und Stelle, saß auf seinen Hocker gekauert und malte langsam.

»Es ist unglaublich«, flüsterte Sue. »Er *muß* ein Verwandter sein ... hatte Picasso Söhne?«

»Keine Ahnung.«

Wir gingen auf derselben Straßenseite zurück, auf der wir gekommen waren, um sein Bild zu sehen. Als wir uns näherten, rief Sue: *»Bonjour, monsieur!«*

Er hob die freie Hand, wandte sich aber nicht um. *»Holà!«*

Wir gingen hinter ihm vorbei. Das Gemälde war erst zur Hälfte fertig, aber die Winkel der Dächer waren eingezeichnet, das Muster bildete sich bereits. Wir gingen weiter ins Dorf. Sue war nahe daran, vor Neugier zu platzen.

»In einem meiner Bücher ist ein Druck davon!« erklärte sie.

Wir waren insgesamt vier Tage in Collioure, und an jedem dieser Tage wanderten wir zu irgendeiner Zeit den Hügel hinauf, um zu sehen, ob der Künstler noch da sei. Jeden Tag saß er an seiner Staffelei und malte langsam und geduldig. Er lebte nach seinem eigenen Zeitmaß; bei unserem letzten Besuch hatte er dem, was wir zuerst gesehen hatten, scheinbar sehr wenig hinzugefügt.

Vor unserer Abreise aus Collioure fragten wir die Frau, der die Bar gehörte, ob sie wisse, wer er sei.

»Non. Il est espagnol.«

»Wir dachten, er könnte berühmt sein.«

»Pah! Il est très pauvre. Un espagnol célèbre!« Und sie lachte und lachte.

14

Wir hätten Collioure zum Schlußpunkt unserer Reise machen sollen, doch hatten wir uns vorgenommen, nach England zurückzufliegen, und nach einer zweitägigen Fahrt durch das Vorland der Pyrenäen kamen wir nach Biarritz. Der Empfangschef des Hotels buchte einen Flug für uns, aber die Maschine ging erst am übernächsten Tag. Nach der ersten Nacht lieferte ich den Wagen bei der örtlichen Hertz-Niederlassung ab.

Als ich ins Hotelzimmer zurückkam, wo Sue auf mich wartete, merkte ich sofort, daß etwas nicht stimmte. Sie hatte einen ausweichenden, indirekten Blick, den ich in den schlechten Zeiten zu erkennen gelernt hatte, und eine jähe Furcht kam über mich. Ich wußte gleich, daß es mit Niall zu tun hatte.

Aber wie? Niall war Hunderte von Kilometern entfernt und konnte keine Ahnung haben, wo wir waren.

Ich schlug einen Spaziergang zum Strand vor, und sie willigte ein, aber wir gingen getrennt, ohne uns bei den Händen zu halten. Als wir den Weg erreichten, der zur Grande Plage hinabführte, blieb Sue stehen.

»Mir ist heute wirklich nicht nach dem Strand«, sagte sie. »Geh du, wenn du willst.«

»Nicht ohne dich. Mir ist gleich, was wir unternehmen.«

»Ich glaube, ich würde gern ein paar Einkäufe für mich machen.«

»Was ist los, Sue? Etwas ist passiert.«

Sie schüttelte den Kopf. »Ich möchte bloß eine Weile allein sein. Eine Stunde oder zwei. Ich kann es nicht erklären.«

»Wenn du so willst.« Ich machte eine ärgerliche Bewegung zum Strand. »Ich werde mich irgendwo hinlegen, bis du wieder Lust hast, bei mir zu sein.«

»Es wird nicht lange dauern.«

»Aber ich verstehe nicht, was du vorhast.«

Sie hatte sich bereits abgewandt. »Ich möchte etwas Ruhe und Raum zum Nachdenken, das ist alles.« Sie kam zurück, gab mir einen schnellen Kuß auf die Wange. »Es hat nichts mit dir zu tun, wirklich nicht.«

»Nun, in einer oder zwei Stunden werde ich wieder im Hotel sein.« Sie ging schon fort, als ich das sagte, und das meiste davon mußte ihr entgangen sein. Gekränkt machte auch ich kehrt und ging rasch den Pfad vom Kliff zum Strand hinunter.

Der Strand war breit und halb leer. Ich fand einen ruhigen Platz, wo ich mein Handtuch ausbreitete, Jeans und Hemd auszog und mich setzte, um meine Umgebung zu betrachten und nachzudenken.

Sue hatte mich wieder abgelenkt, aber nun war ich allein und hatte wieder einen Blick für meine Umgebung. Der Strand war ... still. Ich saß aufrecht, blickte umher, war mir bewußt, daß etwas um mich herum aufgehört hatte.

Dieser war anders als die Mittelmeerstrände, die ich gesehen hatte. Es gab kein Oben-ohne-Sonnenbaden, und im Gegensatz zur Küste der Riviera wurde die Sonnenhitze von einer Meeresbrise angenehm gemildert. Auch die See hatte Muskeln: Lange, gleichmäßige Brecher rollten heran und machten das befriedigende Brandungsgeräusch, das mir von englischen Stränden vertraut war. So gab es Bewegung und Geräusch, welche die Stille verleugneten, aber dennoch fühlte ich mich in etwas gefangen, was sich herabgesenkt hatte und fest geworden war.

Viele Badegäste am Strand benutzten zum Umziehen Wechselkabinen, die winzigen Kirgisenjurten glichen und in drei parallelen Reihen hintereinander aufgestellt

waren. Die Leute, die aus diesen Badehütten kamen, eilten den Strand hinab und rannten mit vorgestreckten Armen gleichsam zum Sprung ansetzend in die Brandung. Wenn der erste Brecher sie traf, sprangen sie entweder kopfüber hinein oder kehrten ihm den Rükken und schrien unter dem Anprall der kalten, gischtenden Flut. Die meisten Badenden waren Männer, aber ich sah auch ein paar Frauen, und diese trugen alle formlose einteilige Badeanzüge und Badekappen aus Gummi.

Ich streckte mich im Sonnenschein aus, noch immer unbehaglich, lauschte den Rufen der Feriengäste und dachte an Sues Verhalten. Wie hatte Niall sie erreicht? Woher wußte er, wo sie war?

Ich fühlte mich verletzt und war ärgerlich. Warum zog Sue mich nicht in ihr Vertrauen? Wenn sie nur die Wahrheit sagen würde, hätten wir eine Möglichkeit, das Problem gemeinsam zu lösen.

Ich setzte mich wieder auf, ruhelos. Der Himmel über mir war von einem tiefen, reinen Blau, die Sonne stand über dem Kasino. Ich blinzelte zu ihr auf.

Da war eine Wolke, die einzige weit und breit. Es war eine weiße, wattig aussehende Wolke, wie man sie an Sommertagen sieht, wenn die Wärmeeinstrahlung zu warmen, aufsteigenden Luftströmungen über dem Land führt. Diese Wolke war jedoch allein. Sie befand sich in der Nähe der Sonne, offenbar unbeeinflußt vom landwärts wehenden Wind. Welche Wirkung würde es auf die Strandszene um mich haben, wenn sie sich vor die Sonne schöbe? Ich stellte mir ein plötzliches Zerbrechen des ruhigen Stillstands vor, ein Zurückeilen der Badegäste zu ihren sich verändernden Kabinen, um in ihre Kleider aus Flanellimitation und ihre sackartigen Hosen zu schlüpfen.

Die Wolke brachte meine Gedanken, wie schon einmal am Flußufer in Dijon, auf Niall. Damals wie heute beschäftigte er mich.

Niall war für mich unsichtbar; er existierte nur durch Sue, ihre Beschreibungen, ihre Reaktionen.

Ich fragte mich, wie er wirklich sei, ob er so unangenehm war, wie Sue es hinstellte. Das Sonderbare war, daß wir vieles gemeinsam hatten, weil wir von derselben Frau fasziniert waren. Niall mußte Sue gerade wie ich sehen und kennen. Ihre liebenswerte Natur, wenn sie glücklich war, ihr ausweichendes Wesen, wenn sie sich bedroht fühlte, ihre irrationalen Loyalitäten ... vor allem aber würde er ihren Körper kennen.

Und Niall würde natürlich mich nur durch sie kennen. Wie würde sie mich bei ihm porträtieren? Impulsiv, eifersüchtig, launenhaft, unvernünftig, leichtgläubig? Ich zog es vor, mir auszumalen, daß Sue mich so beschrieb, wie ich mich selbst sah, hatte jedoch das Gefühl, daß diese Interpretation die Umsetzung nicht erleben würde. Sie hatte ein Talent, nur die unangenehmen Seiten von jemandes Charakter darzustellen und hielt auf diese Weise das Gefühl von Rivalität zwischen uns wach.

Der Strand begann mich abzustoßen: ich kam mir wie ein Eindringling vor, der sich in einem lebenden Bild, einem Diorama breit machte und sein Gleichgewicht zerstörte. Von Sue war noch immer nichts zu sehen, also zog ich mich an und stieg den Pfad zum Kliff hinauf. Oben angekommen, blickte ich zurück: der Strand sah jetzt belebter aus, die Reihe der Umkleidekabinen war verschwunden, und draußen in der Brandung waren einige Leute in Schutzanzügen auf Surfbrettern.

Im Hotelzimmer hinterließ ich eine Notiz, die Sue unterrichten sollte, daß ich zum Essen gegangen war, dann ging ich hinunter in die belebten Straßen, um ein Café oder Restaurant zu finden. Absichtlich ging ich an einigen vorbei, da ich hoffte, sie irgendwo zu sehen, aber es waren so viele Passanten unterwegs, daß ich sie nur allzu leicht übersehen konnte.

Ich war des Reisens müde; ich hatte zu viele verschiedene Orte besucht, in zu vielen verschiedenen Betten geschlafen. Nun begann ich mich zu fragen, was zu Hause an Post für mich bereitliege, ob Stellenangebote darunter seien. Ich hatte beinahe vergessen, wie sich das Gewicht einer Filmkamera auf der Schulter anfühlte.

Ich setzte mich in ein Straßencafé und bestellte eine Portion Muscheln in Weinsoße, dazu eine Karaffe Weißwein. Ich war verärgert, daß Sue mich so sitzen ließ, daß sie nicht im Hotel gewesen war und mir nicht gesagt hatte, was eigentlich vorging. Aber es war angenehm, in der Sonne zu sitzen, und nach der Mahlzeit bestellte ich mehr Wein. Ich beschloß, den Rest des Nachmittags im Café sitzenzubleiben. Der Wein machte mich schläfrig. Ich freute mich auf daheim und dachte, wie gut es sein würde, mit Sue in London zu sein. Trotz allem kannten wir einander kaum.

Dann sah ich sie unerwartet auf der anderen Straßenseite gehen. Ich hatte müßig in diese Richtung geblickt, und mein erster Eindruck war, daß sie mit einem anderen Mann ging. Sofort richtete ich mich auf und reckte den Hals, um besser zu sehen. Es mußte ein Irrtum gewesen sein: sie war allein, aber sie ging in einer Weise, wie Leute es tun, wenn sie in Begleitung sind. Sie ging langsam, wandte immer wieder den Kopf zur Seite und achtete kaum darauf, wo sie ging. Allem Anschein nach war sie in ein Gespräch mit jemandem vertieft, aber ich konnte keinen Begleiter sehen.

Sie erreichte eine Straßenkreuzung und blieb stehen, ohne jedoch auf eine Möglichkeit zum Überqueren der Straße zu warten. Sie runzelte die Stirn, dann schüttelte sie ärgerlich den Kopf. Nach wenigen Augenblicken ging sie weiter, bog um die Ecke und entfernte sich von mir.

Ich hatte meinen Wein noch nicht ausgetrunken, verließ aber den Tisch und folgte ihr, durch ihr Verhalten neugierig geworden. Vorübergehend verlor ich sie aus den Augen, doch als ich die Ecke erreichte, hinter der sie verschwunden war, sah ich sie wieder vor mir, genau als ob sie mitten in einem Streit mit ihrem unsichtbaren Begleiter wäre. Ich fand, es war mir unbehaglich, sie in dieser seltsamen Situation zu beobachten, und als es schien, daß sie wieder stehenbleiben wollte, drehte ich um und ging fort. Ich kehrte zur Straßenkreuzung zurück, folgte der Hauptstraße, bis ich die nächste Seitenstraße fand. Diese ging ich weiter, und an der nächsten Kreuzung konnte ich nicht umhin, wieder in ihre Richtung zu gehen. Als ich um die Ecke kam, stand sie auf dem Bürgersteig, mir zugewandt. Ich ging zu ihr, hoffte auf ein Zeichen, daß ihre Stimmung sich geändert habe, aber sie schaute mich bloß bestürzt an.

»Da bist du ja«, sagte ich. »Ich habe dich gesucht.«

»Hallo.«

»Hast du deine Besorgungen erledigt? Oder hast du noch etwas zu tun?«

»Nein, ich bin fertig.«

Sie trug keine Einkaufstasche, nichts. Wir gingen in der Richtung weiter, die sie vorher eingeschlagen hatte; es war deutlich, daß es keine Rolle spielte, ob ich bei ihr war oder nicht.

»Was wollen wir tun?« sagte ich. »Es ist der letzte Abend unseres Urlaubs.«

»Mir ist es einerlei. Was du willst.«

Die Gereiztheit kam wieder in mir auf. »Schon gut, ich werde dich in Ruhe lassen.«

»Wie meinst du das?«

»Das ist offensichtlich, was du willst.«

Wir waren wieder stehengeblieben und sahen einander an. »Das habe ich nicht gesagt«, sagte sie.

»Es war auch nicht nötig.«

Ich wandte mich ab, zornig über ihre Passivität. Ich hörte sie sagen: »Richard, sei nicht schwierig«, ging aber weiter. Als ich die Ecke erreichte, blickte ich zurück. Sie stand noch dort, wo ich sie verlassen hatte, und unternahm nichts, mich zu beschwichtigen. Ich meinte, daß die versöhnliche Geste von ihr kommen müsse; so machte ich eine hilflose Geste in ihre Richtung und ging weiter.

Zum Hotel zurückgekehrt, ging ich in unser Zimmer. Ich duschte und zog mich um, dann legte ich mich aufs Bett und versuchte zu lesen.

Sie kam spät am Abend zurück, nach zehn Uhr. Ich gab vor, ihr Eintreten zu ignorieren, war mir jedoch nur zu akut ihrer Nähe bewußt, als sie hin und her ging, ihre Tasche weglegte, die Sandalen auszog, sich das Haar bürstete. Sie zog sich aus und ging ins Bad. Lange stand sie unter der Dusche, und ich lag auf dem Bett und wartete auf sie. Es war ein Gefühl, als ob alles zu Ende sei, daß ich sie sogar abweisen würde, wenn sie eine ihrer Kehrtwendungen machte und liebevoll und zärtlich würde. Es gab etwas Unüberwindliches zwischen uns, ob es nun Niall selbst war oder einfach etwas, was er verkörperte. Ich konnte diese plötzlichen Rückzieher, ihren Eigensinn, ihre Unvernunft nicht ertragen.

Endlich kam sie wieder heraus und stand am Fußende des Bettes, während sie ihr Haar mit dem Handtuch trockenrieb. Ich besah ungeniert ihren nackten Körper und fand ihn zum ersten Mal reizlos. Sie war zu dünn, zu eckig, und nun, da ihr Haar naß und aus dem Gesicht zurückgestrichen war, zeigte sich, daß sie unscheinbare, unbestimmte Züge hatte. Sie merkte, daß ich sie beobachtete, und beugte sich vor, rieb das Haar mit dem Handtuch von hinten nach vorn; ich konnte den knochigen Kamm ihres Rückgrats sehen.

Sie zog sich ein Polohemd über das noch feuchte Haar, dann schlug sie die Decke zurück und stieg ins Bett. Ich mußte ein wenig zur Seite rücken, um ihr Platz zu machen. Sie blieb aufrecht sitzen, das Kissen im Rücken, und schaute mich groß an.

»Komm, zieh dich aus!« sagte sie.

»Ich will noch nicht.«

»Du bist zornig auf mich.«

»Und ob ich es bin!«

Sie holte hörbar Luft. »Wenn ich dir die Wahrheit sage, wirst du mir vergeben?«

»Warum wolltest du mir heute früh nicht die Wahrheit sagen?«

»Weil ich etwas tun mußte, und du hättest versucht, mich daran zu hindern. Und du hättest es können. Es ist Niall ... er ist hier, in Biarritz. Ich habe den Tag mit ihm verbracht. Aber du wußtest das, nicht wahr?« Ich nickte, erschrocken über die Neuigkeit, bestätigte das Unausweichliche. »Ich sah ihn heute früh, während du den Wagen zurückbrachtest. Er sagte, er wolle mit mir allein sprechen. Ich werde ihn nach diesem Mal nie wieder sehen. Das ist die Wahrheit.«

»Was wollte er?«

»Er ist unglücklich und wollte mich umstimmen.«

»Was sagtest du?«

»Ich sagte ihm, daß ich mich entschlossen habe, und daß ich jetzt mit dir beisammen sei.«

»Und es erforderte den ganzen Tag, das zu sagen?«

»Ja.«

Ich war noch immer kalt zu ihr, konnte ihr die Wahrheit nicht vergeben. Warum wollte sie nicht gemäß ihrer Entscheidung handeln? Ich sagte: »Ich möchte wissen, warum, zum Teufel, er uns hierher gefolgt ist.«

»Ich weiß es nicht.«

»Folgte er uns schon, als wir in Collioure waren? War er dort?«

»Ich glaube, nein.«

»Siehst du nicht, welchen Schaden das anrichtet? Du läßt diesen Niall in unser Verhältnis eindringen, wann immer ihm danach ist, und du sagst es mir nicht einmal. Das trennt mich von dir. Es tut mir leid, daß er unglücklich ist ... aber warum verhältst *du* dich so? Was wird geschehen, wenn er sich nächstes Mal unglücklich fühlt?«

»Es wird nicht wieder vorkommen.«

»Ich glaube dir nicht. Ich würde es gern tun, aber ich kann es nicht.«

»Ich habe dir die Wahrheit gesagt!«

»Schon gut!« Ich winkte ab, erkannte, wie zwecklos all dies war. Sues Gesicht hatte alle Farbe verloren: ihre Haut, ihre Lippen, sogar die Augen wirkten blasser als sonst. Als ihr Haar trocknete, sah sie weniger hager aus, aber inzwischen war sie genauso ärgerlich wie ich. Ich dachte immerfort, daß wir einander in die Arme nehmen und küssen sollten, die Uhr zurückstellen und was es noch für Rezepte für Versöhnung gab, aber diesmal war es nicht möglich.

Wir saßen bis tief in die Nacht da, beide verschanzt in unseren Bedürfnissen, zornig aufeinander, weil dies alles so wichtig war. Zuletzt kleidete ich mich aus und stieg zu ihr ins Bett, aber wir lagen wach und rührten uns nicht an. Keiner von uns wollte den ersten Schritt tun.

Einmal mitten in der Nacht fragte ich sie, weil ich wußte, daß sie wach lag: »Was machtest du, als ich dich auf der Straße traf?«

»Ich versuchte mir klarzuwerden, was ich tun sollte. Warum?«

»Wo war Niall?«

»Er wartete irgendwo auf mich. Ich war spazierengegangen. Dann kamst du.«

»Du erwecktest den Anschein, als ob du mit jemandem im Gespräch wärst.«

»Und?«

Wir lagen in der warmen Dunkelheit und hatten die Decke von uns geworfen. Wenn ich die Augen öffnete, konnte ich ihren Umriß neben mir gerade noch ausmachen. Sie lag immer ruhig im Bett, ohne sich viel herumzuwälzen, und in der Dunkelheit war nur an ihrem Atmen zu erkennen, ob sie schlief oder nicht.

»Wo ist Niall jetzt?«

»Irgendwo in der Gegend.«

»Ich verstehe noch immer nicht, wie er dich gefunden hat.«

»Du darfst ihn nicht unterschätzen, Richard. Er ist schlau, und wenn er etwas will, kann er hartnäckig sein.«

»Er scheint Macht über dich zu haben, ganz gleich, was du sagst. Ich wünschte, ich wüßte, was es ist.«

Darauf sagte sie lange nichts, und ich dachte, sie müsse endlich eingeschlafen sein. Dann aber sagte sie ruhig: »Niall ist zauberisch.«

15

Den nächsten Tag verbrachten wir größtenteils auf Reisen: ein Taxi zum Flugplatz, dann zwei Flüge, mit einer langen Wartezeit auf den Anschluß in Bordeaux. Vom Flughafen Gatwick nahmen wir die Vorortbahn zur Victoria Station und nahmen ein Taxi zu Sues Wohnung. Ich bat den Fahrer zu warten, während wir hineingingen.

Auf einem Tisch in der Diele wartete ein kleiner Stoß Post auf sie, und sie nahm ihn an sich, bevor sie die Tür aufsperrte. Ich trug ihre Koffer hinein und stellte sie ab. Ihr Zimmer erwies sich als eine Überraschung: ich glaube, ich hatte das übliche beengte Chaos eines Einzimmer-Haushalts erwartet, aber der Raum war groß, sehr ordentlich, und was an Möbeln darin stand, war mit Geschmack ausgewählt. In einer Ecke stand ein einfaches Bett, und daneben ein Bücherschrank voll teurer Kunstbände. Vor dem einzigen Fenster stand ein Schreibtisch mit einem Zeichenbrett, mehreren Gläsern, die mit Pinseln, Bleistiften und Messern gefüllt waren, ein Papierkorb und eine große Arbeitslampe. Es gab auch eine Stereoanlage, aber kein Fernsehgerät. Es gab ein Waschbecken, eine Doppelkochplatte und einen großen alten Kleiderschrank. Als sie die Tür schloß, bemerkte ich, daß sie zwei schwere Riegel angebracht hatte, einen oben, den anderen unten.

»Ich sollte den Taxifahrer nicht warten lassen«, sagte ich.

»Ich weiß.«

Wir standen einander gegenüber, ohne uns anzusehen. Ich fühlte mich sehr müde von der Reise. Sie trat auf mich zu, und plötzlich umarmten wir uns, wärmer als ich erwartet hatte.

»Werden wir uns wiedersehen?« sagte ich.

»Willst du?«

»Du weißt es. Das einzige, was uns entzweit, ist Niall.«

»Dann gibt es keinen Grund zur Sorge. Ich verspreche dir, Niall wird mich nicht wieder behelligen.«

»Gut, laß uns jetzt nicht darüber diskutieren.«

»Ich rufe dich später noch an«, sagte sie.

Wir hatten längst unsere Anschriften und Telefonnummern ausgetauscht, unterzogen uns aber noch einmal der Pflichtübung, nachzusehen, ob wir sie noch hatten. Sues Adresse war leicht zu merken, darum hatte ich sie nicht aufgeschrieben, aber ihre Telefonnummer hatte ich hinten in mein Notizbuch gekritzelt.

»Wollen wir uns morgen abend zum Essen treffen?« sagte ich.

»Laß uns später darüber entscheiden. Jetzt möchte ich bloß auspacken und meine Post durchsehen.«

Wir küßten uns wieder, und diesmal war es entschieden liebevoll. Es erinnerte mich daran, wie sie schmeckte, wie sie sich anfühlte. Ich begann mein Benehmen vom Vortag zu bedauern, aber sie entwand sich lächelnd meinen Armen.

»Ich rufe dich später an«, sagte sie.

Der Londoner Berufsverkehr hatte eingesetzt, und es war viel später, als das Taxi mich vor meiner Wohnung absetzte. Ich sperrte auf und stellte meinen Koffer hinein, sah den Haufen Post bei der Tür und ließ ihn liegen.

Nach so langer Abwesenheit und nachdem ich so viele verschiedene Städte und Ortschaften gesehen hatte, war den Zimmern eine eigentümlich desorientierende Atmosphäre von Vertrautheit und Fremdheit eigen. Die Luft roch etwas muffig und feucht, und ich öffnete ein paar Fenster, dann schaltete ich Boiler und Kühlschrank ein. Meine Wohnung hatte vier Räume, Küche und Bad: es gab ein Wohnzimmer, ein Schlafzimmer, ein Gästezimmer und den vierten Raum, den ich als mein Arbeitszimmer betrachtete. Hier bewahrte ich die verschiedenen Stücke alter Filmausrüstungen auf, die ich mit den Jahren gesammelt hatte, dazu Kopien von einigen der Filme, an denen ich als Kameramann mitgearbeitet hatte. Ich hatte einen 16 mm-Projektor und eine Leinwand, außerdem einen Schneidetisch. All diese Gegenstände waren Unterpfand einer halbherzigen Absicht, eines Tages als unabhängiger Filmemacher anzufangen, obwohl ich wußte, daß das meiste von diesem Zeug durch moderne Geräte von professionellem Standard würde ersetzt werden müssen. Ich hätte auch ein richtiges Studio dazu gebraucht.

Nach dem Sommerwetter in Frankreich war die Wohnung kühl, und draußen regnete es. Ich wanderte herum, spürte das Abfallen meiner Stimmung und sehnte mich bereits nach Sue. Der Urlaub hatte mit einem Mißklang geendet; ich kannte sie nicht gut genug, um die Veränderung ihrer Stimmung zu beurteilen, und hatte sie verlassen, als wir im Begriff gewesen waren, wieder zusammenzufinden. Einen Augenblick erwog ich, sie anzurufen, aber sie hatte gesagt, daß sie mich anrufen würde, und außerdem gab es in der Wohnung eine Menge zu tun. Ich hatte einen Koffer voller schmutziger Kleidung, die bald gewaschen werden mußte, und es gab keine frischen Lebensmittel. Aber ich fühlte mich unmotiviert und träge, vermißte Frankreich.

Ich bereitete mir eine Tasse Pulverkaffee und setzte mich damit, um die Post durchzusehen. Ein Stoß angesammelter Briefe sieht immer interessanter aus, bevor sie geöffnet worden sind. Was sich für mich angesammelt hatte, waren eine Anzahl Rechnungen und Rundschreiben, Subskriptionsexemplare von Zeitschriften, halbherzige Antworten auf halbherzige Briefe, die ich vor meiner Abreise geschrieben hatte. Von Annette in Canada war eine Postkarte gekommen. Die besten Postsachen waren zwei Schecks für Filmarbeit, die ich ein paar Monate vorher geleistet hatte, und eine Nachricht von einem Produzenten, der dringend um meinen Anruf bat. Sein Brief war eine Woche alt.

Mein Alltagsleben nahm um mich herum Gestalt an. Wie es Sue gelungen war, mich abzulenken und zu verwirren! Sie war mir so wichtig geworden, so unmittelbar. Wenn ich mit ihr war, verdrängte sie alles andere aus meinem Denken. In London würde sie vielleicht anders auf mich wirken, würde die Beziehung bei niedrigerem Druck im Zusammenhang der alltäglichen Existenz andauern. Gewiß war jedenfalls, daß wir ein langfristiges Verhältnis unmöglich in der Art und Weise unterhalten konnten, wie wir angefangen hatten.

Ich rief den Produzenten an, der mir geschrieben hatte; er war nach Hause gegangen, aber sein Anrufbeantworter gab mir seine Privatnummer. Ich rief ihn zu Hause an, doch meldete sich niemand. Darauf ging ich zu der Garage, wo ich meinen Wagen hatte, und zu meiner Überraschung sprang der Motor beim ersten Versuch an. Ich fuhr zurück zum Haus und parkte draußen. Dann packte ich meine schmutzige Wäsche zusammen und nahm eine Einkaufstasche mit. Die Wäsche steckte ich im nächsten Mietwaschsalon in eine Maschine und machte mich auf, Lebensmittel einzukaufen. Als all dies erledigt war, fuhr ich nach Hause.

Während ich meine rudimentäre Version von häuslicher Küche verzehrte, las ich die Morgenzeitung und fragte mich, was während meiner Abwesenheit in der Welt geschehen sein mochte. Meine Arbeit hatte mir eine besondere Einstellung zum Nachrichtenwesen gegeben: entweder sättigte ich mich an Ereignissen, während sie sich noch entwickelten, oder ich schnitt mich vollständig von ihnen ab. In Frankreich war ich es zufrieden gewesen, daß sich ein Vakuum von Desinteresse um mich entwickelt hatte. Der Zeitung entnahm ich, daß die meisten Nachrichten die gleichen waren wie sonst auch: eine neue Runde von Lohnverhandlungen mit den Gewerkschaften, Furcht vor Sprengstoffanschlägen der IRA in London, Spannungen im Nahen Osten, Gerüchte von bevorstehenden Wahlen, ein politischer Skandal in den USA, Dürre und Hungersnot in Ostafrika.

Ich rief den Produzenten wieder an, und diesmal kam ich durch. Er war erfreut, von mir zu hören: eine amerikanische Fernsehgesellschaft wollte einen Dokumentarfilm über die militärische Verstrickung der Vereinigten Staaten in Mittelamerika drehen, wegen politischer Empfindlichkeiten konnte aber kein amerikanisches Aufnahmeteam eingesetzt werden. Er hatte seit einer Woche versucht, einen Kameramann zu finden, aber keiner wollte den Job. Während wir sprachen, dachte ich darüber nach, und dann sagte ich zu.

Der Abend zog sich hin, und ich fühlte zunehmende Unruhe. Ich wußte, daß ich auf Sues Anruf wartete. Am Nachmittag war ich anderthalb Stunden fort gewesen, und sie konnte während dieser Zeit angerufen haben, aber sicherlich würde sie es später noch einmal versuchen? Es wäre mir ein leichtes gewesen, sie anzurufen, aber sie hatte gesagt, daß sie mich anrufen würde, und das schloß so etwas wie ein emotionales Protokoll ein, das eingehalten sein wollte. Ich fühlte noch die Nachwirkungen des Vortages.

Ich wartete auf sie, wurde müde, und nach zehn Uhr mehr und mehr gereizt. Ich fühlte es bis in die Knochen:

die vertraute Furcht vor Nialls Einmischung. Wenn es ihm auf geheimnisvolle Weise gelungen war, uns nach Biarritz zu folgen, war er auch imstande, uns nach London zu folgen. Wahrscheinlicher aber schien mir, daß sie zu Hause eine Botschaft vorgefunden hatte: einen Brief, ein Telegramm, eine dringende Nachricht.

Ich blieb auf, bis mir die Augen zufielen, dann legte ich mich schlafen, noch immer verärgert über sie, und sank in einen unangenehmen Zustand erschöpften, aber unruhigen Schlafes. An einem dunklen Tiefpunkt der Nacht gelobte ich, nie wieder etwas mit ihr zu schaffen zu haben. Wenn dieser Vorsatz bis zum Morgen überlebte, wurde er gebrochen, als sie mich anrief, bevor ich aus dem Bett war. Ich nahm den Hörer auf und vernahm die Piepstöne eines öffentlichen Fernsprechers.

»Richard? Ich bin's, Sue.«

»Ich dachte, du wolltest mich gestern abend anrufen. Ich wartete darauf.«

»Ich rief eine oder zwei Stunden nach deinem Weggang an, aber du warst nicht da. Ich wollte es später wieder versuchen, schlief aber ein.«

»Ich dachte, etwas könnte geschehen sein.«

Sie schwieg einen Augenblick lang. Dann: »Nein. Ich war erschöpft. Wie geht es dir?«

»Du hast mich geweckt, also weiß ich es noch nicht genau. Was ist mit dir?«

»Ich muß zum Studio. Ich bin mehr pleite, als ich dachte ... In der Post war ein Haufen Rechnungen.«

»Wirst du den ganzen Tag im Studio sein?«

»Ich denke schon.«

»Wollen wir uns heute abend treffen? Ich würde dich gern sehen.«

Wir trafen die praktischen Vereinbarungen, als ob wir eine geschäftliche Besprechung verabredeten. Sue hörte sich kühl und fern an, und ich bemühte mich, einen nörgelnden Unterton von Unzufriedenheit aus meiner

Stimme herauszuhalten. Die Erklärung, mit der sie ihren unterlassenen Anruf begründet hatte, machte mich zutiefst mißtrauisch.

»Übrigens, eine Karte war mit in der Post.«

»Karte?«

»Du hast mir eine Postkarte aus Frankreich geschickt ... wenigstens nehme ich an, daß du es warst. Sie war nicht unterzeichnet.«

»Ach ja.«

Das alte St. Tropez; Fischer, Netze und ein Lagerhaus. Es erinnerte mich daran, wie ich allein gewesen war, während sie sich bei Niall aufgehalten hatte, und es erinnerte mich daran, wie die Dinge sich seitdem entwickelt hatten. Mein Mißtrauen und ihr Ausweichen, alles Nialls wegen.

»Dann also bis später«, sagte sie.

»In Ordnung. Bis dann!«

Der Anruf war um, ehe die Piepstöne anzeigen konnten, daß der eingeworfene Betrag aufgebraucht war. Ich ging durch den Tag und versuchte nicht an sie zu denken, aber sie war ein so untrennbarer Bestandteil meines Lebens geworden, daß ich sie nicht außer acht lassen konnte. Noch immer beeinflußte ihre Existenz alles, was ich tat oder dachte. Dennoch wußte ich, daß meine Liebe auf zwei kurzen Zeitabschnitten gründete: die wenigen Tage, bevor sie nach St. Raphaël zu Niall gefahren war, und ein paar Tage, die darauf gefolgt waren. Ich liebte sie noch immer, aber es beruhte auf der Vergangenheit.

16

Mit bösen Ahnungen ging ich hinunter zur U-Bahnstation Finchley Road, wo wir uns verabredet hatten. Sie war schon dort, als ich eintraf, und sobald sie mich sah, lief sie auf mich zu, warf mir die Arme um den Hals und küßte mich. Die Ahnungen lösten sich auf.

»Du wohnst irgendwo in der Nähe, nicht wahr?« sagte sie.

»In West Hampstead.«

»Darf ich deine Wohnung sehen?«

»Ich dachte, wir gehen jetzt auf ein Gläschen hin. Für später habe ich einen Tisch bestellt.«

»Gut, dann gehen wir später essen. Ich möchte sehen, wo du wohnst.«

Sie lief los und zog mich mit sich. Kaum waren wir in der Wohnung, fing sie wieder an, mich zu küssen, zärtlicher als ich es von ihr gewohnt war. Ich war emotional reserviert, so verhärtet hatte sich meine Einstellung des Tages. Aber was sie wollte, war keine Frage, und bald waren wir im Bett. Danach wanderte sie in der Wohnung umher, besah alles und kehrte zu mir zurück. Sie setzte sich auf das Bett und schlug die Beine übereinander.

»Ich werde eine Ansprache halten und möchte, daß du mir zuhörst«, sagte sie.

»Ich mag keine Ansprachen.«

»Diese ist anders. Ich habe den ganzen Tag daran gearbeitet, und sie wird dir gefallen.«

»Hast du vor, sie zu verlesen?«

»Unterbrich mich nicht! Zu allererst möchte ich dir eins sagen: es tut mir leid, daß ich Niall traf, ohne es dir zu sagen. Es wird nie wieder geschehen, und ich bedaure es, wenn ich dich verletzt habe. Das zweite ist, daß Niall jeden Tag wieder in London sein wird, und daß ich ihn nicht daran hindern kann, mich aufzusuchen. Er weiß, wo ich wohne, und er weiß, wo ich arbeite. Was ich sagen will, ist dies: wenn ich Niall sehe, ist es nicht meine Schuld, und ich werde dir sofort davon berichten. Das Dritte ...«

Ich sagte: »Aber was geschieht, wenn du ihn siehst? Es wird alles wieder von vorn anfangen.«

»Nein, es wird nicht! Du hast mich unterbrochen. Das Dritte ist, daß ich dich liebe, daß du der einzige Mensch bist, mit dem ich beisammen sein möchte, und daß wir Niall nie wieder erlauben dürfen, sich zwischen uns zu drängen.«

Nachdem ich mit ihr geschlafen hatte, fühlte ich mich entspannt, hatte sie gern, fühlte die von ihr ausstrahlende Wärme, aber es war ein Schaden angerichtet. Noch an diesem Morgen hatte ich geglaubt, die Ereignisse hätten uns unwiderruflich auseinandergerissen, aber nun gab es eine weitere Umkehrung, und Sue sprach eben die Worte aus, die ich von ihr hören wollte. Was sie nicht wußte, und was ich erst zu spüren begann, war der Umstand, daß es die Umkehrungen selbst waren, die den Schaden verursachten. Jedesmal, wenn ich mich dem Wechsel anpaßte, ging etwas von der Vergangenheit und den mit ihr verbundenen Empfindungen verloren.

»Wir werden gemeinsam mit Niall sprechen müssen«, sagte ich. »Ich traue ihm nicht. Wer weiß, wozu er imstande ist, wenn er dich allein sieht. Woher nehmen wir die Gewißheit, daß er dich nicht wieder verprügelt?«

Sue schüttelte den Kopf. »Du kannst ihn nie sehen, Richard.«

»Aber wenn wir zusammen sind, wird er die Situation so hinnehmen müssen, wie sie ist.«

»Nein. Du verstehst nicht.»

»Dann erkläre es mir!«

»Ich habe Angst vor ihm.«

Auf einmal fiel mir der Auftrag ein, den ich angenommen hatte, und daß ich in zwei Tagen London verlassen mußte. Einen Augenblick bedauerte ich, daß ich angenommen hatte, dachte an Nialls bevorstehende Rückkehr, die Wahrscheinlichkeit, daß er Sue während meiner Abwesenheit aufsuchen und bedrängen würde. Da ich wußte, wie er sie beeinflussen konnte, wenn ich da war, konnte ich mir das Schlimmste vorstellen. Das hieße aber an ihrer Aufrichtigkeit zweifeln, ihrer Freiheit, für sich selbst zu handeln. Ich mußte ihr vertrauen.

Etwas später gingen wir zum Restaurant, und während wir dort waren, erzählte ich Sue von meinem Auftrag und daß ich fort mußte. Von meinen Befürchtungen sagte ich nichts, aber sie spürte sie sofort.

»Das Schlimmste daran ist«, sagte sie, »daß ich dich nicht sehen werde, bis du zurückkommst. Sonst wird nichts geschehen.«

Die nächsten zwei Tage blieb sie bei mir in der Wohnung, dann reiste ich ab.

17

Zehn Tage vergingen, bevor ich zurückkam, erschöpft und mit rotgeränderten Augen nach dem dreizehnstündigen Flug, noch nervös und irritiert von den Aufnahmeverzögerungen, denen wir ausgesetzt gewesen waren, und noch bedrückt von der Erinnerung an die Hitze und Feuchtigkeit. Es war schwierige Arbeit gewesen, ständig behindert durch fehlende Kooperationsbereitschaft und bürokratische Schikanen. An jedem neuen Aufnahmeort mußten wir die Genehmigung der örtlichen Militärbefehlshaber einholen, die uns ausnahmslos mißtrauten oder feindlich gesinnt waren. Am Ende war die Arbeit trotz aller Hindernisse getan, das Geld war auf meinem Konto. Ich war froh, die Sache hinter mir zu haben.

Ich fuhr zu meiner Wohnung, ruhelos und unzufrieden trotz meiner Müdigkeit. London war kalt und feucht, aber nach den Hüttenstädten und Slums Mittelamerikas sah es aufgeräumt, wohlhabend, modern aus. Ich blieb lange genug in der Wohnung, um meine Post durchzusehen, dann holte ich den Wagen und fuhr hinüber zu Sue.

Eine der anderen Hausbewohnerinnen öffnete mir, und ich ging direkt zu ihrem Zimmer und klopfte. Es gab eine Verzögerung, aber ich hörte Bewegung drinnen. Einen Augenblick später wurde die Tür geöffnet, und vor mir stand Sue in einem Morgenmantel, den sie vorn zuhielt. Wir starrten einander an.

Dann sagte sie: »Besser, du kommst herein!«

Bei diesen Worten blickte sie über die Schulter, als ob jemand da wäre, und als ich hineinging, war ich auf eine Konfrontation gefaßt. Schrecken befiel mich.

Das Zimmer roch muffig und lag im Halbdunkel. Die Vorhänge waren zugezogen, doch sickerte Tageslicht durch den dünnen Stoff. Sue ging zum Fenster und zog sie zurück. Draußen war eine Ziegelmauer, die einen kleinen Drainageschacht bildete, und in dem Garten darüber wuchsen Büsche und ungemähtes Gras und beschatteten den Raum. Die Luft hatte einen schwachen blauen Dunst, als hätte jemand geraucht, aber ich konnte keinen Tabak riechen.

Sie war bei meiner Ankunft im Bett gewesen, denn die Decke war zurückgeschlagen, und ihre Kleider hingen über einem Stuhl. Auf dem Nachttisch stand eine Untertasse, und in dieser lagen drei Zigarettenstummel.

Ich blickte argwöhnisch umher, hielt nach Niall Ausschau.

Sue ging an mir vorbei und schloß die Tür. Sie lehnte sich mit dem Rücken dagegen und hielt den Morgenmantel zu. Sie wich meinem Blick aus, und ihr Haar, wirr und unordentlich, verbarg das meiste von ihrem Gesicht. Ich sah jedoch, daß ihr Mund und Kinn gerötet waren.

»Wo ist Niall?« fragte ich.

»Kannst du ihn hier sehen?«

»Natürlich kann ich nicht. Ist er im Haus?« Sie schüttelte den Kopf. »Warum bist du noch im Bett?«

Ich blickte auf meine Armbanduhr, aber sie war noch auf zentralamerikanische Zeit gestellt. Die Maschine war kurz nach Tagesanbruch in London gelandet, und ich schätzte, daß es inzwischen auf Mittag zugehen mußte.

»Ich arbeite heute nicht ... ich hatte gefaulenzt.« Sie verließ die Tür und setzte sich auf das Bett. »Warum bist du eigentlich hier?«

»Warum? Wieso fragst du? Ich bin gerade zurückgekommen und hergefahren, um dich zu besuchen!«

»Ich dachte, du würdest vorher anrufen.«

»Du versprachst mir, daß dies nicht geschehen würde.«

»Niall fand mich«, sagte sie leise. »Eines Abends folgte er mir von der Arbeit nach Hause, und ich konnte nicht mit ihm streiten.«

»Wann war das?«

»Vor ungefähr einer Woche. Sieh mal, ich weiß, was das bedeutet. Mach es nicht noch schlimmer, als es ist. Ich halte es nicht mehr aus, zwischen euch hin und her gerissen zu werden. Niall wird mich nicht in Ruhe lassen, solange ich mit dir beisammen bin, also wird es nie gehen, ganz gleich, was für Versprechen du mir abnimmst.«

»Ich habe dir nie ein Versprechen abgenommen«, sagte ich.

»Gut, aber das ist jetzt erledigt.«

»Und ob es erledigt ist!«

»Dann lassen wir es damit bewenden!«

Ich konnte kaum hören, was sie sagte. Sie saß zusammengekauert auf dem Bett, die Hände im Schoß, und hatte den Kopf so gebeugt, daß ich nur ihren Scheitel und ihre Schultern sehen konnte. Dabei saß sie ein wenig zur Seite gewandt, daß sie den Nachttisch vor sich hatte. Ich bemerkte, daß die Untertasse mit den Zigarettenstummeln nicht mehr da war, daß sie sie weggestellt haben mußte. Dieses schuldbewußte Verstecken sagte mir, daß Niall kurz vor meinem Eintreffen dagewesen war.

»Ich gehe jetzt«, sagte ich. »Aber verrate mir eins. Ich verstehe nicht, daß Niall soviel Macht über dich hat. Warum läßt du dir dies alles von ihm antun? Soll er für immer über dein Leben bestimmen?«

Sie sagte: »Er ist zauberisch, Richard.«

»Das sagtest du schon einmal. Was hat Zauber damit zu tun?«

»Nicht irgendein Zauber, *der* Zauber. Niall hat *den* Zauber.«

»Das ist es ja, was so lächerlich ist! Es kann nicht dein Ernst sein!«

»Es ist das Wichtigste in meinem Leben. Auch in deinem.«

Nun blickte sie zu mir auf, eine dünne, traurige Gestalt im Durcheinander zerdrückter Decken und Laken, die auf der Matratze aufgehäuft lagen. Sie hatte angefangen zu weinen, still, hoffnungslos.

»Ich gehe«, sagte ich. »Laß nicht wieder von dir hören.«

Sie stand auf, langsam und steif wie unter Schmerzen.

»Weißt du nicht, daß du zauberisch bist, Richard?« sagte sie. »Ich liebe dich wegen deines Zaubers.«

»Ich will kein Wort mehr hören!«

»Du kannst es nicht ändern. Der Zauber wird dich nie verlassen. Deshalb wird Niall mich nicht gehen lassen ... wenn du den Zauber verstehst, wirst du wissen, daß es wahr ist.«

Dann hörte ich irgendwo im Raum, irgendwo hinter mir das Geräusch eines männlichen Lachens. Ich sah, daß die Tür des Kleiderschranks die ganze Zeit offengestanden hatte, daß dahinter Raum genug für jemand war, der sich verstecken wollte. Niall war da, hatte alles mitgehört! Hitzig vor Zorn sprang ich zur Tür, riß sie auf, sah den hellen Schimmer der Riegel aus rostfreiem Stahl. Ich ging hinaus und warf die Tür hinter mir zu. Ich war zu wütend, um zu fahren, also eilte ich zu Fuß die Straße hinunter, so schnell ich konnte. Ich ging und ging, in meinem schwarzen Zorn nur von dem Wunsch beseelt, von ihr wegzukommen. Ich ging die lange Steigung nach Archway hinauf, über den Viadukt nach Highgate, dann abwärts nach Hampstead Heath. Mein Zorn war wie eine Droge, die mein Hirn in einem unbarmherzigen Wirbel bösartigen Grolls vorantrieb. Ich wußte, daß ich von dem langen Flug müde war, daß die durch ihn bedingte Zeitverzögerung einen Zustand förderte, der es schwierig machte, in irgendeiner Weise rational zu sein, am allerwenigsten angesichts dessen, was ich gerade erlebt hatte. London schien wie eine Halluzination um mich zu sein; der Blick von Hampstead Heath nach Süden, wo die Hochhäuser standen, die alten Klinkerterrassen auf der anderen Seite, die Leute auf den Straßen und der endlose Verkehrslärm. Ich eilte durch Seitenstraßen, die gesäumt waren von viktorianischen Villen, beschattet von Platanen und Zierkirschen und Holzapfelbäumen, die nun, am Ende des Sommers, müde waren. Wagen parkten auf beiden Straßenseiten, die Räder auf den Gehsteigen. Ich drängte an Leuten vorbei, die ich kaum sah, rannte, dem Verkehr ausweichend, über die Finchley Road. Nach West Hampstead ging es bergab, lange gerade Straßen mit Personenwagen und Lastern, Leuten, die auf Busse warteten oder langsam von einem Laden zum anderen gingen. Ich stürzte an alledem vorbei, dachte jetzt nur noch daran, nach Hause zu kommen, ins Bett zu gehen, meinen Zorn und meine Müdigkeit auszuschlafen. Ich bog in die West End Lane ein, war beinahe zu Hause. Der lange Fußmarsch hatte mir einen klaren Kopf verschafft: keine Sue mehr, keinen Niall mehr, keine erneuerten Hoffnungen oder gebrochenen Versprechen oder Ausflüchte oder Lügen mehr. Von nun an wollte ich nur für mich selbst leben, mir niemals vormachen, daß Liebe einfach sei. Ich haßte Sue und alles, was sie mir angetan hatte, bedauerte alles, was ich zu ihr gesagt und mit ihr getan hatte. Ich passierte den Bahnhof West Hampstead, den durchgehend geöffneten Supermarkt, das Polizeirevier; alles vertraute Landmarken, alle Teil meines Lebens in London vor Sue. Ich schmiedete Pläne, dachte an eine Anstellung, die der Produzent auf dem Rückflug erwähnt hatte; nicht Nachrichten, aber eine Dokumentation für die BBC, ein umfangreiches Projekt, viele Reisen. Sobald ich mich von diesem Schlag erholt hätte, würde ich ihn anrufen, eine Weile außer Landes gehen, mit ausländischen Frauen schlafen und die Arbeit tun, auf die ich mich am besten verstand. Etwas traf mich in den unteren Rücken, und ich wurde vorwärtsgeschleudert. Ich hörte nichts, krachte aber in die aus Ziegeln gemauerte Einfassung eines Schaufensters; ringsum zersplitterte das Glas. Ein Teil von mir wälzte sich am Boden, krümmte den Rücken, während eine gewaltige Hitze mir Nacken und Beine versengte. Als ich zur Ruhe kam, war das einzige Geräusch, das ich hören konnte, von splitterndem und klirrendem Glas, von Bruchstücken, die in einem endlos peinigenden Regen auf mich niederprasselten und meine Kleider und meine Haut durchschnitten, und irgendwo draußen und um mich herum, jenseits meiner nicht sehenden Augen, war eine ungeheure und vollkommene Stille.

VIERTER TEIL

1

Die ersten Kilometer ging es auf schmalen und gewundenen Straßen zwischen hohen Hecken durch das Hügelland von Devon. Weil diese Nebenstraßen regelmäßig von den Traktoren der Bauern befahren wurden, war die Oberfläche lehmig und im Regen schmierig. Sue fuhr nervös und zögernd, bremste scharf vor Kreuzungen und bog mit übertriebener Vorsicht um Ecken, wobei sie den Hals reckte, um besser nach vorn zu sehen. Das Autofahren war immer gefährlich für sie und verlangte ständige Konzentration, aber diese schmalen Landstraßen stellten eine zusätzliche Gefahr für sie dar. Glücklicherweise wurden die wenigen entgegenkommenden Wagen langsam und umsichtig gelenkt, so daß niemals eine wirkliche Kollisionsgefahr bestand, aber der Wagen fühlte sich groß und ungewohnt an, und sie wünschte, sie würden bald die Hauptstraße erreichen.

Richard saß neben ihr auf dem Beifahrersitz, starrte nach vorn und sprach kaum. Er hielt mit einer Hand den Sicherheitsgurt, um zu verhindern, daß er gegen seinen Körper drückte, aber jedesmal, wenn sie vor einer Kreuzung oder scharfen Biegung bremste, zog es ihn vorwärts. Sie merkte, daß seine Anspannung von ihrer Fahrweise herrührte, und daß die Schlingerbewegungen und Bremsmanöver des Wagens wahrscheinlich schmerzhaft für ihn waren, doch der Versuch, dies auszugleichen, machte sie nur noch nervöser.

Einige Kilometer hinter Totnes kamen sie endlich auf die Hauptstraße, eine ausgebaute, zweispurige Schnellstraße ohne scharfe Biegungen und mit nur sanften Steigungen, und sogleich fühlte sie sich zuversichtlicher. Sie beschleunigte auf eine angenehme Reisegeschwindigkeit von ungefähr neunzig Stundenkilometern. Ein feiner Nieselregen hüllte die Landschaft ein, und wann immer sie einen Lastwagen oder ein anderes großes Fahrzeug überholten, war die Windschutzscheibe undurchsichtig von lehmigem Sprühwasser. Hinter Exeter erreichten sie den Autobahnanschluß der M 5, die über eine Verbindung mit der M 4 direkt nach London führte.

Einer Anregung folgend beugte Richard sich vor und schaltete das Radio ein. Er suchte eine Anzahl Sender ab, bis sie einen fanden, auf den sie sich einigten.

»Sag Bescheid, wenn du irgendwo anhalten möchtest«, sagte sie.

»Im Moment fühle ich mich gut. Ich glaube, in ungefähr einer Stunde werde ich aussteigen und mir die Beine vertreten müssen.«

»Fein.«

Auch Sue fühlte sich gut und war froh, endgültig nach London zurückzukehren. Die in den letzten Wochen häufigen Reisen nach Devon hatten sie erschöpft. Richard konnte seit fast einem Monat ohne Hilfsmittel gehen, und sie hatten beide ungeduldig auf seine Entlassung gewartet. Dr. Hurdis hatte sie jedoch mit dem Argument hinausgezögert, er sei nicht überzeugt, daß das Trauma aufgearbeitet sei. Es hatte noch mehrere hypnotherapeutische Sitzungen gegeben, doch waren sie, wie schon die erste, ergebnislos geblieben. Richard selbst war anscheinend frei von Beunruhigungen und konnte nicht erwarten, aus der Rehabilitation entlassen zu werden.

Sues persönliches Dilemma war, daß sie mit Hurdis übereinstimmte; sie wußte aus eigenen triftigen Gründen, daß Richard mit seiner Vergangenheit noch nicht ins reine gekommen war, aber sie war überzeugt, daß durch konventionelle Therapie nicht mehr erreicht werden konnte. Sie war in diesen Fragen von eigener Unschlüssigkeit geplagt, von Überlegungen ihrer persönlichen Bedürfnisse. Richard hatte seinen Zauber verloren und wußte nichts von ihrem.

Die Umstände, unter denen sie ihn in Middlecombe besuchen konnte, hatten zu ihrem Wunsch nach Entlassung beigetragen. Middlecombe täuschte darin, daß es wie ein Hotel aussah und geführt wurde, selbstverständlich aber ein Krankenhaus war. Die angenehme Umgebung, die geschmackvolle Möblierung, der Aufwärterdienst, die *haute cuisine*-Speisen weckten Hoffnungen auf Zurückgezogenheit und persönliche Freiheit, aber die Realität sah so aus, daß sie kaum eine Gelegenheit fanden, miteinander allein zu sein. Spaziergänge durch die Gartenanlagen waren die einzige Form von Zurückgezogenheit, die sie für sich hatten, doch konnten sie daraus nicht allzuviel machen. Und aus den gleichen Gründen konnte Sue nicht in Middlecombe bleiben, sondern war immer gezwungen gewesen, außerhalb Unterkunft zu finden, manchmal in Kingsbridge, einmal oder zweimal in Dartmouth, und diese Übernachtungen hatten die Reisekosten erhöht und ihre gemeinsame Zeit weiter beschnitten.

Im Laufe all ihrer Besuche, und es waren mehrere gewesen, hatten sie nur einmal in seinem Zimmer allein sein können. Bei der Gelegenheit hatten sie sehr vorsichtig versucht, miteinander zu schlafen. Es war ein Fehlschlag gewesen: sie waren sich beide ihrer Umgebung allzu bewußt gewesen, das Bett war ein funktionales Krankenbett, und sein Körper war noch empfindlich und ungelenk gewesen. Durch die dünne Trennwand hatten sie zwei Patienten im Nebenraum miteinander sprechen hören, und die Notwendigkeit, still zu sein, war ein weiteres Hemmnis geworden. Schließlich hatten sie sich damit begnügt, ein paar Minuten lang eng aneinandergeschmiegt zu liegen. Selbst das hatte ihr einen Schock beschert: bis dahin hatte sie keine Vorstellung vom Ausmaß seiner Verletzungen gehabt, und die ausgedehnten Narben von Verbrennungen und Operationen entsetzten sie. Diese Erfahrung kennzeichnete eine neue Phase in ihren Gefühlen für ihn: das schiere Maß des Leidens, das er hatte tragen müssen, erweckte eine neue Zärtlichkeit.

Aber nun lag Middlecombe hinter ihnen, und ihr eigenes, persönliches Dilemma wurde drängend. Vor allem wünschte sie einen sauberen Anfang, eine zweite Chance, und oberflächlich gesehen schien nichts dagegen zu sprechen. Sie liebte und brauchte ihn nicht weniger als früher, und weil Richard keine Erinnerung an ihre frühere Trennung und ihre Hintergründe hatte, konnte sie nichts Besseres tun, als langsam von hier aus aufbauen.

Sie war Niall endlich los. Der Unfall hatte Richards Zauber anscheinend zerstört. Der emotionale Aufruhr des endgültigen Bruches mit Niall und der Nachricht von der Autobombe hatte sie aus ihrem eigenen Zauber geschockt.

Alles, was sie in den alten Tagen erhofft hatte, gehörte nun ihr. Freilich war Richard auf Wiederentdekkung bedacht. Er wollte wissen, was geschehen war, wie sie sich kennengelernt hatten, wie ihre Liebe gewesen war und was sie auseinandergerissen hatte. Sie war in Angst, daß er es erfahren könnte, und hatte keine Ahnung, was sie tun sollte.

In diesem Sinne vereinte der Zauber sie noch immer – und bedrohte sie.

»Allmählich werde ich steif«, sagte Richard, rückte auf dem Sitz und versuchte die Position des Sicherheitsgurtes zu verändern. »Können wir bald anhalten?«

Sie waren die meiste Zeit schweigsam gewesen, hatten der klassischen Musik auf Radio 3 gelauscht. Sie überlegte, welche Musik ihm am besten gefiel, ob es nur klassische Musik war, oder ob sein Geschmack sich auch auf Pop erstreckte. Es gab so viele kleine Dinge, die sie nicht voneinander wußten, die vom Drang der Liebe beiseitegefegt worden waren. An was sie sich von ihm am besten erinnerte, war seine Leidenschaft, waren seine aufregenden Erklärungen, die plötzlichen Aufwallungen seiner Gefühle. Im Krankenhaus war dies alles durch die äußeren Umstände zurückgedrängt gewesen, doch wenn sie erst daheim wären, hoffte sie diese Seite von ihm wieder zu erleben.

Sie näherten sich Bristol, und kurz vor der Brücke über den Avon verließ sie die Autobahn und fuhr auf den Parkplatz der Raststätte. Nachdem sie den Wagen geparkt hatte, ging sie herum und öffnete Richard die Tür. Er konnte ohne ihre Hilfe aussteigen, bestand auch darauf, es zu tun, aber sie wollte nahe bei ihm sein. Sie beugte sich in den Fond des Wagens, um seinen Stock herauszunehmen, und sperrte dann zu.

Der Nieselregen hatte aufgehört, aber die Teerfläche des Parkplatzes war naß und mit Pfützen übersät; ein kühler Wind blies von Wales herüber, das jenseits der weiten Flußmündung des Severn lag.

Sie kaufte zwei Tassen Tee und ein paar Biskuits und trug sie zu dem Tisch, wo Richard wartete. Die Selbstbedienungsgaststätte, grell beleuchtet und in schreienden Farben gehalten, war gedrängt voll von Autofahrern. Sie hatte niemals eine von diesen Raststätten leer gesehen. Schon von draußen konnte man das Ächzen und Winseln der Videomaschinen hören.

»Freust du dich auf Zuhause?« fragte sie.

»Natürlich freue ich mich. Aber es ist lange her. Ich denke darüber nach, wie die Wohnung war, als ich sie kaufte. Sie war gerade modernisiert worden, und sie war leer. Es ist schwierig, sie sich möbliert vorzustellen.«

»Sagtest du nicht, du könntest dich daran erinnern?«

»Meine Erinnerungen sind ganz durcheinander. Ich muß immer an den Tag meines Einzugs denken. Ich hatte die Teppiche hinten auf den Lieferwagen gelegt, so daß ich alle Möbel noch einmal rücken mußte. Und ich kann mich an eine spätere Zeit erinnern, als du da warst, aber es kommt mir nicht wie derselbe Ort vor. Ich kann mich an beide gleichzeitig erinnern, einen über dem anderen. Verstehst du, was ich meine?«

»Eigentlich nicht«, sagte sie.

»Du bist nicht dort gewesen, oder?«

»Nein.« Tatsächlich war ihr einmal der Gedanke gekommen, daß sie hingehen und nach dem Rechten sehen sollte, aber sie hatte es nie getan.

Seit sie ihre Besuche bei Richard in Devon machte, hatten zwei weltliche Probleme ihr Leben bestimmt: Zeitmangel und Geldmangel. Er wußte davon wenig, denn in den frühen Tagen hatte er ihren Ausflüchten so argwöhnisch gegenübergestanden. Seither hatte sie sich bemüht, ihre Probleme vor ihm der größeren Sache zuliebe zu verkleinern. Er zahlte für alles, wovon er wußte: ihre Reisekosten, die Übernachtungen in Devon, Wagenmiete, ihre gemeinsamen Mahlzeiten, aber diese Dinge hatten sehr wenig mit dem zentralen Problem zu tun. Sie mußte noch immer die Miete aufbringen, sie mußte essen, für Strom und Heizung bezahlen, mußte die Londoner Verkehrsmittel benutzen, sich kleiden.

Ihre häufigen Abwesenheiten von London hatten ihr Arbeitsleben in ein Chaos gestürzt. Das Studio schien immer weniger geneigt, ihr Aufträge zu geben oder Arbeiten von ihr in Kommission zu nehmen, weil sie unzuverlässig geworden war, und sie hatte keine Zeit, loszugehen und nach Alternativen zu suchen.

Der Umstand, daß sie sich seit einigen Jahren selbst erhielt, war für sie eine Angelegenheit von beträchtlicher Bedeutung. Es war immer eine prekäre Existenz gewesen, aber sie hatte irgendwie überlebt. Unabhängigkeit und ehrlich verdientes Einkommen waren in ihrem Denken identisch mit ihrem Herauswachsen aus Nialls Einfluß, das vor drei oder vier Jahren seinen Anfang genommen hatte, als sie nicht mehr bereit gewesen war, seine Art zu leben unkritisch hinzunehmen.

Aber die Verlockungen waren ständig gegenwärtig, weil die Lösung innerhalb ihrer Reichweite war. Niall hatte sie die Techniken des Ladendiebstahls gelehrt, und sie wußte, daß sie sie noch immer beherrschte. Ihr Zauber war schwächer geworden, doch wenn sie ihn brauchte, konnte sie darauf zurückgreifen. Bisher hatte sie widerstanden, und Richard wußte nichts von dem inneren Kampf, den sie mit sich ausgetragen hatte.

Als sie sich gesagt hatte, daß ihre Vergangenheit hinter ihr liege und abgetan sei, war dies ihr voller Ernst gewesen. Kleine Diebstähle und dergleichen waren eine negative Funktion des Zaubers, und diese negativen Seiten waren es, die vorher alles ruiniert hatten.

Sie verließen die Raststätte und kehrten zurück zum Wagen. Richard trug seinen Stock lieber, statt ihn zu benutzen, aber er hinkte beim Gehen. Sie wachte beschützend über ihn, als er sich rückwärts in den Beifahrersitz sinken ließ und die Beine eines nach dem anderen hineinzog. Diese Anstrengung bei der Ausführung normaler Bewegungen rührte sie an, und nachdem sie die Tür auf seiner Seite geschlossen hatte, blieb sie noch einen Augenblick lang stehen, starrte abwesend über das Wagendach hin und erinnerte sich flüchtig eines Augenblicks am Anfang ihrer Beziehung, als sie ihn hatte laufen sehen.

Bald waren sie wieder auf der Autobahn nach London.

2

Sie fand seine Wohnung mit einigen Schwierigkeiten, obwohl er ihr Anweisungen gab. Das Autofahren in London hatte sie immer geängstigt. Nach einem falschen Einbiegemanöver in eine Einbahnstraße und mehreren Beinahe-Unfällen mit entgegenkommenden Fahrzeugen in den schmalen Nebenstraßen fand sie die Straße, wo er wohnte, und parkte den Wagen nicht allzu weit vom Haus.

Richard beugte sich vor und spähte durch die Windschutzscheibe zu den Häuserfronten hinauf.

»Es scheint sich nicht viel verändert zu haben«, bemerkte er.

»Hattest du es erwartet?«

»Es ist so lange her, daß ich zuletzt hier war. Irgendwie bildete ich mir ein, es müsse anders aussehen.«

Sie stiegen aus und gingen zum Haus. Die Haustür führte in einen kurzen Korridor mit zwei weiteren Türen, einer für die Erdgeschoßwohnung und einer für seine Wohnung darüber. Während er mit dem Schlüsselring fummelte, beobachtete Sue sein Gesicht und versuchte seine Empfindungen zu ermessen. Er zeigte keine, vielleicht vorsätzlich, steckte den Sicherheitsschlüssel ins Schloß und drückte die Tür auf. Von drinnen war ein Rascheln zu vernehmen, und die Tür stockte. Er stieß noch einmal dagegen, und diesmal öffnete sie sich ganz. Auf dem Boden lag ein großer Haufen Briefe und Zeitungen, hauptsächlich Zeitungen.

»Geh du voran!« sagte er. »Ich kann nicht darübersteigen.«

Er trat zurück, ihr Platz zu machen, und sie ging zuerst hinein und schob die Post zur Seite an die Wand. Dann bückte sie sich und nahm soviel davon auf, wie sie konnte, und hielt es in beiden Armen.

Richard ging voran die Treppe hinauf. Er nahm jede Stufe langsam und bedächtig. Sie folgte ihm, bedrängt von Gedanken, wie seltsam es sei, wieder hier zu sein, nachdem sie eine Zeitlang geglaubt hatte, sie werde Richard niemals wiedersehen. Die Wohnung war mit Erinnerungen verbunden, auch für sie.

Am Kopf der Treppe machte er unerwartet halt, und da sie unmittelbar hinter ihm war, mußte sie eine Stufe zurück gehen.

»Was ist los?« fragte sie.

»Etwas stimmt nicht. Ich kann nicht sagen, was.«

In der Wand neben der Treppe war eine Milchglasscheibe, aber weil alle Zimmertüren geschlossen waren, lag der Treppenabsatz im Halbdunkel. Eine unangenehme Kühle ging von der Wohnung aus.

»Möchtest du, daß ich vorangehe?« sagte sie.

»Nein, es ist schon gut.«

Er setzte sich wieder in Bewegung, und sie folgte ihm auf dem Treppenabsatz. Er öffnete eine Tür nach der anderen, spähte hinein, ging weiter zur nächsten. Abgesehen von Küche und Badezimmer, die gleich rechts neben dem Treppenabsatz waren, gab es drei größere Zimmer. Die Türen waren altmodisch, mit vertieften Füllungen und dunkelbraun gestrichen, was der Wohnung eine Atmosphäre von Düsternis verlieh, die sie an ihre Kindheit erinnerte. Sie entsann sich, daß Richard einmal gesagt hatte, eines Tages werde er dazu kommen, die Türen abzubeizen und frisch zu streichen.

Sie ging ins Wohnzimmer und legte ihren Armvoll Zeitungen und Briefe auf einen der Stühle. Die Luft hatte jenen unbestimmbaren Geruch, den anderer Leute Wohnungen aufweisen, aber es war auch etwas von Vernachlässigung und Muffigkeit dabei; man merkte, daß lange nicht gelüftet worden war. Die Vorhänge waren halb zugezogen, und Sue zog sie zurück und öffnete eines der Fenster. Verkehrslärm drang herein. Auf dem Fensterbrett des Hauptfensters stand eine traurige Reihe von Zimmerpflanzen in Blumentöpfen, alle abgestorben. Eine der Pflanzen hatte sie ihm als ein Geschenk mitgebracht, *fatsia japonica,* die Rizinuspflanze, aber die meisten Blätter waren abgefallen, und das einzige verbliebene war braun und spröde. Sie starrte darauf und fragte sich, ob sie es berühren sollte, daß es zu den anderen auf die Fensterbank falle.

Richard kam vom Treppenabsatz herein, blickte umher, besah die Möbel, die Bücherregale, das staubige Fernsehgerät.

»Etwas ist anders«, sagte er. »Es ist umgestellt worden.« Er fuhr sich mit den Fingern durchs Haar, wischte es aus dem Gesicht. »Ich weiß, es klingt verrückt, aber das muß es sein.«

»Alles ist unverändert.«

»Nein. Ich merkte sofort, als wir hereinkamen, daß es

anders ist.« Er drehte sich rasch um, das Körpergewicht auf der gesunden Hüfte, und ging wieder hinaus. Sue hörte seine hinkenden Schritte, als er über den dünnen Läufer des Treppenabsatzes ging.

Sie mußten an ihren ersten Besuch hier denken, bald nach ihrer ersten Begegnung mit Richard. Damals war Sommer und das Zimmer voll von Licht gewesen, und die frisch gestrichenen Wände hatten hell und erfrischend auf sie gewirkt; jetzt sahen dieselben Wände nüchtern und kalt aus, hatten ein paar Bilder oder Wandbehänge nötig, um etwas freundlicher auszusehen. Die ganze Wohnung bedurfte der Reinigung und Verjüngung. Der Anblick weckte häusliche Instinkte in ihr, aber der Gedanke, für jemand anders Hausarbeit zu tun, war entmutigend. Sie war müde von der langen Fahrt, und ihr war eher nach einem erfrischenden und entspannenden Trunk zumute.

Sie hörte Richard im Nebenraum hantieren, wo er seine Museumsstücke alter Filmausrüstungen aufbewahrte, und ging hinüber, um mit ihm zu reden.

»Ein Zimmer fehlt, Sue!« sagte er sofort. »Dort am Ende, neben dem Badezimmer. Da war immer ein Gästezimmer!«

»Daran erinnere ich mich aber nicht«, sagte Sue.

»Ich hatte immer vier Zimmer! Dieses hier, das Wohnzimmer, das Schlafzimmer und ein Gästezimmer. Werde ich verrückt?« Er ging durch den Korridor und zeigte auf die leere Wand am Ende.

»Das ist eine Außenwand«, sagte sie.

»Du bist doch schon hier gewesen ... erinnerst du dich nicht?«

»Doch. Aber es war genau wie jetzt.«

Sie kam an seine Seite und drückte ihm sanft den Arm. »Deine Erinnerung spielt dir Streiche. Erinnerst du dich an heute morgen, auf der Autobahn? Da sagtest du, du erinnertest dich an die Wohnung in zweierlei Weise.«

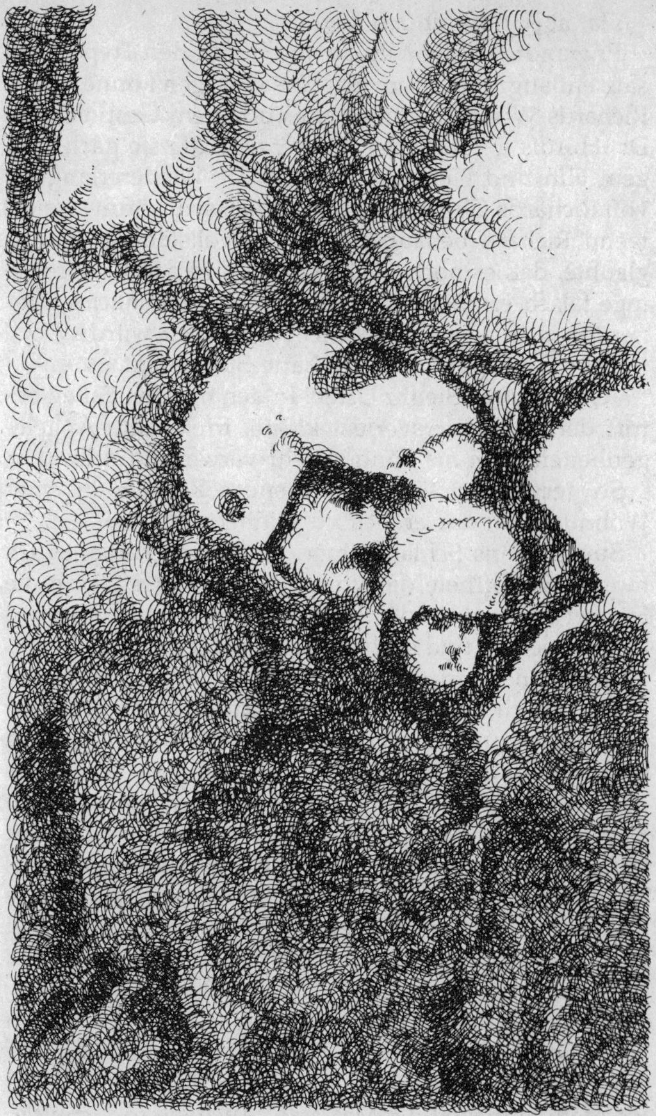
J.H. TEUTSCHUK 4·86

»Ja, aber nun bin ich *hier.*«

Er wandte sich von ihr ab und hinkte den Treppenabsatz entlang. Sue überlegte, was sie sagen könne. Ohne Richards Wissen hatte sie am Vortag ein Gespräch mit Dr. Hurdis geführt. Der Psychiater hatte sie nach einigem Hin und Her gewarnt, daß die Wiedererlangung von Richards Gedächtnis nur partiell sein könnte, selbst wenn Richard behauptete, sie sei vollständig. Hurdis glaubte, daß es noch Lücken gebe, und daß Richard einige falsch erinnerte Einzelheiten als tatsächliche Erinnerungen in sein Gedächtnis aufnehmen würde.

»Aber was soll ich tun?« hatte Sue gesagt.

»Gebrauchen Sie Ihr Urteil! In den meisten Fällen betrift der Gedächtnisverlust kleine, irrelevante Angelegenheiten, aber sie können sehr verwirrend sein.«

So verwirrend wie ein fehlendes Zimmer in einer Wohnung, an das er sich zu erinnern glaubte?

Sue ging ins Schlafzimmer. Auch dieser Raum roch muffig. Sie öffnete die Vorhänge, aber hier waren die Fenster verzogen oder klemmten nach wiederholtem Überstreichen, und sie brachte sie nicht auf. Ein kleines Oberlicht ließ sich aufklappen. Das Bett stand an der Wand, gleich neben der Tür. Jemand hatte es gemacht, bei weitem ordentlicher als sie oder Richard es getan haben würden. Wer konnte es gewesen sein? Das machte sie stutzig. Sie wußte, daß die Polizei nach dem Zwischenfall mit der Autobombe die Wohnung besucht hatte, und unvermittelt stellte sich das groteske Vorstellungsbild von zwei uniformierten Polizisten in Helmen ein, die mit peinlicher Sorgfalt die Laken glattzogen und die Decke gerade zupften und in Ordnung brachten. Sie lächelte.

Sie schlug die Decke zurück und sah, daß das Laken alles andere als frisch war. Während Richard in den anderen Räumen herumging, zog sie das Bett ab und wendete mühevoll die Matratze. Auch sie roch muffig, aber das ließ sich jetzt nicht ändern. Sie erinnerte sich, daß im Badezimmer ein kleiner Wäscheschrank war, über dem Warmwasserbehälter. Sie ging hinaus und fand einen vollständigen Satz Laken, Bettbezüge und Kopfkissenbezüge, die nicht einmal feucht oder muffig rochen. Während sie dort war, schaltete sie den elektrischen Boiler ein und dachte, wie eine Wohnung Stück für Stück wieder zum Leben erweckt wurde. Mit demselben Gedanken schloß sie den Kühlschrank an, aber nichts geschah. Der Kompressor sprang nicht an, und die Innenbeleuchtung blieb aus. Sie ging hinaus zum Treppenabsatz, öffnete den Sicherungskasten und drehte die Sicherungen ein. Über ihr ging das Licht an.

In der Küche schnurrte der Kühlschrank, aber als sie hineinschaute, entdeckte sie, daß die weißen Kunststoffwände mit großen Flächen von schwarzem Schimmel befallen waren. Eine Flasche Milch hatte sich in eine gelbe Flüssigkeit und einen übelriechenden braunen Schaum getrennt. Sie schüttete es weg und spülte die Flasche unter dem Wasserhahn. Sie kniete am Boden und wischte den Schimmel mit einem feuchten Lappen weg, als Richard hereinkam.

»Ich glaube, wir sollten Lebensmittel einkaufen«, sagte er. »Oder wollen wir heute abend auswärts essen?«

»Wir könnten beides tun.« Sie spülte den Lappen in reinem Wasser, dann wischte sie den Kühlschrank noch einmal aus. Schließlich stand sie auf. »Laß uns für morgen Vorräte kaufen, aber heute abend in einem Restaurant essen!«

»Heißt das, daß du bleiben willst?«

»Wahrscheinlich.« Sie küßte ihn flüchtig. »Wir sollten dein Zeug in die Wohnung schaffen. Ich muß den Wagen heute abend zurückgeben.«

»Solange er uns gehört, könnten wir hinüberfahren und meinen holen.«

»Wo ist er?«

»Als ich ihn das letzte Mal gebrauchte, stellte ich ihn

vor deinem Haus ab. Wenn er nicht gestohlen wurde, müßte er noch dort sein. Aber die Batterie ist höchstwahrscheinlich leer.«

Sie runzelte die Stirn. »Ich erinnere mich nicht, ihn gesehen zu haben. Ist er nicht hellrot?«

»Das war er. Wahrscheinlich ist er inzwischen mit Staub und Laub bedeckt.«

Sie sagte nichts mehr, war aber sicher, daß sein Wagen nicht dort stand, wo er ihn wähnte. Er hatte in ihrem Leben eine Rolle gespielt, und sie hätte ihn überall wiedererkannt. Gewöhnlich verwahrte er ihn in einer gemieteten Garage, und sie hatte angenommen, daß er dort sei.

»Kannst du denn fahren?« fragte sie.

»Das werde ich erst wissen, wenn ich es probiere, aber ich denke schon.«

Die nächste Stunde verging mit häuslichen Arbeiten, und nachdem sie eingekauft hatten und zu seiner Wohnung zurückgekehrt waren, um die Lebensmittel unterzubringen, machten sie sich trotz ihrer Überzeugung, daß die Fahrt vergebens sein würde, auf die Suche nach seinem Wagen. Der abendliche Berufsverkehr hatte eingesetzt, und die Fahrt durch die nördlichen Stadtteile Londons war ein Alptraum für sie. Endlich entkamen sie in Highgate dem Verkehrsgewühl und fuhren hinüber nach Hornsey. Langsam fuhr sie ihre Straße hinunter und brachte den Wagen vor dem Haus zum Stillstand.

»Es ist weiter unten«, sagte Richard. »Auf der anderen Seite.«

»Ich kann ihn nicht sehen.« Aber sie fuhr weiter die Straße entlang, und am Ende vollführte sie ein unbeholfenes Wendemanöver.

Als sie zurückfuhren, sagte Richard: »Ich erinnere mich deutlich, daß ich ihn hier stehenließ. Unter diesem Baum, wo der Mini ist. Und als ich fortging, war ich zu aufgeregt, um zu fahren, und ging zu Fuß nach Hause.«

»Könntest du nicht später zurückgekommen sein, um ihn zu holen?«

»Nein, das war der Tag der Autobombe.«

Sie kamen wieder zu ihrem Haus, und weil gegenüber eine Parklücke frei war, fuhr sie hinein und schaltete die Zündung aus. Die Abwesenheit seines Wagens verwirrte Richard offensichtlich, denn er drehte sich in seinem Sitz herum und spähte die Reihe der parkenden Wagen entlang.

»Fahren wir zurück und werfen wir wenigstens einen Blick in deine Garage!« sagte Sue. »Es könnte sein, daß die Polizei ihn zurückgebracht hat. Schließlich hatte sie all deine Papiere, nicht?«

»Ja. Vielleicht hast du recht.« Sie öffnete die Tür auf der Fahrerseite. »Ich gehe nur schnell hinein und sehe nach, ob Post für mich da ist. Möchtest du mitkommen?«

»Ich glaube, ich bleibe lieber hier.«

Eine plötzliche Spannung in seiner Stimme ließ sie aufmerken, aber sein Gesichtsausdruck verriet nichts. Er spähte noch immer die parkenden Wagen entlang. Sie stieg aus und ging hinüber zum Haus, suchte nach den Schlüsseln.

Neben dem Telefon lagen zwei handgeschriebene Botschaften für sie; eine war vom Studio, und ihr Instinkt sagte ihr, daß sie sofort zurückrufen sollte. Sie schaute auf die Armbanduhr und sah, daß inzwischen Arbeitsschluß war. Die Botschaft war undatiert, konnte also bis zu vier Tage alt sein. Als sie in ihr Zimmer schaute, fand sie alles so, wie sie es verlassen hatte. Sie war jetzt kaum noch hier. Sie nahm Kleider und Unterwäsche zum Wechseln aus dem Schrank und stopfte alles in ihre Umhängetasche. Alles übrige, was sie benötigte, hatte sie in ihrer Reisetasche in Richards Wohnung.

Ein paar Augenblicke allein, sah sie sich in dem alten und vertrauten Raum um, dachte an ihre Empfindungen, als sie vor drei Jahren eingezogen war. Das war ihr erster ernsthafter Versuch gewesen, Niall und die Lebensweise, in die er sie gedrängt hatte, abzuschütteln. Schon damals hatte sie den Entschluß gefaßt, der durch die Begegnung mit Richard nur den letzten Anstoß zur Ausführung erhalten hatte. Aber während all der Zeit hatte sie Niall erlaubt, am Rand ihres Lebens gegenwärtig zu bleiben. Dabei hatte sie schon vor ihrem Einzug hier erkannt, daß es mit dem Leben mehr auf sich hatte, als Niall ihr einredete. Die Ausbildung an der Kunstschule, die ihre Eltern ihr ermöglicht hatten, blieb ungenutzt, sie wurde erwachsen und wollte mehr als ein Leben nutzloser Herumtreiberei und kleiner Diebstähle. Dieses Zimmer, regulär gemietet und mit ehrlich verdientem Geld bezahlt, hatte einen neuen Wendepunkt markiert. Doch mit der Zeit war es einfach ihre Behausung geworden, die nichts symbolisierte.

Sie ging wieder hinaus zum Wagen, und sie fuhren zurück nach West Hampstead; der Verkehr war jetzt weniger dicht, und sie fing an, sich auf der Strecke auszukennen, doch mußte er sie mit Anweisungen zu seiner Garage dirigieren. Als er das Tor aufsperrte, fand sie den Wagen drinnen. Zwei Reifen waren platt, und die Batterie war leer, aber davon abgesehen war er genauso, wie Richard ihn vor all den Monaten stehengelassen haben mußte.

3

Sie fuhren zu einem chinesischen Restaurant in der Camden High Street, dann kehrten sie zu ihm zurück. Mit Hilfe von Überbrückungskabeln aus dem Mietwagen war es ihnen gelungen, Richards Wagen in Gang zu bringen, und er hatte versucht, ihn zu fahren. Im Schrittempo hatte er ihn zur nächsten Tankstelle bugsiert, wo sie die Reifen aufgepumpt hatten, aber danach war er zu erschöpft gewesen, um weiterzufahren.

Davon abgesehen, schien er entspannt und glücklich, und zum ersten Mal, seit sie Middlecombe hinter sich gelassen hatten, wurde er gesprächig. Er sagte, er wolle wieder arbeiten, vielleicht in Übersee; Reisen hätte ihm immer Spaß gemacht. Wieder in der Wohnung, verfolgten sie die Abendnachrichten im Fernsehen, und er sprach interessant über die Technik von Fernsehreportagen und daß es subtile Unterschiede zwischen der britischen und der amerikanischen Art gebe. Während seiner Arbeit für die Agentur habe er den amerikanischen Stil lernen müssen. Nach dem Programm sprach er sogar davon, daß er versuchen wolle, wieder eine feste Anstellung als Kameramann zu finden.

Dann gingen sie zu Bett, und natürlich konnte sie nicht umhin, an die Vergangenheit zu denken. Der körperliche Liebesakt war eine Erinnerung für sie beide: wie lange es her war, wie gut es sein konnte, wieviel es ausmachte. Hinterher lag sie an ihn geschmiegt, den Kopf an seiner Brustseite. In dieser Lage konnte sie keine seiner Narben sehen; eine Illusion seiner Vergangenheit, weil seine Verletzungen alles in der Gegenwart beeinflußten. Hier war es gewesen, in diesem Bett und möglicherweise auf demselben Laken, wo sie das erste Mal miteinander geschlafen hatten.

Sie waren nicht müde, und nach einer Weile stand Sue auf, bereitete sich Tee und brachte Richard eine Dose Bier aus dem Kühlschrank. Weil es der Heizung noch nicht gelungen war, den Raum zu erwärmen, zog sie einen Pullover über und setzte sich zu ihm, während er sich die Kissen in den Rücken stopfte und halb aufgerichtet sein Bier trank.

»Du hast hier nie etwas getan«, sagte sie und blickte im matten Schein der Nachttischlampe umher. Du sagtest, du wolltest renovieren.«

»Wirklich? Daran erinnere ich mich nicht.«

»Du wolltest tapezieren. Oder die Wände in einer anderen Farbe streichen.«

»Warum? Sie sehen nicht schlecht aus.«

Sie lächelte ihm zu, wie er halb sitzend, halb liegend die Bierdose hielt. Um Hals und Schulter war ein rosa Gitterwerk von transplantiertem Gewebe.

»Erinnerst du dich nicht daran?« fragte sie.

»Haben wir schon mal darüber gesprochen? Über die Farbe der Wände?«

»Du sagtest, du hättest dein Gedächtnis wiedergewonnen.«

»Das ist richtig, aber ich kann mich nicht an jede winzige Einzelheit erinnern.«

»Das ist keine Einzelheit.«

»Aber es ist doch ohne Bedeutung, Sue!«

»Wie viele andere kleine Einzelheiten hast du vergessen?« Sie sprach die Worte aus, und erst hernach fiel ihr Dr. Hurdis' Warnung ein. Und ihr eigener Entschluß, die Vergangenheit ruhen zu lassen.

»Die Hauptsache für mich war, mich an dich zu erinnern, das war alles, was zählte.«

»Wir müssen die Vergangenheit hinter uns bringen.«

»Das kann ich nicht, weil ich mich damals in dich verliebte und mich erinnern möchte, wie es geschah.«

Wieder fühlte sie die vertraute Erregung ihres früheren Verhältnisses, und wußte, wie gefährlich die Rückkehr war; dennoch fühlte sie sich auf eine fatale Weise hingezogen.

Sie sagte: »Ich möchte einfach wieder anfangen.«

»Das möchte ich auch. Aber mich erinnern, wie wir uns kennenlernten, was wir gemeinsam taten, das ist entscheidend für mich.«

»Du wirst davon lassen müssen.« Er hatte das Bier bereits ausgetrunken und stellte die leere Dose auf das Tablett, das sie für sich mitgebracht hatte. »Möchtest du noch eins?« fragte sie.

»Ich werde es holen.«

»Nein, bleib da!«

Sie ging in die Küche und nahm zwei weitere Bierdosen aus dem Kühlschrank. Sie hatte einen Augenblick von ihm weggehen müssen, weil sie den Taumel in sich fühlte, den gefahrvollen Schauer des Verlangens, es wieder zu versuchen. Bestürzt blickte sie ins Innere des Kühlschranks, hielt sich mit einer Hand an der offenen Tür fest und fühlte, wie die gekühlte Luft heraus und um ihre nackten Beine strömte. Vielleicht täuschte sie sich, wenn sie glaubte, sie könnten ohne den Zauber als Bindeglied zusammensein. Es war immer ihre Bedingung gewesen, die wahre Faszination. Richard hatte den Zauber verloren, oder er war durch den traumatischen Schock seiner Verletzungen aus ihm hinausgezwungen worden; konnte die Kenntnis davon ihn jetzt wiederherstellen?

Sie schloß den Kühlschrank und ging zurück ins Schlafzimmer. Sie stellte die beiden Bierdosen neben ihn auf den Nachttisch, setzte sich mit untergeschlagenen Beinen aufs Bett und zog die Vorderseite des Pullovers zum Schoß hinab.

»Erinnerst du dich an etwas von mir?« fragte sie.

»Ich dachte es. Aber manchmal frage ich mich.«

Sie rückte näher und nahm seine Hand. »In Wirklichkeit hast du dein Gedächtnis nicht wiedererlangt, nicht wahr?«

»Doch, ich habe. Das meiste ... die wichtigen Ereignisse. Ich erinnere mich, daß wir uns ineinander verliebten, aber du hattest einen Freund namens Niall, der dich nicht aufgeben wollte, und am Ende brachte er uns auseinander. Das ist ungefähr, was passierte, nicht?«

»Das war das Resultat, ja. Vielleicht erklärt es, daß du dich jetzt daran erinnerst.«

»Ich erinnere mich, wie ich mit dir in Frankreich war.«

Das erschreckte sie. »Aber ich bin nie in Frankreich gewesen«, sagte sie. »Ich bin nie im Ausland gewesen. Ich habe gar keinen Paß.«

»Aber dort lernten wir uns kennen ... in Frankreich, in einem Zug nach Nancy.«

»Richard, ich bin nie in Frankreich gewesen!«

Er schüttelte den Kopf und trank mehr vom Bier. »Ich muß pinkeln.«

Mit einiger Vorsicht schwang er die Beine vom Bett, stand auf und hinkte hinaus. Sie starrte ihm nach, versuchte zu verstehen. Er ließ beide Türen offen, und während sie wartete, konnte sie ihn in der Toilette hören. Das Wasser rauschte, und dann war nur das Geräusch des nachlaufenden Wassers zu hören. Endlich kam er wieder herein und setzte sich an seinen Platz, den Oberkörper auf die Kissen gestützt.

»Ist das wahr ... du bist nie in Frankreich gewesen?« sagte er.

»Ich habe dich nie belogen, Richard.«

»Na gut, wo lernten wir uns dann kennen?«

»Hier in London. In einer Wirtschaft in Highgate.«

»Das *kann* nicht wahr sein!«

Er hatte die Augen geschlossen und wandte das Gesicht zur Seite. Sie fühlte eine jähe Angst. Wie unqualifiziert sie war, mit so etwas fertig zu werden! Der Arzt hatte recht; sie hatten ihn zu früh entlassen, sein Gedächtnis war bleibend gestört. Sie schaute auf seinen narbigen Körper, der einerseits fülliger war als vorher, andererseits aber auch schwächer durch Mangel an Bewegung und Übung. War sie im Unrecht, wenn sie seine Erinnerungen in Frage stellte? Waren sie in ihrer Weise nicht genauso gültig wie ihre eigenen? Warum glaubte er, sie hätten sich in Frankreich kennengelernt? Es war ein Schock, das zu hören, etwas, an dessen Aufarbeitung nicht zu denken war. Alles, was sie kannte, war ihre eigene Wahrheit, der eine beherrschende Einfluß auf sie und schließlich auch auf ihn.

»Richard, erinnerst du dich an den Zauber?«

»Nicht das wieder!«

»Also sagt es dir etwas. Erinnerst du dich, was es ist?«

»Ich weiß es nicht, und ich will es nicht wissen!«

»Dann werde ich es dir zeigen.«

Die Entscheidung war gefallen, und sie sprang vom Bett auf, erfüllt von ihrer Idee. Der begeisterte Taumel ihrer früheren Zeit zusammen ergriff wieder von ihr Besitz, und sie wußte, daß alles andere warten mußte, bis dies geregelt wäre. Es war ihre Bedingung.

»Was tust du?« fragte Richard.

»Ich suche etwas Helles, Buntes. Wo hast du deine Kleider?«

»In der Kommode.«

Aber sie hatte schon eine der Schubladen geöffnet und durchsuchte sie. Im Nu hatte sie einen blauen Wollpullover gefunden und zog ihn heraus. Er mußte ihn für Arbeiten im Haus gebraucht haben, weil einer der Ellenbogen durchgewetzt war und die Vorderseite eine schmutzige Verfärbung zeigte. Es verschaffte ihr ein seltsam prickelndes Gefühl von Gefahr, ihn in den Händen zu halten und zu wissen, daß er von dunkler Farbe war, etwas, was sie niemals für sich selbst wählen würde. Es hatte eine sinnliche Qualität, wie die Auswahl eines Kleides, das zu tief ausgeschnitten oder eines Rockes, der zu kurz war. Leichtfertig kam sie sich vor, übermütig.

»Sieh mich an, Richard! Achte auf alles, was ich tue!«

Sie zog ihren beigefarbenen Pullover aus und warf ihn aufs Bett. Ein paar Sekunden stand sie nackt da und zog einen Ärmel des blauen Pullovers heraus, um ihn anziehen zu können. Sie hob die Arme und streifte ihn über. Als er über ihr Gesicht glitt, roch sie Richards Geruch darin, überlagert von der leichten Muffigkeit monatelanger Unberührtheit in der Schublade. Sie brachte den Kopf durch die Öffnung und zog den Pullover glatt. Er war ihr zu groß und reichte bis über die Hüften.

»Ich ziehe dich nackt vor«, sagte Richard, aber es war ein matter Scherz. Er wich der Wahrheit dessen aus, was sie zu tun im Begriff war; er wußte, was geschehen würde, er wußte es. Es war zu wichtig für ihn, als daß er es hätte vergessen können, aber er blockierte es in seinem Sinn, zwang es irgendwie aus dem Gedächtnis. Sue jedoch wußte, daß er sich wieder erinnern würde. Schon verspürte er das gleiche Hingerissensein. Die Gefährlichkeit ihres Tuns durchströmte auch sie mit einem Hochgefühl.

»Sieh den Pullover an, Richard!« Ihre Stimme war undeutlich vor Erregung. »Schau, wie dunkel und kräftig er ist! Kannst du es sehen?«

Er starrte sie an und nickte beinahe unmerklich.

»Schau die Farbe an, verlier sie nicht aus den Augen!«

Sie konzentrierte sich, dachte an die Wolke, rief den Zauber zurück. Früher war er immer dagewesen, doch nun mußte sie ihn erzwingen. Sie merkte, wie die Wolke sich um sie verdichtete. Sie wurde unsichtbar.

Richard starrte weiter auf die Stelle, wo sie gewesen war, während sie, ungesehen von ihm, zur anderen Seite des Bettes ging.

Es war immer so, wie das Ausziehen vor Fremden, wie die Träume von Nacktheit an öffentlichen Orten. Das halb schuldbewußte Anschwellen geschlechtlicher Erregung, das süße Verlangen, verwundbar zu werden. Zeigte man das erste Mal seinen Zauber, so war es immer wie eine erste Intimität, die plötzliche Enthüllung eines neuen Selbst, ein Opfer, ein Verlust der Abwehr. Unsichtbarkeit war jedoch Sicherheit, ein Versteck, eine Macht und ein Fluch. Einmal schon hatte es mit Richard ein erstes Mal gegeben, aber weil er vergessen hatte, weil sein Geist verändert worden war, gab es dieses zweite erste Mal, und die schwindelnde, sinnliche Hingabe war wieder da.

Sie sagte: »Erinnerst du dich, wie du Niall sahst?«

Und Richard wandte mit einer scharfen Bewegung den Kopf, einen bestürzten Ausdruck in den Zügen, und blickte in die Richtung, wo sie jetzt stand, unsichtbar für ihn.

FÜNFTER TEIL

1

Ich dachte, ich hätte dich zuerst gesehen, aber Niall war immer schneller als ich. Er hatte nichts gesagt, aber in dem Augenblick, als ich dich bemerkte, war er sich dessen bewußt.

Er sagte: »Komm mit, suchen wir ein anderes Lokal!«

»Ich möchte hier bleiben.«

Es war ein Samstagabend, und das Lokal war voll. Alle Tische waren besetzt, und viele Leute standen in den Zwischenräumen und drängten sich um die Theke. Die Gaststube hatte eine niedrige Decke, und dichter Zigarettenrauch hing in der Luft und vermischte sich mit deiner Wolke. Hätte ich dich früher gesehen, wärst du mir wahrscheinlich nicht aufgefallen, denn in deiner scheinbaren Normalität warst du mir paradoxerweise unsichtbar gewesen.

Ich beobachtete dich von unserem Tisch aus, mit der ganzen wachen Faszination, die man für seinesgleichen hat. Die Frau, mit der du da warst, muß eine Freundin gewesen sein, eine, die du noch nicht lange kanntest. Du versuchtest ihr zu gefallen, brachtest sie zum Lachen, schenktest ihren Worten Aufmerksamkeit, berührtest sie aber nie. Sie schien dich zu mögen und lächelte viel, nickte immer, wenn du etwas sagtest. Sie war eine Normale und wußte nicht, was ich bereits wußte. In gewissem Sinne spürte ich, daß ich einen Teil von dir bereits besaß, obwohl dir meine Anwesenheit nicht bewußt war. Ich fühlte mich räuberisch und erregt, und ich wartete, daß du mich sehen und erkennen würdest.

Niall und ich waren an diesem Abend beide unsichtbar, saßen an einem kleinen Tisch, den wir mit zwei Normalen teilten, gleich hinter dem Eingang. Sie hatten uns nicht bemerkt. Vorher, ehe ich dich sah, hatten Niall und ich über sein Benehmen gestritten. Er hatte immer etwas Unreifes an sich, und diesmal hatte er eine

Zigarette aus der Packung des Mannes gestohlen und dessen Streichhölzer benutzt, sie anzuzünden. Es war ein bedeutungsloser, dummer Streich von der Art, wie Niall sie gewohnheitsmäßig anderen spielte. Er bestand auch darauf, alle Getränke zu holen, ging hinter die Theke und bediente sich selbst. Er wußte, daß ich, wenn ich sie holte, mich vorübergehend sichtbar machen, mit allen anderen warten und dafür bezahlen würde. Er pflegte dies mit Recht als eine Geste des Widerstands gegen ihn zu interpretieren, eine Art, ihm zu zeigen, daß der Zauber für mich eine partielle Option war.

Während ich dich beobachtete, überlegte ich, ob du mich sehen würdest. Du warst jedoch ganz und gar mit deiner Freundin beschäftigt, und wenn du umherblicktest, tatest du es mit einem unkonzentrierten Blick, der in die Runde ging, aber nichts sah. Ich fand dich sehr hübsch, sehr anziehend.

Niall sagte: »Sein Zauber ist erst im Entstehen begriffen, Susan. Vergeude nicht deine Zeit!«

Ich konnte nicht aufhören, dich anzusehen, weil es diese beginnende Qualität war, die mich interessierte. Es schien denkbar, daß du nichts davon wußtest, daß du nur teilweise unsichtbar warst. Dein Selbstvertrauen war ungleich allem, was ich je bei einem Unsichtbaren gesehen hatte, ausgenommen vielleicht Niall.

Er trank stark und drängte mich, mitzuhalten. Er genoß Trunkenheit, verfiel ihr wie alle anderen. Manchmal, wenn Niall sehr betrunken war, konnte selbst ich ihn kaum sehen. Seine Wolke wurde dicht, undurchdringlich, verhüllte ihn.

Ich starrte dich weiter an. Du trankst mäßig, wolltest offenbar bei klarem Verstand bleiben und dich für später aufsparen, wenn du mit ihr allein sein würdest. Wie ich die Frau beneidete, mit der du beisammen warst! Deine Wolke verdichtete sich, als der Alkohol dich entspannte, aber nur um ein geringes Maß.

Ich sagte zu Niall: »Ich hole die nächste Runde.« Bevor er Einwände machen konnte, ging ich hinüber zu dir und stellte mich absichtlich zwischen dich und deine Freundin, während ich vorgab, auf die Bedienung des Schankkellners zu warten. Du verändertest deine Stellung, um an mir vorbeizusehen, spürtest unbewußt, daß ich da war, bemerktest mich aber nicht. Ich war dir unsichtbar, stand aber so nahe, daß meine Wolke sich mit der deinigen vermischte, eine starke sinnliche Erfahrung.

Ich entfernte mich wieder, einstweilen zufrieden, dann ging ich hinter die Theke, mich selbst zu bedienen. Nachdem ich eingeschenkt hatte, tat ich das Geld in die Kassenschublade, dann trug ich die Gläser an unseren Tisch.

»Was hast du gemacht, Susan?«

»Ich wollte wissen, ob er mich sehen würde.«

»Du hast zu lange gebraucht.«

»Ich geh mal eben zur Toilette.«

Ich verließ ihn wieder. Sein Blick war nach so vielen Bieren stumpf und trübe. Als ich durch die Gaststube ging, machte ich mich sichtbar und ging in die Damentoilette. Als ich herauskam, ging ich zu dir hinüber und stellte mich neben dich. Nun, da ich sichtbar war, konnte ich deine Wolke kaum sehen, aber ich war dir beinahe so nahe wie zuvor. Dann endlich nahmst du von mir Notiz und tratest etwas zurück.

Du sagtest: »Verzeihung ... möchten Sie zur Theke?«

»Nein, es ist schon in Ordnung. Ich überlegte gerade, ob Sie vielleicht Wechselgeld für den Zigarettenautomaten haben?«

»An der Theke können Sie wechseln lassen.«

»Ja, aber die sind im Moment zu beschäftigt.«

Du langtest in die Tasche und brachtest eine Handvoll Kleingeld zum Vorschein, aber es war nicht genug, um ein Pfund zu wechseln. Ich lächelte dich an und ging fort, wußte, daß du mich richtig gesehen hattest. Noch immer sichtbar, setzte ich mich zu Niall.

»Hör endlich auf damit, Susan!«

»Ich tue nichts Unrechtes.«

Ich trotzte ihm und blickte in der Hoffnung, du würdest in meine Richtung schauen, zu dir hinüber. Ich war aufgeregt und nervös, fühlte mich wieder wie ein Backfisch. Zum ersten Mal, seit ich ihn kannte, fühlte ich mich von Niall nicht eingeschüchtert. Er sah mich immer als gegeben an, wußte, daß mir die meisten anderen Unsichtbaren mißfielen und daß der Umgang mit einer normalen Person praktisch unmöglich war. Aber ich hatte aus meinem Wunsch nach etwas Besserem niemals ein Hehl gemacht, und als ich dich sah, wurde ich leichtsinnig.

Ich merkte, daß ich wieder in Unsichtbarkeit zurückglitt, und als der Übergang abgeschlossen war, sagte Niall: »Trink dein Bier aus, wir gehen!«

»Ich werde noch ein bißchen bleiben.«

»Du verplemperst deine Zeit. Er ist nicht einer von uns.«

Er hatte sein Glas schon geleert und hatte es eilig, wegzukommen und mich mitzunehmen. Er wußte, daß ich oft andere Männer sah, die ich attraktiv fand, aber weil sie Normale waren, fühlte er sich vor ihnen sicher. Du warst weniger umwölkt als jeder andere Unsichtbare, den ich bis dahin gesehen hatte; Niall nannte dich einen Anfänger, aber ich dachte mir gleich, daß du dir des Zaubers einfach nicht bewußt seist. Du warst allem Anschein nach in die reale Welt integriert, und das war der Aspekt, der mich erregte.

Auch ich war damals nur teilweise unsichtbar, gerade unter der Oberfläche der Normalität und imstande, zur Sichtbarkeit emporzusteigen, wenn ich die Anstrengung auf mich nahm. Niall hatte diese Wahl nicht: er war zutiefst unsichtbar, verloren für die Welt normaler Menschen, und so mußte er gleich erkannt haben, was du für mich verkörpertest. Du warst das nächste Übergangsstadium.

Mit einiger Konzentration zwang ich mich wieder zur Sichtbarkeit, für ihn eine vorsätzliche Herausforderung.

»Komm mit, Susan! Wir gehen.«

»Geh nur«, sagte ich. »Ich bleibe hier.«

»Ich gehe nicht ohne dich.«

»Dann mach, was du willst!«

»Spiel dich nicht auf! Bei dem kannst du nichts machen.«

»Du hast bloß Angst, daß ich jemand anderen kennenlerne.«

»Du kannst das nicht ohne mich«, erwiderte er. »Du wirst zurückfallen.«

Ich wußte, daß das stimmte, weigerte mich aber hartnäckig, es zu akzeptieren. Erst nachdem ich Niall kennengelernt hatte, war mir die Vervollkommnung der Technik zur Bildung oder Rückbildung der Wolke gelungen, und nur in seiner Gegenwart konnte ich es mühelos. Wenn ich allein war, stellte Sichtbarkeit eine ständige Anstrengung dar, die mich unweigerlich erschöpfte. Es war so, weil meine Wolke mit seiner verbunden war; wir waren in eine wechselseitige Abhängigkeit voneinander geraten, und jeder von uns hielt noch lange, nachdem wir uns hätten trennen sollen, am anderen fest.

»Ich werde es trotzdem versuchen«, sagte ich. »Wenn es dir nicht gefällt, kannst du gehen.«

»Miststück!«

Niall stand plötzlich auf, stieß dabei gegen die Tischkante, daß die Gläser überschwappten. Die beiden anderen blickten überrascht zu mir, dachten, ich hätte es getan. Ich murmelte eine Entschuldigung und schob einen Bierdeckel hin, um die Spritzer aufzusaugen. Niall drängte sich durch die Menge; die Leute machten ihm Platz, traten automatisch zurück, als er sich vorbeidrängte. Keiner von ihnen reagierte, niemand bemerkte ihn wirklich.

Nachdem er gegangen war, blieb ich sichtbar und

bewies mir, daß ich es konnte. Solange die emotionale Aufladung in mir war, fand ich, daß der Zustand ziemlich einfach aufrechtzuerhalten war. Ich hatte Niall noch nie in dieser Weise die Stirn geboten und war verblüfft über meine Entschlossenheit. Es würde nicht ohne Repressalien von ihm abgehen, aber in diesem Augenblick dachte ich kaum daran. Du warst wichtiger.

Ich überlegte sorgfältig, was ich tun sollte, dann stand ich mit meinem Glas vom Tisch auf und ging zur Theke, um in der Menge dort bei dir zu stehen. Inzwischen hattest du dich umgewandt und kehrtest den übrigen Gästen den Rücken zu, hattest beide Ellbogen auf die Theke gestützt und den Kopf zu deiner Freundin gewandt. Ich blieb in der Nähe, beinahe auf Tuchfühlung mit dir, und fühlte mich wieder wie ein Raubtier, das eine Beute beschleicht. Da du mich nicht bemerktest, wirktest du wehrlos auf mich, und das verlieh meiner Erregung noch den zusätzlichen Reiz des Schuldbewußtseins. Ich konnte deine Wolke spüren, blaß und unvollständig, formlos um dich treibend. Fühler von ihr schienen sich zu mir auszustrecken.

Ich wartete, und schließlich läutete einer der Schankkellner die Glocke zum Zeichen, daß geschlossen wurde. Mehrere Leute drängten zur Theke, um ihre letzten Biere zu kaufen, aber du sprachst weiter mit deiner Freundin, ganz von ihr gefangen.

Dann sagte sie etwas zu dir, und du nicktest und wandtest dich deinem Glas zu. Sie ging von der Theke fort, an mir vorbei und zur Damentoilette. Ich trat näher und berührte deinen Arm.

»Ich kenne Sie, nicht wahr?« sagte ich.

Du schautest mich überrascht an, lächeltest. »Suchen Sie immer noch nach Wechselgeld?«

»Nein. Das ist schon in Ordnung. Ich dachte bloß, ich kennte Sie.«

Du schütteltest langsam den Kopf, und ich sah einen Ausdruck in deinen Zügen, den ich manchmal bei

Männern bemerkt hatte, wenn sie zum ersten Mal mit einer Frau zusammenkamen. Es war ein Ausdruck, in dem sich Neugierde mit dem Wunsch mischte, interessant zu wirken. Ich vermutete, daß du viele Frauen kanntest und nicht immer bei derselben bliebst. Diese einfache männliche Reaktion, mit der du mich als eine weitere Zufallsbegegnung mit einer Vertreterin des anderen Geschlechts behandeltest, machte mich erschauern: du sahst mich als eine Normale.

»Ich glaube nicht, daß wir uns kennen«, sagtest du. »Sie sind mit jemand hier, nicht?«

»Ja.«

»Kommen Sie auch mal allein hierher?«

»Könnte ich machen.«

»Ich werde nächste Woche hier sein. Am Mittwochabend.«

»In Ordnung«, sagtest du und lächeltest. Ich zog mich von dir zurück; meine Kühnheit machte mich nachträglich verlegen. Ich hatte kaum gewußt, was ich sagte, motiviert nur von dem dringenden Wunsch, dich besser kennenzulernen. Ich konnte mir nicht vorstellen, was du von mir dachtest, einer Fremden, die sich in einem Lokal an einen heranmachte. Ich ging durch die Menge zur Tür, noch immer sichtbar, floh aus Verlegenheit über meine Dreistigkeit und hoffte zugleich inständig, daß wirklich genug gesagt worden war, daß du den Wunsch haben würdest, mich wiederzusehen, daß du nächste Woche wiederkommen würdest, und wenn nur aus Neugierde.

Ich erwartete, daß Niall draußen sein würde, aber als ich auf die Straße kam, war er nicht da. Ich holte tief Atem, zwang mich zur Ruhe, ließ mich gleichzeitig durch natürliche Entspannung in Unsichtbarkeit zurückfallen. Aus dem Lokal drang Lärm: Stimmengewirr, Musik und das Klingen der eingesammelten Gläser. Es war ein warmer Sommerabend, aber weil es ein Londoner Sommerabend war, fiel ein leichter Nieselregen.

Daß ich dich entdeckt hatte, stürzte mich in einen Aufruhr verschiedenartiger Emotionen. Ich war aufgeregt und entzückt, daß du mich als normal behandelt hattest, hoffnungsfroh und gleichzeitig in Scham voller Verlegenheit über die Direktheit meiner Annäherung. Ich hatte keine Ahnung, ob es die gleichen Empfindungen waren, wie normale Leute sie durchmachten, wenn sie versuchten, jemand kennenzulernen.

Die Gäste verließen das Lokal, manche in Gruppen, andere in Paaren. Ich hielt angestrengt nach dir Ausschau, hoffte, daß es keinen rückwärtigen Ausgang gab, denn ich wollte dich noch einmal sehen, bevor du fortgingst, falls wir einander nicht wiederbegegnen würden. Endlich kamst du Hand in Hand mit deiner Freundin heraus. Ich folgte euch, strengte mein Gehör an, um sie deinen Namen sagen zu hören oder irgendeinen anderen Hinweis auf dich aufzufangen.

Ihr gingt in eine Seitenstraße, wo du deinen Wagen stehen hattest. Du hieltest ihr die Tür auf der Beifahrerseite auf, und als sie sich hineingesetzt hatte, drücktest du die Tür behutsam zu. Dann stiegst du selbst ein und küßtest sie, bevor du den Motor in Gang setztest.

Dann fuhrst du weg, und ich prägte mir die Zulassungsnummer des Wagens ein. Sollte ich dich verlieren, würde sie mir vielleicht helfen, dich später wiederzufinden.

2

Ich wurde in einem Vorort im Süden der Stadt Manchester geboren, in enger Nachbarschaft mit den ländlichen Gegenden Cheshires. Meine Eltern waren Schotten, ursprünglich von der Westküste, hatten aber einige Zeit in Glasgow gelebt, bevor sie weiter südlich nach England gezogen waren. Mein Vater arbeitete im Lohnbüro eines

Unternehmens unweit von unserem Haus, und meine Mutter leistete Teilzeitarbeit als Kellnerin. Solange meine Schwester Rosemary und ich klein waren, blieb sie zu Hause, um uns aufzuziehen.

Soviel ich weiß oder mich erinnern kann, war meine Kindheit normal, ohne einen Hinweis darauf, was ich werden sollte. Ich war immer die Gesündere von uns beiden, und meine Schwester, drei Jahre älter als ich, war oft krank. Eine meiner deutlichsten Erinnerungen ist, daß mir eingeschärft wurde, ich solle still sein und auf Zehenspitzen gehen, um meine kranke Schwester nicht zu stören. Stille wurde zur Gewohnheit, weil ich nicht rebellisch war. Ich wollte immer gefallen und war eine musterhafte Tochter, oder versuchte es zu sein. Meine Schwester war zwischen ihren Krankheiten das genaue Gegenteil: sie war ein Wildfang, stets zu Streichen aufgelegt, ein lärmender Plagegeist im Haus. Ich duckte mich und kroch, wollte nicht auffallen. Rückblickend scheint es auf spätere Entwicklungen hinzudeuten, aber damals war es nur ein Aspekt meiner Persönlichkeit. Ich tat, was andere Kinder auch tun: ich ging zur Schule, hatte Freundinnen, Geburtstagsfeiern und Kindergesellschaften, ich fiel hin und schlug mir Knie und Ellbogen auf, ich lernte Radfahren, ich wollte ein Pony, ich sammelte Fotos von Popidolen.

Die Veränderung in mir kam mit der Pubertät und entwickelte sich allmählich. Ich kann mich nicht genau erinnern, wann mir bewußt wurde, daß ich mich von meinen Mitschülerinnen unterschied, aber als ich fünfzehn war, hatte sich ein klares Muster herausgebildet. Meine Familie nahm keine Notiz von dem, was ich tat; die Lehrkräfte an der Schule ignorierten gewöhnlich alle Beiträge, die ich in der Klasse zu machen suchte. Sie nahmen mich alle wahr, doch als ich älter wurde, fiel es mir zunehmend schwerer, mich meiner Umgebung aufzudrängen. Meine früheren Freundschaften lockerten sich nach und nach. Ich hatte keine Schwierigkeiten in der Schule, und meine Noten waren im allgemeinen gut, aber die Jahreszeugnisse sprachen von durchschnittlicher Fähigkeit, ruhiger Strebsamkeit, stetigem Fortschritt. Das einzige Fach, in dem ich mich hervortat, war Kunsterziehung, und dies lag zum Teil an einer angeborenen Begabung und zum Teil daran, daß die Kunsterzieherin sich auch außerhalb der Schulstunden besonders um mich bemühte und mich förderte.

Dies alles hört sich an, als hätte ich meine Jugendjahre in Stille und Bescheidenheit verbracht, aber das Gegenteil war der Fall. Ich entdeckte, daß ich mich ungestraft schlecht benehmen konnte. Ich wurde eine talentierte Unruhestifterin in der Klasse, brachte Lehrer mit derben Geräuschen in Verlegenheit, warf Gegenstände durch den Raum oder spielte den anderen Kindern alberne Streiche. Ich blieb fast immer unentdeckt und hatte meine Freude an den Reaktionen auf meine Ungezogenheiten. Ich fing an, in der Schule zu stehlen, kleine, wertlose Gegenstände, nur um des Nervenkitzels willen. Und bei alledem blieb ich eine durchschnittlich beliebte Mitschülerin, ohne enge Freundschaften, aber von allen akzeptiert.

Meine zunehmende Unsichtbarkeit wurde zu einer Gefahr für mich. Mit vierzehn wurde ich von einem Wagen angefahren, dessen Fahrer behauptete, er habe mich auf dem Fußgängerüberweg nicht gesehen. Zu Hause war ich einmal nahe daran, schlimme Verbrennungen davonzutragen, als ich an der Kamineinfassung lehnte und mein Vater hereinkam und das Gasfeuer im Kamin anzündete, ohne mich zu bemerken. Ich erinnere mich meines ungläubigen Staunens, als es geschah, weil ich ganz sicher gewesen war, daß er es nicht tun würde; ich stand da, und plötzlich schossen die Flammen heraus, und mein Kleid fing Feuer. Mein Vater merkte erst, daß ich da war, als ich schreiend wegsprang und auf den schwelenden Stoff schlug.

Wegen dieser und anderer, weniger ernster Zwischenfälle entwickelte ich eine Furcht vor Gegenständen und Leuten, die mir wehtun konnten. Noch heute gehe ich ungern durch belebte Straßen oder über Fahrbahnen. Obwohl ich vor ein paar Jahren Autofahren lernte, hege ich eine Abneigung dagegen, weil ich das unbehagliche Gefühl nicht loswerden kann, daß meine Fahrweise den Wagen allzu unauffällig machen könnte. Ich schwimme nie im Meer, weil ich im Falle von Schwierigkeiten außerstande sein könnte, auf mich aufmerksam zu machen; wenn ich mit der U-Bahn fahre, bin ich in nervöser Angst, daß man mich im Gedränge vom Bahnsteig stoßen könnte; seit meinem zwölften Lebensjahr bin ich nicht mehr mit einem Rad gefahren; ich mache immer einen Bogen um Leute, die heiße Flüssigkeiten tragen, nachdem meine Mutter mich einmal mit heißem Tee verbrühte.

In diesem Ausmaß unbemerkt zu sein, begann Rückwirkungen auf meine Gesundheit zu haben. Zwischen meinem fünfzehnten und zwanzigsten Jahr war ich entkräftet. Ich litt unter Kopfschmerzen, schlief in unzeitigen Augenblicken ein, fiel jeder Infektionskrankheit zum Opfer, die gerade grassierte. Der Hausarzt schrieb alles den Problemen des »Heranwachsens« oder angeborener Empfänglichkeit zu, aber ich weiß heute, daß die wahre Ursache mein unbewußtes Bemühen war, sichtbar zu bleiben. Ich wollte bemerkt werden, wollte wie alle anderen betrachtet sein und ein normales Leben führen. Der Wunsch manifestierte sich darin, daß ich mich zur Sichtbarkeit zwang. Während dieser letzten Schuljahre mußte ich immer wieder zwischen Sichtbarkeit und Unsichtbarkeit geschwankt sein, was in unterschiedlicher Weise auf die Menschen meiner Umgebung einwirkte.

Die einzige Erleichterung von dieser Anspannung war Einsamkeit. Während der langen Schulferien, und bisweilen auch an den Wochenenden, wanderte ich gern allein in die Landschaft hinaus. Die Vororte hatten weite Gebiete im Umkreis der Stadt zersiedelt, aber auch so war es nur eine kurze Busfahrt nach Süden, durch Wilmslow und Alderley Edge, bis man eine noch intakte Landschaft mit Feldern, Wiesen und Wäldern erreichte. Dort draußen, abseits der Straßen, konnte ich ohne den Zwang, mich bemerkbar zu machen, aus dem ungestörten Alleinsein innere Stärke gewinnen.

Auf einer dieser Wanderungen, als ich ungefähr sechzehn war, lernte ich Mrs. Quayle kennen.

Sie sah mich zuerst und ergriff die Initiative. Ich war mir nur einer freundlich aussehenden Frau mittleren Alters bewußt, die den Weg entlang auf mich zukam, begleitet von einem kleinen Hund. Wir gingen aneinander vorbei, lächelten uns kurz zu, wie Fremde es bisweilen tun, und gingen in unseren verschiedenen Richtungen weiter. Ich dachte nicht mehr an sie, aber nach einer Weile lief ihr Hund an mir vorbei, und ich merkte, daß sie kehrtgemacht hatte und mir folgte.

Wir kamen ins Gespräch, und die ersten Worte, die sie zu mir sagte, waren: »Liebes Kind, weißt du, daß du den Zauber hast?«

Weil sie lächelte und so alltäglich aussah, war ich nicht beunruhigt, aber ich glaube, wenn ich gewußt hätte, was sie war, hätte ich es mit der Angst bekommen und wäre fortgelaufen. Statt dessen verwunderte mich die sonderbare Frage, und ich ging neben ihr her und plapperte über die Landschaft, was mir einfiel. Da ich mit der Frage nichts anzufangen wußte und sie bloß als das etwas verschrobene Kompliment einer älteren Person auffaßte, ging ich nicht darauf ein, und die Frau wiederholte sie nicht. Sie teilte meine Liebe zum Land, zu den Wildblumen und dem Frieden in der Natur, und das war genug. Bald darauf kamen wir zu ihrem Häuschen, das abseits einer kleinen Straße in einem Garten lag. Sie lud mich zu einer Tasse Tee ein.

Das kleine Haus war freundlich und gut eingerichtet, mit Zentralheizung, einem Fernsehgerät, einer Stereo-

4.86

anlage, Telefon und anderem modernen Zubehör. Sie setzte sich auf das Sofa, um Tee einzuschenken, und ihr Hund rollte sich neben ihr zusammen und schlief.

Nach einer Weile kehrte das Gespräch zum Ausgangspunkt zurück, und sie fragte mich wieder nach meinem »Zauber«. Natürlich hatte ich keine Ahnung, wovon sie redete, und sagte es auch. Sie fragte mich, ob ich an Magie glaube, ob ich jemals seltsame Träume gehabt habe oder ob ich manchmal wisse, was andere Leute dächten. Dabei wurde sie ernst und eindringlich, und das ängstigte mich. Sie sagte, sie habe gleich gesehen, daß ich vom Zauber besessen sei, daß ich psychische Kräfte habe. Ob ich das wisse, und ob ich von anderen gehört hätte, die wie ich seien?

Ich sagte, ich wollte gehen, und stand auf. Ihr Verhalten änderte sich sofort, und sie entschuldigte sich, daß sie mir Angst eingejagt habe. Als ich ging, sagte sie mir, ich solle wiederkommen, wenn ich mehr wissen wolle, aber kaum war ich draußen, da rannte und rannte ich, als ob der Leibhaftige hinter mir her wäre. Eine Woche später kam ich jedoch wieder zu ihr, und im Verlauf der nächsten zwei Jahre stattete ich ihr wiederholt Besuche ab.

Heute weiß ich, daß Mrs. Quayle mir nur einen Teil der Geschichte erzählt hatte, und daß ihre Version von ihren eigenen, besonderen Interessen beeinflußt war. Sie beschrieb sich einmal als psychisch, erklärte es aber nicht näher. Manchmal dachte ich, sie könnte eine Hexe sein, war aber immer zu ängstlich, sie danach zu fragen. Sie war es jedoch, die mich auf die wahre Natur meines besonderen Zustands aufmerksam machte und mir eine Vorstellung vom Ausmaß und den Grenzen der inhärenten Unsichtbarkeit gab.

Der Zauber, den sie um mich gesehen habe, sagte sie, sei eine Art psychischer Ausstrahlung derjenigen, die in Berührung mit Naturkräften stünden. Sie erklärte mir, daß ich diese »Wolke« instinktiv verstärken oder schwächen könne, und innerhalb dieser Projektion von der Astralebene könne mein Zauber nutzbar gemacht werden. Sie erzählte mir von Madame Blavatsky, der Spiritistin und Theosophin, die viele Berichte von Erscheinungen und Verschwinden durch den Gebrauch der Wolke festgehalten habe und die behauptete, sich selbst unsichtbar machen zu können. Von den Ninja im mittelalterlichen Japan, die sich durch Täuschung und Ablenkung für ihre Feinde unsichtbar machten. Von Aleister Crowley, der Unsichtbarkeit zu einer einfachen Doktrin erklärte und behauptete, er sei in einem scharlachroten Gewand und mit einer goldenen Krone durch die Straßen stolziert, ohne daß jemand ihn bemerkt habe. Und von dem Romancier Bulwer Lytton, der sich selbst der Unsichtbarkeit fähig glaubte und seine Freunde zu überraschen versuchte, indem er sich unter ihnen aufhielt, bevor er sich zu erkennen gab. Sie lehrte mich Volksüberlieferungen wie das Sammeln von Sporen des Farns, deren Besitz angeblich Unsichtbarkeit mitteile.

Schon damals glaubte ich nur halb, was sie mir erzählte. Ich wußte, daß ich nicht »psychisch« war, daß ich keine Magie wirken konnte, aber Mrs. Quayle wollte keine andere Möglichkeit einräumen. Weil ich es nicht besser wußte, akzeptierte ich, daß wenigstens etwas davon wahr sein mußte.

Und Mrs. Quayle zeigte mir mit Hilfe eines Spiegels, daß ich unsichtbar war.

Ich hatte mich immer in Spiegeln sehen können, weil ich nach mir geschaut hatte, wie jeder es tut, und wenn ich hinschaute, sah ich mich. Aber eines Tages überlistete mich Mrs. Quayle, indem sie einen Spiegel an unvermuteter Stelle hinter einer Tür anbrachte und mir folgte, als ich darauf zuging. Bevor ich merkte, was geschah, sah ich ihr Spiegelbild hinter mir, und für zwei oder drei Sekunden, während ich mich fragte, wohin ich blickte, bemerkte ich kein Spiegelbild von mir selbst.

Dann sah ich und verstand endlich: Ich war nicht unsichtbar in dem Sinne, daß ich durchsichtig wäre oder nicht gesehen werden könnte, sondern daß die Wolke mich irgendwie einhüllte und es schwierig machte, mich zu *bemerken*. Der Effekt war der gleiche und enthielt für mich die Erklärung des Phänomens, daß die meisten Leute reagierten, als ob ich einfach nicht da wäre.

Mrs. Quayle konnte mich immer sehen, selbst wenn ich anderen unsichtbar war, und selbst während des Spiegelversuches, als ich mich selbst kurze Zeit nicht sehen konnte. Sie war eine sonderbare Frau, aufrichtig und ohne Falsch, einfach und durchschnittlich in jeder Weise, bis auf die eine, die sie für sich beanspruchte. Sie war verwitwet und lebte allein, umgeben von prosaischen Schnappschüssen ihrer Familie, von den Gegenständen der modernen Konsumgesellschaft, von Andenken aus Italien und Spanien. Ihr Sohn war in der Handelsmarine, beide Töchter waren verheiratet und lebten in einem anderen Teil des Landes. Sie war eine praktische Frau, die mit beiden Beinen auf der Erde stand und mir viel half, die mir aber auch Ideen in den Kopf setzte und mir ein Vokabular für alles das gab, was ich bin und was ich kann. Wir wurden in einer eigentümlichen, ungleichen Art und Weise Freundinnen, aber wenige Monate, bevor ich nach London zog, starb sie plötzlich an einer Angina.

Meine Besuche bei ihr waren nicht regelmäßig, und manchmal sahen wir uns monatelang nicht. Während der ersten Zeit unserer Bekanntschaft machte ich meinen Schulabschluß, schaffte die Abschlußprüfung in meinen Fächern mit mittleren Noten und gewann nur in Kunsterziehung eine Auszeichnung. Die Anstrengung, sichtbar zu bleiben, dauerte an, und mein letztes Schuljahr war gekennzeichnet von Ohnmachtsanfällen und Migräne. Nur bei Mrs. Quayle war ich vollkommen entspannt, und ihr Tod, von dem ich kurz vor dem Abschlußexamen erfuhr, bereitete mir tiefe Niedergeschlagenheit und ein Gefühl hilfloser Vereinsamung.

An meinem achtzehnten Geburtstag warteten meine Eltern mit einer Überraschung auf. Bei meiner Geburt hatten sie eine kleine Lebensversicherung mit verkürzter Frist für mich abgeschlossen, und nun konnte ich sie zu Geld machen. Man hatte mir einen Studienplatz an einer Kunsthochschule in London angeboten, aber das einzige Stipendium, für das ich mich qualifizierte, hätte gerade die Gebühren gedeckt, nicht die Lebenshaltungskosten. Die Versicherungssumme war beinahe genug, und mein Vater sagte, er sei bereit, den Rest zuzuschießen. Am Ende des Sommers verließ ich zum ersten Mal in meinem Leben die Heimat und reiste nach London.

3

Drei Jahre. Die Hochschule ist eine Zeit des Übergangs für jeden Studenten: das Entwachsen einer Welt, die geprägt war von Schulfreundinnen und Familie, der Umgang mit einer völlig neuen Gruppe von Leuten gleichen Alters, der Erwerb von Fertigkeiten oder Wissen für den Gebrauch im Erwachsenenleben, die Persönlichkeitsentwicklung zu einem unabhängigen Menschen. Dies alles erlebte auch ich, aber etwas für mich Bezeichnendes und Einzigartiges veränderte sich im Laufe dieser Zeit. Ich fand mich mit der Tatsache meiner Unsichtbarkeit ab, wußte nun, daß sie ein Teil von mir war und nicht verschwinden würde.

Ich teilte mit zwei Mädchen der Hochschule eine Wohnung. Obwohl ich mich ihnen sichtbar machte, wenn ich mußte, nahmen sie es während der drei Jahre als gegeben hin, daß ich irgendwo in der Nähe war, abgeschlossen in meinem eigenen Zimmer, getrennt von ihnen. Dies war die erste, mir aufgezwungene Veränderung, denn durch sie lernte ich, daß eine unsichtbare Person einfach ignoriert wird; man akzeptiert sie als gegenwärtig, aber irgendwie nicht *funktionierend.* Sie bemerkten mich, wenn ich es wollte, und den Rest der Zeit benahmen sie sich, als ob ich nicht da wäre.

Das Studium selbst war schwieriger. Ich mußte teilnehmen und gesehen werden, mußte meine Fächer abschließen, Arbeiten einreichen und ganz allgemein meine Gegenwart bemerkbar machen. Ich überlebte das erste Jahr, indem ich mich besonders anstrengte und mir bei den Lehrkräften einen Namen als aktiv mitarbeitende Studentin machte, aber das ging auf Kosten meiner Gesundheit. Mit dem Beginn des zweiten Jahres ließ die Anspannung in den Fächern Kunsttheorie und Kunstgeschichte nach, weil wir ermutigt wurden, mehr allein zu arbeiten. Ich wählte einen viel besuchten allgemeinen Kurs in Gebrauchsgraphik, denn hier konnte ich, wenn ich mit anderen arbeitete, in der Menge untergehen. Gleichwohl blieb die Anstrengung, sichtbar zu sein, weiterhin ein ständiges Problem, und meine Erschöpfung machte mir sehr zu schaffen. Ich nahm ab, litt unter wiederkehrenden Kopfschmerzen und häufiger Übelkeit.

Mit dem Leben in London war eine weitere Veränderung verbunden. Zu Hause hatte ich mich daran gewöhnt, den Autoritäten auszuweichen. In der Schule waren es die dummen Streiche, die bedeutungslosen Diebereien, aber in London lernte ich bald, daß ich ungestraft davonkam, wenn ich Fahrgelder nicht bezahlte oder aus Geschäften mitgehen ließ, was ich brauchte. Da ich mit einem kleinen und festen Geldbetrag auskommen mußte, wurde es bald zur Gewohnheit, die Bezahlung zu vermeiden. Und aus der Gewohnheit wurde ein Lebensstil.

Das Leben in einer großen Stadt war ein Teil dieser Verderbnis, denn in London ist es sogar normalen Leuten möglich, sich in der Menge zu verlieren. Nach den ersten Wochen, die ich benötigte, um mich psychologisch dem Leben in einer Großstadt anzupassen, fühlte ich mich dort mehr zu Hause, als ich es jemals für möglich gehalten hätte. London ist für Unsichtbare wie geschaffen; es vertiefte meine Anonymität, machte meinen Zustand zu einer natürlichen Überlebenshilfe. In London hat niemand Identität, es sei denn, sie wird beansprucht.

Als ich zum ersten Mal die U-Bahn benutzte, kaufte ich eine Fahrkarte, weil ich nicht wußte, wie das System funktionierte. Es war buchstäblich das erste und letzte Mal, daß ich Fahrgeld bezahlte. Danach überwand ich meine Furcht vor den Menschenmengen und benutzte die Züge und Busse als kostenlose Beförderungsmittel, die Kinos und Theater als kostenlose Unterhaltung. Nichts davon schädigte irgend jemanden: die öffentlichen Verkehrsmittel fuhren, ob ich sie benutzte oder nicht, die Vorstellungen fanden statt, ob ich sie besuchte oder nicht. Um anderen Besuchern nicht den bezahlten Sitzplatz wegzunehmen, wartete ich gewöhnlich bis zum Beginn der Vorstellung und suchte mir dann einen freigebliebenen Platz. So behielt ich ein gutes Gewissen. Aber das waren noch die frühen Tage.

Eine Kombination von Bedürftigkeit und günstiger Gelegenheit führte mich tiefer in den Zustand, den ich in meinen Gedanken als die Schattenwelt bezeichnete. Wenn ich nicht eine Teilzeitbeschäftigung annahm, wie es eine der Kommilitoninnen, mit denen ich die Wohnung teilte, zu tun gezwungen war, hätte ich ohne zu stehlen nicht überleben können. Wegen meiner ständigen Erschöpfung wäre eine Nebenbeschäftigung ohnedies niemals eine realistische Alternative gewesen.

Und die Unsichtbarkeit erfrischte mich. Ein Tag in meiner Schattenwelt, wenn ich unbemerkt durch die Straßen und durch Gebäude schlenderte, gab mir ein Gefühl von Macht. Den nächsten Schritt zu tun und zu stehlen, was ich benötigte, trug für mich die Rechtfertigung in sich selbst. War es nicht die Funktion der Unsichtbarkeit, sich an den äußeren Grenzen der wirklichen Welt zu bewegen, unbemerkt und ungesehen? Es verschaffte mir immer eine prickelnde Spannung, aus den Schatten heraus zu stehlen, auch zu wissen, daß ich Unrecht tat, daß ich aber niemals gefaßt werden konnte. Ich wurde dieses Spiels nie müde und fand in der Flucht in die Schatten ein Heilmittel für die emotionalen und körperlichen Anstrengungen, die durch den Versuch, normal zu erscheinen, verursacht wurden.

Die Unsichtbarkeit paßte mir wie ein altes, bequemes Kleid.

Da ich nicht wußte, wo ich suchen mußte, und hauptsächlich mit meinen eigenen Anpassungen beschäftigt war, brauchte ich mehrere Monate, bis mir klar wurde, daß ich nicht allein war. Es gab in London weitere Unsichtbare.

Die erste, die ich bemerkte, war ein Mädchen ungefähr meines Alters. Ich wartete in einer U-Bahnstation auf einen Zug. Als ich den Bahnsteig überblickte, sah ich sie auf einer Bank sitzen, den Rücken an den Fliesen der gekrümmten Tunnelwand. Sie sah müde, schmutzig und zerrüttet aus. Als ich sie anschaute, spürte ich, daß etwas Vertrautes an ihr war, ohne zu begreifen, warum. In den U-Bahnstationen treiben sich viele abgerissene Gestalten herum, vor allem im Winter und bei schlechtem Wetter, und nach ihrem Aussehen zu urteilen, gehörte sie zu dieser Gruppe.

Sie richtete sich auf und blickte umher, sah mich und starrte in momentaner Überraschung zu mir her. Dann verlor sie offenbar das Interesse und schaute wieder weg.

Meine erste Reaktion war Schrecken. Sie hatte mich *bemerkt!* Dabei war ich unsichtbar, geborgen in meiner Schattenwelt! Ich eilte fort in einen der Fußgängertunnels, bestürzt über die Leichtigkeit, mit der sie meine

Wolke durchdrungen hatte. Ich erreichte die Passage am Fuß der Rolltreppen, wo Dutzende von Leuten unterwegs waren, zur Straßenebene hinauffuhren oder von dort herabkamen, um eine U-Bahn zu nehmen, und alle bewegten sich an mir vorbei, als ob ich nicht da wäre. Die Erneuerung meiner Anonymität ermutigte mich, und Interesse begann meine Bestürzung zu überlagern. Wer war sie? Wie konnte sie mich sehen?

Als ich zum Bahnsteig zurückging, ahnte ich die Antwort, aber in der Zwischenzeit war ein Zug eingelaufen und abgefahren, und sie war nicht mehr da.

Der zweite Unsichtbare, dem ich begegnete, war ein Mann mittleren Alters. Ich sah ihn in Selfridges Warenhaus in der Oxford Street, wo er, eine Plastiktüte in der Hand, langsam umherging. Ich spürte die Wolke um ihn und erkannte die ruhige, nicht auf Heimlichkeit bedachte Art, wie er die Waren stahl. Sein Zustand war der gleiche wie meiner. Als ich Gewißheit zu haben glaubte, umging ich ihn, so daß ich vor ihm war, und kam direkt auf ihn zu.

Seine Reaktion stieß mich ab. Er schaute überrascht auf, aber nicht der Umstand, daß ich eine Unsichtbare war, schien ihn zu interessieren, sondern mein Lächeln und mein offener Ausdruck, die er als sexuelle Annäherung mißdeutete. Er musterte mich abschätzend von oben bis unten, dann steckte er den Plastikbeutel unter seinen Arm und kam mit einem widerlich lüsternen Lächeln auf mich zu. An was ich mich vor allem erinnere, ist der Anblick seiner Zähne: sie waren schwarz und abgebrochen. Ich wich vor ihm zurück, aber er fixierte mich mit seinem Blick. Er sagte auch etwas, aber in dem Stimmengewirr des Kaufhauses konnte ich nicht hören, was es war. Ich brauchte es auch nicht zu wissen, weil ich mir denken konnte, was er sagte. Er sah riesig aus. Ich war nur noch erfüllt von dem Wunsch, meinen Fehler zu korrigieren und das Weite zu suchen. Ich warf mich herum und rannte los, und kollidierte mit einem anderen Mann, der mich aber nicht bemerkte. Der Unsichtbare hatte mich unterdessen fast erreicht, streckte schon den freien Arm aus, um mich festzuhalten. Ich wußte, daß der Aufenthalt in einem Kaufhaus so wenig Sicherheit bot wie der auf einer belebten Straße oder auf einem öffentlichen Platz; wenn er mich erwischte, konnte er vor allen Leuten tun, was er wollte. Ich hatte nie zuvor eine solche Panik erlebt. Ich rannte fort, sprang zwischen den Käufern hin und her, immer mit dem Bewußtsein, daß er hinter mir war. Ich hätte gern um Hilfe gerufen, doch hätte mich niemand gehört. Es war Mittagszeit, Hunderte von Leuten waren im Kaufhaus, und niemand machte Anstalten, mir auszuweichen. In einer Menschenmenge wie dieser gab es keine Hilfe, nur Hindernisse. Wieder sah ich mich nach ihm um: er verfolgte mich mit furchterregender Gewandtheit, und sein Gesichtsausdruck war jetzt zornig, der eines Raubtiers, das sich um seine Beute gebracht sieht. Dieser kurze Blick zurück ängstigte mich so, daß ich beinahe fiel. Meine Beine wurden schwach, und die Angst lähmte mich. Ich wußte, daß ich in tiefere Unsichtbarkeit glitt, meine instinktive Abwehr, die gegen diesen Mann jedoch nutzlos war. Ich kämpfte mich durch die Menge, steuerte den nächsten Ausgang an.

Als ich wieder zurückblickte, war ich auf der Straße, und der Mann hatte aufgegeben. Ich sah ihn beim Kaufhauseingang an der Wand lehnen, ausgepumpt nach Luft schnappend und mir nachblickend. Selbst jetzt war er noch eine schreckliche Bedrohung, und ich rannte weiter die Straße entlang, bis ich nicht mehr konnte. Ich sah ihn nie wieder.

Diese zwei Begegnungen waren meine Einführung in die größere Schattenwelt der Unsichtbaren. Nach dem Zwischenfall im Warenhaus Selfridge fielen mir in London mehr und mehr Unsichtbare auf; es war, als seien mir durch meine vorausgegangenen Begegnungen die Augen für den Rest geöffnet worden. Aber ich ging ihnen tunlichst aus dem Weg. Mit der Zeit lernte ich die Orte kennen, wo sie gewöhnlich zu finden waren: überall, wo Nahrung gestohlen, ein Bett gefunden oder Menschenmengen angetroffen werden konnten. Wann immer ich einen Supermarkt aufsuchte, sah ich wenigstens eine andere unsichtbare Person, und Kaufhäuser waren häufig aufgesuchte Reviere. Manche Unsichtbaren lebten ständig in großen Geschäften; andere ließen sich treiben, schliefen in Hotels oder brachen in anderer Leute Häuser ein, um in unbenutzten Betten zu schlafen. Später entdeckte ich, daß dieses Untergrundnetz Spuren einer Organisation aufwies: es gab bekannte Versammlungsorte, sogar ein bestimmtes Lokal, wo einige von ihnen regelmäßig zusammenkamen.

Es war unvermeidlich, daß ich mich von ihnen angezogen fühlte. Ich lernte, daß der Mann, der mich im Warenhaus verfolgt hatte, nicht typisch für sie war, doch war sein Verhalten auch nicht ganz und gar ungewöhnlich. In dem Maße, wie männliche Unsichtbare älter wurden, entwickelten sie sich zu Eigenbrötlern, die sich am Rande der Gesellschaft bewegten und denen es gleich war, wie ihr Verhalten auf andere wirkte. Normale Freundschaften waren unmöglich, außer mit anderen Unsichtbaren, was ein abnormes Verhalten geradezu erzwang. Einzelgänger und Ausgestoßene, die sich über den Gesetzen wähnen, sind in jeder Form gefährlich.

Der typische Unsichtbare aber war jung oder doch in jüngeren Jahren. Er oder sie – die Geschlechter waren ziemlich gleichmäßig verteilt – hatte eine einsame Jugendzeit hinter sich und war aus dem Bedürfnis, andere Schicksalsgefährten zu treffen, nach London gekommen.

Kollektiv gesehen, waren die Unsichtbaren eine paranoide Gruppe, denn sie glaubten sich von der Gesellschaft zurückgewiesen, verabscheut, gefürchtet und ins Verbrechen abgedrängt. Normale Leute flößten ihnen

Entsetzen ein, doch beneideten sie diese zutiefst; die meisten fürchteten auch einander, aber wenn sie unter sich waren, brüsteten sie sich gern mit ihren individuellen Heldentaten. Es gab sogar einige, welche die Paranoia zum anderen Extrem führten und eine inhärente Überlegenheit der Unsichtbaren behaupteten, die sich schon aus der Macht und der Freiheit ihres Zustandes ergebe.

Aber die Mehrzahl der Unsichtbaren war von zwei Faktoren geprägt. Zum einen war beinahe jeder, den ich kennenlernte, ein Hypochonder, und aus gutem Grund. Gesundheit war ein Gegenstand ständiger Sorge bis zur Besessenheit, weil Krankheit unheilbar war, es sei denn durch die natürliche Kraft des Organismus. Viele der Unsichtbaren hatten Geschlechtskrankheiten, und alle hatten unter schadhaften Zähnen zu leiden. Die Lebenserwartung war niedrig, teils wegen des Krankheitsrisikos, und teils wegen der vagabundierenden Lebensweise und der ungleichmäßigen Ernährung. Viele von ihnen waren Alkoholiker oder beginnende Alkoholiker. Rauschgift war allgemein kein Problem, weil es schwierig war, welches zu beschaffen. Die meisten der Unsichtbaren kleideten sich gut, weil Textilien leicht zu stehlen waren, aber nur wenige achteten wirklich auf ihr Äußeres. Was sie am meisten sorgte, war ihre Gesundheit, und nicht wenige trugen ständig größere Mengen von Medikamenten bei sich, die sie in Apotheken gestohlen hatten.

Zum anderen gab es die Wolke als zweiten einigenden Faktor. Durch die Begegnung mit anderen Unsichtbaren begann ich zu verstehen, was ich bis dahin für Mrs. Quayles Mystizismus gehalten hatte. Jede unsichtbare Person ist umgeben von einer Aureole, einer gewissen Dichte der Gegenwart, die von den anderen ausgemacht werden kann. Sie war es, die ich bei meinen ersten zwei Begegnungen instinktiv erkannt hatte, und die Mrs. Quayle an mir bemerkt hatte. Ihr Gerede von Ektoplasma und spirituellen Aureolen hatte mich verwirrt, doch nun begriff ich, daß dies einfach ihre Art gewesen war, es zu beschreiben.

Interessant war auch, daß die Unsichtbaren das gleiche Vokabular angenommen und in ihren Wortschatz eingegliedert hatten. Sie alle wußten von der Wolke und nannten sie so. Gewöhnliche Leute waren Fleischer; die reale Welt war hart. Sie selbst bezeichneten sich als die Zauberer. Es gehörte zu ihrer defensiven und zugleich prahlerischen Paranoia, daß sie sich als zauberisch sahen.

4

Ich gehörte nicht zu ihnen. Ich wußte es, und sie wußten es. Aus ihrem Blickwinkel war ich nur eine halbe Zauberin, in der Lage, ihre Welt nach Belieben zu betreten und zu verlassen. Man traute mir nicht, akzeptierte mich nicht, und ich verriet mich unweigerlich durch meine sauberen Kleider, meinen Gleichmut gegenüber Krankheit, meine gepflegten, schmerzfreien Zähne. Ich hatte eine Identität in der harten Welt, eine Wohnung, einen Studienplatz. Zu Weihnachten und Ostern fuhr ich nach Hause zu meinen Eltern und entkam so, wie die Unsichtbaren es sahen, in die Welt der Fleischer.

Gleichwohl war mir der Aufenthalt in der zauberischen Welt wichtig. Zum ersten Mal kam ich mit meinesgleichen zusammen. Daß meine Unsichtbarkeit für sie eine Frage des Grades war, machte für mich keinen Unterschied. Ich war mehr unsichtbar als sichtbar, und dies konnte nicht ohne Wirkung auf mein Selbstverständnis bleiben. Die Unsichtbaren versuchten mich abzuweisen, aber nur, weil es für die meisten von ihnen kein Entkommen aus ihrer Lage gab.

Es gab noch eine weitere Attraktion. Ich hatte Unsichtbarkeit immer erfrischend gefunden, und sie machte die nächste Rückkehr in die harte Welt leichter. Sobald ich die echten Unsichtbaren kennenlernte, mitleiderregend, beängstigend und isoliert, wie sie waren, stellte ich fest, daß die Option der Sichtbarkeit leichter zu erreichen war. Zuerst fühlte ich mich abgestoßen von ihrer Hoffnungslosigkeit und Paranoia, später aber fand ich in ihnen eine Quelle frischer Kraft. Der Kontakt mit ihren Wolken gab mir die Energie, wieder in die reale Welt einzutreten, und die Bekanntschaft mit ihnen schenkte mir den prickelnden Reiz des zauberischen Lebens. Ich war noch sehr jung, und beide Existenzformen lockten mich.

Dann, in meinem letzten Semester an der Hochschule, als ich wußte, daß neue Entscheidungen anstanden, und als ich weniger denn je wußte, wie ich mein künftiges Leben gestalten wollte, begegnete ich Niall.

5

Niall unterschied sich von allen anderen Unsichtbaren, die ich bis dahin getroffen hatte. Er war zutiefst zauberisch, seine Wolke eine dichte Abschirmung gegen die Welt, völlig unerkennbar für jeden, der nicht auch unsichtbar war. Er war tiefer eingebettet in die Schattenwelt als jeder von den anderen, weiter von der Realität entfernt, eine dünne Geistererscheinung in einer Gemeinschaft von Gespenstern.

Aber seine Absonderung war auch in der Persönlichkeit begründet. Während die meisten Unsichtbaren ihren Mangel an Identität beklagten, genoß er ihn.

Er war der einzige Unsichtbare, den ich körperlich anziehend fand. Er war gesund, hübsch, elegant. Er gab sich zwanglos und sorgte sich um Krankheit nicht mehr, als ich es tat. Er kleidete sich flott, wählte die modern-

sten Kleider und Farben. Er rauchte Gauloises und reiste mit leichtem Gepäck; der durchschnittliche Unsichtbare war zu sehr um seine Gesundheit besorgt, um zu rauchen, und schleppte große Mengen von Habseligkeiten mit sich herum, wohin er auch ging. Niall war komisch, freimütig und grob zu Leuten, die ihm mißfielen, voller Ideen und Ambitionen, und völlig amoralisch. Wo ich und manche der anderen Unsichtbaren Skrupel wegen unserer schmarotzerhaften Lebensweise hatten, sah Niall Unsichtbarkeit als Freiheit an, eine Ausweitung normaler Fähigkeiten und Möglichkeiten.

Und noch etwas an ihm fand ich attraktiv und anders, nämlich, daß er etwas tat. Niall wollte Schriftsteller werden. Er war der einzige Unsichtbare, der jemals Bücher stahl. Immer konnte man ihn in Bibliotheken und Buchläden treffen, wo er Lyrik, Romane, Biographien und Reisebücher borgte oder stahl. Er las ständig, und wenn wir beisammen waren, las er mir manchmal laut vor. Bücher waren der einzige Teil seines Lebens, wo er nicht amoralisch war: wenn er eins ausgelesen hatte, ließ er es liegen, wo es gefunden werden konnte, oder brachte es sogar zurück. Die öffentliche Leihbibliothek in Paddington war diejenige, die er am liebsten frequentierte, und was er dort borgte, brachte er gewissenhaft zurück. Manchmal gab er sogar vor, Schuldgefühle zu hegen, wenn er glaubte, die Ausleihzeit überschritten zu haben.

Wenn er nicht las, schrieb er. Er füllte ungezählte Notizbücher mit seinen Texten, die er langsam in seiner schnörkelhaften und affektierten Handschrift eintrug. Mir war nie erlaubt, sein Geschriebenes zu lesen, noch wollte er es mir vorlesen, aber ich war sehr beeindruckt.

Dies war Niall, als ich ihn kennenlernte, und ich geriet sogleich in seinen Bann. Er war ein paar Monate jünger als ich, aber in jeder anderen Hinsicht war er weiser, erfahrener, aufregender und anregender als jeder andere, den ich in meinem Leben gekannt hatte.

Nachdem ich das Studium abgeschlossen und mein Diplom erhalten hatte, zweifelte ich nicht mehr daran, was ich tun wollte. Der Zauber war zu einem Zufluchtsort vor der harten Welt geworden, und ich floh zu ihm.

Die Erregung, mit Niall beisammen zu sein, beseitigte alle Zweifel. Was wir taten, wurde gesteigert durch Unverantwortlichkeit, und weil ich ihn bewunderte, versuchte ich ihn zu beeindrucken, indem ich es ihm gleichtat. So förderten wir das Schlechteste ineinander, und seine Amoralität befriedigte mein Verlangen nach einem besseren Leben.

Durch ihn wurde ich in die zauberische Welt assimiliert. Wir hatten keine feste Wohnung und wanderten von einem Nachtquartier zum nächsten: wir schliefen in den Gästezimmern anderer Leute oder gingen in ein Kaufhaus oder Hotel. Wir aßen gut, da wir nichts als frische Lebensmittel nahmen, die wir nach Bedarf stahlen. Wünschten wir eine warme Mahlzeit, gingen wir in die Küchen von Hotels oder Restaurants. Wir hatten immer an neuen Kleidern, was wir wollten, wir brauchten niemals zu frieren, zu hungern oder unbequem zu schlafen.

Niall zeigte mir, wie man in Banken einbrach oder aus Postämtern stahl, aber Geld war etwas, was wir nie brauchten. Ein Bankraub war immer ein Wagnis, das allein wegen des Nervenkitzels unternommen wurde. Wir gingen vor den Augen der Angestellten in den abgesperrten Teil der Schalterhalle, nahmen eine Handvoll Banknoten aus den Geldschubladen, blätterten sie unbemerkt vor ihren Gesichtern durch. Manchmal stahlen wir nur ein paar Münzen, oder einen oder zwei Geldscheine, bloß um uns zu beweisen, daß wir es tun konnten. Während eines Raubes waren wir nie still, sondern sprachen miteinander, lachten laut oder sangen sogar in unserer Freude über die Unsichtbarkeit.

Heute fühle ich mich schuldig, wenn ich darauf zurückblicke. Ich war leicht zu beeindrucken, und Niall weckte die Rastlosigkeit in mir, die letzte Regung der Unreife.

Mit der Zeit ließ meine Begeisterung für ihn nach. Ich sah, daß er doch nicht so originell war, daß auch in der realen Welt viele Leute modische Kleidung, ungewöhnliche Frisuren trugen und französische Zigaretten rauchten. Niall war nur im Vergleich mit den anderen Unsichtbaren verschieden, und die waren mir nicht mehr wichtig. Sein Interesse an Büchern und sein Bestreben, Schriftsteller zu werden, blieben bewundernswert, aber ich wurde von diesen Dingen ferngehalten. Seine Persönlichkeit fand ich auch weiterhin anziehend, doch erkannte ich mit zunehmender Vertrautheit, daß das meiste von dem, was mich beeindruckte, oberflächlich war.

Bei alledem dauerte unser leichtsinniges und unbekümmertes Leben als Unsichtbare ungefähr drei Jahre lang an. In meiner Erinnerung läuft alles ineinander und verschwimmt zu einem undeutlichen Bild, in dem ich gern eine Eskapade von Halbwüchsigen sehen würde. Aber noch kommen mir immer wieder besondere Vorfälle in den Sinn, und dann stellt sich für kurze Zeit wieder das berauschende Gefühl ein, und ich sehe, wie schlau und überlegen wir uns dünkten. Es war ein ideales Leben: alles, was wir brauchten, war buchstäblich in unserer Reichweite, und wir brauchten uns vor niemandem zu verantworten.

Auch innere Veränderungen fanden statt. Meine ständige Nähe zu Niall brachte es mit sich, daß ich Stärke aus seiner Wolke bezog. Ich fand es zunehmend leichter, in die Sichtbarkeit überzugehen, und dieser Punkt war es, der unsere Beziehung zu zerrütten begann.

Niall ertrug es nicht, wenn ich sichtbar war. Es gab mir einen Vorteil ihm gegenüber. Wenn er mich sichtbar sah, und er merkte immer, wenn ich die Veränderung gemacht hatte, behauptete er, daß ich uns beide in Gefahr bringe und Entdeckung riskiere. Die Wahrheit war, daß sein Zustand ihm zutiefst verhaßt war, und daß seine Prahlerei nur eine Fassade war. Meine Fähigkeit, in der realen Welt zu leben und mir dort einen Platz zu sichern, war eine Freiheit von ihm, die ihn eifersüchtig machte.

Jedenfalls sah er es so. Das Paradoxe an der Situation war, daß eben diese Stärke von ihm kam. Ich mußte ihm nahe sein, um die Normalität zu erlangen, die ich immer herbeigesehnt hatte, und die er so fürchtete; aber je näher ich ihm war, desto abhängiger von ihm wurde ich.

Als ich älter wurde, begann ich ein Gewissen zu entwickeln und machte mir immer öfter Vorwürfe wegen des Geldes und der Waren, die wir stahlen. Diese Entwicklung erreichte den Höhepunkt anläßlich eines Vorfalles in einem Supermarkt: als wir gingen, sah ich eine offene Geldschublade an einer der Kassen, und einer flüchtigen Regung folgend, nahm ich eine Handvoll Fünfpfundnoten heraus. Es war ein dummer und unnötiger Diebstahl, weil Geld überflüssig war. Ein paar Tage später hörte ich zufällig, daß die Frau an der Kasse wegen des Fehlbetrages entlassen worden war, und begriff zum ersten Mal, daß andere Menschen unter unseren Eskapaden zu leiden hatten. Es war eine ernüchternde Erkenntnis, die alles veränderte.

Auf einer tieferen Bewußtseinsebene sehnte ich mich doch nach einer normalen Lebensweise: ich begehrte die Würde richtiger Arbeit, das Wissen, daß ich meinen Lebensunterhalt verdiente. Ich wollte für meine Bedürfnisse bezahlen, Lebensmittel und Kleider kaufen, Eintrittsgeld zahlen, wenn ich ins Kino ging, Fahrgeld für Busse und Züge. Vor allem wollte ich zur Ruhe kommen, einen Ort finden, den ich mein Zuhause nennen konnte, eigene vier Wände.

Nichts davon war möglich, solange ich nicht bereit oder in der Lage war, für längere Zeitspannen sichtbar zu sein. Währnd ich das wurzellose Leben mit Niall führte, war das ausgeschlossen.

Dann nahmen diese Regungen Gestalt an. Ich wollte nach Hause fahren, meine Eltern und meine Schwester besuchen, die Wege meiner Kindheit und Jugend wieder gehen. Ich war allzu lange von daheim fortgewesen, hatte meine Eltern nicht gesehen, seit ich Nialls Bekanntschaft gemacht hatte. Meine einzigen Kontakte waren gelegentliche Briefe, die ich meinen Eltern schrieb, aber selbst dies betrachtete Niall als einen Bruch unseres Unsichtbarkeitsvertrags. In den letzten zwölf Monaten hatte ich nur einmal nach Hause geschrieben.

Ich wurde endlich erwachsen, und das entfernte mich von Niall. Ich wünschte mehr, als er mir gab; ich konnte nicht den Rest meines Lebens in den Schatten verbringen.

Niall fühlte die Veränderung und spürte, daß ich versuchte, mich von ihm zu lösen.

Wir erreichten einen Kompromiß in der Frage meines Besuches zu Hause, und fuhren an einem Wochenende gemeinsam zu ihnen. Ich kann mir heute nicht recht vorstellen, was ich mir davon versprochen hatte, denn ich ahnte schon vorher, daß es Unheil bringen würde.

Vom Augenblick unserer Ankunft an ging alles schief. Ich hatte bis dahin nie aus der Nähe beobachtet, wie normale Leute auf die Anwesenheit eines Unsichtbaren reagieren, und der Umstand, daß jene meine Eltern waren, denen ich mich bereits teilweise entfremdet hatte, machte die emotional komplizierte Situation nur noch schwieriger. Ich war während meines Aufenthalts sichtbar, und es fiel mir nicht allzu schwer, diesen Zustand aufrechtzuerhalten, weil Niall da war, aber er blieb unbemerkt. Sofort mußte ich versuchen, mit drei verschiedenen Problemen gleichzeitig fertigzuwerden. Ich wollte mich meinen Eltern gegenüber natürlich und entspannt benehmen, ihnen etwas von meinem Leben in London zu erzählen, ohne die Wahrheit zu enthüllen;

ich war mir ständig bewußt, daß sie nicht sehen konnten, daß Niall bei mir war; und Niall selbst, da er nicht mehr im Mittelpunkt meiner Aufmerksamkeit stand, begann sich schlecht zu benehmen.

Das schwierigste Problem war Niall. Gefühllos nutzte er aus, daß sie nichts von seiner Anwesenheit wußten. Wenn meine Eltern fragten, wie ich lebte, wer meine Freunde seien, welche Arbeit ich tue, und ich versuchte, mit den harmlosen Lügen zu antworten, die ich in den wenigen Briefen an sie gebraucht hatte, war Niall zur Stelle, fiel mir ins Wort und gab ihnen (ungehört) die Antworten, die er für richtig hielt. Wenn wir uns am Abend vor den Fernseher setzten, langweilte ihn die Programmwahl meiner Eltern, und er fing an, mich zu betasten, um mich abzulenken. Wir fuhren zu meiner Schwester, damit ich ihren Mann kennenlernte, aber Niall, der zu mir in den Wagenfond stieg, pfiff laut und redete dazwischen, was mich wütend machte und zur Verzweiflung brachte, aber ich war hilflos. Während dieses Wochenendes sollte ich keinen Augenblick vergessen, daß Niall da war: er stahl Getränke und Zigaretten, gähnte gelangweilt, wann immer mein Vater das Wort ergriff, lag faul herum, benutzte die Toilette, ohne zu spülen, erhob Einwände gegen jeden Vorschlag, den jemand zur Frage eines Ausflugsziels oder Besuches machte ... kurzum, er tat alles in seiner Macht Stehende, um mich daran zu erinnern, daß er der wahre Mittelpunkt meines Lebens sei.

Wie konnte meinen Eltern entgangen sein, daß er da war? Es war die unheimlichste und beunruhigendste Erfahrung für mich, denn selbst abgesehen von Nialls abscheulichem Verhalten schien es unmöglich, daß sie nichts von ihm bemerkten. Dennoch wurde ich begrüßt, und er nicht; sie sprachen nur zu mir, sahen nur mich an; zu den Mahlzeiten wurde für ihn nicht gedeckt; ich bekam das Einzelbett in meinem alten Zimmer; sogar in der Enge des Wagens wurde seine Anwesenheit nicht zur Kenntnis genommen. Das Bemühen, mit dem schreienden Gegensatz zwischen dem, was ich geschehen sah, und dem ahnungslosen Verhalten meiner Eltern fertig zu werden, war meine Hauptbeschäftigung. Ich wußte, wie sie früher auf meine eigene Unsichtbarkeit reagiert hatten, aber damals waren es immer Ungewißheiten gewesen. Jetzt war es anders: Niall war nachdrücklich da, aber irgendwie konnten sie ihn nicht sehen. Gleichwohl war ich überzeugt, daß sie sich seiner auf einer tieferen Ebene bewußt waren. Seine unsichtbare Gegenwart erzeugte eine Art Vakuum, einen lautlosen Sog, der das ganze Wochenende über anhielt.

Für mich machte die Erfahrung dieser Tage den Umstand deutlich, daß mein Leben in London eine Rebellion gegen meine Erziehung war. Ich fand meinen Vater geistlos und unbeweglich, meine Mutter zimperlich besorgt um Kleinigkeiten, die mich nicht interessierten. Ich liebte sie noch immer, aber sie konnten nicht sehen, daß ich erwachsen wurde, daß ich nicht die Kind-Tochter war, die sie vor ein paar Jahren gesehen hatten, und daß ich es nie wieder sein würde. Aus meiner kritischen Einstellung sprach natürlich Nialls Einfluß auf mich, und seine ironischen Zwischenbemerkungen, die nur ich hörte, bildeten einen fortgesetzten Kontrapunkt zu meinen eigenen Gedanken.

Im weiteren Verlauf meines Besuches fühlte ich mich mehr und mehr isoliert, abgeschnitten von meinen Eltern durch Mißverständnisse, entfremdet von Niall durch sein Verhalten. Wir hatten vorgehabt, drei Nächte zu bleiben, aber nach einem wütenden Streit mit Niall am Samstag – beide unsichtbar im Schlafzimmer, schrien wir einander im Kokon unserer schützenden Wolken an – konnte ich die Anspannung nicht mehr aushalten. Am nächsten Morgen fuhren meine Eltern mich – uns – zum Bahnhof, und dort verabschiedeten wir uns. Mein Vater war starr und bleich von unterdrücktem Zorn, meine Mutter war in Tränen. Niall triumphierte; er zog mich, wie er meinte, zurück zu unserem unsichtbaren Leben in London.

Aber nichts davon konnte jemals wieder so sein, wie es gewesen war. Bald nach unserer Ankunft in London verließ ich Niall. Ich machte mich sichtbar, ich integrierte mich in die reale Welt. Endlich entkam ich Niall und versuchte sicherzugehen, daß er mich niemals finden würde.

6

Er fand mich. Ich hatte zu lange in der zauberischen Welt gelebt und wußte nicht, wie ich überleben sollte, ohne zu stehlen. Niall kannte unsere häufig besuchten Aufenthalte besser als ich, und eines Tages, zwei Monate später, war er da.

Ich hatte jedoch genug Zeit für mich gehabt, und etwas hatte sich geändert. In den zwei Monaten meiner Einsamkeit hatte ich ein Zimmer gemietet, das Zimmer, in dem ich jetzt noch wohne. Es war mein, und obwohl es noch nicht verdient war, hatte ich eine Menge Sachen darin, die ich als mein betrachtete, ferner hatte es eine Tür und ein Schloß und war ein Ort, wo ich sein konnte. Es bedeutete mir mehr als alles andere in meinem Leben, und nichts würde mich bewegen können, es aufzugeben. Ich überlebte noch immer durch Diebstahl, war aber voll guter Vorsätze. Nach und nach brachte ich eine Mustermappe mit Zeichnungen zusammen. Ich hatte Verbindung zu einem meiner alten Tutoren aufgenommen und bereits einen Verlag aufgesucht, um Aufträge zu erhalten. Ein Leben als freiberufliche Graphikerin, mit all seinen Schwierigkeiten, war meine einzige wirkliche Hoffnung auf Unabhängigkeit.

Aber Niall drängte sich wieder in mein Leben, ging wie selbstverständlich von der Annahme aus, wir würden weitermachen wie bisher. Er verstand besser als jeder andere, was das Zimmer für mich bedeutete, aber ich beging den Fehler, ihn einzulassen. Ich zeigte es ihm voller Stolz und dachte, er würde sich damit abfinden müssen, daß ich mich verändert hatte, und daß ich, indem ich es ihm zeigte, zu verstehen gab, daß er in mein neues Leben einbezogen werden könnte.

Was es wirklich bedeutete, entdeckte ich bald. Er wußte immer, wo er mich finden konnte, wenn er mich wollte. Das Schlimmste daran war, daß er zu jeder Zeit des Tages oder der Nacht auftauchte, wenn er Gesellschaft wollte, Zuspruch wollte, Sex wollte. Meine Unabhängigkeit veränderte ihn, und ich lernte eine neue Seite von ihm kennen: er wurde besitzergreifend, verdrießlich, tyrannisch.

Ich hielt aus, weil ich wußte, daß das Zimmer und wofür es stand meine einzige Hoffnung auf ein besseres Leben war.

Durch meine spärlichen Kontakte konnte ich ein paar Arbeiten verkaufen: eine Illustration zu einem Zeitschriftenartikel, Layouts für eine Werbeagentur, typographische Entwürfe für eine Unternehmensberatung. Die Honorare waren anfangs gering, aber eine Arbeit führte allmählich zur nächsten, und ich erlangte einen bescheidenen Bekanntheitsgrad. Bisweilen erhielt ich Aufträge, ohne daß ich ihnen nachgejagt war, ich wurde weiterempfohlen und kam in Verbindung mit einem unabhängigen kleinen Studio, das mir Aufträge gab. Ich richtete ein Bankkonto ein, ließ mir Briefbogen drucken, kaufte einen ordentlichen Arbeitstisch und merkte, daß es langsam vorwärts ging, daß ich mich in der sichtbaren Welt einrichtete. Sobald ich anfing, Geld zu verdienen, schränkte ich meine Diebstähle auf das Nötigste ein, und sobald die Schecks häufiger eintrafen, ließ ich es ganz sein. Es wurde ein Glaubensartikel meines Selbstvertrauens, daß ich nie wieder die alte Lebensweise annehmen würde, und obwohl es schwierige Zeiten waren, wurde ich in meinem Vorsatz niemals wankend. Es bereitete mir wirkliche Befriedigung, sichtbar am Bankschalter zu stehen und einen Scheck einzulösen, mich in einem Supermarkt in die Schlange vor der Kasse einzureihen, in Textilgeschäften Kleider anzuprobieren und zur Bezahlung einen Scheck auszustellen. Schließlich nahm ich sogar an einem Fahrkurs teil und bestand die Prüfung beim zweiten Anlauf.

Die Anstrengung, sichtbar zu sein, war auch geringer. Indem ich zu Hause arbeitete, konnte ich mich so lange ich wollte im Zauber entspannen und brauchte nur sichtbar zu werden, wenn ich ausging. Ich erlangte eine emotionale Stabilität, die ich früher nie gekannt hatte.

Selbst Niall begann zu akzeptieren, daß es von Dauer war. Er begriff, daß die alten Tage ein für allemal vorüber waren, und er paßte sich an, aber er hatte auch einen Anspruch auf mich, den er jederzeit ausnutzen konnte. Nur ich verstand die Tiefe seiner Unsichtbarkeit, wie unmöglich es für ihn war, jemals normal zu werden. Er spielte mein Mitgefühl gegen mich aus, erpreßte mich damit. Versuchte ich mich von ihm zu trennen, bat er mich, ihn nicht zu verlassen. Er wies auf die Vorteile hin, die ich ihm gegenüber hätte, die Stabilität, die ich erreicht hätte, spielte auf die Trübsal und Einsamkeit an, die er immer ertragen müsse. Ich kapitulierte unweigerlich. Ich sah ihn als eine tragische Gestalt, und obwohl ich wußte, daß er mich manipulierte, ließ ich es ihm durchgehen.

Er ließ nicht zu, daß wir uns auseinanderlebten, und setzte seine Unsichtbarkeit gegen mich ein. Als ich mich mit einem jungen Graphiker vom Studio anfreundete und für einen Abend mit ihm verabredete, antwortete Niall mit einer Schaustellung verletzter Eifersucht und überschüttete mich derart mit Vorwürfen, daß ich die Verabredung beinahe abgesagt hätte. Ich hatte jedoch nie einen richtigen Freund gehabt und war entschlossen, auch hier meine Selbständigkeit zu wahren. Ich ging zu meiner Verabredung, und es war ein vollkommen harmloser Abend, aber Niall ruinierte ihn. Er folgte mir, er blieb in der Nähe, mischte sich ein. Es führte noch in derselben Nacht zu einem wütenden Streit in meinem Zimmer, und die aufkeimende Romanze war zerstört. Ich versuchte es nie wieder.

Das war seine schlimmste Seite, aber nicht seine einzige. Solange ich ihm treu blieb und zur Verfügung stand, wann immer es ihm einfiel, mich zu besuchen, und wenn ich keine weiteren offensichtlichen Gesten zur harten Welt machte, ließ er mich leben und arbeiten, wie ich wollte.

Nicht immer war er um mich; bisweilen verschwand er für eine oder zwei Wochen, ohne bei seiner Rückkehr zu erklären, wo er gewesen war. Er erzählte mir, er habe ein Quartier gefunden, doch wie er es zuwege gebracht hatte, wie er es unterhielt und wo es war, erfuhr ich nie. Er behauptete, Freunde zu haben, deren Namen er freilich nie nannte, die über Hausbesitz verfügten, wo er nach Belieben kommen und gehen könne. Er erzählte mir, er habe ernsthaft mit der Schriftstellerei angefangen und sende seine Arbeiten Verlagen ein. Er machte Andeutungen über andere Frauen, vermutlich in der Hoffnung, meine Eifersucht zu wecken, dabei hätte mir nichts besser gefallen als wenn sie wahr gewesen wären; in Nialls amoralischer Weltsicht war Treue ohnedies eine einseitige Angelegenheit, und ich hatte immer angenommen, daß er mit anderen Frauen schlief, wenn ihm danach war.

Am wichtigsten war mir, daß er mich arbeiten, an den Rändern der realen Welt leben und Selbstachtung entwickeln ließ. In meinem deformierten Leben, verflucht von natürlicher Unsichtbarkeit, schien es das Beste zu sein, worauf ich hoffen konnte.

Dann, an jenem Abend in dem Lokal in Highgate sah ich dich.

7

Nach unserem Gespräch galt meine Sorge Niall und seiner möglichen Vergeltung.

Dein Zauber war so schwach, daß du wahrscheinlich nichts davon wußtest. Er war wie eine Ausstrahlung von Sexualität, um so wirksamer, als er dir unbewußt schien. Ich hatte die Berührung deiner Wolke gespürt, und der Reiz machte mich schwindlig. Sie war formlos, ungebraucht; Unsichtbarkeit war eine Möglichkeit. Du warst das Gegenteil von mir.

Niall und ich hatten beide erkannt, daß du mich zur realen Welt führen konntest. Ich konnte Kraft aus deiner Wolke ziehen und mich mühelos und von Dauer sichtbar machen, als normal gelten.

Aus diesem Grund warst du für Niall eine potentiell größere Bedrohung als jeder normale Mann; du konntest mich ihm ein für allemal wegnehmen.

Ich fürchtete Nialls Vergeltung, weil ich ihn zu kennen glaubte. Ich rechnete mit seiner Einschüchterung, seiner Erpressung, seinen üblichen Tränen des Selbstmitleids, den erfinderischen Hinweisen auf sein schweres Leben und seine hoffnungslose Unsichtbarkeit. Ich machte mich sogar auf seine Gewalttätigkeit gefaßt. Aber in dem Lokal hatte er uns allein gelassen und mir die Möglichkeit gegeben, dich anzusprechen. Nachdem du mit deiner Freundin davongefahren warst, ging ich im Nieselregen zurück nach Hornsey, beglückt über die Begegnung, aber voller Schrecken vor ihren Folgen. Ich befürchtete das Schlimmste.

Niall wartete jedoch nicht auf mich. Er war weder draußen auf der Straße, noch lungerte er im Korridor herum. Ich sperrte auf und ging in mein Zimmer, überzeugt, daß er seinen Nachschlüssel benutzt habe, um einzudringen ... aber er war auch nicht dort, und nichts war in Unordnung gebracht. Ich verbrachte den größten Teil der Nacht wachend, gewiß, daß er schließlich erscheinen würde. Ich wartete den Sonntag über, während ich mich bemühte, mit meiner Arbeit voranzukommen. Niall ließ sich jedoch weder an diesem noch den beiden nächsten Tagen blicken. Ich konnte den Auftrag, an dem ich arbeitete, fertigstellen und brachte ihn zum Studio ins West End. Und auch diesmal wieder erwartete ich, daß Niall sich bemerkbar machen würde.

Ich wollte es hinter mich bringen. Seine wütenden Drohungen waren mir verhaßt, aber ich war sie wenigstens gewohnt und konnte innerhalb gewisser Grenzen mit ihnen fertig werden. Ob durch Instinkt oder Kalkül, Niall hatte die vollkommene Methode gefunden, seine Gefühle zu erkennen zu geben. Indem er mich allein und meinen Mutmaßungen überließ, was er tun würde, gelang es ihm, mein volles Interesse zu finden.

Und dazu kam eine eigene Art von Panik. Angenommen, Niall konnte sich sogar mir unsichtbar machen?

Der Gedanke war mir vorher nie in den Sinn gekommen. Ich konnte Niall immer sehen, selbst wenn seine Wolke am dichtesten war, aber welche Gewißheit gab es für mich? Hatte es in der Vergangenheit Zeiten gegeben, wo er sich vor mir verborgen hatte? Ich stand mit einem Bein in der realen Welt: angenommen, Niall konnte sich unter meiner Wahrnehmungsschwelle bewegen? Er hatte des öfteren eine unheimliche Kenntnis von mir verrraten, ein beinahe übernatürliches Maß an Einfühlung. Beobachtete er mich, wenn ich mich allein wähnte? Niall war schlau und skrupellos. Wie weit würde er gehen, um zu verteidigen, was er als seine Interessen betrachtete?

Angenommen, er hatte das Lokal in Wirklichkeit nicht verlassen? Er konnte dabei gewesen sein, als ich dich ansprach, mir gefolgt sein, als ich dir folgte, als ich im Nieselregen nach Hause ging.

Er konnte jetzt, in diesem Augenblick bei mir sein! In meinem Zimmer, während ich diesen Gedanken faßte!

Ich saß über mein Zeichenbrett gebeugt und schloß die Augen. Es überlief mich kalt. In diesen Augenblikken lernte ich die Urangst vor Geistern kennen, den Schrecken vor dem unsichtbaren, dem verborgenen Beobachter. Ich lauschte nach seinem Atem, dem leisesten Rascheln seiner Kleider. Im Zimmer war es still, und als ich den Kopf wandte, ebenso in Furcht, ihn zu sehen wie ihn nicht zu sehen, verdichtete ich meine Wolke so sehr ich konnte, um vielleicht auf diese Weise die Wahrheit zu erfahren.

Ich konnte nichts Verdächtiges sehen.

Am späten Mittwochnachmittag läutete das Telefon. Ich erwartete nicht, von irgend jemand zu hören, also ließ ich es draußen läuten und dachte, jemand anders würde abnehmen. Aber es läutete weiter, und nach längerer Zeit ging ich hinaus und nahm den Hörer auf.

Es war Niall, der von einem privaten Anschluß aus anrief. Ich fühlte große Erleichterung, denn erst jetzt hatte ich die Gewißheit, daß er nicht unsichtbar irgendwo um mich war.

»Ich gehe für eine Weile fort«, sagte er. »Ich dachte, du würdest es gern wissen.«

»Wohin gehst du?«

»Ein paar Freunde von mir haben ein Haus in Südfrankreich. Ich dachte, ich würde eine oder zwei Wochen mit ihnen gehen.«

»Schön«, sagte ich. »Das ist eine gute Idee.«

»Willst du nicht mitkommen?«

»Du weißt, ich arbeite.«

»Du triffst dich mit diesem Mann, nicht?«

»Könnte sein.«

»Wann ist es? Heute abend?«

»Ich habe noch nichts ausgemacht.«

Schweigen von Niall. Ich wartete, starrte an die Wand, wo alte Botschaften für die anderen Mieter an ein Brett geheftet waren. Ihr Leben schien mir immer so geradlinig, so unkompliziert durch irrationale Dinge wie

Unsichtbarkeit. Anne, bitte Seb anrufen. Dick, deine Schwester hat angerufen. Samstagabend Party in Nr. 27, alles ist eingeladen.

Ich sagte: »Wie lange, sagtest du, würdest du fort sein?«

»Ich habe mich noch nicht entschieden. Ein paar Wochen, vielleicht länger. Ich werde dich anrufen, wenn ich zurückkomme.«

»Wann wird das sein?«

»Ich sagte dir, Susan, ich weiß es nicht. Es sollte dir jetzt nichts mehr ausmachen, nicht wahr? Du wirst genug zu tun haben.«

»Ich werde arbeiten.«

»Ich weiß, was du tun wirst.«

Der Anruf war ein Betrug, ein Täuschungsversuch. Es war ganz und gar nicht Nialls Art, fortzugehen, schon gar nicht, wenn er wußte, daß ich einen anderen kennengelernt hatte. Er plante etwas, das war mir klar.

»Wo genau wirst du sein?« fragte ich.

»Ich werde dich anrufen, wenn ich ankomme. Oder eine Karte schicken. Ich weiß die genaue Adresse nicht. Es ist ein Haus in der Nähe von St. Raphaël.«

»Und wer sind diese Leute, bei denen du wohnen wirst? Kenne ich sie?«

»Warum sollte dich das interessieren? Du wirst ohne mich deinen Spaß haben.«

»Niall, du ziehst überstürzte Schlüsse. Ich möchte mit ihm reden, das ist alles. Ich weiß nichts über ihn.«

»Dann kann ich dir was sagen. Er heißt Richard Grey.«

»Woher weißt du das?« Auf einmal bekam ich Herzklopfen.

»Ich mache es mir zur Gewohnheit, Dinge herauszufinden.«

»Was weißt du noch?«

»Das ist ungefähr alles. Ich lege jetzt auf. Wir fahren in einer Stunde.«

»Solltest du daran denken, dich einzumischen, Niall, werde ich nie wieder mit dir sprechen.«

»Du hast keinen Grund zur Sorge. Du wirst mich für eine Weile los sein.«

»Niall! Leg nicht auf!«

»Ich werde dir eine Karte aus Frankreich schicken.«

Er legte auf. Ich stand in der Diele, aufgeregt vor Zorn und Furcht. Wie hatte er deinen Namen herausgebracht? Was hatte er vor? Was tat er jetzt? Ich wußte, daß er mich mit seiner Geschichte von der bevorstehenden Reise belog, weil seine Stimme einen vertrauten drohenden Tonfall gehabt hatte. In dieser Stimmung war er zu allem fähig. Er lief nicht von mir weg, wenn er mich beherrschen wollte.

Wieder in meinem Zimmer, setzte ich mich auf die Bettkante und versuchte zur Ruhe zu kommen. Es fehlten nur noch zwei Stunden, bis ich dich treffen wollte, und Niall war es gelungen, dich aus meinen Gedanken zu vertreiben. Ich verabscheute seine Klugheit: er wußte, daß ich ihm irgendwie die Stirn bieten würde, aber dieses scheinbare Nachgeben war eine ausgeklügelte neue Taktik. Ich dachte an ihn, nicht an dich.

An Weiterarbeit war nicht zu denken, also duschte ich und zog mich um, darauf verbrachte ich eine Weile mit dem Aufräumen meines Zimmers. Ich aß nichts, weil Nialls Anruf mir den Appetit verdorben hatte.

Viel zu früh machte ich mich auf den Weg nach Highgate und ging schnell, um die nervöse Energie in mir abzuarbeiten. Als ich in die Nähe meines Zieles kam, fing ich an zu bummeln, sah mir Schaufenster an und blickte umher, ohne etwas zu sehen. Ich war unsichtbar, sparte mich für später auf. Ich versuchte mich auf dich zu konzentrieren, an dein Aussehen zu erinnern, das Gefühl von Erregung in mir wiederzubeleben, das über mich gekommen war, als ich dich gesehen hatte. Ich war in meinem Innersten davon überzeugt, daß dies das Ende meiner Beziehung zu Niall sein würde, und wenn ich auch nichts von dir wußte, so waren das Risiko und die Neuartigkeit der Vergangenheit in jedem Fall vorzuziehen.

Nach acht Uhr machte ich mich sichtbar und ging in das Lokal, wo wir uns gesehen hatten. Du warst nicht da. Ich kaufte ein Helles, setzte mich dann allein an einen der Tische. Weil es ein Werktag war und noch relativ früh, war die Gaststube weniger als halb besetzt. Ich ließ mich in Unsichtbarkeit sinken.

Du kamst ein paar Minuten später; ich sah dich hereinkommen, umherschauen und dann zur Theke gehen. Zuerst fiel mir auf, wie normal du aussahst, genauso wie ich mich an dich erinnerte. Ich wurde sichtbar und wartete, daß du mich bemerktest.

Niall war vergessen.

Du kamst herüber, lächelnd, und standest am Tisch.

»Kann ich Ihnen noch etwas bringen?« sagtest du.

»Nein danke. Im Moment nicht.«

Du setztest dich mir gegenüber an den Tisch. »Ich fragte mich, ob Sie hier sein würden.«

»Ich kann mir nicht gut vorstellen, was Sie gedacht haben müssen«, sagte ich. »Es ist sonst nicht meine Art, fremde Männer in Lokalen anzusprechen.«

»Das ist schon in Ordnung«, sagtest du. »Ich denke mir nichts ...«

»Sehen Sie, ich bildete mir ein, Sie zu kennen.« Ich wollte meine Erklärung loswerden, die einzige, die ich hatte erfinden können. »Sie sehen jemandem ähnlich, den ich kannte, aber nachdem ich mit Ihnen gesprochen hatte, wußte ich, daß ich mich geirrt hatte, und es war mir sehr peinlich; ich hatte keine Ahnung, was ich als nächstes sagen sollte.«

Es hörte sich lahm an, aber du lächeltest noch immer.

»Erklären Sie nichts mehr. Ich war froh, Sie kennenzulernen.«

Ich errötete in der Erinnerung an meine plumpe Annäherung. Wir sprachen eine Weile über den mythischen Freund, dem du angeblich ähneltest, und dann machten wir uns endlich bekannt. Ich war zugleich erfreut und irritiert, als ich erfuhr, daß Niall deinen Namen richtig angegeben hatte. Ich sagte dir, daß man mich Sue nenne; alle, die ich bisher gekannt hatte, nannten mich Susan, aber mir gefiel die Idee, für jemanden, den ich neu kennengelernt hatte, Sue zu werden.

Wir tranken noch etwas und sprachen über die Dinge, die normale Leute zu diskutieren pflegen, wenn sie einander kennenlernen: wovon wir lebten, wo wir wohnten, Orte, die wir beide kannten, mögliche gemeinsame Freunde, Anekdoten über uns selbst. Du sprachst freimütig über die Frau, mit der du bei deinem letzten Besuch zusammengewesen warst: daß sie Annette heiße, daß sie eine Gelegenheitsfreundin sei, daß sie für einen Monat verreist sei, Verwandte zu besuchen. Ich sagte nichts von Niall.

Du schlugst eine Mahlzeit vor, und wir gingen über die Straße zu einem indonesischen Restaurant. Ich hatte Hunger und war froh über die Idee. Du schienst mich zu mögen, und ich fing an, mir für den Fall, daß ich zu eifrig wäre, Sorgen zu machen. Ich wußte, daß ich mich kühler zeigen und eine gewisse Distanz wahren sollte, um dein Interesse wachzuhalten; ich hatte in Zeitschriften darüber gelesen! Aber ich war aufgeregt. Ich fand dich angenehmer, als ich zu hoffen gewagt hatte, und das hatte nicht nur mit dem Reiz des Neuen zu tun. Während unseres Zusammenseins war ich mir ständig deiner Wolke bewußt, deren Berührung mit meiner belebend wie Sekt auf mich wirkte. Ich bezog Kraft daraus und hielt mich ohne jede Anstrengung sichtbar. Wie leicht es war, sich mit dir zu entspannen und normal zu sein! Abgesehen davon fand ich dich amüsant, intelligent, interessant. Als du vom Tisch aufstandest, um zur Toilette zu gehen, mußte ich die Augen schließen, ruhig atmen und mich zwingen, nichts zu überstürzen. Ich versuchte mir vorzustellen, wie du mich sehen mußtest, und ich wollte keinesfalls allzu interessiert oder gar schwärmerisch erscheinen. Ich war mir schmerzlich bewußt, wie unerfahren ich war: siebenundzwanzig, und in Fragen der Normalität noch immer eine Jungfrau!

Nach der Mahlzeit teilten wir die Kosten gewissenhaft auf. Ich fragte mich, was nun geschehen werde. Aus meinem beschränkten Gesichtskreis gesehen, warst du ein Mann von Welt, der beiläufig von früheren Freundinnen sprach, von Reisen in die Vereinigten Staaten, nach Australien und Afrika, von Bindungslosigkeit und der Absicht, dich keinesfalls häuslich niederzulassen. Nahmst du es für selbstverständlich, daß wir miteinander schlafen würden? Was würdest du von mir denken, wenn wir es nicht täten? Was würdest du von mir denken, wenn wir es täten?

Wir gingen zu deinem Wagen, und du machtest dich erbötig, mich nach Haus zu fahren. Ich blieb still und beobachtete deine Fahrweise, dachte bei mir, wie selbstsicher du seist. Niall war so ganz anders, und ich auch.

Vor meinem Haus schaltetest du die Zündung aus, und schienst einen Augenblick nahe daran, zu fragen, ob ich dich nicht hineinbitten wolle. Dann sagtest du: »Kann ich Sie wiedersehen?«

Ich konnte ein Lächeln nicht unterdrücken, als ich die unbewußte Ironie der Frage hörte. Das war es, was ich nach den Jahren mit Niall so erfrischend fand: all deine Annahmen über mich waren ganz neu. Du sahst mich lächeln, aber natürlich konnte ich es nicht erklären. Wir saßen mehrere Minuten im dunklen Wagen und verabredeten uns für den Samstagabend. Ich verspürte immer stärker den Wunsch, dich auf ein Glas hereinzubitten, das Zusammensein zu verlängern, befürchtete aber, du könntest meiner überdrüssig werden. Wir trennten uns mit einem flüchtigen Kuß.

8

In dieser Woche lastete eine Hitzewelle auf London, die es schwierig machte, sich auf die Arbeit zu konzentrieren. Der Anreiz zur Arbeit ließ im Sommer ohnehin nach, da viele der Firmen, mit denen ich zu tun hatte, ihre Aktivitäten während der Urlaubszeit einschränkten, und heiße Witterung machte mich immer unruhig und unfähig zur Konzentration. Überdies betont strahlender Sonnenschein die London innewohnende Schäbigkeit, die alten Gebäude mit ihren Rissen und ihrem abfallenden Putz. Ich mochte die Stadt unter einer grauen Wolkendecke, wenn die engen, verstopften Straßen eingeschlossen waren von dunklem Stein und niedrigen Dächern, wenn regnerischer Dunst alle Konturen erweichte. Der Sommer erzeugte eine Rastlosigkeit in mir, immer dachte ich, wie gern ich an einem Strand wäre, oder in der kühlen Luft der Berge.

Nun hatte ich dich als zusätzliche Ablenkung. Am Morgen nach unserer Verabredung lag ich in meinem Bett, sann zufrieden über unser Beisammensein nach und blickte durch das Fenster zu den Zweigen der Büsche und Bäume in den benachbarten Gärten. Es war in Ordnung, daß ich mich diesen Träumereien hingab, wenn du nicht da warst. Ich wußte, daß ich mich wie eine Halbwüchsige benahm, aber ich war glücklich. Niall hatte mich nie glücklich gemacht.

Die drei Tage vergingen wieder langsam, und ich hatte reichlich Zeit, mich in meine Phantasien zu verlieren. Ich machte mir Gedanken, wie ich den Eindruck vermeiden könnte, ich sei allzu scharf auf dich, und sorgte mich gleichzeitig, wie lange Niall Ruhe geben würde. Es war mir so wichtig, dich besser kennenzulernen, bevor er zurückkäme. Ich dachte an seine geheimnisvolle Reise nach Frankreich und fragte mich, ob er wirklich dort sei.

Als ich mich am Samstagabend zum Ausgehen fertigmachte, wurde ich ans Telefon gerufen. Es war Niall; natürlich war es Niall. Sein Talent, den ungünstigsten und störendsten Augenblick zu erspüren, war geradezu telepathisch. In weniger als einer halben Stunde wolltest du mich abholen.

»Wie kommst du zurecht, Susan?«

»Gut. Was willst du? Ich bin eben im Begriff, auszugehen.«

»Ja, das wird wieder Grey sein, nicht wahr?«

»Es spielt keine Rolle, was ich tue. Kannst du morgen wieder anrufen?«

»Ich möchte jetzt mit dir sprechen. Es ist ein Ferngespräch.«

»Es paßt jetzt nicht«, sagte ich. Seine Stimme drang klar und laut aus dem Hörer, was mich argwöhnisch machte. Es war nichts von den üblichen leisen elektronischen Geräuschen in der Leitung, das Gefühl der zwischenliegenden Distanz. Er hörte sich an, als ob er in London wäre.

»Das ist mir gleich«, sagte er. »Ich bin einsam, und ich möchte dich sehen.«

»Ich dachte, du seist mit Freunden zusammen. Wo bist du?«

»In Frankreich. Ich sagte es dir.«

»Du hörst dich sehr nahe an.«

»Wir haben eine gute Verbindung. Susan, es war ein Fehler von mir, diese Reise ohne dich zu machen. Kannst du nicht nachkommen?«

»Unmöglich. Ich habe eine Menge Arbeit.«

»Du sagst immer, im Sommer sei es nicht viel.«

»Diesmal ist es anders. Nächste Woche habe ich einen Haufen Zeug abzuliefern.«

»Warum gehst du dann heute abend aus? Die Reise würde nicht lange dauern, und du brauchtest nicht länger als ein paar Tage zu bleiben.«

»Ich kann es mir nicht leisten«, sagte ich. »Ich habe kein Geld mehr.«

»Du brauchst kein Geld, um zu reisen. Nimm den nächsten Zug.«

»Niall, das ist lächerlich! Ich kann nicht einfach alles liegen und stehen lassen!«

»Aber ich *brauche* dich, Susan!«

Auf einmal war ich weniger sicher, daß er mich belog. Nialls Anfälle von Selbstmitleid und Einsamkeit waren nicht ohne realen Hintergrund. Wenn er wirklich in London wäre, wie ich noch immer halb argwöhnte, würde er die Vorspiegelung seiner Abwesenheit aufgeben und zu mir kommen. Ich kam mir hart und gefühllos vor, das Selbstmitleid in seiner Stimme zu hören, weil es ein offener Appell an meine bessere Natur war, ein Appell, der in der Vergangenheit gewöhnlich gewirkt hatte. Aber ich wünschte, er würde mich in Ruhe lassen! Wieder starrte ich auf die Notizzettel an der Wand beim Telefon; dieselben Botschaften standen da, unbeantwortet.

»Ich kann jetzt nicht darüber nachdenken«, sagte ich. »Ruf mich morgen wieder an!«

»Meinst du, ich wüßte nicht, was du vorhast? Du bist mit Grey, nicht wahr?«

»Nein, bin ich nicht.« Die Wahrheit war vorläufig, aber es war trotzdem eine Wahrheit.

»Nun, du wirst ihn treffen. Ich weiß, was du tust.«

Ich sagte nichts und wandte mich von der Wand und dem Telefon weg, und das spiralige Kabel des Hörers spannte sich über meine Kehle. Ein Telefongespräch hat eine doppelbödige Qualität, da kein Sprecher den anderen sehen kann. Ich versuchte mir vorzustellen, wo Niall war: ein halbdunkler Raum in einem südfranzösischen Landhaus, geschlossene Läden, nackte gebohnerte Dielenbretter, verschiedene Stimmen in einem anderen Zimmer, Blumenduft und Sonnenschein von draußen. Oder irgendein Haus in London, in das er eingebrochen war, um das Telefon zu benutzen? Seine Stimme klang so nahe, daß es mir unmöglich war, seiner Behauptung, er sei in Frankreich, Glauben zu schenken. Wenn er wollte, daß ich ihn besuchte, warum sagte er nicht, wo er war? Wenn er von Eifersucht geplagt wurde, warum war er abgereist und hatte mich verlassen?

Er setzte mich noch immer unter Druck, es war nur eine neue Methode.

»Warum sagst du nichts?« fragte er.

»Ich habe nichts zu sagen, was du gern hören würdest.«

»Ich verlange nur, daß du mich für ein paar Tage besuchst.«

»Du mischst dich ein«, sagte ich, »weil du weißt, daß ich einen anderen kennengelernt habe. Wenn du es genau wissen willst, ich gehe heute abend mit Richard aus.«

Niall legte ohne ein weiteres Wort auf. Es knackte, die Verbindung war unterbrochen, dann hörte ich einen dünnen Pfeifton. Ich stand da, den Hörer in der Hand, noch verstrickt in das Kabel, und lauschte dem Ton. Das hatte mir noch nie jemand angetan, und die Wirkung war entsprechend. Ich war zornig, gedemütigt, reuig und beunruhigt zugleich. Hätte ich seine Telefonnummer gewußt, wäre ich imstande gewesen, sofort zurückzurufen.

Ein paar Minuten später kamst du, und ich war noch immer aufgeregt durch den Anruf. Es war eine Erleichterung, daß wir uns noch nicht gut kannten, denn so war es mir möglich, meine Nervosität vor dir zu verbergen. Wir gingen ins Kino und anschließend zu einem späten Abendessen ins Restaurant. Als du mich nach Hause fuhrst, lud ich dich ein, und wir blieben noch lange beisammen und sprachen, und am Ende waren unsere Küsse anhaltend und intim, aber wir schliefen nicht miteinander. Bevor du gingst, verabredeten wir uns zu einem Spaziergang am folgenden Nachmittag.

Anderntags, als ich auf dich wartete, machte mir eine

wachsende Nervosität zu schaffen. Ich hatte sie schon am Morgen verspürt und versucht, sie durch Nichtbeachtung abzuschütteln. Kurz vor deiner Ankunft konnte ich mich vor innerer Spannung kaum ruhig halten, denn ich wußte, daß Niall anrufen würde.

Als das Telefon läutete, war ich beinahe erleichtert. Ich rannte hinaus, bevor jemand anders an den Apparat gehen konnte, und nahm den Hörer ab. Wie konnte er es wissen?

Dieser Anruf war anders als der vorangegangene. Niall war in einer bedrückten Stimmung oder hörte sich zumindest so an. Er entschuldigte sich, daß er am Vortag aufgelegt hatte, und sagte, er sei aufgeregt gewesen.

»Als ich dich mit Grey in dem Lokal sah, wußte ich, daß du ihn mir vorzogst. Ich mußte fort. Es war mir die ganze Zeit klar gewesen, daß dies eines Tages geschehen würde.«

Seine Stimme war deutlich und nahe, als ob er im Nebenhaus wäre. Ich zitterte.

»Ich möchte ein normales Leben führen«, sagte ich. »Du weißt das.«

»Ja, aber warum tust du mir *dies* an?«

»Richard ist bloß ein Freund.« Das war eine Lüge, denn du warst bereits mehr als das. So pervers es klingen mag, ich wollte, daß Niall in Zorn geriete, weil das einfacher sein würde.

»Nun, wenn er dir nicht wichtig ist, komm und besuch mich!«

»Ich werde es mir durch den Kopf gehen lassen«, sagte ich und überlegte, daß ich, wenn ich den Anschein erweckte, auf ihn einzugehen, herausbringen würde, was er tat. »Ich weiß ja nicht einmal, wo du bist.«

»Versprichst du, daß du mich besuchen wirst, wenn ich es dir sage?«

»Ich sagte, ich werde es mir durch den Kopf gehen lassen.«

»Bloß ein paar Tage, damit wir zusammen sein können.«

»Dann erzähl mir, wo du bist! Nein, warte ...«

Die Türglocke hatte geläutet, und durch die Milchglasscheibe in der Wohnungstür konnte ich deinen Umriß sehen. Ich ließ den Hörer am Kabel baumeln und öffnete. Ich erklärte dir, daß ich mitten in einem Telefongespräch sei, und führte dich in mein Zimmer. Dann schloß ich die Tür, um sicherzugehen, daß du nicht mithören konntest, und hielt zusätzlich die hohle Hand über den Schalltrichter.

»Sprich weiter, Niall!«

»Er ist da, nicht wahr?«

»Sag mir, wo du bist!«

Er fing mit ausführlichen Instruktionen an, die ich kaum mitbekam: mit dem Zug nach Marseille, mit einem Bus die Küste entlang zum Dorf St. Raphaël, ein weiß getünchtes Haus. Ich dachte bei mir, das ist eine Lüge, daß er das alles erfinde und in Wirklichkeit irgendwo in der Nähe sei und mich beobachte, von einem Haus gegenüber, wo er am Fenster stand und dich eintreffen sah, und daß er mir bei jeder unserer Verabredungen gefolgt sei. Wie sonst war zu erklären, daß er kurz vor unserem verabredeten Termin anrief?

Ich ließ ihn ausreden, dann sagte ich: »Warum sagst du mir das alles, Niall?«

»Ich möchte dich sehen. Wann kannst du fahren? Morgen?«

»Ich muß jetzt Schluß machen.«

»Noch nicht!«

»Ich muß! Wiedersehen, Niall.«

Ich legte auf, bevor er etwas entgegnen konnte. Meine Hand zitterte, denn ich war überzeugt, daß er sich in London aufhielt und daß seine Geschichte über einen Aufenthalt in Frankreich erfunden war. Wahrscheinlich wußte er, daß ich es vermutete, aber wir hielten beide die Fiktion aufrecht. Was hatte er vor?

Ich war zu aufgeregt, um gleich zu dir ins Zimmer zu gehen, und so blieb ich noch ein paar Augenblicke im Korridor, lehnte an der Wohnungstür und versuchte zur Ruhe zu kommen. Draußen bewegte sich etwas, ungewiß und verschwommen hinter dem durchscheinenden Milchglas. Ich schrak zusammen und zog mich zurück. Ich glaube, es war nur jemand, der vorbeiging, dachte aber an dich, und daß du nur ein paar Meter entfernt in meinem Zimmer wartetest. Ich wollte nichts als bei dir sein, aber Niall drängte sich bei jedem Schritt dazwischen. Er mußte unsere Verabredung kennen! Wieder erneuerte sich der schreckliche Argwohn, daß Niall einen Grad von Unsichtbarkeit erreichen könne, der sich sogar meiner Wahrnehmung entzog. Er konnte bei jedem Augenblick unseres Zusammenseins um uns sein!

Die Vorstellung, daß er solcher Winkelzüge fähig sei, war geeignet, mich um den Verstand zu bringen.

Aber wie anders war es zu erklären? Ich stand allein im kahlen Korridor, sammelte Mut, um zu dir ins Zimmer zu gehen, und fragte mich nicht zum ersten Mal, ob Unsichtbarkeit an sich nicht eine Form von Wahnsinn sei. Niall hatte sie einmal als die Unfähigkeit beschrieben, an sich selbst zu glauben, ein Versagen der Identität. Die Unsichtbaren führten ein unnatürliches und verrücktes Leben, geprägt von Phobien und Neurosen, paranoid in ihrem Verhalten, parasitisch an der Gesellschaft. Ihre Wahrnehmung der wirklichen Welt war verzerrt, was der klassischen Definition von Geistesgestörtheit entsprach. Wenn es sich so verhielt, dann war mein Verlangen nach Normalität eine Suche nach geistiger Gesundheit, nach Selbstvertrauen und einem gesunden Identitätsgefühl. Nialls Macht über mich war das verzweifelte Anklammern eines Wahnsinnigen, der einen Mitinsassen der Anstalt die Tür in die Freiheit öffnen sieht, aber weiß, daß er nicht folgen kann.

Um zu entkommen, mußte ich den Wahnsinn hinter

mich bringen. Nicht nur mich selbst heilen, sondern meine ganze Betrachtungsweise der unsichtbaren Welt ändern. Solange Niall mich glauben machen konnte, daß er mich verfolgte, behielt er mich in seiner Gewalt.

Meine einzige Hoffnung an Normalität bestand darin, daß ich ihm nicht glaubte.

Du standest am Fenster meines Zimmers und schautest hinaus zu dem sichtbaren Teil des verwachsenen Gartens. Sobald ich eintrat, drehtest du dich um und kamst lächelnd auf mich zu, um mich zu küssen.

»Tut mir leid«, sagte ich. »Bloß eine Freundin.«

»Du siehst etwas blaß aus. Ist alles in Ordnung?«

»Ich brauche frische Luft. Wohin wollen wir gehen?«

»Wie wäre es mit der Heide?«

Ich machte einen gewohnheitsmäßig oberflächlichen Versuch, das Zimmer aufzuräumen, da ich sah, daß ich einen Haufen schmutziger Kleidung am Boden liegengelassen hatte und daß halbfertige Arbeit über meinen Tisch verstreut lag, dann nahm ich meine Handtasche, und wir fuhren nach Hampstead. Es war wieder ein heißer Nachmittag, und überall im Park von Hampstead Heath waren Spaziergänger, die sich des unzuverlässigen Londoner Sommers erfreuten. Wir schlenderten den ganzen Nachmittag Arm in Arm umher, plauderten und sahen die anderen Leute an, tauschten zuweilen Küsse aus. Ich war glücklich mit dir.

Am Abend fuhren wir zu deiner Wohnung, und dort schliefen wir zum ersten Mal miteinander. Ich fühlte mich in deiner Wohnung sicher, glaubte, daß Niall sie nicht finden könne, und so war ich entspannter und ungezwungener als sonst. Draußen entlud sich ein Sommergewitter, während wir im Bett waren, und wir lagen in der Schwüle des Abends bei offenen Fenstern, während der Donner über die Dächer rollte. Es war ein köstliches Gefühl, erhöht noch durch den Reiz des Verbotenen, an dich geschmiegt im Bett zu liegen und dem Donnergrollen zu lauschen.

9

Du zogst dich an und gingst fort, um in einem griechischen Lokal zwei Portionen zum Mitnehmen zu holen, und als du wiederkamst, zog ich deinen Morgenmantel über, und wir setzten uns nebeneinander aufs Bett und kauten unser Kebab. Ich war sehr glücklich.

Dann sagtest du: »Hast du zur Zeit viel Arbeit?«

»Eigentlich nicht. Genau genommen, liegt kaum etwas vor. Alles ist in Urlaub.«

»Bei mir herrscht auch gerade Flaute. Eigentlich wollte ich den Sommer über faulenzen, aber es wird mir langweilig. Und zur Zeit ist es schwierig, als Freiberuflicher Arbeit zu finden.« Du hattest mir früher schon erzählt, warum du deine feste Anstellung aufgegeben hattest. Du sagtest: »Es gibt da etwas, das ich immer schon tun wollte, eine Idee für einen Film, die ich hatte. Ich glaube nicht, daß viel dabei herauskommen wird, weil es eigentlich nur ein Vorwand für eine Reise ist. Ich fragte mich, ob du gern mit mir fahren würdest?«

»Eine Reise?« fragte ich. »Wann?«

»Wann du willst. Wir könnten jederzeit fahren, wenn du nicht zu beschäftigt bist.«

»Aber wohin würden wir fahren?«

»Nun, das ist die Idee für den Film. Habe ich dir von meinen Postkarten erzählt?«

Ich verneinte.

»Ich werde sie dir zeigen.« Du standest auf und gingst in den Raum, den du dein Arbeitszimmer nanntest, und nach wenigen Augenblicken kamst du mit einem alten Schuhkarton zurück. »Ich bin nicht wirklich ein Sammler ... ich horte bloß. Die meisten davon habe ich vor einem oder zwei Jahren gekauft, und seitdem sind ein paar hinzugekommen. Alle aus der Vorkriegszeit. Manche sogar aus dem vorigen Jahrhundert.«

Wir zogen ein paar Ansichtskarten heraus und breiteten sie auf dem Bett aus. Sie waren nach Ländern und

Städten sortiert, mit sauberen Unterteilungen und Etiketten für jeden Abschnitt. Ungefähr die Hälfte der Karten waren aus dem Inland, und sie waren unsortiert. Die anderen stammten aus Deutschland, der Schweiz, Frankreich, Italien, ein paar aus Belgien und Holland. Fast alle waren schwarzweiß, oder sepiagefärbt. Manche waren rückseitig beschrieben, konventionelle Feriengrüße von Urlaubern an Leute zu Hause.

»Ich habe oft gedacht, daß ich gern einige dieser Orte aufsuchen würde, um die Standorte der damaligen Fotografen zu suchen und die Ansichten, wie sie sich heute dem Auge bieten, mit diesen alten Aufnahmen zu vergleichen und zu sehen, wie Städte und Gegenden sich in einem halben Jahrhundert verändern. Wie gesagt, es könnte das Rohmaterial für einen späteren Film abgeben, aber im Grunde möchte ich nur einmal hinfahren und die Ansichten vergleichen. Wie denkst du darüber?«

Die Ansichtskarten waren faszinierend. Gefrorene Augenblicke eines verlorenen Zeitalters: Stadtzentren beinahe frei von Autoverkehr, Feriengäste in Knickerbockern auf ausländischen Strandpromenaden, Kathedralen und Spielkasinos, Strände mit Badegästen in züchtigen Badeanzügen, Spaziergänger in Strohhüten, Gebirgslandschaften mit Zahnradbahnen, Schlösser und Museen und weite verlassene Plätze.

»Du willst all diese Orte aufsuchen?« fragte ich.

»Nein, bloß ein paar. Ich dachte, ich würde mich auf Frankreich konzentrieren, den Süden. Von dort habe ich viele Karten.« Du nahmst mir ein paar Postkarten aus der Hand. »Tatsächlich ist die Riviera erst nach dem Krieg intensiv für den Fremdenverkehr entwickelt worden. Die meisten dieser Karten zeigen die Orte, wie sie vorher waren.«

Du sichtestest die Karten, zogst ein paar Beispiele heraus, um sie mir zu zeigen. Ich sah bekannte Namen, unbekannte Ansichten. Ein paar Karten zeigten die Küste bei St. Raphaël. Es war eine seltsame Koinzidenz, und meine Furcht vor Niall brach plötzlich über mich herein.

»Könnten wir nicht anderswohin fahren, Richard?«

»Natürlich. Aber am liebsten würde ich dorthin fahren.«

»Nicht Frankreich ... ich mag nicht nach Frankreich.«

Du schautest so enttäuscht drein, auf die ringsum ausgebreiteten Karten.

Ich sagte: »Wie ist es mit den anderen Ländern? Der Schweiz, zum Beispiel?«

»Nein, es muß Südfrankreich sein. Nun, wir könnten es fallen lassen.«

Ich sah mich die gleichen Vorwände und Entschuldigungen auftischen, die ich bei Niall gebraucht hatte. Hastig sagte ich: »Ich würde gern mitfahren, wirklich. Aber im Augenblick bin ich pleite.«

»Wir könnten mit meinem Wagen fahren ... Ich könnte für alles bezahlen. Es geht mir nicht schlecht.«

»Ich habe keinen Reisepaß.«

»Wir könnten dir einen Besucherpaß besorgen. Die kann man ohne Wartezeit bekommen.«

»Nein, Richard. Tut mir leid.«

Du machtest dich daran, die Postkarten einzusammeln und wieder zu sortieren. »Es gibt einen anderen Grund, nicht?«

»Ja.« Ich konnte dich nicht ansehen. »Die Wahrheit ist, daß es jemanden gibt, den ich kenne, jemanden, den ich nicht sehen will. Er ist zur Zeit in Frankreich. Ich glaube es jedenfalls, und ...«

»Ist das der Freund, den niemals zu erwähnen du so angestrengt bemüht warst?«

»Ja. Woher weißt du?«

»Ich nahm immer an, daß es einen anderen geben müsse.« Die Postkarten waren wieder eingeordnet im Schuhkarton. »Siehst du ihn immer noch?«

Wieder deine unbewußt ironische Wortwahl. Ich begann dir von Niall zu erzählen, versuchte die Wirklichkeit in Begriffe zu übertragen, die dir einleuchten würden. Ich beschrieb ihn als einen langjährigen Liebhaber, einen, den ich seit meiner Jugend gekannt habe, sagte, daß wir uns einander entfremdet hätten, er aber nicht loslassen wolle. Ich charakterisierte ihn als besitzgierig, kindisch, heftig, manipulativ; Niall war alles das, aber es war natürlich nur ein Teil seiner Persönlichkeit.

Wir diskutierten das Problem eine Weile, du machtest mich vernünftig auf die Unwahrscheinlichkeit aufmerksam, daß wir ihn treffen würden, und selbst wenn es dazu käme, würde Niall durch unser Beisammensein gezwungen, sich damit abzufinden, daß ich ihn verlassen hätte. Ich war unerbittlich, sagte, daß du dir nicht vorstellen könntest, welchen Einfluß er auf mich gehabt habe. Ich wolle jedes Risiko einer Begegnung mit ihm vermeiden.

Noch als ich dies sagte, fielen mir meine Zweifel über Nialls tatsächlichen Aufenthaltsort ein, und ich überlegte, daß es nur eine Möglichkeit gebe, damit fertigzuwerden. Zu glauben, daß Niall anderswo als in St. Raphaël war, hieße den Wahnsinn akzeptieren.

»Aber wenn du mit ihm fertig bist«, sagtest du, »wird er sich früher oder später mit der Vorstellung abfinden müssen.«

»Später wäre mir lieber. Ich möchte mit *dir* zusammen sein. Wir könnten anderswohin fahren.«

»Einverstanden. Es war bloß ein Gedanke. Hast du Vorschläge?«

»Am liebsten wäre es mir, einfach eine Zeit aus London herauszukommen. Könnten wir uns nicht einfach in deinen Wagen setzen und irgendwohin fahren?«

»In England, meinst du?«

»Ich weiß, es hört sich sehr langweilig an ... aber ich habe manche Teile des Landes nie gesehen. Wir könnten eine Rundfahrt machen. Wales, oder die westlichen Grafschaften, auf eigene Faust.«

Der Austausch der französischen Riviera zugunsten Englands überraschte dich, aber wir einigten uns darauf. Als du die Karten in dein Arbeitszimmer zurückbrachtest, ging ich mit dir, besah die seltsame Sammlung von Filmausrüstungen, die du zusammengetragen hattest. Du schienst ein wenig verlegen und sagtest, sie würden nur Platz wegnehmen und Staub fangen, aber mir gaben sie einen Einblick in dein Leben vor unserer Bekanntschaft. Auch deine Preise waren im Arbeitszimmer, halb versteckt hinter einem Stapel Filmkassetten.

»Du hast nicht gesagt, daß du berühmt bist!« sagte ich, als ich den Prix Italia heruntergenommen und die Aufschrift gelesen hatte.

»Komm schon ... das war Glück.«

»›... extremer persönlicher Gefahr‹«, las ich. »Was war geschehen?«

»Das übliche, was Nachrichtenleute von Zeit zu Zeit ausbaden müssen.« Du nahmst mir die Trophäe aus der Hand und stelltest sie wieder aufs Regal, noch weiter außer Sicht. Wir gingen wieder ins Schlafzimmer. »Es war ein Aufruhr in Belfast. Der Tonaufzeichner war auch dabei. Es war nichts Besonderes.«

Ich war fasziniert. Plötzlich sah ich dich, wie ich dich zuvor nicht gesehen hatte: als einen Kameramann mit einem Ruf, einer Karriere, Preisen.

»Bitte erzähl mir davon!« sagte ich.

Du schautest unbehaglich drein. »Ich rede nicht oft darüber.«

»Nun, mir kannst du es erzählen.«

»Es war nichts weiter als ein Auftrag ... Wir alle übernahmen abwechselnd Reportageaufträge aus Nordirland. Man bekommt eine Zulage, weil es ziemlich schwierige Arbeit ist. Mir machen solche Dinge nicht viel aus. Filmen ist Filmen, und bei jedem Auftrag gibt es Probleme verschiedener Art. Nun, am Tag hatte es einen Marsch der Protestanten gegeben, den wir gefilmt hatten, und am Abend waren wir wieder im Hotel und tranken ein paar Gläser. Da erreichte uns die Nachricht, daß die Armee eingreifen würde, um ein paar Burschen festzunehmen, die in der Falls Road Steine warfen. Wir sprachen darüber, ob wir hingehen sollten, wir waren alle müde, aber zuletzt beschlossen wir hinzugehen und uns die Sache anzusehen. Ich legte hochempfindlichen Nachtfilm in die Kamera ein, und wir ließen uns von einem Militärwagen mitnehmen. Als wir ankamen, sah es nicht nach etwas Besonderem aus ... ungefähr fünfzig junge Burschen, die Flaschen, Steine und anderes Zeug schleuderten. Wir waren hinter den Soldaten, ziemlich gut abgeschirmt, und es schien nicht viel zu passieren. Diese Dinge flauen im allgemeinen um Mitternacht ab. Aber dann wurde es plötzlich schlimmer. Ein paar Benzinbomben wurden geworfen, und es war offensichtlich, daß einige ältere Männer sich beteiligten. Das Militär feuerte Plastikgeschosse, um die Zusammenrottung aufzulösen. Statt sich zu zerstreuen, warfen die jungen Burschen weiter mit Steinen und Benzinbomben. Ein paar Panzerwagen wurden herbeigerufen, und die Soldaten griffen an. Willie und ich – Willie machte die Tonaufzeichnung – gingen mit ihnen vor, weil hinter der Truppe gewöhnlich der sicherste Platz ist. Wir liefen ungefähr hundert Schritte und direkt in eine Art Hinterhalt. In den Häusern zu beiden Seiten waren Heckenschützen verschanzt, und in einer der Seitenstraßen wartete ein ganzer Trupp mit Benzinbomben und Steinen. Alles ging drunter und drüber. Willie und ich wurden von dem Reporter getrennt und sahen ihn erst später wieder. Die Soldaten rannten in alle Richtungen, und ringsum platzten die Benzinbomben. Ich nehme an, ich ließ mich von den Ereignissen ein bißchen fortreißen und filmte weiter ... mittendrin. Nichts traf uns, aber ein paar Kugeln pfiffen ziemlich nahe vorbei. Wir gerieten unter die Leute, die Steine und Benzinbomben auf die Soldaten warfen, und in der Hitze des Gefechts schienen sie uns gar nicht zu bemerken. Dann feuerten die Soldaten wieder mit Plastikgeschossen, und diesmal waren wir unter denen, die es abkriegen sollten. Nun, schließlich kamen wir ungeschoren davon, aber das Filmmaterial war recht gut.«

Du grinstest, versuchtest die Geschichte zu verharmlosen. Mir fiel ein, daß ich irgendwo von dem Zwischenfall gehört haben könnte, einer weiteren schrecklichen Nacht in Nordirland.

»Als du dort warst und filmtest«, sagte ich, »wie kam es dir vor?«

»Ich kann mich jetzt nicht an viele Einzelheiten erinnern. Es geschah einfach.«

»Du sagtest, du wurdest fortgerissen. Was meinst du damit?«

»Es war wie fliegen mit dem Autopiloten. Ich filmte weiter und achtete nicht allzusehr darauf, was um uns vorging.«

»Warst du aufgeregt?«

»Das nehme ich an.«

»Und die Leute bemerkten dich nicht?«

»Eigentlich nicht, nein.«

Ich sagte nicht mehr, aber ich wußte, was geschehen war. Ich konnte es vor mir sehen: du und dein Kollege, verbunden durch die Filmausrüstung, mitten im dicksten Getümmel, geduckt da und dorthin rennend, nach dem Instinkt filmend. Du sagtest, du hättest vorher ein paar Gläser getrunken, seist müde gewesen, und niemand schien euch zu bemerken. Ich konnte es nachempfinden, mir genau vorstellen, wie du gefühlt hattest. Während dieser wenigen Minuten hatte deine Wolke sich um dich und den anderen Mann verdichtet und hatte euch unsichtbar durch die Gefahr gebracht.

10

Wir blieben noch drei Tage in London, angeblich, um Arbeiten zum Abschluß zu bringen und den Urlaub vorzubereiten, tatsächlich aber, um einander besser kennenzulernen und viel Zeit im Bett zu verbringen. Deine Junggesellenexistenz weckte häusliche Empfindungen in mir. Wir sprachen davon, deine Wohnung zu renovieren, ich überredete dich, eine Menge Haushaltswaren und Kochgeschirr zu kaufen, und als Geschenk gab ich dir eine große Zimmerpflanze für dein Wohnzimmer. Du schienst von alledem verwirrt, aber ich hatte mich nie glückseliger gefühlt.

Wir verließen London am Donnerstagmorgen auf der Autobahn M 1 nach Norden, ohne eine bestimmte Route geplant zu haben, nur mit dem gemeinsamen Wunsch, miteinander allein zu sein.

Ich war noch immer nervös und besorgt, daß Niall irgendwo in der Nähe sein möchte, trotz meines mir selbst eingeredeten Glaubens, daß er in Frankreich sei. Erst als wir in deinem Wagen unterwegs waren, fühlte ich mich endlich sicher vor ihm.

Die erste Nacht verbrachten wir in einem kleinen Hotel in Lancaster, nahe der Universität. Wir ruhten von der langen Fahrt aus, waren glücklich und freuten uns auf den gemeinsamen Urlaub. An diesem Abend schmiedeten wir Pläne für den nächsten Tag, an dem wir eine Rundfahrt durch den Lake District machen wollten.

Wir stellten fest, daß wir beide träge waren, wenn es um die Besichtigung von Sehenswürdigkeiten ging. Wir gaben uns damit zufrieden, daß wir zu einem Ort fuhren, einen kurzen Spaziergang unternahmen, vielleicht eine Mahlzeit oder ein Getränk zu uns nahmen, um dann anderswohin zu fahren. Ich ließ mich gern von dir fahren und fand deinen Wagen angenehm und bequem. Da wir unser Gepäck im Kofferraum hatten, waren die Rücksitze leer, und wir benutzten sie als Ablage für die Landkarten und Reiseführer, den für die Fahrt gekauften Proviant, eine Tüte Äpfel und Schokolade, und alle anderen Dinge, die sich im Laufe der Reise ansammelten.

Drei Tage lang durchkreuzten wir den Norden des Landes auf einer unregelmäßigen, vom Zufall und der Laune diktierten Route: von den Seen fuhren wir ins Bergland des nördlichen Yorkshire, machten dann einen kurzen Abstecher in das südliche Hochland Schottlands, bevor wir zur Nordostküste Englands zurückkehrten. Ich liebte die Gegensätze der Landschaften, die raschen Übergänge von der Ebene zum Hochland, von Industrieorten zu unberührter Landschaft. Wir verließen den Norden des Landes und fuhren die Ostküste südwärts. Du sagtest, du habest diesen Teil des Landes noch nicht gesehen, also war es uns beiden neu. Je länger wir in dieser Weise beisammen waren, desto stärker wurde meine innere Überzeugung, daß mein altes, unzulängliches Leben hinter mir lag. Ich fühlte mich sorglos, glücklich, verliebt und vor allem froh, daß ich mich endlich einem normalen Leben anpaßte.

Aber dann, am fünften Tag, kam es zur ersten Störung.

11

Wir waren in einem Dorf namens Blakeney an der Nordküste von Norfolk angelangt und wohnten in einer kleinen Privatpension in der schmalen Straße, die zur Küste hinabführte. Mir hatte das Aussehen des Dorfes von Anfang an nicht gefallen, aber wir waren den ganzen Tag gefahren und wollten nichts weiter als eine Bleibe für die Nacht. Wir hatten vor, am nächsten Tag Norwich zu besuchen. Die Pensionswirtin sagte uns, daß die Gastwirtschaften frühzeitig schlössen, und so machten wir uns nach nur kurzer Ruhepause in unserem Zimmer wieder auf, ohne unsere Koffer und Taschen auszupacken.

Als wir zurückkamen, waren meine sämtlichen Kleidungsstücke aus dem Koffer genommen und lagen säuberlich geordnet auf dem Bett. Jedes Kleidungsstück war sorgfältig zusammengelegt.

»Das muß die Wirtin gewesen sein«, sagtest du.

»Ich kann mir nicht denken, daß sie hereinkommen und unser Zeug auspacken würde.«

Ich ging hinunter, sie zu fragen, aber die unteren Räume lagen im Dunkeln, und ich vermutete, daß sie sich bereits zur Ruhe begeben hatte.

In der folgenden Nacht, die wir in einem Hotel in Norwich verbrachten, wurde ich in den ersten Morgenstunden von einem plötzlichen Schlag aus dem Schlaf gerissen. Du schliefst. Ich drehte mich zur Seite, um die Nachttischlampe einzuschalten, und als ich es tat, glitt etwas vom Kissen auf die Matratze. Es war hart und kalt. Ich fuhr im Bett auf und schreckte gleichzeitig vor dem Ding zurück, dann erreichte ich den Schalter und machte Licht. Was ich neben mir im Bett fand, war ein neues Stück Seife, offensichtlich unbenutzt, parfümiert und mit dem eingeprägten Markennamen. Du regtest dich, wachtest aber nicht auf. Ich stieg aus dem Bett und sah sofort das farbige Einwickelpapier. Es war sauber geöffnet, glattgestrichen und auf den Teppich gelegt worden. Ich kroch wieder ins Bett, schaltete das Licht aus, zog die Decke bis zum Kinn und schmiegte mich an dich. In dieser Nacht tat ich kein Auge mehr zu.

Am Morgen schlugst du eine Fahrt nach Westen vor, quer durch den breitesten Teil der Insel nach Wales. Ich war noch zutiefst aufgewühlt von dem Erlebnis der vergangenen Nacht und willigte ohne weiteres ein. Wir merkten, daß wir die Straßenkarte im Wagen gelassen hatten, und ich erbot mich, hinunterzugehen und sie zu holen.

Der Wagen war, wo wir ihn am Abend zuvor abgestellt hatten, auf dem Hotelparkplatz. Der Schlüssel steckte in der Zündung, und der Motor lief.

Mein erster Gedanke war, daß er die ganze Nacht gelaufen haben müsse, daß du die Zündung versehentlich nicht ausgeschaltet hättest, doch als ich die Türen öffnen wollte, war sie zugesperrt. Zitternd öffnete ich sie mit dem Schlüssel, den du mir gegeben hattest, und streckte die Hand nach dem anderen aus, der im Zündschloß steckte. Er war nagelneu, als sei er gerade erst angefertigt oder gestohlen worden.

Ich schleuderte ihn in das den Parkplatz umgebende Gebüsch, so weit ich konnte. Als ich wieder in unser Zimmer kam und dir die Straßenkarte gab, fragtest du mich, was los sei. Ich wußte nicht, was ich sagen sollte, also erzählte ich, daß meine Periode fällig sei, was auch zutraf, aber der wahre Grund war meine wachsende Furcht vor dem Unausweichlichen.

Während des Frühstücks blieb ich schweigsam, gefangen in meinen schreckerfüllten Erkenntnissen, und dabei blieb es, als wir die schnurgerade Landstraßen entlangfuhren, die das Marschland durchzogen.

Dann sagtest du: »Ich hätte gern einen Apfel. Haben wir noch welche?«

»Ich werde nachsehen«, brachte ich hervor.

Ich drehte mich in meinem Sitz gegen den Widerstand des Sicherheitsgurtes zur Seite, etwas, das ich in den letzten paar Tagen oft genug getan hatte, aber diesmal zitterte ich vor Angst.

Die Tüte mit den Äpfeln lag auf dem Rücksitz unmittelbar hinter dir. Alles andere war da, aufgehäuft auf dieser Seite: die Karten, dein Jackett, meine Tasche, der Einkaufsbeutel mit dem Proviant für unser Mittagspicknick. Alles war auf einer Seite der Rücksitze; jedesmal, wenn wir das Zeug hinter uns legten, taten wir es instinktiv dorthin und ließen den anderen Rücksitz frei.

Es war Raum für einen Passagier.

Ich zwang mich, zu diesem Platz zu schauen, hinter meinem Sitz. Die Polster waren leicht eingedrückt; sie trugen ein Gewicht.

Niall war mit uns im Wagen.

Ich sagte zu dir: »Kannst du anhalten, Richard?«

»Was ist los?«

»Bitte ... mir ist schlecht. Schnell!«

Du zogst den Wagen sofort an den Straßenrand und aufs Bankett. Kaum hielten wir, da krabbelte ich schon hinaus, deinen Apfel noch in der Hand. Ich wankte fort vom Wagen, taumelnd vor Schwäche und am ganzen Leibe zitternd. Die Straßenböschung stieg leicht zu einer niedrigen Hecke an, und jenseits davon erstreckte sich ein riesiges ebenes Getreidefeld. Ich beugte mich über die Hecke, fühlte die Dornen und Zweige durch meine Kleidung. Du hattest den Motor ausgeschaltet und kamst mir nachgeeilt. Ich fühlte deinen Arm um meine Schultern, aber ich bebte und schluchzte. Du machtest beschwichtigende Geräusche, die ich kaum wahrnahm, so tief war mir der Schrecken meiner Entdeckung in die Glieder gefahren. Noch als du mich bei den Schultern hieltest, beugte ich mich über die Hecke und erbrach mich.

Du brachtest Papiertaschentücher vom Wagen, und ich säuberte mich damit. Ich war von der Hecke zurückgetreten, brachte es aber nicht über mich, den Blick zum Wagen zu wenden.

»Was sollen wir tun, Sue? Möchtest du zu einem Arzt?«

»In ein paar Minuten wird es besser gehen. Es ist meine Periode. Manchmal wird mir schlecht dabei.« Ich konnte dir nicht die Wahrheit sagen. »Ich brauchte bloß etwas frische Luft.«

»Möchtest du hierbleiben?«

»Nein, wir können weiterfahren. In ein paar Minuten.«

Ich hatte Magnesiatabletten in der Handtasche, und

du brachtest sie mir. Mit ihrer Hilfe kam mein Magen zur Ruhe. Ich setzte mich ins trockene Gras, starrte blicklos in den Wiesenkerbel, der um und über mir im leichten Wind nickte, hörte Insektengesumm in der Hitze. Hinter uns brausten Wagen die Straße entlang; ihre Reifen machten saugende Geräusche auf dem weichen Teer. Ich konnte nicht um alles in der Welt zum Wagen hinschauen, weil ich wußte, daß Niall dort war.

Er mußte von Anfang an bei uns gewesen sein. Wahrscheinlich war er geblieben, um mitzuhören, was ich in dem Lokal zu dir sagte, war stummer Zeuge unserer ersten Verabredungen gewesen, hatte seit unserer Abfahrt in London im Wagen mit uns gesessen. Er war immer dabei gewesen, stumm hinter unserem Rücken, beobachtend und lauschend. Ich war niemals frei von ihm gewesen.

Ich begriff, daß er mich zum Handeln zwang. Wenn ich das ersehnte normale Leben erlangen wollte, mußte ich Niall endgültig hinter mich bringen. Ich konnte nicht zu dem unsteten, krankhaften Leben der Unsichtbaren zurückkehren. Niall wollte mich wieder hineinziehen; mit weniger gab er sich nicht zufrieden. Niall verkörperte das Schlimmste dieser Vergangenheit, die sich wie verzweifelt an mich klammerte.

Ich mußte gegen ihn ankämpfen. Nicht in diesem Augenblick – der Schock der Entdeckung war noch zu frisch –, und wahrscheinlich nicht allein. Ich würde deine Hilfe brauchen.

Ich blieb im Gras sitzen, während du neben mir kauertest. Noch vor wenigen Minuten wäre der Gedanke, zu Niall in den Wagen zu steigen, unerträglich gewesen, nun aber war mir klar, daß es der erste notwendige Schritt sein würde.

»Ich fühle mich ein wenig besser«, sagte ich. »Wollen wir weiterfahren?«

»Bist du sicher?«

Du halfst mir auf die Beine, und wir umarmten einander leicht. Ich sagte, daß es mir leid tue, ihm Ungelegenheiten zu bereiten, daß es aber nicht wieder vorkommen würde, und daß ich mich viel besser fühlen würde, sobald die Periode tatsächlich einsetzte ... aber über deine Schulter blickte ich zum Wagen. Gespiegeltes Sonnenlicht glänzte von der Fensterscheibe des Fonds.

Wir gingen zurück zum Wagen, nahmen unsere Plätze ein und schnallten uns an. Ich lauschte auf das Geräusch der rückwärtigen Wagentür, falls auch Niall während unseres Halts draußen gewesen war, aber ein Unsichtbarer kann eine Tür öffnen und schließen, ohne bemerkt zu werden.

Wieder auf der Straße, faßte ich mir ein Herz und wandte mich zum Rücksitz um. Ich wußte, daß er da war, fühlte die Gegenwart seiner Wolke ... aber es war unmöglich, ihn zu sehen. Ich konnte nur unser unordentliches Durcheinander von Straßenkarten, Proviant und Kleidungsstücken sehen, dahinter das rückwärtige Fenster und den Kofferraumdeckel, aber als ich den Kopf so weit wie möglich nach hinten drehte, um den Platz unmittelbar hinter mir zu sehen, fand mein Blick keinen Ruhepunkt und wurde abgelenkt. Da war sie, die ungesehene Gegenwart, die Andeutung von Gewicht, das in die Polster drückte. Danach blickte ich starr geradeaus und war mir ständig bewußt, daß er hinter mir saß, mich anschaute, dich anschaute.

12

Wir übernachteten in Great Malvern. Das Hotel stand in schöner Lage am Hang der Hügel und überblickte die Stadt. Zu unseren Füßen breitete sich das Tal von Evesham. Ich hatte den ganzen Tag nichts gesagt und getan, was Niall betraf, und statt dessen versucht, meine Prioritäten zu ordnen. Immer wieder kehrten meine Gedanken zurück zu dir, der du so plötzlich zu dem wichtigsten Menschen in meinem Leben geworden warst. Wie sollte ich es anstellen, dir von Niall zu erzählen? Und welche Zukunft würden wir haben, wenn er uns ständig folgte?

Ich gelangte zu der Entscheidung, daß ich mich so verhalten müsse, als ob Niall nicht da wäre, daß es galt, die Gedanken an ihn zu unterdrücken. Doch war es unmöglich, in der Praxis nach solch einer Entscheidung zu handeln: während des Abends, als wir über die Hügel wanderten und dann zum Essen in die Stadt fuhren, lenkte ich das Gespräch instinktiv von allen persönlichen Dingen ab. Es konnte dir nicht verborgen bleiben.

Später, als wir ins Hotelzimmer hinaufgingen, nahm ich dir den Zimmerschlüssel aus der Hand und öffnete selbst. Du gingst voraus, und ich folgte schnell, stieß die Tür zu, so rasch ich konnte. Das Gefühl eines Widerstands, der von außen gegen die Tür drückte, belohnte meine Geistesgegenwart; ich stieß die Tür gegen dieses Gewicht ins Schloß und sperrte zu. Es gab keinen Riegel. Verschlossene Türen waren für Niall kein Hindernis: er konnte einen Hauptschlüssel stehlen und später in das Zimmer eindringen, ohne daß wir es bemerkten. Aber das würde mehrere Minuten in Anspruch nehmen, und die mußten mir genügen.

»Richard«, sagte ich, »ich muß mit dir reden.«

»Was ist los, Sue? Du hast dich den ganzen Abend seltsam benommen.«

»Ich bin aufgeregt, und ich muß offen mit dir sein. Ich habe dir von Niall erzählt. Nun, er ist hier.«

»Was soll das heißen, er ist hier?«

»Er ist in Malvern. Ich sah ihn heute abend.«

»Du sagtest, er sei in Frankreich.«

»Ich weiß nie, wo er ist. Er sagte mir, daß er nach Frankreich wolle, aber er muß es sich anders überlegt haben.«

»Aber was, zum Kuckuck, will er hier? Ist er uns gefolgt?«

»Ich weiß es nicht ... es muß ein Zusammentreffen sein. Er reist ständig herum und besucht Freunde.«

»Ich sehe nicht, daß es für uns einen Unterschied macht«, sagtest du. »Glaubst du, daß er sich für den Rest der Reise an uns hängen wird?«

»Nein.« Es war schmerzlich, lügen zu müssen, aber wie konnte ich dir die ganze Wahrheit sagen? »Er hat uns zusammen gesehen. Ich werde mit ihm sprechen und ihm erklären müssen, was mit dir und mir geschehen ist.«

»Wenn er uns gesehen hat, wird er es bereits wissen. Worin liegt der Sinn, ihm noch mehr zu erzählen? Wir fahren morgen früh weiter und werden ihn nicht wiedersehen.«

»Du verstehst nicht! Ich kann ihm das nicht antun. Ich habe ihn zu lange gekannt ... Ich kann ihm nicht einfach den Rücken kehren.«

»Aber das hast du bereits getan, Sue.«

Wenn ich versuchte, die Dinge von deinem Standpunkt zu sehen, verstand ich, daß mein Verhalten unvernünftig war, aber ich konnte dir Niall nur als einen eifersüchtigen früheren Liebhaber darstellen, den wir zufällig getroffen hatten. Wir stritten noch eine Stunde oder länger, und unsere Niedergeschlagenheit wuchs mit der Vertiefung des Grabens zwischen uns. Irgendwann mußte Niall hereingekommen sein, doch durfte ich mich nicht von der Furcht vor ihm beeinflussen lassen. Schließlich gingen wir zu Bett, erschöpft von dem Gleichstand der Argumente, die keine Annäherung zuließen. In der Dunkelheit fühlte ich mich sicherer, und unter der Decke fanden wir uns in einer Umarmung. Weil am Nachmittag meine Periode tatsächlich eingesetzt hatte, schliefen wir jedoch nicht miteinander, noch hatten wir das Verlangen, es zu tun.

Ich verbrachte eine weitere ruhelose Nacht, und das

Problem ging mir wie ein Mühlrad im Kopf herum. Wie es bei allen niederdrückenden Gedanken der Fall ist, die einen am Einschlafen hindern, zeigte sich keine Lösung jenseits des Vorsatzes, mich so bald wie möglich mit Niall auszusprechen.

Um halb sieben war ich wach und beschloß zu handeln. Ich ließ dich schlafen, zog mich leise an und verließ rasch das Hotel.

Es war ein schöner, warmer Morgen. Da ich wußte, daß es ganz gleich war, wohin ich ging, Niall zu finden, wanderte ich die lange gerade Straße bergan. Auf der Höhe standen einige Häuser, dann beschrieb die Straße eine scharfe Biegung und führte zwischen zwei steilen, felsigen Kuppen zur anderen Seite der Hügelkette hinüber. Ich erstieg eine der Anhöhen und wanderte über den breiten Rücken. Allenthalben traten Felsen aus dem Gras. Es war vollkommen still und ruhig.

Ich setzte mich auf eine flache Felsbank und blickte über das Land hin.

»Bist du da, Niall?« fragte ich.

Stille. An den Hängen unter mir weideten Schafe, und ein einzelner Wagen kam die Straße herauf und durchfuhr den Einschnitt in Richtung Malvern.

»Niall? Ich möchte mit dir reden.«

»Ich bin hier, du Schnalle.« Seine Stimme kam von links, nicht weit entfernt. Sie hörte sich an, als sei er außer Atem.

»Wo bist du? Ich möchte dich sehen.«

»Wir können auch so reden.«

»Mach dich sichtbar, Niall!«

»Nein ... mach du dich unsichtbar!«

Seine Worte machten mir bewußt, daß ich seit mehr als einer Woche ständig sichtbar war, die längste Zeit seit meiner Pubertät. Es war so natürlich geschehen, daß ich nicht darüber nachgedacht hatte.

»Tu was du willst!«

Er hatte sich bewegt; seine Stimme kam jedesmal,

wenn er sprach, aus einer anderen Richtung. Ich versuchte ihn zu sehen, weil ich wußte, daß es immer eine Möglichkeit gab, die Wolke auszumachen, wenn man wußte, wie man zu sehen hatte. Aber ich war zu lange mit dir gewesen, oder Niall hatte sich zu weit in seinen Zauber zurückgezogen. Ich dachte mir, daß er wie ein Wolf den Felsen umkreiste, auf dem ich saß, und stand auf.

»Warum läßt du mich nicht in Frieden, Niall?«

»Weil du mit Grey schläfst. Ich versuche dich davon abzuhalten.«

»Laß uns in Ruhe! Ich bin fertig mit dir. Ich werde dich nie wiedersehen.«

»Das habe ich bereits für dich geregelt, Susan.«

Er ging noch immer um mich herum, war bald hinter und bald vor mir. Wenn er nur stillgestanden hätte, wäre meine Furcht geringer gewesen.

Ich sagte: »Misch dich da nicht ein, Niall! Zwischen uns ist es aus!«

»Du bist zauberisch. Mit ihm wird es nie klappen.«

»Im Gegenteil, ich werde nie wie du sein! Ich hasse dich!«

Darauf schlug er mich; eine harte Faust kam aus der Luft und traf meine Schläfe. Ich wankte keuchend rückwärts, versuchte das Gleichgewicht zu halten, streckte die Arme nach hinten, als mein Fuß einen Felsen traf, und fiel schwer zu Boden. Im nächsten Augenblick versetzte Niall mir einen Fußtritt gegen den Oberschenkel, knapp unter der Hüfte. Ich schrie auf vor Schmerz und krümmte mich in eine fötale Lage, die Arme schützend über dem Kopf, gefaßt auf weitere Tritte oder Schläge.

Aber als nächstes hörte ich ihn ganz in der Nähe, niedergebeugt, so daß sein unsichtbarer Mund meinem Ohr nahe war. Ich roch seinen sauer nach altem Tabak stinkenden Atem.

»Ich werde dich nie in Ruhe lassen, Susan. Du bist

mein, und ohne dich bin ich hilflos. Ich werde dich nicht in Ruhe lassen, bis du mit Grey Schluß machst!«

Er faßte mit der Hand grob in meine Bluse und zerkratzte meine Brust. Ich krümmte mich noch mehr zusammen und versuchte mich ihm zu entziehen, so daß er gezwungen war, die Hand zurückzuziehen. Dabei zerriß die Bluse.

Noch immer über mich gebeugt, sagte er: »Du hast ihm noch nicht von mir erzählt. Sag ihm, daß du eine Unsichtbare bist, sag ihm, daß du verrückt bist.«

»Nein!«

»Wenn du es nicht tust, werde ich es tun.«

»Du hast schon genug Schaden angerichtet.«

»Ich habe kaum angefangen. Wie würde es dir gefallen, wenn ich das Lenkrad packte, während er fährt?«

»Du bist wahnsinnig, Niall!«

»Nicht mehr als du, Susan. Wir sind beide wahnsinnig. Mach ihm das klar, und wenn er dich dann immer noch will, werde ich dich vielleicht in Ruhe lassen.«

Ich spürte, wie er sich von mir entfernte, blieb aber zusammengekrümmt am Boden liegen, aus Angst vor weiteren Schlägen. In der Vergangenheit hatte Niall mich oft geschlagen, wenn er zornig gewesen war, aber niemals so, nie aus der Wolke heraus. Ich war noch halb betäubt von dem Schlag an den Kopf, und mein Schenkel, der Rücken und meine Brust schmerzten. Nach einiger Zeit richtete ich mich langsam auf und sah mich um. Wie nahe war er?

Ich sehnte mich nach dir, deinem Zuspruch und Trost, aber was würdest du sagen? Im Gras sitzend, erforschte ich den Schaden, den ich davongetragen hatte: Über meinem Steißbein war eine schmerzende Stelle, und ein Bluterguß unter der Hüfte. An meinem Ellbogen waren Grasflecken, und die Vorderseite meiner Bluse hing offen. Zwei Knöpfe fehlten.

Ich stand auf und wanderte eine Weile ziellos auf dem Höhenrücken umher, doch bald wurde mein Bedürfnis, bei dir zu sein, wichtiger als alle Befürchtungen. Ich hinkte langsam die Straße hinab zum Hotel und hielt mit einer Hand die Bluse zusammen. Es war unheimlich, wie Niall meinen schlimmsten Befürchtungen Ausdruck verleihen konnte: nie zuvor hatte er Unsichtbarkeit als Verrücktheit beschrieben. Es war, als hätte er meine Gedanken gelesen.

Als ich das Hotelgelände erreichte, sah ich dich am Wagen. Du hattest den Kofferraum geöffnet und hobst deinen Koffer hinein. Ich rief dir zu, aber du hörtest nicht. Dann erkannte ich, daß ich in meinem Elend in die Unsichtbarkeit zurückgeglitten war; wieder eine von Nialls Errungenschaften. Ich zwang mich aus der Wolke und rief dich wieder beim Namen. Diesmal hörtest du mich, richtetest dich auf und wandtest dich mir zu, und ich rannte schluchzend in deine Arme.

13

Du wußtest, daß ich Niall getroffen hatte; ich konnte es nicht vor dir verbergen. Zwar versuchte ich zu bagatellisieren, was er getan hatte, doch war es nicht möglich, meine zerrissene Bluse und die Blutergüsse zu verbergen. Am Ende gab ich zu, daß er mich aus Eifersucht geschlagen hatte, und daß das Problem nicht gelöst war. Ich glaube, ich war auf deinen Zorn gefaßt, aber du warst ebenso aufgeregt wie ich selbst. Wir blieben den ganzen Vormittag im Hotel und sprachen über Niall, aber immer in deinen Begriffen, nicht in den meinigen.

Nach einem frühen Mittagessen fuhren wir weiter nach Wales hinein. Niall war im Wagen, saß still hinter uns.

Unterwegs hielten wir an einer Tankstelle, und ich war kurze Zeit mit Niall allein im Wagen.

»Morgen werde ich es ihm sagen«, sagte ich.

Stille.

»Bist du da, Niall?«

Ich hatte mich zur Seite gedreht und den Kopf über die Schulter gewandt, um die leere Hälfte der Rücksitze zu sehen, konnte aber auch diesmal nichts ausmachen. Draußen schnurrte die Zapfsäule, die elektronischen Anzeigen zuckten orangefarben im Sonnenschein. Du warst über den Einfüllstutzen gebeugt und blicktest über die Schulter zur Zapfsäule, die nur ein kleines Stück hinter Niall war. Du sahst mich scheinbar zu dir hinausschauen und lächeltest kurz.

Als du dich wieder umwandtest, sagte ich: »Das ist doch, was du wolltest ... Morgen werde ich es Richard sagen.«

Niall schwieg dazu, ich wußte aber, daß er da war. Sein Schweigen schüchterte mich ein, ein wahrscheinlich beabsichtigter Effekt, und um ihn abzuschütteln, öffnete ich die Tür und stieg aus. Ich lehnte am vorderen Kotflügel, während du bezahltest.

Wir erreichten die kleine Ortschaft Little Haven an der Westküste von Dyfed. Es war ein kleines und hübsches Fischerdorf, nicht von Touristen überlaufen, und hatte einen langen steinigen Strand. Am Abend gingen wir ihn entlang, um den Sonnenuntergang zu genießen, dann suchten wir das lokale Gasthaus auf, bevor wir zum Hotel zurückgingen.

Es gab jetzt eine Distanz zwischen uns. Du konntest nicht verstehen, warum ich eingewilligt hatte, Niall zu treffen, noch, daß ich mich nicht einmal jetzt, nachdem er mich geschlagen hatte, endgültig von ihm lossagen wollte. Ich merkte, daß du verletzt, überrascht und zornig warst. Ich war verzweifelt bemüht, den Schaden wieder gutzumachen. Nialls Weg, dir von meiner Unsichtbarkeit zu berichten, war die wahrscheinliche Lösung: sie würde ihn zufriedenstellen und mich dir erklären.

Aber ich war erschöpft von dem Thema. Ich brauchte

Zeit, um Klarheit zu schaffen, denn alles, was ich sagte, sollte meine Bedürfnisse und Notwendigkeiten berücksichtigen und nicht nur ein Versuch sein, Niall zu beschwichtigen. Ich beschloß dir am Morgen alles zu sagen, aber in der Zwischenzeit hatte ich andere Pläne.

Wieder in unserem Zimmer, schlüpfte ich ins Bad. Obwohl meine Periode andauerte, setzte ich meine Membran ein, um die Blutung zeitweilig aufzuhalten.

Im Bett wolltest du wieder über Niall sprechen, aber ich lenkte dich ab. Es gab nichts, was ich zur Wiedergutmachung sagen konnte. Ich umarmte dich, küßte dich, versuchte dich zu erregen. Anfangs widerstandest du, aber ich wußte, was ich wollte. Der Abend war wieder warm, und wir lagen auf der Decke, und das betagte Doppelbett knarrte unter unseren Bewegungen. Schließlich reagiertest du, und ich fühlte meine eigene Erregung wachsen. Ich wollte dich aufregender als sonst lieben und küßte und liebkoste dich mit großer Intimität; ich liebte deinen Körper, seine Festigkeit und seine harten Linien.

Wir wälzten uns herum, so daß du über mir warst, und nun liebkostest du mich mit Händen und Zunge. Ich zog die geöffneten Knie an, bereit für dich, aber du schienst es dir anders zu überlegen und wälztest dich auf die Seite. Ich fühlte deine Hände, die mich an dich zogen und meine Schultern an deine Brust zogen. Ich wollte dich in mir, aber deine Hände zogen mein Hinterteil von dir fort und verdrehten unangenehm meine Hüften. Wir küßten einander von Mund zu Mund, und ich konnte nicht verstehen, was du wolltest. Deine Finger gruben sich in das Fleisch meiner Hüften und stießen mich fort. Dann merkte ich, daß deine Hände beide an meinen Brüsten waren. Andere Hände packten mich von hinten, zogen an meinen Hüften! Auf einmal fühlte ich ein energisch stoßendes Eindringen von rückwärts. Schamhaare prickelten an meinen Hinterbacken. Ich keuchte, wandte den Kopf, fühlte ein unrasiertes Kinn am Rücken und Knie stießen in meine Kniekehlen. Das Gewicht des Mannes hinter mir stieß mich vorwärts gegen dich, und eine deiner Hände glitt an meinem Körper abwärts. Ich faßte dich schnell beim Handgelenk, um zu verhindern, daß du entdecktest, was bereits dort war, und Nialls Stöße in mich waren so heftig, daß ich vor Entrüstung keuchte. Du wurdest unterdessen erregter und wolltest in mich eindringen. Ich mußte dich irgendwie zurückhalten, und so drängte und stieß ich mein Hinterteil gegen den Mann hinter mir, um freizukommen, und nahm dich gleichzeitig in den Mund, um zu saugen. Niall veränderte seine Position, so daß er zwischen meinen Beinen kniete, mich mit den Händen unter dem Bauch hielt, während er stieß. Seine Bewegungen wurden heftiger, er faßte mit einer Hand nach meinem Kopf, packte eine Handvoll Haar und zerrte und stieß schmerzhaft daran, daß mir dein Glied tief in die Kehle gerammt wurde. Ich begann zu würgen. Du lagst auf dem Rücken, deine Hände hatten von mir abgelassen, und die Vergewaltigung nahm ihren Fortgang, ohne daß du etwas davon bemerktest. Ich konnte kaum atmen, holte aber mit dem Ellbogen aus und stieß nach hinten, um Niall wegzudrücken. So gelang es mir, dein Glied aus meinem Mund zu bekommen, aber mein Gesicht wurde noch immer auf deinen Unterleib gepreßt. Ich hörte dich vor Lust stöhnen, während Niall unerbittlich weiterrammelte. Ich merkte, wie sein Höhepunkt kam, und er grunzte hörbar, stieß geräuschvoll den Atem aus, während er sich in mich ergoß. Du sagtest meinen Namen, wolltest mich voll Verlangen an dich ziehen. Niall sackte vorwärts über meinen Rücken, ließ endlich mein Haar los und knetete meine Brüste. Als er sich entspannte, konnte ich mein Gewicht verlagern, brachte ihn aber nicht von mir herunter. Er war noch immer in mir, besaß mich in seiner abscheulichen Art und zwang mein Gesicht durch sein Gewicht auf dich nieder. Wieder murmeltest du meinen Namen, und ich konnte den Kopf ein wenig drehen und an dir aufwärtsschielen; du hattest die Augen geschlossen, dein Mund war geöffnet. Ich mußte Niall von mir herunterbringen, war aber unter seiner Last gefangen. Ellbogenstöße hatten keine Wirkung; sein hastiges, angestrengtes Atmen war heiß hinter meinem Ohr. Ich fühlte ihn in mir erschlaffen und unternahm eine neuerliche Anstrengung, meine Hüften seitwärts zu drehen und meinen Körper auf dich zu schieben. Diesmal rutschte er heraus, hielt sich aber weiter an mir fest. Ich versetzte ihm weitere Ellbogenstöße, und endlich lokkerte er seinen Griff. Sobald ich konnte, kroch ich über deinen Körper, schmiegte mich an deine Brust, hob das Gesicht zu dir auf. Du küßtest mich mit großer Leidenschaft und zogst mich ganz auf dich. Ich merkte, daß Niall neben uns auf dem Bett lag, denn ein Teil seines Körpers drückte gegen meine Seite.

Endlich konntest du in mich eindringen, und wir liebten uns. Für mich war kein Genuß damit verbunden, nur Erleichterung, daß du es warst und nicht Niall. Weil ich auf dir kauerte, blickten wir einander an. Ich war bemüht, mir nichts anmerken zu lassen, denn wenn ich versucht hätte, mehr auf dich einzugehen, wären meine wahren Empfindungen deutlich geworden. Ich konnte nicht mehr tun als mich im Rhythmus mit deinem Körper zu bewegen und zu hoffen, daß es ausreichen würde. Niall war noch da; ich spürte die Wärme seines Körpers an meinem Unterschenkel.

Wie war es möglich, daß seine Anwesenheit dir verborgen blieb? War Niall dir so absolut unsichtbar, daß du ihn weder hören noch riechen, nicht einmal sein Gewicht auf dem Bett fühlen konntest, zu schweigen von den heftigen Bewegungen, die er mir aufgezwungen hatte?

Sobald du fertig warst, legte ich mich neben dich, und wir zogen das Laken über uns. Ich flüsterte, daß ich müde sei, und wir löschten das Licht und lagen einander in den Armen. Ich wartete und wartete, bis dein Atem langsam und gleichmäßig ging und du eingeschlafen warst. Als ich überzeugt war, daß ich dich nicht stören würde, schlüpfte ich leise aus dem Bett und ging ins Bad. Ich duschte so leise ich konnte, seifte mich gründlich ab. Als ich wieder ins Schlafzimmer kam, roch es nach dem Rauch französischer Zigaretten.

14

Am Morgen sagte ich zu dir: »Erinnerst du dich an das Rätsel, das früher in Kinderbüchern abgedruckt war?«

Ich nahm ein Stück Papier und machte zwei Zeichen:

X **0**

»Wenn du das linke Auge schließt«, sagte ich, »und mit dem rechten Auge das X anschaust und mit dem Gesicht näher an das Papier herangehst, scheint die Null zu verschwinden.«

»Das ist ein physikalisch bedingter Sehfehler«, sagtest du. »Die Netzhaut hat nur eine begrenzte periphere Sicht.«

Ich sagte: »Aber das Gehirn kompensiert, was das Auge nicht sehen kann. Es ist nicht so, als ob die Null tatsächlich ausgelöscht wäre ... es ist kein Loch im Papier. Man denkt, man könne noch das Papier sehen, wo die Null war.«

»Worauf willst du hinaus?«

»Stell dir vor, du bist zu einer Gesellschaft eingeladen, wo fast alle anderen Fremde sind«, sagte ich. »Du betrittst den Raum, wo sie herumstehen. Die Leute trinken, rauchen, unterhalten sich. Niemand grüßt dich, du fühlst dich verlegen. Deine Hauptwahrnehmung ist eine Menschenmenge. Keine Person hebt sich von der anderen ab. Du nimmst ein Glas und stehst am Rand, schaust dir die Leute an, hoffst ein vertrautes Gesicht zu sehen. Du erblickst jemanden, den du wiedererkennst, und obwohl er oder sie mit anderen spricht und nicht zu dir herüberkommt, nimmst du von ihr oder ihm mehr Notiz als von allen anderen.

Du bist nach wie vor allein, also schaust du dir die anderen Leute an. Diejenigen, die du jetzt bemerkst, sind wahrscheinlich die Frauen, und du beurteilst ihre Erscheinungen und ob sie allein sind oder nicht. Sind sie in Begleitung von Männern, bemerkst du auch diese. Schließlich spricht jemand mit dir, und diese Person wird dann in den Mittelpunkt deiner Aufmerksamkeit gerückt. Im Verlauf der Party wirst du noch weitere Leute genauer betrachten und deine Aufmerksamkeit auf sie konzentrieren. Vielleicht ist ein Mann darunter, der angetrunken ist, ein Mädchen in einem aufreizenden Kleid, jemand, der zu laut lacht. Während du mit anderen Leuten sprichst, betreten sie deine Sphäre unmittelbarer Aufmerksamkeit. Die anderen Leute, mit denen du noch nicht gesprochen hast und die dir nicht besonders aufgefallen sind, werden in deinem Bewußtsein verbleiben, aber nur in einem allgemeinen oder peripheren Sinne.

Unterdessen wirst du allmählich auf andere Dinge im Raum aufmerksam: die Speisen und Getränke, vor allem. Vielleicht ist ein Haustier da, das du siehst. Du wirst Zimmerpflanzen bemerken, die Möbel und den Teppich sehen. Zuletzt wirst du vielleicht sogar bemerken, wie der Raum selbst ausgeschmückt ist.

Jeder Gegenstand und jede Person in dem Raum ist dir sichtbar, aber es gibt eine unbewußte Reihenfolge, in der du sie bemerkst.

Immer, bei jeder Gesellschaft, wird es jemand geben, den oder die du überhaupt nicht bemerkst.«

Ich sagte zu dir: »Angenommen, du bist in einer anderen Zusammenkunft von Leuten, die du nicht kennst.

Es sind zehn Männer und eine Frau. Wie du den Raum betrittst, fängt die Frau, die schön und üppig ist, an zu tanzen und ihre Kleider auszuziehen. Sobald sie nackt ist, verläßt du den Raum. Wie viele von den anwesenden Männern würdest du hinterher beschreiben können? Würdest du überhaupt gewiß sein, daß es zehn waren, und nicht neun, oder daß ein Elfter sich unter ihnen befand, den du überhaupt nicht wahrgenommen hattest?«

Ich sagte zu dir: »Richard, angenommen, du gehst eine Straße entlang, und zwei Frauen kommen dir entgegen. Eine ist jung und hübsch und trägt attraktive Kleider. Die andere ist eine ältere Frau, vielleicht die Mutter des Mädchens, und sie trägt einen einfachen, formlosen Mantel. Im Vorbeigehen lächeln beide dir zu. Welche würdest du zuerst bemerken?«

»Aber das sind sexuelle Reaktionen«, sagtest du.

»Nicht immer«, versetzte ich. »Angenommen, wir haben es mit einer Gruppe von zehn Personen zu tun, fünf Männern und fünf Frauen. Eine sechste Frau kommt hinzu. Was sie zuerst bemerken wird, sind die anderen Frauen, und sie wird zunächst diese anschauen. Frauen bemerken erst Frauen, ebenso wie Männer erst Frauen bemerken. Ein Kind wird andere Kinder bemerken, bevor es die Erwachsenen sieht. Frauen bemerken Kinder, bevor sie Erwachsene bemerken. Männer sehen Frauen, ehe sie Kinder sehen, und dann erst beachten sie die anderen Männer.

Es gibt eine Rangordnung des visuellen Interesses. In jeder Gruppe gibt es immer eine Person, die zuletzt bemerkt wird.«

Ich sagte zu dir: »Du gehst eine belebte Einkaufsstraße entlang und hältst nach einem bekannten Gesicht Ausschau. Nehmen wir an, es sei eine Frau. Menschenmengen, allesamt fremde Gesichter, schieben sich vorbei. Du siehst sie alle, weil du nach deiner Bekannten suchst. Dein Blick geht ständig über die fremden

Gesichter und versucht das eine zu entdecken, das dir bekannt ist. Du siehst Männer wie Frauen. Einige Gesichter interessieren dich, die meisten nicht. Die Zeit vergeht, und du beginnst dich zu fragen, ob du deine Bekannte übersehen haben könntest. Du weißt, wie sie aussieht, du sahst sie erst gestern, aber nun fragst du dich, ob du sie in der Menge wirst ausmachen können. Vielleicht trägt sie andere Kleidung? Oder hat ihr Haar anders frisiert? Du fährst fort, die Leute zu durchmustern, aufmerksamer als zuvor und nicht mehr ganz sicher, wonach du Ausschau halten mußt. Du bemerkst eine oder zwei andere Frauen, die deiner Bekannten ähneln, und für kurze Zeit glaubst du sie gefunden zu haben. Dann erscheint sie endlich, und das Problem ist gelöst. Sie sieht genauso aus wie bei eurer letzten Begegnung, und du bist dir nur der Erleichterung bewußt, sie gefunden zu haben. Nun bemerkst du keinen anderen Menschen mehr, obwohl die Massen sich weiterhin vorbeischieben.

Wenn du später darüber nachdenkst, wirst du imstande sein, dich mehrerer von den Gesichtern zu erinnern, die du sahst, während du nach deiner Bekannten Ausschau hieltest. Aber in diesen wenigen Minuten blicktest du in vielleicht Hunderte von Gesichtern und warst dir Tausender weiterer bewußt. Du schautest die meisten von ihnen an und dachtest, du sähest sie, aber tatsächlich wurden sie von deinem Gehirn nicht registriert.«

»Aber daran ist nichts Ungewöhnliches«, sagtest du.

Ich sagte zu dir: »Was ich mit alledem bezwecke, ist der Hinweis, daß es normal ist, nicht alles um uns zu bemerken. Was du siehst, ist, was du sehen willst, oder was dich interessiert, oder irgend etwas, was deine Aufmerksamkeit auf sich lenkt. Es gibt einige Leute, die du niemals sehen wirst. Sie sind in der Rangordnung der Aufmerksamkeit zu niedrig angesiedelt. In jeder Gruppe gibt es diejenigen, welche zuletzt bemerkt werden. Gewöhnliche Leute verstehen nicht, sie zu sehen. Es sind Menschen, die von Natur aus unsichtbar sind, die nicht wissen, wie sie sich bemerkbar machen können. Ich bin von Natur aus unsichtbar, Richard, und du siehst mich nur, weil ich will, daß du mich siehst.«

»Das ist lächerlich.«

»Gib acht, Richard!« sagte ich.

Und ich stand vor dir und ließ mich in Unsichtbarkeit gleiten, und als du mich nicht sehen konntest, verbarg ich mich vor dir, bis ich sah, wie bestürzt du warst.

15

Ich sagte zu dir: »Richard, auch du bist von Natur aus unsichtbar. Du weißt es nicht, aber du hast die Macht, Zauber um dich zu legen. Ich kann dich lehren, wie man von dieser Gabe Gebrauch macht.«

Du sagtest, du trautest deinen Augen und Ohren nicht.

Ich sagte: »Dann bist du auf halbem Weg zur Unsichtbarkeit, denn Unglaube gehört dazu. Laß dir zeigen, wie du deine Wolke intensivieren kannst!«

Wir saßen auf den Steinen am Ufer nahe Little Haven. Es herrschte Ebbe, und die runden Felsblöcke und der Sand glänzten naß im Sonnenschein. Ringsum waren Feriengäste, und weit von uns entfernt planschten Kinder im seichten Wasser. Ich versucht die Technik der Intensivierung der Wolke zu erklären, ohne den Jargon der Unsichtbaren zu gebrauchen. Für mich war Unsichtbarkeit eine Möglichkeit, mich sehen oder nichtsehen zu machen, und dadurch gesehen oder ungesehen zu werden.

Ich sagte: »Du mußt dich entspannen, eine geistige Einstellung des Unglaubens in dich selbst entwickeln.«

Du sagtest, das sei nicht möglich.

Ich dachte an deine Erzählung, wie du die Straßenschlacht gefilmt hattest, und sagte: »Erinnere dich, wie dir zumute war, als du filmtest. Stell dir vor, du hättest hier eine Filmkamera! Stell dir vor, du wolltest einige dieser Leute filmen, sagen wir, die zwei Mädchen dort, die in der Sonne liegen! Wenn du mit einer Kamera auf sie zugehen würdest, müßten sie dich bemerken, würden in Verlegenheit geraten und anfangen, sich selbst durch dich zu sehen. Wie würdest du das vermeiden?«

Du sagtest, du würdest ein Teleobjektiv verwenden.

»Nein, geh nahe heran! Stell dir vor, du kauertest dich bei ihnen nieder, die Filmkamera im Anschlag. Wie würdest du es machen?«

Du sagtest, du wollest es versuchen.

Du gingst über den Strand, nicht gerade auf die Mädchen zu, sondern scheinbar zufällig in ihre allgemeine Richtung. Ich sah dich stehenbleiben, auf die See hinausblicken, dann den Sand zu deinen Füßen betrachten und überlegen. Die beiden Mädchen waren halbwüchsig, lagen auf ihren Handtüchern und trugen billige Bikinis. Ein Transistorradio spielte Popmusik. Sie sahen sehr jung aus, etwas dicklich, noch nicht von der Sonne gebräunt. Als du dich zu ihnen umwandtest, sah ich, wie du den Rücken durchdrücktest und mit einer Schulter zucktest, als stelltest du dir das Gewicht einer Filmkamera vor. Als du auf sie zugingst, zuversichtlicher als vorher, sah ich deine Wolke dichter werden. Du standest neben ihnen, kauertest nieder. Keine der beiden bemerkte dich. Es folgte eine Pause, dann bewegtest du dich zu dem Radio und stießest es um. Die beiden zeigten noch immer keine Reaktion. Eines der Mädchen wälzte sich faul auf den Rücken, lag in der Sonne, ein Knie angezogen. Du gingst um sie herum, blicktest auf sie herab und stelltest dich so ins Licht, daß dein Schatten über ihr Gesicht fiel.

Als du zu mir zurückkamst, warst du noch immer unsichtbar und lachtest. Wir umfingen einander und küßten uns, und du fragtest, was du noch könntest.

Ich sagte zu dir: »Zuerst muß ich dir von Niall erzählen.«

16

Wir blieben drei Tage in Little Haven, dann fuhren wir die Küste hinauf nach St. David. Wir waren unschlüssig, was wir tun sollten; gern wären wir nach London zurückgekehrt, und doch zögerten wir, den Urlaub zu beenden. Alles, was vordem zwischen uns gestanden hatte, war nun aufgeklärt, und wir liebten uns. Die vorübergehende Krise zwischen uns hatte das Gefühl gestärkt.

Als wir in St. David ankamen, war die kleine Stadt mit ihrer Kathedrale überlaufen von Touristen, und es war schwierig, eine Bleibe zu finden. Die Pension, die wir nach langer Suche fanden, lag in einer schmalen Seitenstraße, und es gab keine Möglichkeit, den Wagen zu parken. Ich ging ins Zimmer hinauf, während du den Wagen zum Parkplatz brachtest.

Kaum war ich im Raum, da sagte Niall: »Du hast nicht getan, was du tun solltest.«

Ich fuhr erschrocken herum; er war noch unsichtbar.

»Komm nicht in meine Nähe!« sagte ich. »Ich werde schreien, wenn du mich anrührst.«

»Du sagtest, du würdest Grey von mir erzählen.«

»Wo bist du, Niall? Zeige dich!«

»Du weißt, wo ich bin. Warum hast du ihm nicht von mir erzählt?«

»Ich habe es getan. Er weiß jetzt alles.«

»Ich hörte, was du sagtest. Ich war dabei. Er weiß noch immer nicht von mir, was ich dir bedeute.«

»Du bedeutest mir nichts!« erwiderte ich. »Es ist endgültig Schluß. Nach dem, was du mir angetan hast, will ich nie wieder etwas mit dir zu schaffen haben!«

»Ich brauche dich, Susan! Ich kann dich nicht gehen lassen!«

»Es wird dir nichts anderes übrigbleiben!« Rasch ging ich durch den Raum und öffnete die Tür. Ich wollte dich suchen, bevor Niall weitere Erklärungen abgeben konnte. Ich hörte ihn hinter mir auf dem Korridor und fing an zu laufen. Ich sprang die Treppe hinunter und durch den kleinen Empfangsraum der Pension, hoffte verzweifelt, daß du mir gleich entgegenkommen würdest. Draußen auf der schmalen Straße packte Niall mich beim Arm und drehte mich herum. Endlich hatte er sich mir sichtbar gemacht.

Sein Anblick erschreckte mich. Ein wochenalter Bart verdunkelte sein Gesicht, sein Haar war ungekämmt, die Kleider schmutzig. Ich hatte ihn nie so heruntergekommen gesehen; Niall war immer schmuck und gepflegt. Ein wilder, verzweifelter Blick war in seinen Augen, und alles Selbstbewußtsein war von ihm geschwunden. Dieses plötzliche Wiedersehen bewirkte einen abrupten Gefühlsumschwung in mir. Solange er mich unsichtbar umlauert hatte, war er eine Bedrohung gewesen, ein Eindringling, ein Schänder ... aber nun, da er vor mir stand, sah er jung, ängstlich, ziemlich mitleiderregend aus.

»Bitte, Susan, ich muß mit dir reden!«

»Ich kann nicht. Es gibt nichts mehr zu sagen.«

»Ich möchte nur eine Stunde mit dir allein sein. Kannst du das nicht hinkriegen? Nur eine Weile. Ich weiß, du haßt mich jetzt, aber ich halte es ohne dich nicht aus.«

»Richard ist hier, und ich kann ihn nicht verlassen.«

»Sag ihm, du möchtest eine Weile allein sein! Das wird er verstehen.«

»Ich will nicht mit dir reden!«

»Bitte ... nur um Lebewohl zu sagen.«

J.H. TELTSCHIK 4.86

In diesem Augenblick sah ich dich die Straße heraufkommen. Du sahst mich und winktest. Ich dachte bei mir, wie geschmeidig und kräftig du seist, so voll Selbstvertrauen, so anders als Niall.

»Er wird dich sehen!« sagte ich zu Niall.

»Nein, wird er nicht.«

Du kamst zu uns. »Wir haben noch den ganzen Nachmittag. Wir könnten einen Strand suchen. Ich hätte Lust, schwimmen zu gehen.«

»Sag es ihm!« sagte Niall.

»Ich glaube, ich gehe lieber eine Weile die Geschäfte anschauen. Geh du nur allein!«

»Etwas ist passiert, Sue ... was ist es?«

»Nichts. Ich habe bloß keine Lust, an einem Strand zu sein.«

»Gut, dann gehen wir morgen, und ich begleite dich bei deinem Schaufensterbummel.«

Niall stand abseits von uns, die Schultern eingezogen. Ich sagte: »Ich glaube, ich würde gern eine Weile allein sein.«

»Was ist los, Sue?« sagtest du. »Vorhin warst du noch nicht so.«

»Nichts ist los. Ich möchte nur gern ein bißchen allein sein.«

Du machtest eine hilflos-überdrüssige Gebärde. »Wenn es das ist, werde ich an den Strand gehen und mich in die Sonne legen, bis dir danach ist, wieder mit mir beisammen zu sein.«

Niall sah zu, wie ich dich beim Arm nahm und dich zärtlich auf die Wange küßte. »Ich werde nicht lange ausbleiben«, sagte ich.

»Dann sehen wir uns in der Pension.«

Du gingst rasch fort, offensichtlich verärgert über mich. Ich blieb mit Niall auf der Straße stehen, bis du in der Pension verschwunden warst, dann ging ich in die andere Richtung. Niall folgte. Ich ging aus der kleinen Stadt und eine der schmalen Landstraßen entlang, die von ihr wegführten, und erst als die Häuser zurückblieben, verlangsamte ich meinen Schritt. Ich war sichtbar geblieben, seit Niall im Zimmer zu mir gesprochen hatte, und wollte daran auch nichts ändern. Auch Niall blieb sichtbar – wenn auch nur für mich.

Ich war den Rest des Nachmittags und in den frühen Abend hinein mit ihm beisammen. Ich hörte mir an, was er zu sagen hatte. Er brachte vieles von dem vor, was ich bereits kannte: daß er mich noch immer liebe, daß er einsam sei, daß er eifersüchtig auf dich sei. Er behauptete, sich allein zu fürchten. Gegen diese Reden konnte ich mich verhärten, und nichts änderte sich.

Aber wir sprachen lange miteinander, und ich erfuhr manches über ihn, das mich erkennen ließ, daß ich ihn allzu lange blockiert hatte. Er sagte, daß er seine Vergangenheit bedauere und wie ich ein Ende der Isolation durch Unsichtbarkeit wünsche. Er wolle eine dauernde Bleibe, ein Ende der ständigen Diebstähle und Übertretungen. Er sagte, er sei eifersüchtig auf mich, seit es mir gelungen sei, meine Arbeiten zu verkaufen, und darum habe er mehr und mehr geschrieben und wolle sich nun ernsthaft um eine Veröffentlichung bemühen. Sein Hauptproblem sei eine bezahlte Überbrückungstätigkeit. Auch habe er das Zutrauen in seine Unsichtbarkeit mehr und mehr verloren und könne sich niemals auf sein Schreiben konzentrieren, wenn er in anderer Leute Häuser sei, wo die Bewohner aus- und eingingen.

Er war überzeugt, daß bisher niemand die Manuskripte gelesen hatte, die er fortschickte. Er bediente sich nicht der Post, weil er wie die meisten Unsichtbaren befürchtete, seine Sendungen würden übersehen oder gingen verloren, und darum brachte er sie stets persönlich zu den Verlagen. Trotzdem war er überzeugt, daß die Manuskripte nicht gelesen wurden. Sie wurden selten zurückgegeben, und in der Mehrzahl der Fälle hatte er in die Büros einbrechen müssen, um sie wieder an sich zu bringen. Manchmal sagte er, hätten die Manuskripte noch dort gelegen, wo er sie zurückgelassen hatte. Er sprach zynisch von seiner Überzeugung, daß, selbst wenn seine Arbeiten dieses Hindernis irgendwie überwänden und tatsächlich veröffentlicht würden, kein Mensch die gedruckten Bücher bemerken oder kaufen würde.

Ich versuchte ihn über den Inhalt seiner Manuskripte auszuhorchen, doch wollte er die Arbeiten nur als »Geschichten« beschreiben. Er war in dieser Hinsicht immer geheimniskrämerisch gewesen, aber ich hätte gern etwas davon gelesen. Er versprach unbestimmt, mir eines Tages ein Manuskript zu zeigen, und ich drängte ihn nicht weiter.

Niall wollte es nicht zugeben, aber ich interpretierte seinen schriftstellerischen Ehrgeiz als ein Symptom des größeren Problems. Er schilderte sich selbst wiederholt als isoliert oder verloren und zog für ihn unvorteilhafte Vergleiche mit mir. In der Vergangenheit hatte er mein Verlangen nach Normalität gewöhnlich mit Verachtung quittiert, aber das hatte sich geändert. Er fürchtete mich zu verlieren. Ich war sein Bindeglied zur realen Welt; er sagte, ich sei wie ein Blindenhund für ihn. Er brauche mich, um sich in der Welt zurechtzufinden. Das war seine wirkliche Furcht und der Grund seiner Abneigung gegen dich: daß er, indem er mich an dich verlöre, sich selbst verlieren würde.

Das alles war ein wirksamer Appell an meine Loyalität. Ich kannte die bittere Wahrheit dessen, wovon er sprach, und sah, daß er endlich reifte. Ich konnte mich gegen dies nicht verhärten. Nicht, daß ich dich vergessen hätte, aber ich fühlte, daß ich ihm die Störungen und Einmischungen in unser Beisammensein vergab; im stillen leistete ich ihm sogar Abbitte, daß ich abweisend und nicht mitfühlend gewesen war. Ich blieb still, als er mir das Versprechen abzunehmen versuchte, dich nie wiederzusehen, sagte aber später, daß ich keinen Grund sähe, warum wir nicht Freunde bleiben könnten.

Meine lange Abwesenheit von dir war mir akut bewußt, und ich machte mich auf den Rückweg zur Stadt. Die Sonne sank bereits zum Horizont und hatte den größten Teil ihrer Hitze verloren, und ich wußte, daß du nicht mehr am Strand sein würdest. Niall ging mit mir und drängte mich, ich solle dir gleich beim ersten Zusammentreffen mutig begegnen.

Wir stießen ganz unerwartet auf dich, als wir über den kleinen Platz bei der Kathedrale gingen. Du sahst mich, bevor ich dich sah, und meine allererste Befürchtung war, daß du mich mit Niall gesehen haben mußtest. Ich war sehr verwirrt und verhielt mich schuldbewußt.

»Ich habe dich gesucht«, sagtest du. »Wo, zum Teufel, bist du gewesen?«

»Herumgebummelt«, sagte ich und war mir schmerzlich bewußt, daß es in dem Städtchen nur wenige Läden gab. »Und du?«

»Ich lag eine Weile am Strand, dann machte ich mich auf die Suche nach dir.«

Ich hatte zu Niall geblickt, überzeugt, du könntest ihn sehen.

Niall sagte: »Er weiß nicht, daß ich hier bin.«

In deinen Augen war ein zorniger Ausdruck, und am liebsten hätte ich dir die Arme um den Hals gelegt und erklärt und versucht, es in Ordnung zu bringen, aber Niall war da.

»Es tut mir leid«, sagte ich. Es hörte sich sehr kraftlos und unentschlossen an.

»Was möchtest du tun?« fragtest du.

»Mir ist es gleich ... was du magst.«

»In Ordnung. Ich überlasse es dir. Du willst offensichtlich alleingelassen sein.«

»Das habe ich nicht gesagt.«

Du gingst fort, ohne zurückzublicken. Ich wollte dir nach, aber deine Haltung hatte einen entschlossenen Zug, und ich merkte, daß ein Versöhnungsversuch bis später würde warten müssen. Ich wandte mich zu Niall, aber er war verschwunden.

»Niall! Bist du da?«

»Ich bin hier.« Seine Stimme war nahe bei mir.

»Laß dich sehen!«

»Nicht jetzt. Du willst bei ihm sein.«

»Das ist im Moment nicht möglich, durch deine Schuld.« Ich schaute umher und begriff, daß die anderen Passanten den Eindruck gewinnen mußten, ich stünde da und redete mit mir selbst. Ich ging weiter, wissend, daß Niall bei mir bleiben würde. Ich sagte: »Siehst du nicht, was du ihm antust?«

Er antwortete nicht. Ich dachte, er sei einfach nicht gewillt, sich zu dem Vorwurf zu äußern, aber nach einigen Sekunden merkte ich, daß er mich verlassen hatte. Ich blieb stehen. Warum war er plötzlich weggegangen? Ich kehrte um und ging zu der Stelle, wo er zuletzt zu mir gesprochen hatte, und rief seinen Namen. Er antwortete nicht.

Ein paar Leute warfen mir neugierige Blicke zu, und ich ging weiter. In der Mitte des Platzes gab es eine kleine Rasenfläche, und ich ging hinüber und setzte mich auf eine hölzerne Bank. Die Abendluft war noch warm. Ich haßte es, wenn Niall mich plötzlich verließ. Es verwirrte mich und machte mich unsicher, geradeso wie damals, als er am Telefon aufgelegt hatte. Es brachte mir die Abscheulichkeit seiner Einmischungen in Erinnerung, den neurotischen Zustand, den er in mir erzeugen konnte.

Und damit nicht genug, es weckte in mir die Frage, ob er wirklich dagewesen war oder nicht. Seine unvermittelten Manifestationen waren die eines körperlosen Besuchers, einer Stimme, die aus der Luft ertönte, Gewissen meiner Vergangenheit.

Bis ich dich traf, hatte Niall niemals seine tiefe Unsichtbarkeit gegen mich gebraucht. Warum?

Ist er wirklich da, wenn er nicht gesehen werden kann?

Was scheine ich zu sehen, wenn er aus dem Nichts erscheint?

Solche Gedanken lagen nahe bei dem Wahnsinn, den ich fürchtete. Um meinen Sinn von ihnen zu befreien, schlug ich den Weg zu unserem Hotel ein. Ich wollte dich sprechen, ganz gleich, wie ungünstig die Umstände und welches der Ausgang sein mochte. Nur in dir lagen Gewißheit und geistige Gesundheit.

17

Du saßest auf dem Bett, lasest die Morgenzeitung und schenktest mir keine Beachtung.

Ich sagte: »Ich habe Hunger, Richard. Wollen wir essen gehen?«

»Gut.« Ohne ein weiteres Wort legtest du die Zeitung zusammen und standest auf.

Das einzige Restaurant, dessen Aussehen uns gefiel, war voll besetzt, und wir mußten einen kleinen Tisch mit einem anderen Paar teilen. Ein Gespräch, das über den bloßen Austausch von Meinungen über die Wahl der Speisen hinausging, war unmöglich. Wir gingen, so bald wir konnten, und kehrten zur Pension zurück. Nach meinem langen Nachmittag fühlte ich mich staubig und verschwitzt, also nahm ich eine Dusche. Als ich herauskam, hattest du dich entkleidet und lagst auf dem Bett. Ich trocknete mir das Haar, dann kroch ich unter das Laken.

»Ich weiß, daß du verärgert bist«, sagte ich. »Wenn ich dir die Wahrheit sage, wirst du zuhören?«

»Es hängt davon ab, was es ist.«

»Es ist Niall. Er ist hier in der Stadt, und ich habe ihn heute gesehen.«

Ich hatte gedacht, du würdest es irgendwie erraten haben, sah aber die Überraschung in deinem Gesicht.

»Was, zum Teufel, hat er hier verloren?« sagtest du. »Er war in Malvern. Folgt er uns überallhin?«

»Er ist hier, und darauf allein kommt es an.«

»Und du mußtest gleich hin und den Nachmittag mit ihm verbringen, wie? Ich habe genug davon. Morgen fahre ich zurück nach London. Wenn du mit deinem verdammten Freund zusammen sein willst, kannst du da bleiben.«

»Ich mußte ihn sprechen«, sagte ich. »Ich wollte ihm sagen, daß alles zwischen ihm und mir aus ist.«

»Das sagtest du schon letztes Mal.«

»Richard, ich liebe dich.«

»Ich glaube nicht, daß das noch wahr ist.«

»Es ist wahr.«

Das brachte mich aus dem Konzept. Alles war zu kompliziert und emotionsgeladen. Ich wollte es vereinfachen, wieder davon ausgehen, was ich als die zentrale Wahrheit sah: daß du der einzige warst, mit dem ich beisammen sein wollte. Aber du warfst es mir ins Gesicht, und das machte mich auch zornig. Der Streit wurde unvernünftig, bis wir ihn beide aufgaben. Eine irreparable Veränderung war eingetreten.

In einer Pause beiderseitiger Erschöpfung begann ich darüber nachzudenken, was Niall am Nachmittag über sein Bedürfnis nach mir gesagt hatte, um dir klarzumachen, warum er mir noch wichtig war. In der Verzweiflung, die wir erreicht hatten, schien es mir die einzige Möglichkeit zu sein, dich verstehen zu machen. Du warst vom Bett aufgestanden und gingst im Zimmer auf und ab.

Dann sagtest du: »Eins möchte ich wissen. Warum hast du mir all dieses Zeug über Unsichtbarkeit erzählt?«

»Wie meinst du das? Du weißt, was passierte.«

»Ich weiß, daß du sagtest, was passiert sei. Was hatte es damit auf sich?«

»Wir sind beide von Natur unsichtbar, Richard.«

»Sind wir nicht. Das ist dummes Zeug.«

»Es ist die wichtigste Tatsache in meinem Leben.«

»In Ordnung ... dann tu es jetzt. Mach dich unsichtbar!«

»Warum?«

»Weil ich dir nicht glaube.« Du starrtest mich mit einem Ausdruck kalter Abneigung an.

»Ich bin jetzt aufgeregt. Es ist schwierig.«

»Dann erzähl mir, warum du mit diesem Scheiß angefangen hast.«

»Es ist kein Scheiß«, sagte ich, und ich konzentrierte mich auf die Intensivierung der Wolke, um nach einigen Augenblicken der Ungewißheit zu spüren, wie ich in die Unsichtbarkeit glitt. »Ich habe es getan.«

Du starrtest mich unverwandt an. »Warum kann ich dich dann noch sehen?«

»Ich weiß nicht ... kannst du?«

»Sonnenklar.«

»Das ist, weil ... du weißt, wie du zu schauen hast. Du weißt, wo ich bin. Und weil du auch ein Unsichtbarer bist.«

Du schütteltest den Kopf.

Ich verstärkte die Wolke und stieg in ihrem Schutz aus dem Bett und bewegte mich seitwärts. Es war ein kleines Zimmer, aber ich entfernte mich so weit ich konnte vom Bett und drückte mich an das polierte Holz der Schranktür. Du blicktest mich an.

»Ich sehe dich immer noch«, sagtest du.

»Richard, es ist, weil du weißt, *wie!* Verstehst du das nicht?«

»Du bist nicht unsichtbarer als ich.«

»Ich fürchte mich, tiefer zu gehen.« Aber ich versuchte es nochmals, blickte aus dem Innern meiner Wolke zurück in dein ärgerliches Gesicht und fragte mich, wie ich dich jemals überzeugen könnte. Ich versuchte mich der Disziplinen zu entsinnen, die Mrs. Quayle mich gelehrt hatte. Ich wußte, wie die

Wolke zu verstärken war, aber seit Jahren hatte die Furcht vor den Schatten mich in die andere Richtung gedrängt. Ich war immer von der Schreckensvorstellung verfolgt, daß ich, sobald ich in die tiefsten Ebenen des Zaubers eindränge, wie Niall sein würde und nicht wieder heraus könnte.

Du runzeltest die Stirn und blicktest weg, wie um dich zu vergewissern. Ich hielt den Atem an, wußte, daß du mich aus den Augen verloren hattest. Aber dann blicktest du wieder her.

»Ich sehe dich immer noch«, sagtest du wieder und blicktest mir in die Augen.

Die Wolke löste sich auf, und ich ließ mich aufs Bett fallen und begann zu weinen. Nach einer Weile setztest du dich zu mir und legtest den Arm um mich. Du hieltst mich an dich gedrückt, und wir schwiegen, während die Spannung allmählich von mir wich und ich an dich gepreßt schluchzte.

Endlich gingen wir zu Bett, aber an Liebe und Zärtlichkeit war in dieser Nacht nicht zu denken. Wir lagen nebeneinander in der Dunkelheit, und obwohl ich erschöpft war, konnte ich nicht einschlafen. Ich wußte, daß auch du wach lagst. Wieviel konnte ich dir über Niall erzählen? Wenn du schon nicht an meine Unsichtbarkeit glaubtest, was würdest du dann dazu sagen?

Ich wußte wie du, daß wir so nicht weitermachen konnten, doch fürchtete ich, dich zu verlieren, wenn du die Wahrheit wüßtest. Dann würde Niall mich den Rest meines Lebens verfolgen.

Aus der Dunkelheit sagtest du: »Was machtest du, als ich dich heute abend auf dem Platz traf?«

»Ich versuchte mit der Sache fertig zu werden.«

»Ich hatte den Eindruck, daß du dich seltsam benahmst. War Niall in der Nähe?«

»Ich glaube es.«

»Wo ist er jetzt?«

»Ich bin nicht sicher ... irgendwo im Umkreis.«

»Ich verstehe noch immer nicht, wie er uns finden konnte«, sagtest du.

»Wenn er was will, ist er hartnäckig.«

»Er scheint Macht über dich zu haben. Gott, ich wünschte, ich wüßte, von welcher Art sie ist.«

Ich lag stumm da, und überlegte, was ich darauf sagen sollte. Nichts, was nicht *meinen* Sinn hatte, konnte einen Sinn ergeben, aber das würdest du nicht glauben.

»Sue?«

»Es ist Niall«, sagte ich. »Ich dachte, du würdest begreifen ... er ist auch unsichtbar.«

18

Den ganzen nächsten Tag verbrachten wir mit der Rückfahrt nach London. Zwischen uns erhob sich eine Barriere von Verärgerung und Mißverständnis, und ich hatte keine Ahnung, was ich tun oder sagen könnte, um die Situation zu retten. Du warst verletzt und zornig, unerreichbar durch Argumente oder Zärtlichkeit. Ich wollte noch immer nur dich, wußte aber nicht mehr, wie. Ich war im Begriff, dich zu verlieren.

Niall fuhr mit uns zurück, saß unsichtbar im Fond des Wagens.

Wir kamen während des abendlichen Berufsverkehrs nach London hinein, und nach dem Verlassen der Autobahn war es eine langsame und ermüdende Fahrt nach Hornsey. Du brachtest mich vor mein Haus und schaltetest die Zündung aus. Ich sah die Müdigkeit in deinen Augen.

»Möchtest du auf ein paar Minuten hineinkommen?« fragte ich.

»Ja, aber ich werde nicht lang bleiben.«

Wir luden mein Gepäck aus. Ich hielt nach einem Zeichen von Niall Ausschau, aber er mußte ausgestiegen sein, ohne daß ich es bemerkt hatte. Ich sperrte die Haustür auf und schloß sie rasch hinter uns, für alle Fälle. Es war eine sinnlose Vorkehrung, weil er seit Jahren einen Nachschlüssel hatte. In der Wohnung nahm ich den kleinen Stoß Post an mich, der auf dem Dielentisch auf mich wartete, dann öffnete ich meine Zimmertür. Sobald wir drin waren, schloß und verriegelte ich sie hastig. Es war die einzige Methode, Niall mit Sicherheit am Eindringen zu hindern. Du bemerktest es, sagtest jedoch nichts.

Ich öffnete eine Fensterklappe und zog die Vorhänge zurück. Du setztest dich auf das Fußende des Bettes.

»Sue, wir müssen klare Verhältnisse schaffen«, sagtest du. »Werden wir einander weiter treffen?«

»Möchtest du?«

»Ich möchte schon ... aber nicht mit einem ständig herumlungernden Niall.«

»Es ist alles aus, ich verspreche es dir.«

»Das hast du schon mal gesagt. Wie soll ich wissen, daß er nicht wieder aufkreuzen wird?«

»Weil er mir sagte, daß er sich damit abfinden könnte, wenn ich mit dir über ihn sprechen würde, so daß du wüßtest, was er zu verlieren fürchtet.«

»Gut ... worin besteht das große Opfer?«

»Ich sagte es dir gestern abend. Niall ist auch ein Unsichtbarer.«

»Nicht schon wieder das!« Du standest auf und bewegtest dich von mir fort. »Ich will dir sagen, was ich von alledem halte. Die einzige Unsichtbarkeit, der ich mir bewußt bin, ist diejenige deines verdammten Exfreundes, der dir wie ein Hund nachläuft. Ich bin ihm nie begegnet, habe ihn nie gesehen, und soweit es mich betrifft, existiert er nicht! Du mußt ihn endgültig loswerden, Sue!«

»Ja, ich weiß.«

»Nun, wir sind beide müde. Ich möchte nach Hause und etwas schlafen. Morgen früh werden wir wahrscheinlich anders über die Dinge denken. Treffen wir uns morgen abend zum Essen?«

»Möchtest du?«

»Ich würde es nicht vorschlagen, wenn ich es nicht wollte. Ich werde dich am Morgen anrufen.«

Damit – und einem flüchtigen Kuß – trennten wir uns. Ich sah dich davonfahren und hatte das abergläubische Gefühl, daß ich dich nicht wiedersehen würde. Es hatte den Anschein, als ob wir einen natürlichen Schlußpunkt erreicht hätten, den zu umgehen ich unfähig gewesen war. Angesichts deiner Zweifel an der Unsichtbarkeit war ich hilflos. Niall hatte alles unterminiert.

Ich ging zurück zu meinem Zimmer, schloß die Tür und verriegelte sie.

»Niall, bist du hier?«

Stille.

»Wenn du hier bist, bitte sag es mir!«

Seine Abwesenheit entnervte mich so sehr wie seine unsichtbare Gegenwart. Ich ging durch den Raum und schlug mit den Armen um mich, versuchte ihn zu finden, falls er sich still verhielt, um mich einzuschüchtern, und nach einer Weile war ich überzeugt, allein zu sein. Ich öffnete meinen Koffer und hängte meine Kleider auf, warf die schmutzigen Sachen auf einen Haufen am Boden. Es war kein Essen da, aber wir hatten unterwegs zu Mittag gegessen, und ich war nicht hungrig. Ich zog mich um, schlüpfte in Jeans und eine saubere Bluse. Dann fiel mir die Post ein, und ich setzte mich aufs Bett und sah sie durch.

In der Mitte des kleinen Stapels von Umschlägen war eine Ansichtskarte.

19

Die Ansichtskarte war nicht unterschrieben, aber ich erkannte Nialls Handschrift. Die Botschaft lautete: »Wollte, du wärest hier«, und darunter war ein X. Die Abbildung war eine moderne Reproduktion von einer alten Schwarzweißaufnahme: der Hafen von St. Tropez mit einem großen Lagerhaus im Hintergrund. Ich versuchte den Poststempel zu entziffern, aber er war verwischt und unleserlich. Die Briefmarke war französisch: der grüne Kopf einer Göttin, France Postes, f. 1.20.

Sie war unzweifelhaft von Niall. Er unterschrieb nie mit seinem Namen, und außerdem kannte ich seine Handschrift. Selbst das X war schwungvoll und schnörkelig.

Ich öffnete die anderen Briefe und sah ihren Inhalt durch, nahm ihn kaum zur Kenntnis. Sobald ich fertig war, warf ich die Umschläge in den Papierkorb. Die Ansichtskarte lag auf dem Bett.

Ich hatte noch den Bluterguß an der Hüfte, wo Niall mich getreten hatte; und von seinem Schlag in den Rükken war ich noch etwas steif. Ich erinnerte mich lebhaft der Vergewaltigung, des leeren Wagens mit laufendem Motor, der ausgepackten Kleider, des Stücks Seife, das in der Nacht auf mich gefallen war. Ich hatte Niall *gesehen,* hatte den größten Teil des gestrigen Nachmittags mit ihm verbracht.

Wie konnte er in Frankreich gewesen sein?

Die Ansichtskarte mit ihrer höhnischen Botschaft, ihrer herausgekehrten Anonymität, leugnete alles, was ich in den letzten Tagen erlebt hatte.

Entweder war Niall mir auf meiner Urlaubsreise mit dir gefolgt, oder er war in Frankreich gewesen, wo zu sein er von Anfang an behauptet hatte.

Bildete ich mir alles nur ein?

Ich erinnerte mich an die Entscheidung, zu der ich gelangt war: Niall mußte in Frankreich sein, andernfalls akzeptierte ich den Wahnsinn der unsichtbaren Welt. Ich hatte nach dieser Prämisse handeln wollen, aber Niall war in England aufgetaucht.

Während unserer Reise hatte ich die Furcht vor dem Wahnsinn, die Ungewißheit seiner Heimsuchungen kennengelernt. Passanten mußten den Eindruck gewinnen, daß ich Selbstgespräche führte; du sahst ihn niemals; er konnte mich vergewaltigen, während ich mit dir im Bett war, und du merktest es nicht. Er betrat Räume und verließ sie, ohne daß ich die Tür aufgehen sah, er war im Wagen und nicht im Wagen, saß hinter uns, für uns beide unsichtbar.

Aber es gab seltsame und authentische Einzelheiten: daß er außer Atem gewesen war, nachdem wir den Hügel oberhalb Malvern erstiegen hatten, das Kratzen seiner Schamhaare, während er mich vergewaltigte, die Klarheit jener verdächtig deutlichen Telefonanrufe, der Geruch von Gauloises-Zigaretten in der Luft und in seinem Atem.

Die Ansichtskarten war ein objektiver Gegenbeweis. Sie lag hier, und sie war aufgegeben und gestempelt worden. Sie war mit der objektiven Gewißheit einer Postsendung in meinen Besitz gelangt.

Ich versuchte mir Erklärungen der Existenz der Karte auszudenken, auch wenn sie abwegig schienen. Er hatte die Karte in England gekauft und einen seiner Freunde beauftragt, sie aus Frankreich an mich zu senden. Aber wo würde man in England solch eine Karte finden? Vielleicht hatte er sie irgendwoi in einem Trödlergeschäft entdeckt und gedacht, sie mir zu schicken, um mich zu desorientieren? Niall war solcher Handlungsweisen fähig, aber es schien übermäßig ausgeklügelt. Vielleicht war er wirklich nach Frankreich gereist, wie er gesagt hatte, hatte die Karte abgeschickt und war dann zurückgekehrt? Aber warum? Es leuchtete nicht ein, daß er soviel Mühe auf sich nehmen sollte, wenn er genug andere Möglichkeiten hatte, mich um den Verstand zu bringen. Und ich war noch immer überzeugt, daß diese Anrufe aus London gekommen waren.

Immerhin, ich hatte ihn gesehen. Er hatte wie jemand ausgesehen, der uns gefolgt war, unrasiert, blaß, mit schmutziger Kleidung. Er hatte in jeder Weise realistisch gewirkt, abgesehen von der Verrücktheit, die ihn von der realen Welt fernhielt.

Wieder die Idee der Verrücktheit. War ich es?

Hatte ich ihn in diese Existenz imaginiert, als eine Verkörperung der Schuld, oder meiner Vergangenheit, oder meines Gewissens?

Wenn ich mich der Welt unsichtbar machen konnte, war ich dann in gleicher Weise fähig, eine andere Gegenwart sichtbar werden zu lassen?

Hatte ich Niall aus meinem Unbewußten erzeugt, eine Heimsuchung dessen, was ich auf mich selbst herabbeschwor, was ich erwartete, was ich am meisten fürchtete?

Während ich dasaß und diese turbulenten Befürchtungen mir durch den Sinn wirbelten, wurde mir klar, daß ich unversehens in Unsichtbarkeit übergegangen war. Meine Wolke hatte sich durch meinen Schrecken verdichtet. Ich schob die Ansichtskarte unter die Bettdecke – außer Sicht.

Meine Unsichtbarkeit – Fluch oder Talent, was immer sie sein mochte – war der einzige Lebensbereich, dessen ich gewiß war. Ich wußte, was ich war und was ich werden konnte. Es mochte mein Wahnsinn sein, aber er war ganz mein.

Ich ging zum Kleiderschrank und öffnete die hohe Tür, blickte in den dort angebrachten Ankleidespiegel: mein Haar war unordentlich, meine Augen geweitet. Ich bewegte die Tür vor und zurück, versuchte das Spiegelbild zu verwirren, versuchte mich selbst nicht sehen zu machen ... aber ich war immer da. Ich dachte an den Kunstgriff mit dem verborgenen Spiegel, den Mrs. Quayle gebraucht hatte, um mir zu beweisen, daß ich mich selbst nicht sehen würde. Nur Mrs. Quayle hatte fester als ich selbst an mein Talent geglaubt.

Ihr beide, Niall und du, zersetztet mein Selbstvertrauen in verschiedenerlei Weise: Niall durch sein Verhalten, du durch deinen Unglauben. Ich hatte gedacht, daß du mich sehen würdest, wie ich wirklich war, indem ich dich in die Welt der Unsichtbaren brächte, und daß du mir durch dein Verstehen den Ausweg zeigen würdest. Niall hielt mich aus gegensätzlichen Gründen zurück, oder versuchte es wenigstens. Jeder von euch war das Gegenstück zum anderen, und ich war zwischen euch aufgehängt.

Wohin ich mich auch wandte, ich schien den Verstand zu verlieren.

Ich starrte in mein Spiegelbild und wußte, daß ich nicht einmal dem trauen konnte. Es machte mich aussehen, als ob ich da wäre, wenn ich wußte, daß ich es nicht war.

Du sagtest, du könntest mich sehen, wenn ich wußte, daß du es nicht konntest.

Nur Niall kannte mich als die, die ich wirklich war, und ihm konnte ich überhaupt nicht trauen.

Ich lief hinaus und nahm den Hörer ab. Ich wählte deine Nummer, und es läutete, bevor ich merkte, daß ich keine Münzen bei mir hatte. Es gab sowieso keine Antwort.

Wieder in meinem Zimmer, sah ich mich mit Nialls Ansichtskarte konfrontiert, die nach wie vor auf eine Erklärung wartete. Ich starrte sie eine Weile an und dachte an die möglichen Konsequenzen, dann stellte ich sie auf den Sims über dem Gaskamin. Es war am sichersten, sie wie eine beliebige Ansichtskarte zu behandeln, die ein Freund aus dem Urlaub geschickt hatte.

Ich ging den Rest meiner Post ein zweites Mal durch – ein Brief enthielt einen dringend benötigten Scheck, ein anderer einen Auftrag für graphische Arbeiten –, dann zog ich mich aus und ging zu Bett.

Am Morgen war meine erste Handlung, daß ich zum Telefon lief und dich anrief. Nachdem es einige Male geläutet hatte, meldetest du dich, und ich steckte zwei Münzen in den Schlitz, bevor wir sprachen.

»Richard? Ich bin's ... Sue.«

»Ich dachte, du hättest vielleicht gestern abend angerufen.« Deine Stimme klang heiser, und ich fragte mich, ob ich dich geweckt hatte.

»Ich versuchte es, aber es meldete sich niemand.« Du sagtest nichts, und ich konnte mich nicht entsinnen, ob wir eine feste Verabredung getroffen hatten, daß ich dich anrufen würde. »Wie geht's dir?« fragte ich.

»Müde. Was machst du heute?«

»Ich fahre hinein zum Studio. In der Post war ein Brief ... sie haben Arbeit für mich. Ich kann mir nicht leisten, den Auftrag sausen zu lassen.«

»Wirst du den ganzen Tag fort sein?«

»Den größten Teil.«

»Wollen wir uns heute abend treffen? Ich würde dich gern sehen, und ich habe Neuigkeiten.«

»Neuigkeiten? Was gibt es?«

»Man hat mir ein Angebot gemacht. Ich werde dir heute abend davon erzählen.«

Wir vereinbarten, wann und wo wir uns treffen wollten. Als ich mit dir sprach, hatte ich ein Vorstellungsbild von dir, wie du am Fußboden neben dem Telefon saßest. Ich stellte mir vor, wie dein Haar vom Schlaf zerzaust war, deine Augen noch halb geschlossen; ich fragte mich, ob du in einem Schlafanzug schliefst, wenn du allein warst. Der Gedanke weckte zärtliche Empfindungen in mir, und ich hätte dich am liebsten gleich gesehen. Ich wollte wieder deine Wohnung aufsuchen, mit dir zu Hause sein, nicht immer von einem Hotel zum nächsten reisen und niemals Gewißheit haben, ob Niall uns beobachtete oder nicht. Aus irgendeinem Grund bildete ich mir ein, deine Wohnung sei vor ihm sicher, obwohl tatsächlich nicht viel dafür sprach.

Die Gedanken an dich gemahnten mich an den Tag des Gewitters, als wir unseren Urlaub geplant hatten. Ich erinnerte mich deiner Ansichtskartensammlung.

»Während wir fort waren«, sagte ich, »schickte mir jemand eine Ansichtskarte. Du warst es nicht, oder?«

»Ansichtskarte? Warum sollte ich?«

»Der Absender setzte seinen Namen nicht darunter.« Ich dachte an Nialls charakteristische Handschrift. »Es war eine alte Ansichtskarte ... die Art, die du sammelst.«

»Also, ich war es nicht.«

Ich sagte: »Könntest du heute abend einige deiner Ansichtskarten mitbringen? Von den Orten, die du in Frankreich aufsuchen wolltest. Ich würde sie mir gern noch einmal ansehen.«

20

Ich fuhr in die Stadt zum Studio und nahm die Arbeitsunterlagen mit, die zu meinem Auftrag gehörten. Am Nachmittag fing ich zu Hause damit an, aber meine Gedanken waren anderswo. Um am Abend zu unserem Treffpunkt zu kommen, mußte ich einen Bus quer durch den Norden Londons nehmen; als wir uns auf den Ort geeinigt hatten, hatte ich angenommen, ich würde direkt vom West End kommen. Es war eine U-Bahnstation, nicht weit von deiner Wohnung. Ich war vor dir dort, und sobald ich dich sah, wie du aus der Richtung deiner Wohnung gegangen kamst, war ich so froh und erleichtert, daß all meine Sorgen verschwanden. Ich lief auf dich zu, und wir standen lange da und küßten und umarmten einander, während der Verkehr vorbeibrauste.

Arm in Arm gingen wir zurück zu deiner Wohnung, und gingen miteinander ins Bett, sobald wir dort waren.

So viel war geschehen, seit wir zuletzt miteinander geschlafen hatten, aber nun, da wir wieder beisammen waren, schien alles in Ordnung. Hinterher gingen wir den Hügel hinauf nach Hampstead und suchten ein Restaurant.

Ich fühlte mich wieder ganz entspannt in deiner Gesellschaft und erzählte von meinem Tag und dem Auftrag, den ich erhalten hatte. Ich dachte absichtlich nicht an Niall und erwähnte ihn auch nicht.

Dann sagtest du: »Willst du meine Neuigkeiten nicht hören?«

»Du sagtest, man hätte dir ein Angebot gemacht.«

»Als Kameramann. Ich glaube, ich nehme es an.«

»Warum solltest du es nicht tun?«

»Weil es bedeuten wird, daß ich eine Weile verreisen muß. Vielleicht bis zu zwei Wochen.« Du sprachst über die politischen Spannungen in Mittelamerika, die der Grund dafür seien, daß ein britisches Aufnahmeteam gebraucht würde. Du schienst im Zweifel zu sein,ob du mir dies anvertrauen solltest oder nicht, und zuerst nahm ich an, es liege daran, daß die Arbeit gefährlich sein würde.

»Was meinst du, Sue? Sollte ich annehmen?«

»Nicht, wenn du glaubst, du würdest in Lebensgefahr geraten.«

Du winktest ab. »Ich denke an dich. Wenn ich für ein paar Wochen verreise, wirst du hier sein, wenn ich wiederkomme?«

»Selbstverständlich!«

»Was ist mit Niall, Sue? Ist das endgültig vorbei?«

»Ich bin ganz sicher.«

»Hast du ihn heute gesehen?«

»Nein, und ich weiß nicht mal, wo er ist.«

»Du solltest dir darüber ganz klar sein, Sue. Niall und ich gehen nicht zusammen. Entweder bringst du die Vergangenheit hinter dich, oder wir lassen es bleiben.«

Ich langte über den Tisch und ergriff deine Hand. »Richard, ich liebe *dich.*«

Es war mir ernst damit, wie es mir immer ernst gewesen war, doch wußte ich in meinem Herzen, daß das Problem mit Niall noch nicht gelöst war. Ich wechselte das Thema, riet dir, den Auftrag zu übernehmen, vorsichtig zu sein und so bald als möglich zurückzukommen. Damit sagte ich dir, was du hören wolltst, und meinte es aufrichtig. Du sprachst noch ein wenig über die Arbeit, die anderen Männer, mit denen du arbeiten würdest, wohin der Auftrag dich führen würde, welche Ereignisse du für die Berichterstattung filmen solltest. Ich wünschte, es wäre möglich gewesen, dich zu begleiten.

Du hattest einige deiner Ansichtskarten mitgebracht und gabst sie mir zum Anschauen. Ich blätterte sie rasch durch und versuchte den Eindruck zu erwecken, daß meine Neugierde müßig sei. Es gab Ansichtskarten von Grenoble, Nizza, Antibes, Cannes, St. Raphaël, St. Tropez, Toulon, und alle zeigten die Ortschaften in ihrer unschuldigen Vergangenheit. Von St. Tropez waren nur zwei dabei: eine zeigte einen Strand in der Nähe des Dorfes, die andere eine Straßenansicht mit einem Ausschnitt vom Hafen zwischen den Häusern.

»Was suchst du?« fragtest du.

Ich ordnete die Karten zum Stapel und gab sie dir zurück. »Nichts.«

»Du sagtest am Telefon, jemand habe dir eine alte Ansichtskarte geschickt. War es eine wie diese?«

»Nein ... Ich glaube, es ist eine moderne Reproduktion.«

»Wer ist der Absender? Niall?«

Ich versuchte unbekümmert zu lachen. »Natürlich nicht. Du weißt, wo er die letzten Tage gewesen ist.«

»Ich weiß, wo er nach deiner Auskunft war. Du sagtest mir auch, daß er in Frankreich sei ... Das war der Grund, daß du nicht dorthin wolltest.«

»O ja«, sagte ich.

»Komm, wir lassen die Rechnung bringen.« Du wandtest den Kopf mit einer scharfen Bewegung zur Seite, und ich sah deinen zornigen Ausdruck. Die Bedienung kam herüber, und du bezahltest. Augenblicke später waren wir auf der Straße und gingen zurück zu deiner Wohnung. Diesmal wurde ich nicht eingeladen, mitzukommen. Wir gingen zu deinem Wagen, der draußen stand. Du warfst die Ansichtskarten auf die Rücksitze, bevor du die Tür auf der Beifahrerseite für mich öffnetest.

Schweigend fuhren wir nach Hornsey. Vor meinem Haus angelangt, fragte ich ihn, ob er mit hineinkommen wolle.

»Ich weiß, du denkst wahrscheinlich, ich sei unfair, aber du mußt aufhören, mich wegen Niall zu täuschen«, sagtest du. Ich versuchte etwas zu erwidern, aber du fuhrst fort: »Du bist die einzige Frau, die ich je geliebt habe, aber ich will verdammt sein, wenn dies in dieser Form weitergeht. Ich werde ein paar Wochen fort sein. Das sollte dir genug Zeit geben, dir schlüssig zu werden, was du willst.«

»Du meinst, ich habe zwischen dir und Niall zu wählen.«

»Du hast den Nagel auf den Kopf getroffen.«

»Ich habe bereits gewählt, Richard. Es ist bloß so, daß Niall es nicht hinnehmen will.«

»Dann wirst du ihn dazu zwingen müssen.«

Sobald ich wieder in meinem Zimmer war, nahm ich Nialls Postkarte vom Kaminsims und riß sie in kleine Stücke. Diese spülte ich durch die Toilette. Am nächsten Tag riefst du an und sagtest, daß du am selben Abend nach Managua fliegen würdest, und versprachst, daß du dich nach deiner Rückkehr gleich melden würdest.

Zwei Tage nach deiner Abreise kam Niall zurück.

21

Was dann folgte, war mein eigenes Werk, das Resultat einer Entscheidung. Du hattest mir ein Ultimatum gestellt, und ich wußte, daß es dir ernst damit war. Du erzwangst eine Wahl zwischen dir und Niall, und ich wählte Niall.

Es war falsch gewesen, zu glauben, ich könnte ein neues Leben beginnen und Niall zurücklassen; die einfache Tatsache war, daß Niall mich heimsuchte und verfolgte und darin fortfahren würde, bis er seinen Willen hätte. Ich konnte die Qual nicht länger aushalten, das Gefühl, zwischen euch zerrissen zu werden. Ich hatte genug.

Wie du, sah auch Niall alles im Hinblick auf den anderen Mann. Ich hatte zu beweisen, daß ich ihm entwachsen war, und um das zu tun, mußte ich allein mit ihm sein. Ich hoffte, dies alles ließe sich bewerkstelligen, bevor du zurückkehrtest, aber wenn das nicht gelingen sollte, war ich bereit, dich zu verlieren.

Das war keine kalte Entscheidung. Als Niall auftauchte, hielt ich noch aus, wartete auf deine Rückkehr, aber sobald ich ihn sah, wurde mir deutlich, was ich würde tun müssen.

Er stand vor meiner Tür, nachdem er mit seinem Schlüssel ins Haus gekommen war. Ich schob die Riegel zurück, und er trat ein. Er sah gut aus. Er war glattrasiert, trug neue Kleider und strahlte etwas von seiner alten Selbstsicherheit aus. Er war in guter Laune, und als ich ihm sagte, daß du fort wärst, meinte er nur, er wisse, daß es nie mit uns geklappt hätte. Er kehrte zu mir zurück, als ob sich nichts geändert hätte, und obwohl ich ihn an diesem ersten Abend nicht hatte bleiben lassen wollen, schliefen wir doch miteinander.

Wo war er gewesen? Ich fragte ihn nie direkt danach, noch erwähnten wir den Nachmittag in St. David. Nichts war gewiß: wenn er in Südfrankreich gewesen war, so ließ er die Sonnenbräune vermissen, die ich erwartet hätte, aber ich bemerkte, daß die Gauloises, die er rauchte, nicht die aufgedruckte Warnung des britischen Gesundheitsministeriums trugen, als hätte er sie in Frankreich oder in einem zollfreien Laden gekauft. Er hatte mir eine Literflasche Côtes de Provence mitgebracht, die er als das »Gesöff der Einheimischen« bezeichnete, aber ein paar Tage später sah ich, daß eine Weinhandlung in der Nähe auch solche Flaschen verkaufte.

Ich fragte ihn nie nach der Ansichtskarte, ich ließ die Störungen und Einmischungen unerwähnt, die Schläge, die Vergewaltigung. Offen gestanden fürchtete ich, was er sagen würde.

Wenn er wirklich in Frankreich gewesen war, was war dann mit mir geschehen, während ich bei dir war? Wenn er uns gefolgt war, wer hatte dann die Postkarte geschickt?

Ich war froh über die geistige Ruhepause, die Freiheit, mich auf ein Problem zu konzentrieren, von dem ich wußte, daß es schließlich gelöst werden konnte. Ich würde ihn überzeugen, daß wir fertig waren miteinander, und ich würde ihn endgültig aus meinem Leben entfernen, doch als die Zeit verstrich, erkannte ich, daß es länger dauern würde als die wenigen noch verbleibenden Tage.

Das Schlimmste, was geschehen konnte, trat ein. Du kehrtest zwei oder drei Tage früher als ich gedacht hatte von deiner Reise zurück und kamst zu mir, ohne vorher zu telefonieren. Ich war gerade mit Niall im Bett, als ich die Hausglocke läuten hörte. Jemand öffnete, und ich hörte deine Stimme. In Panik sprang ich aus dem Bett und zog meinen Morgenmantel über, dachte noch rechtzeitig daran, mich sichtbar zu machen. Niall lag nackt auf dem Bett hinter mir, sichtbar für mich, unsichtbar für dich. Als du an meine Tür klopftest, blickte ich über die Schulter zu ihm und sah, wie seine Miene sich verändert hatte. Vor wenigen Augenblicken hatten wir schläfrig beisammengelegen, müßig geplaudert, Niall hatte eine Zigarette geraucht; nun sah er wachsam und erschreckt aus.

Er sagte: »Wenn das der ist, an den ich denke, schmeiß ihn raus!«

»Fang nichts an, Niall!« sagte ich leise. »Bitte laß ihn nicht merken, daß du hier bist!«

Ich öffnete die Tür, und du standest vor mir. Deine plötzliche Ankunft erschreckte mich so, daß ich nicht wußte, was ich sagen sollte, und mich schuldbewußt in den Raum zurückzog, den offenen Morgenmantel mit beiden Händen vor mir zusammenhaltend.

»Du bist noch im Bett?« sagtest du und blicktest auf deine Armbanduhr. Du sahst müde und verwirrt aus.

»Ich hatte gefaulenzt.«

»Bist du allein?«

»Kannst du jemanden sehen?«

»Niall ist hier gewesen, nicht wahr?«

»Sag ihm, daß ich jetzt hier bin«, sagte Niall. Ich sah mich nach ihm um, und er stand beim Bett; sein Erschrecken war einem harten, entschlossenen Ausdruck gewichen. Da ich wußte, wessen er fähig war, trat ich zwischen euch. Nialls Naturell war unberechenbar.

»Richard, laß mich erklären ...«

»Nein, sag nichts ... es ist nicht notwendig. Ich hätte es mir denken sollen. Gott, wie spät ist es überhaupt? Meine Uhr geht falsch.«

»Es ist halb zwölf«, sagte Niall, nahm meinen Wecker vom Kaminsims und schüttelte ihn vor deinem Gesicht. Ich ging wieder dazwischen und versuchte Niall mit dem Ellbogen zurückzustoßen.

»Es ist später Vormittag«, sagte ich. »Ich wollte gerade aufstehen.«

»Ich wollte dich gerade wieder hochbringen«, sagte Niall grob.

»Aber du hast Niall wieder getroffen, nicht wahr?«

»Ich mußte. Du zwangst mich, eine Wahl zu treffen, und mehr gibt es dazu nicht zu sagen.«

»Dann ist jetzt Schluß, Sue.«

»Weißt du, was mich am meisten ärgert?« sagte Niall und kam wieder näher. »Wenn er dich Sue nennt. Schmeiß ihn raus!«

»Nun?« sagtest du.

»In Ordnung. Lassen wir es dabei.«

»Ich wünschte bloß, ich wüßte, was dieser Niall hat, daß er dich so beeinflußt. Willst du ihn für immer über dein Leben bestimmen lassen?«

»Ich sagte dir«, antwortete ich, »Niall ist auch zauberisch.«

Du wurdest ungeduldig. »Nicht das wieder!«

»Was siehst du bloß in diesem Kretin, Susan?« konterte Niall.

Ich war außerstande, dieses Dreiergespräch weiter zu steuern, so zog ich mich zurück, setzte mich auf die Bettkante und starrte hoffnungslos auf den Boden.

»Sue, was hat Zauber damit zu tun?«

»Nicht Zauber«, sagte ich. »*Der* Zauber. Niall hat *den* Zauber.«

»Das kann nicht dein Ernst sein!«

»Es ist das Wichtigste in meinem Leben, und auch in deinem, wenn du es nur wüßtest. Wir sind alle unsichtbar, bringst du das nicht in deinen Kopf hinein?«

In meinem Jammer merkte ich, daß ich in Unsichtbarkeit sank. Es war mir jetzt gleichgültig, ich hatte nur noch den Wunsch, euch beide los zu sein. Niall stand neben dir, lächerlich in seiner Nacktheit, im Gesicht jenen unangenehmen Ausdruck von Arroganz und Unzulänglichkeit, den er immer zeigte, wenn er sich bedroht fühlte. Du blicktest in einfältigem Staunen umher.

»Sue«, sagtest du, »ich kann dich nicht sehen! Was ist los?«

Ich sagte nichts, denn selbst wenn ich gesprochen hätte, wärst du unfähig gewesen, mich zu hören. Du tratest zurück, legtest die Hand an die Tür und öffnetest sie ein paar Handbreit.

»So ist's recht, Grey. Zeit, daß du dich verpißt!«

»Sei still, Niall!« sagte ich.

Du mußtest etwas gehört haben, denn du blicktest plötzlich scharf zu mir her.

»Er ist hier, nicht wahr?« sagtest du. »Niall ist jetzt hier!«

Ich sagte: »Er ist bei uns, seit ich dich kennenlernte. Wenn du gelernt hättest, wie du hinzusehen hast, als ich versuchte, es dir zu zeigen, würdest du ihn gesehen haben.«

»Wo ist er?«

»Hier bin ich, du Rindvieh!«

Nialls Stimme war plötzlich kräftiger denn je, und ich sah, daß seine Wolke sich gelichtet hatte. Sie war dünner als ich sie bei ihm kannte.

»Da bin ich, Grey!« sagte Niall, fuchtelte mit den Armen und ging vor dir auf und ab. Er trat dich vors Schienbein, du zucktest überrascht zurück und blicktest angestrengt in seine Richtung. Er war der Sichtbarkeit näher, als ich es je für möglich gehalten hätte, und ich dachte mir, daß du ihn oder etwas von ihm sehen müßtest. Dann machtest du mit einem Ruck kehrt, stießest Niall aus dem Weg, öffnetest die Tür und gingst hinaus. Die Tür krachte hinter dir ins Schloß. Augenblicke später hörte ich auch die Haustür schlagen. Ich warf mich aufs Bett und fing an zu weinen. Ich hörte Niall herumgehen, verschloß mich aber gegen ihn. Als ich wieder hinschaute, hatte er seine Geckenkleider angezogen und schaute zugleich trotzig und verstört drein.

»Ich komme später wieder vorbei, Susan«, sagte er.

»Laß es sein!« rief ich schluchzend. »Ich will dich nie wiedersehen!«

»Er wird nicht zurückkommen, weißt du.«

»Das ist mir gleich! Ich will ihn nicht sehen, und ich will dich nicht sehen! Und nun verschwinde!«

»Ich werde dich anrufen, sobald du dich beruhigt hast.«

»Ich werde nicht antworten. Scher dich zum Teufel und laß dich nicht wieder blicken!«

»Ich werde diesen Grey fertigmachen ...«

»Raus!« Ich sprang vom Bett, riß die Tür auf und stieß ihn durch, schloß sie gegen sein Gewicht und schob die Riegel vor. Er schlug an die Tür und rief mir etwas zu, aber ich hörte nicht darauf. Ich lag auf dem Bett und hielt das Kissen gegen meine Ohren. Ich hatte von allem genug, gab mir selbst die Schuld, dir, Niall.

Viel später, als ich mich anzog und zu einem Spaziergang hinausging, entdeckte ich, daß ich sichtbar geworden war.

Ich hatte mich in deiner Gesellschaft daran gewöhnt, sichtbar zu sein, und das Gefühl war mir angenehm, aber nun war ich allein. Es gab keine andere Wolke in meiner Nähe, von der ich hätte Stärke beziehen können. Meine Sichtbarkeit war mein Normalzustand geworden. Ich kam mir seltsam vor, wie in neuen Kleidern.

Als ich wieder in meinem Zimmer war, versuchte ich mich unsichtbar zu machen. Es war schwieriger, als ich angenommen hatte, und anstrengend, den Zustand aufrechtzuerhalten. Sobald ich mich entspannte, glitt ich wieder in die Sichtbarkeit zurück.

Als der Abend kam, wußte ich, daß alles, was ich gesucht hatte, nun mein war. Es schien ironisch, aber verdient, daß ich dich hatte verlieren müssen, um es zu gewinnen.

Das war der Tag der Autobombe, aber ich hörte erst später davon. Ich hatte keinen Fernseher und las keine Zeitungen, und was mich innerlich vor allem anderen beschäftigte, überflutete ohnehin alles. Ich arbeitete bis spät in die Nacht an meinem Zeichenbrett.

Am nächsten Tag fuhr ich ins West End zum Studio und erfuhr von Zeitungsplakaten und Überschriften, daß vor einem Polizeirevier im Nordwesten Londons eine Bombe explodiert sei. Sechs Menschen waren getötet worden, und mehrere hatten schwere Verletzungen erlitten. Es kam mir nicht in den Sinn, daß du einer von ihnen gewesen sein könntest.

Niall ließ sich fast eine Woche nicht blicken, dann kam er eines Tages zum Haus, läutete an der äußeren Tür, und als ich hinausging, fand ich ihn in einer niedergeschlagenen, defensiven Stimmung. Sein Kommen überraschte mich nicht.

»Ich werde nicht hineinkommen, Susan«, sagte er. »Ich wollte sehen, wie es dir geht.«

»Mir geht es gut. Du kannst auf ein paar Minuten hereinkommen, wenn du magst.«

»Nein. Ich kam bloß vorbei.« Er benahm sich schuldbewußt, wich meinem Blick aus. »Ich nehme an, du hast die Nachricht gehört?«

Ich schüttelte den Kopf. »Ich lese keine Zeitungen.«

»Das dachte ich mir. Aber diese solltest du lesen.« Er reichte mir ein zusammengerolltes Exemplar der *Times.* Ich fing an, sie zu entfalten. »Nicht hier draußen«, sagte Niall. »Lies es drinnen!«

Ich sagte: »Ist es über Richard?«

»Du wirst sehen, was es ist. Und da ist noch etwas ... du sagtst, du wolltest lesen, was ich geschrieben habe. Dies schrieb ich für dich. Ich will es nicht zurück haben.«

Er gab mir einen Manilaumschlag, der mit transparentem Klebestreifen verschlossen war.

»Was ist Richard zugestoßen?« fragte ich, die Zeitung schon halb offen.

»Es steht alles da drinnen«, sagte Niall, wandt sich ab und ging rasch davon.

Noch im Hauseingang schlug ich die Zeitung auf, überflog die wichtigsten Meldungen und erfuhr endlich von der Autobombe und was dir zugestoßen war. Der größte Teil des Artikels betraf die Polizeifahndung nach den Terroristen und die Einführung neuer Sicherheitsmaßnahmen, aber ich erfuhr, daß du und die anderen Verletzten unter Polizeischutz in einer Intensivstation wart. Es hatte sich gezeigt, daß einer der Terroristen bei der Explosion verletzt worden war, und die anderen hatten eine makabre Warnung ausgegeben, daß »Zeugen« eliminiert würden. Selbst das Krankenhaus, wo du behandelt wurdest, durfte nicht mit Namen genannt werden.

Ich kaufte alle Zeitungen, die ich finden konnte, und verfolgte die Geschichte, solange sie in der Berichterstattung blieb. Du warst das am schwersten verletzte von allen Opfern und bliebst am längsten in Lebensgefahr. Ich weiß, wenn ich mir wirklich Mühe gegeben hätte, wäre mir die Erlaubnis erteilt worden, dich früher zu besuchen, aber ich glaubte aufrichtig, daß mein Anblick dir mehr geschadet als gut getan hätte.

Schließlich brachte nur noch eine Zeitung gelegentlich Informationen über deine Genesung, in Verbindung mit dem, was sie deine »Story« nannten. Von dieser Zeitung erfuhr ich, daß man dich in eine Rehabilitationsklinik verlegt hatte, und zu guter Letzt brachte ich den Mut auf, dich zu besuchen. Ich rief die Zeitung an, und dort wurde alles arrangiert.

Sobald ich dich an diesem Morgen mit dem Reporter sah, fiel mir auf, daß du deinen Zauber verloren hattest.

Das ist es, was dir in den Wochen vor der Autobombe geschehen ist, Richard. Erinnerst du dich jetzt?

SECHSTER TEIL

1

Drei Wochen nach seiner Rückkehr aus Devon erhielt Richard Grey ein Angebot für Filmarbeiten in Liverpool. Die Dreharbeiten sollten vier Tage dauern und galten einer Fernsehdokumentation über Stadterneuerung nach den Toxteth-Unruhen. Es würde körperlich anstrengend für ihn sein, aber das Aufnahmeteam sollte mit einer vollen Gewerkschaftsbesetzung arbeiten, einschließlich Kameraassistenten, und nach kurzer Unschlüssigkeit akzeptierte er. Am nächsten Tag nahm er den Zug nach Liverpool.

Es löste zeitweilig das Problem, was zu tun sei. Die fortdauernde Steifheit in seinem Körper frustrierte ihn, und er war unruhig, begierig, wieder zu arbeiten. Außerdem ging sein Geld allmählich zur Neige. Es wurde von Entschädigungszahlungen des Innenministeriums gesprochen, und sein Anwalt korrespondierte mit dem zuständigen Parlamentsabgeordneten, aber das war eine Sache, mit der er nicht ernsthaft rechnete.

Bis der Filmauftrag gekommen war, hatte Grey sich hinkend durchs Leben geschlagen und wieder gelernt, wie man einkaufen, ins Kino, ins Wirtshaus ging. Alles mußte langsam angegangen werden. Einmal in der Woche fuhr er ins Whittington-Krankenhaus, um sich der Physiotherapie zu unterziehen; sein Zustand besserte sich, aber es ging sehr langsam. Er ging soviel er konnte, denn wenn er sich anschließend auch müde und unbehaglich fühlte, war die Langzeitwirkung doch eine gleichmäßige Abnahme der Schmerzen in seiner linken Hüfte und eine zunehmende Beweglichkeit. Die Stufen vor seiner Wohnung waren ein Hindernis, mit dem er sich jedesmal von neuem auseinandersetzen mußte, doch fand er, daß er es allmählich leichter überwinden konnte. Autofahren war schwierig, weil die Bedienung des Kupplungspedals seine Hüfte anstrengte. Was er brauchte, war ein Wagen mit automatischem Getriebe, aber das würde warten müssen, bis seine finanzielle Lage sich besserte.

Die Abwesenheit von London würde eine Abwechslung von Sue bedeuten, etwas, das er noch vor ein paar Wochen nicht im Traum für wünschenswert gehalten hätte, was jetzt aber wichtig schien. Er mußte eine Zeit ohne sie haben, um über andere Dinge nachzudenken und Abstand zu gewinnen.

Er wünschte nichts sehnlicher, als daß sie sich in der Realität als das erweisen würde, was sie dem ersten Anschein nach gewesen war: eine Freundin aus seinen verlorenen Wochen, mit der eine Beziehung fortgesetzt werden konnte, erneuert durch die Frische der Wiederentdeckung. Bei ihrer ersten Begegnung hatte er ihre Eigenart interessant und einnehmend gefunden, hatte darin Andeutungen von tieferen Schichten verborgener Verflechtungen gesehen, die mit Geduld freigesetzt werden könnten.

Noch immer fand er sie körperlich anziehend, sie interessierte ihn, und es existierte ein starkes Gefühl von Zärtlichkeit in ihm. Mit zunehmender Heilung wurde ihre körperliche Beziehung erregender und befriedigender. Aber der Unterschied war, daß sie ihn liebte, während Grey in seinem Innersten wußte, daß er nicht genauso empfand. Er mochte sie und wünschte sie besser und intimer kennenzulernen, aber er liebte sie nicht. Er war emotional von ihr abhängig, vermißte sie, wenn sie getrennt waren, fühlte einen Beschützerinstinkt für sie, aber dennoch liebte er sie nicht.

Das Problem war ihre Vergangenheit zusammen.

Er fühlte nichts davon. Erinnerungen an dieses und jenes aus seinen verlorenen Wochen stellten sich zuweilen ein, aber sie waren fragmentarisch und verwirrend, schienen einer unterbewußten oder halbbewußten Ebene seines Geistes zu entstammen.

Wirkliche Erinnerungen sind ein Durcheinander übersehener Erfahrung; wunderliche und unerhebliche

Fakten treiben sich im Gedächtnis herum, noch nach Jahren hartnäckig unvergessen; Fetzen vergessener Melodien gehen einem ungerufen durch den Kopf; seltsame Gedankenverbindungen existieren, ein Geruch läßt ein bestimmtes Ereignis wieder lebendig werden, eine Farbe erweist sich als ein unerklärlicher Hinweis auf einen vor langer Zeit besuchten Ort. Die längste Zeit seines Lebens hatte Grey durch solche normalen Gedächtniskapazitäten erschlossen, aber seine Amnesieperiode war ihm nach wie vor verschlossen.

Was er an Erinnerungen an jene Zeit hatte, kam ihm mit einer oberflächlichen Genauigkeit in den Sinn, hinter der er Unverläßlichkeit spürte. Sein Geist erzählte ihm Geschichten, gab Anekdoten zum Besten und wartete mit Bilderfolgen auf, die oberflächlich einleuchtend waren. Die Analogie, die er dafür fand, war ein geschnittener Film, bei dem die erzählerische Kontinuität bereits gegeben war.

Der Rest seiner Erinnerungen, sein altes Leben, war wie ungeschnittenes Material, unsortiert, nicht zusammengefügt, Streifen der verschiedensten Art, die in der Kassette seines Gedächtnisses herumlagen, damit er sie in eine Reihenfolge bringe und zusammenschneide.

Er erkannte jetzt, daß seine Erinnungen an Frankreich meistenteils falsch waren, von einem Einfall des Unbewußten in sein Gedächtnis projiziert. Er wußte, daß er nicht in Frankreich gewesen war, wenigstens nicht zu der Zeit, an die er sich erinnerte. Einige Teile der Geschichte stimmten: er hatte Sue getroffen, da war die Geschichte mit Niall, ein gemeinsamer Urlaub, er hatte in Mittelamerika gefilmt, es hatte einen letzten Streit gegeben.

Aber dann gab es noch Sues Darstellung ihrer gemeinsamen Vergangenheit, und hier klaffte die wirkliche Lücke.

Während sie indirekt seine geordneten Erinnerungen bestätigte, war ihre Geschichte etwas, das er nur *gehört* hatte. Er konnte akzeptieren, was sie sagte, wie er etwas lesen und akzeptieren mochte, was er in einem Buch oder einer Zeitung las. Sie glaubte offenbar, daß irgendwelche im Unbewußten vergrabene Erinnerungen ausgelöst würden, sobald sie ihre Geschichte erzählte, und daß seine wahren Erinnerungen an dieselben Ereignisse in seinem Gedächtnis auferstehen würden. Er hatte das auch glauben wollen, und hatte die ganze Zeit auf etwas gewartet, das er identifizieren könnte, ein Vorstellungsbild, das einen Widerhall in ihm auslöste, einen Augenblick psychologischer Überzeugungskraft, der den Weg zu allem anderen öffnete. Solche Erleuchtungen waren ausgeblieben. Ihre Geschichte blieb eine Geschichte, und sie war noch immer weit entfernt von seiner eigenen Realität.

Wenn sie überhaupt etwas bewirkt hatte, so hatte sie das Problem seiner vergessenen Zeit vertieft. Sie hatte ihm in gewissem Sinn einen weiteren zusammengeschnittenen Film gezeigt, fertig aufbereitet, vollständig in sich selbst.

Das normale Durcheinander der Realität und ihrer Erinnerungsbilder blieb ihm nach wie vor verborgen.

Seine gegenwärtigen Besorgnisse und Zweifel betrafen jedoch zwei andere Gebiete. Das eine war Sues nachdrückliche Behauptung ihrer Unsichtbarkeit, das andere ihre besessene und destruktive Beziehung mit Niall.

Schon einmal in seinem Leben war Grey in ein Dreiecksverhältnis verstrickt gewesen. Obwohl er aufrichtige Gefühle für die Frau im Mittelpunkt jenes Verhältnisses gehegt und obendrein versucht hatte, sie nicht unter Druck zu setzen, hatten die ständige Unschlüssigkeit, das Hin und Her der Loyalität und seine eigenen unvermeidlichen Empfindungen sexueller Eifersucht die Beziehung schließlich vergiftet. Danach hatte er geschworen, sich niemals wieder mit einer Frau einzulassen, die ein Doppelleben führte, doch dies beschrieb genau, was er mit Sue getan hatte. Eine sehr mächtige Kraft mußte ihn zu ihr gezogen haben.

Sue sagte, daß Niall sie nicht mehr behellige, und daß sie ihn nicht mehr gesehen habe, seit er ihr das Exemplar der *Times* gegeben hatte. Es schien wahr zu sein, daß es im Augenblick keinen anderen Mann in ihrem Leben gab.

Trotzdem blieb Niall ein Faktor.

Es war, als hielte sie etwas über ihn zurück, als brauche er nur wieder aufzutauchen, um von neuem einen Platz in ihrem Leben zu finden. Niall war zu einem Thema geworden, das keiner von ihnen anschnitt, aber durch dieses Tabu blieb er zwar auf Distanz, aber allgegenwärtig.

Die Frage der Unsichtbarkeit vertiefte die Spaltung.

Grey war ein praktisch denkender Mann, ausgebildet, Auge und Hand zu gebrauchen. Sein Beruf hatte mit visuellen Bildern zu tun, die gesehen und fotografiert wurden. Er glaubte an das, was er sah; was er nicht sah, war nicht da.

Als er Sues Lebensbericht gehört hatte, war er zuerst der Meinung gewesen, daß ihr endloses Gerede von unsichtbaren Leuten auf irgendeine Weise allegorisch sei, die Beschreibung einer bestimmten Einstellung zum Leben. Vielleicht war dies so, aber er wußte, daß sie es auch buchstäblich und physikalisch meinte. Sie behauptete, manche Menschen könnten durch das Versagen anderer, sie zu bemerken, ungesehen bleiben. Daß er, Grey, von der gleichen Art sein sollte, erschien ihm völlig abwegig.

Immerhin hatte Sues Bericht bewirkt, daß er auf die Sache aufmerksam geworden war, und sie hatte ihm sein Talent demonstriert, wenn auch ohne rechte Überzeugungskraft. Nun behauptete sie, sei es latent wieder in ihm vorhanden, nachdem es durch die traumatische Wirkung seiner Verletzungen zeitweilig zurückgedrängt worden war. Wenn er sich erinnere, *wie,* sagte sie, werde er es wiederentdecken.

Wenn er ihr zuhörte, den Zweifeln, die sie häufig zum Ausdruck brachte, dem Gerede von Wahnsinn und Täuschung, fragte er sich, ob die Erklärung dort lag. Die Besessenheit, mit der Sue darauf beharrte, war in sich selbst der Täuschung nahe, die Hoffnungslosigkeit eines beharrlichen, aber unlogischen Glaubens.

Sein Verstand verlangte Beweise, und wenn die nicht zu haben waren, klare Hinweise. Er meinte, es müsse einfach sein, die Angelegenheit so oder so aufzuklären, aber Sue war ungenau in einer Art und Weise, die ihn rasend machen konnte. Unsichtbare Leute waren da, sie konnten gesehen werden, aber solange man nicht wußte, wie man sie sehen konnte, würde man sie nicht bemerken.

Einmal waren sie nachmittags inmitten eines Stroms von Passanten und Schaulustigen die Kensington High Street entlanggeschlendert. Sue hatte ihn auf verschiedene Leute aufmerksam gemacht und behauptet, es seien Unsichtbare. Manchmal konnte Grey sehen, wen sie meinte, manchmal nicht. Er fotografierte sie alle. Die Ergebnisse waren ohne Beweiskraft: als die Abzüge aus dem Entwickler kamen, zeigte sich, daß die Menschenmengen bloß Menschenmengen waren, und er und Sue konnten nur darüber streiten, ob diese oder jene Person zur Zeit der Aufnahme sichtbar gewesen war.

»Mach dich unsichtbar!« sagte Grey. »Jetzt, vor meinen Augen!«

»Ich kann nicht.«

»Aber du sagtest, du könntest es.«

»Es ist jetzt anders. Es fällt mir nicht mehr leicht.«

»Aber du kannst es immer noch, nicht?«

»Ja, bloß weißt du, wie du mich sehen kannst.«

Immerhin versuchte sie es. Nach viel Stirnrunzeln und langer Konzentration erklärte sie sich für unsichtbar, aber soweit es Grey betraf, war sie noch immer da, und jede ihrer Bewegungen zu sehen. Sie beschuldigte ihn, ihr nicht zu glauben, aber so einfach war es nicht. So glaubte er zum Beispiel an die Tatsache ihrer Erscheinung.

Sie hatte ihn immer durch die Neutralität ihres Aussehens angezogen. Alles an ihr war unauffällig: ihre Haut war hell, das Haar dunkelblond, die Augen haselnußbraun, die Züge regelmäßig, die Gestalt schlank. Sie war von durchschnittlicher Größe, und ihre Kleider hatten einen natürlichen Sitz. Wenn sie sich bewegte, geschah es ruhig. Ihre Stimme war angenehm, aber nicht auffallend. Ein desinteressierter Blick auf sie mochte sie als langweilig und mausartig abtun, aber für Grey, der sich für sie interessierte und mit ihr Umgang hatte, war sie ungewöhnlich attraktiv. Was er in ihr wahrnahm, war durch die Unauffälligkeit der Oberfläche verborgen; etwas Elektrisches kam aus dem Innern. Waren sie zusammen, so spürte er ständig ein Verlangen, sie zu berühren. Er mochte die Art und Weise, wir ihr Gesicht sich veränderte, wenn sie lächelte, oder in Gedanken war. Wenn er mit ihr schlief, fühlte er, daß ihre Körper ohne Berührung verschmolzen, eine ungenaue Empfindung, die er jedesmal erlebte, aber niemals genauer bestimmen konnte. Es war, als ob sie eine natürliche Ergänzung zu ihm wäre, jemand, der auf seine unmittelbaren Bedürfnisse einging.

Sie behauptete, daß er durch seine Zweifel an ihrer Unsichtbarkeit alles ablehne, was sie ihm erzählt habe, aber in Wirklichkeit fesselte ihn diese verborgene Qualität an ihr.

Sie war ihm nicht unsichtbar, jedenfalls nicht in einer Weise, wie er das Wort verstand, aber sie war bei alledem eine *ungenaue* Person. Dies überzeugte ihn, daß ihre Behauptungen eine innere Wahrheit besaßen, und er glaubte sich weit davon entfernt, sie abzulehnen.

Jedenfalls gab ihm die Reise nach Liverpool Gelegenheit, über dies alles nachzudenken.

2

In Liverpool war die See immer zu fühlen; die imponierende Hafenfront mit dem Blick über die Flußmündung nach Birkenhead, die Irische See im Westen, die selbstbewußte Architektur der viktorianischen Reedereigebäude, der Geruch von Salzwasser im böigen Wind. Abseits vom Stadtzentrum, aber nicht weit entfernt, wo die Gebäude schäbiger und die Straßen schmaler waren, trat die See auf andere Art und Weise in Erscheinung: durch ein abstoßendes Rotlichtviertel aus heruntergekommenen Slumhäusern, leeren Lagerhäusern, wo früher verzollte Waren gelagert worden waren, Kneipen mit maritimen Namen, unbebaute Flächen, vor denen Plakatwände standen, die Jamaika-Rum und Luftlinien nach Amerika anpriesen.

Hier war Toxteth, wo ein verspätetes Eingreifen der Regierung versuchte, einer Gegend, wo rasche Vergänglichkeit immer die Norm gewesen war, Gemeinschaftsgeist aufzudrängen.

Es war gut, wieder mit einer Arriflex zu arbeiten, ihr klobiges Gewicht auf der Schulter zu fühlen, das geformte Okular an der Braue. Grey begrüßte die Arbeitskamera mit dem befriedigenden Gefühl eines stillen Wiedersehens, und er war verblüfft, wie natürlich sie sich noch immer in seinen Händen anfühlte, wie seine Sicht verengt und geschärft wurde, wenn er durch den Sucher blickte und dachte. Aber er war gewohnt, mit einer kleineren Gruppe zu arbeiten, und die große Zahl von Leuten ringsum störte ihn zuerst. Er fühlte, daß er auf dem Prüfstand war, daß sie sehen wollten, ob er noch wußte, wie es gemacht wurde, aber schon nach kurzer Zeit wurde ihm klar, daß dies seine eigenen Befürchtungen waren und daß alle anderen viel zusehr mit ihren eigenen Aufgaben beschäftigt waren, um über ihn nachzudenken.

Er fand sich wieder in die Arbeit ein, froh über die

Möglichkeit zu tun, worin er am besten war. Die Filmaufnahmen des ersten Tages erschöpften ihn, weil er körperlich aus der Übung war, und am Morgen des zweiten Tages schmerzten seine Schultern und sein Bein. Die Arbeit aber absorbierte ihn, und er wußte, daß diese wenigen Tage hundert Stunden Physiotherapie aufwogen.

Der Regisseur war ein erfahrener Dokumentarfilmer, und sie hielten den Terminplan mit Leichtigkeit ein. Am Spätnachmittag waren sie immer mit der Dreharbeit fertig und hatten die Abende frei. Das Aufnahmeteam wohnte im Hotel Adelphi, einer prachtvollen viktorianischen Extravaganz im Herzen der Stadt, und jeden Abend blieben die meisten Leute in der weiten, mit Palmen angefüllten Bar im Zwischengeschoß, um zu trinken. Für Grey war es eine Gelegenheit zum Fachsimpeln, zum Austausch von Geschichten über frühere Aufträge, zur Information über den derzeit geläufigen Branchenklatsch und über Leute, die er kannte. Es wurde von weiteren Arbeiten gesprochen, die in Aussicht gestellt waren, einer Gelegenheit, einen Arbeitsvertrag für Saudi-Arabien zu bekommen, einer Sache, die sich in Italien entwickelte.

Alles war völlig verschieden von den letzten Wochen, in denen er von sich selbst und Sue besessen gewesen war, von ihrer bizarren Geschichte und ihrer klaustrophobischen Beziehung. An einem Abend rief er sie aus seinem Hotelzimmer an, und als er ihre Stimme dünn und schwach durch die Leitung hörte, hatte er das Gefühl, einen langen Stollen zurück zu etwas zu bohren, das er bereits hinter sich gelassen hatte. Sie sagte, sie sei einsam ohne ihn, wünsche, daß er bald wieder bei ihr wäre, alles, was gewesen sei, tue ihr leid, es sei jetzt anders. Er murmelte Ermutigungen, kam sich heuchlerisch vor und versuchte, ihnen einen aufrichtigen Klang zu geben. Er begehrte sie nach wie vor, fühlte ein Verlangen, mit ihr zu schlafen, aber während er fort war, hatte alles einen Anstrich von Entfremdung und Unwirklichkeit.

Am vierten Abend drehten sie die letzten Szenen. Drehort war eine Arbeiterkneipe, ein verräucherter Schuppen, laut von Musik und erhobenen Stimmen. Grey traf mit seinen Assistenten frühzeitig ein und stellte die Lampen für die Interviews auf, verbreiterte die Durchgänge zwischen den Tischen, um der Kamera ein ungestörtes Durchfahren zu ermöglichen. Auf einer Seite war eine kleine Plattform mit einer Anzahl von Scheinwerfern, und im Hintergrund waren Musikverstärker ungenutzt unter Planen gestapelt. Die Akustik war scharf, und der Tonmeister verzog das Gesicht über die Echos, als er eine Messung machte. Die meisten Gäste waren Männer in Anzügen ohne Schlipse, und die wenigen Frauen behielten ihre Mäntel an. Alle tranken aus Halblitergläsern und redeten gegen die Tonbandmusik an, die aus den Lautsprechern drang. Als mehr und mehr Gäste kamen und die Rausschmeißer ihre Plätze bei der Bar und an der Tür einnahmen, fühlte Grey sich an eine Wirtschaft in Nordirland erinnert, wo er ein paar Jahre früher gefilmt hatte. Dort war die Einrichtung von der gleichen spartanischen Art gewesen: nackte Tische und Stühle, kahle Dielenbretter, Bierdekkel und Aschenbecher von Brauereien, Lampen mit billigen Blechschirmen, die Bar selbst beleuchtet durch Leuchtstoffröhren.

Sie fingen an zu filmen: ein paar orientierende Aufnahmen des vollen Raumes, Nahaufnahmen einiger Zecher, und dann eine Anzahl Interviews: wie viele Leute waren arbeitslos, wie war das Leben, die Aussichten auf Ortsveränderung, wie wirkte sich die bevorstehende Schließung eines Industriebetriebs aus.

Hauptunterhaltung des Abends war eine Stripperin in einem grellbunten Phantasiekostüm, das offensichtlich viel Gebrauch gesehen hatte. Grey nahm die Kamera auf die Schulter und bewegte sich näher zur

Plattform, um ihren Auftritt zu filmen. Als sie die Kamera sah, führte die Frau eine umständliche Darbietung auf, grimassierte verführerisch, schwenkte ihr Hinterteil und entledigte sich ihres Kostüms mit übertriebenen Gesten. Sie schien Mitte dreißig zu sein, hatte Übergewicht, einen schlechten Teint unter dem Make-up, Schwangerschaftsstreifen am Bauch und Hängebrüste. Als sie nackt war, sprang sie von der Plattform. Grey folgte ihr mit der Kamera, als sie von Tisch zu Tisch ging, sich auf Schöße setzte, die Beine spreizte, die Brüste befingern ließ, alles mit einem Gesichtsausdruck grimmiger Fröhlichkeit.

Als sie gegangen war, und die Kamera wieder auf den Kamerawagen montiert wurde, stand Grey abseits und erinnerte sich.

In der Bar in Belfast war auch eine Stripperin gewesen. Er und sein Kollege mit dem Mikrophon waren am späteren Abend hingegangen, nachdem eine konfessionelle Schießerei stattgefunden hatte. Sie trafen ein, als die Krankenwagen und die Polizei wegfuhren, und es gab nichts zu filmen als Einschußlöcher in der Wand und Glassplitter am Boden. Weil es Belfast war, hatte man das Blut bald aufgewischt, und die Erregung legte sich, und noch während sie filmten, ging die Zecherei weiter und neue Gäste kamen herein. Eine Stripperin trat auf und brachte ihre Darbietung, und Grey und sein Kollege blieben, um zuzusehen. Gerade als sie gehen wollten, kehrten die Terroristen unvermittelt zurück, drängten sich durch die Leute bei der Tür und riefen Drohungen. Beide trugen Sturmgewehre, hielten sie mit den Mündungen nach oben. Ohne zu überlegen, hob Grey die Kamera auf die Schulter und fing an zu filmen. Er bahnte sich den Weg durch die Menge, ging direkt auf die Bewaffneten zu und filmte ihre Gesichter. Er war da, als sie das Feuer eröffneten und ein Dutzend Kugeln in die Decke jagten, daß der Putz in Flocken und Brocken herabregnete. Dann gingen sie.

Greys Film wurde nie gesendet, aber er wurde später von den Sicherheitskräften zur Identifizierung der Täter benutzt, die verhaftet und verurteilt wurden.

Greys tollkühne Handlungsweise war vom Sender mit einem Bonus belohnt worden, aber der Zwischenfall war bald vergessen. Niemand, auch Grey nicht, konnte verstehen, warum die Terroristen sich von ihm hatten filmen lassen, warum sie ihn nicht niedergeschossen hatten.

Als er jetzt im Lärm der Bierhalle in Liverpool stand, fiel Grey etwas ein, was Sue gesagt hatte. Sie hatte ihn an die Geschichte erinnert, die er ihr erzählt haben mußte, wie er inmitten der Straßenschlacht gefilmt hatte. Sie hatte gesagt, er habe sich in der Hitze des Geschehens unsichtbar gemacht.

War das auch in dem Lokal in Belfast geschehen? War doch etwas an alledem, was sie sagte?

Er erledigte den Rest der Filmarbeit, nun mit einem Gefühl von Verlegenheit, da er sich als Eindringling in das deprimierende Leben dieser Menschen fühlte, und war froh, als die Ausrüstung verladen wurde und sie zum Hotel zurückkehren konnten.

3

Sobald er ausgeschlafen hatte, rief Grey bei Sue an. Sie kam ans Telefon, und ihre Stimme hörte sich benommen und verschlafen an. Er sagte ihr, daß die Dreharbeiten hätten verlängert werden müssen, und daß er erst in zwei Tagen nach London kommen würde. Sie schien enttäuscht, stellte aber keine Fragen. Sie sagte, sie habe nachgedacht und wolle mit ihm sprechen. Grey versprach, daß er sie gleich nach seiner Rückkehr verständigen würde, und legte auf. Nach dem Frühstück kam das Filmteam in der Hotelhalle zusammen, bevor es sich auflöste. Grey notierte ein paar Telefonnummern und verabredete für die kommende Woche ein Treffen mit dem Produzenten in London. Sobald sie sich alle verabschiedet hatten, ließ er sich vom Regieassistenten, der nach Manchester fuhr, im Wagen mitnehmen. Er wurde eine kurze Busfahrt von dem Vorort entfernt, wo Sue aufgewachsen war, abgesetzt.

In einem Telefonbuch schlug er die Adresse nach und ging durch die Vorortstraßen, sie zu suchen. Das Haus war eine kleine Villa aus der Vorkriegszeit und stand in einer kurzen Sackgasse.

Eine Frau öffnete auf sein Läuten und lächelte reserviert.

»Entschuldigen Sie, sind Sie Mrs. Kewley?«

»Ja. Kann ich Ihnen helfen?«

»Sie haben eine Tochter Susan, die in London lebt?«

Das Lächeln verschwand. »Haben Sie schlechte Nachrichten?«

»Ganz und gar nicht. Mein Name ist Richard Grey, ich bin ein Freund von Susan. Ich habe hier in der Gegend zu tun gehabt und dachte, ich sollte bei Ihnen vorbeischauen und mich mit Ihnen bekannt machen.«

»Es hat doch nicht etwa einen Unfall gegeben, oder?«

»Es tut mir leid ... ich hätte mich telefonisch anmelden sollen. Susan geht es gut, und sie läßt Ihnen die herzlichsten Grüße ausrichten. Ich wollte Sie nicht ängstigen.«

»Sie sagten, Ihr Name sei ...?«

»Richard Grey. Schauen Sie, wenn mein Besuch ungelegen ist, werde ich ...«

»Möchten Sie für ein paar Minuten hereinkommen? Ich werde etwas Tee machen.«

Im Haus war ein langer Korridor mit einem Blick in die Küche am anderen Ende. Vom Hausgang führte eine mit einem Läufer belegte Treppe zum Obergeschoß; kleine gerahmte Gemälde hingen dort an der Wand. Er wurde ins Wohnzimmer geführt, wo Sessel und Zierat präzise angeordnet waren. Mrs. Kewley bückte sich, das Gasfeuer im Kamin anzuzünden, und richtete sich langsam auf.

»Möchten Sie Tee, Mr. Grey? Ich könnte Ihnen auch einen Kaffee machen.« Sie sprach mit nordenglischem Akzent, ohne erkennbare Spuren des Schottischen, die er erwartet hatte.

»Tee, bitte. Verzeihen Sie, daß ich unangemeldet hereingeschneit komme, aber ...«

»Ich freue mich immer, Susans Freunde zu sehen. Bin gleich wieder da.«

Auf dem Kaminsims stand eine Aufnahme von Sue: ihr Haar war länger und im Nacken zusammengefaßt. Sie sah viel jünger aus, aber ihre linkische Art zu sitzen, wenn sie wußte, daß sie angeschaut wurde, war dieselbe. Das Foto war eingerahmt, und in einer Ecke stand der Name des Fotografen. Er vermutete, daß die Aufnahme entstanden war, kurz bevor sie das Elternhaus verlassen hatte.

Grey wanderte still im Raum umher; er spürte, daß er nicht oft benutzt wurde. Am anderen Ende des Korridors waren Stimmen und das Klappern von Geschirr zu vernehmen. Er kam sich wie ein Eindringling vor, und wußte, daß Sue wütend sein würde, wenn sie herausbekäme, was er getan hatte. Die Stimmen näherten sich im Korridor, und er setzte sich in einen der Sessel beim Kamin. Draußen hörte er eine Frau sagen: »Adieu einstweilen, May. Ich schaue morgen wieder vorbei.«

»Adieu, Alice.« Die Haustür wurde geöffnet und geschlossen, und Sues Mutter kam mit einem Tablett herein.

Sie waren übertrieben höflich und gezwungen miteinander, Grey wegen der ungewissen Motive seines Besuches, und Mrs. Kewley vermutlich wegen seines unangemeldeten Erscheinens. Sie sah um einiges älter aus, als er von Sues Mutter erwartet hatte, mit bereits weißem Haar und einer gewissen Steifheit in den Bewegungen. Aber ihr Gesicht war unverkennbar wie Sues, und er freute sich, als er kleine Ähnlichkeiten in den Gesten sah.

»Sind Sie der Freund, der ein Fotograf ist?«

»So ist es ... nun, ich bin Kameramann beim Film.«

»Ja, richtig. Susan erzählte uns von Ihnen. Sie hatten einen Unfall, nicht wahr?«

Sie sprachen eine Weile über den Bombenanschlag und seinen Krankenhausaufenthalt, und Grey war überrascht zu erfahren, daß Sue zu ihren Eltern von ihm gesprochen hatte. In der Erkenntnis, daß das, was die Leute ihren Eltern erzählen, oftmals eine zurückhaltende Version der ganzen Wahrheit ist, war er vorsichtig in allen Äußerungen über Sues gegenwärtiges Leben, aber Mrs. Kewley sagte, daß Sue viele Briefe nach Hause schreibe. Sie wußte über Sues Laufbahn gut Bescheid und hatte sogar eine Mappe mit Ausschnitten, von denen Grey viele nie gesehen hatte. Die Entdekkung, wie viele Arbeiten sie verkauft hatte und daß sie auf ihrem Gebiet offensichtlich gut eingeführt war, bot einen kleinen Einblick in Sue.

Als die Sammelmappe beiseitegelegt war, sagte Mrs. Kewley: »Geht Susan immer noch mit Niall?«

»Ich weiß es nicht genau ... Ich glaube es nicht. Ich wußte nicht, daß Sie ihn kennen.«

»O ja, wir kennen Niall gut. Susan brachte ihn einmal übers Wochenende mit nach Hause. Ein sehr netter junger Mann, dachten wir, wenn auch ziemlich ruhig. Ich glaube, er ist eine Art Schriftsteller, aber er wollte nicht viel darüber sagen. Ist er auch mit Ihnen befreundet?«

»Nein, ich habe ihn nicht kennengelernt.«

»Ich verstehe.« Mrs. Kewley lächelte nervös und blickte weg, genau wie Sue. Vermutlich dachte sie, sie habe einen Schnitzer gemacht, also beeilte sich Grey, ihr zu versichern, daß er und Sue einfach Freunde seien. Dieser unbedachte Augenblick brach das Eis, und

Mrs. Kewley wurde gesprächiger. Sie erzählte ihm von ihrer anderen Tochter Rosemary, die verheiratet war und nicht weit entfernt in Stockport wohnte. Es gab zwei Enkelkinder, die Sue niemals erwähnt hatte.

Grey dachte an Niall und den Bericht, den Sue ihm von ihrem gemeinsamen Besuch hier im Haus ihrer Eltern gegeben hatte. Er war sehr verschieden von der Darstellung nachsichtiger elterlicher Billigung gewesen, die Mrs. Kewley andeutete, und hatte nach Sue unmittelbar zu ihrer ersten Trennung von Niall geführt. Er entsann sich deutlich ihrer Version von Niall als unsichtbarem Gefährten, der sie durch sein flegelhaftes Benehmen zur Verzweiflung gebracht hatte. Aber Mrs. Kewley hatte ihn offensichtlich kennengelernt, nichts Ungewöhnliches an ihm gefunden und sogar eine günstige Meinung über ihn gebildet.

»Mein Mann wird bald von der Arbeit heimkommen«, sagte sie. »Er arbeitet jetzt nur noch Teilzeit. Sie werden doch bleiben und ihm guten Tag sagen, nicht wahr?«

»Das würde ich sehr gern tun«, sagte Grey, »aber ich muß heute nachmittag einen Zug nach London erreichen. Vielleicht kann ich Ihren Mann noch sehen, bevor ich gehe.«

Sie begann unschuldige Fragen über Sue zu stellen: wie ihr Zimmer sei, mit welchen Leuten sie zusammenarbeite, ob sie ein vernünftiges Leben führe und sich genug Bewegung verschaffe. Grey antwortete mit einigem Unbehagen, da ihm bewußt war, daß er sich leicht in irgendeinen unbedeutenden Widerspruch mit Sues eigener Darstellung ihres Lebens verwickeln konnte. Die Enthüllung über Niall unterstrich, wie wenig er wirklich von Sue wußte und verstand. Um dem Problem auszuweichen, stellte er selbst Fragen. Nicht lange, und ein Fotoalbum wurde hervorgeholt. Grey, der sich mehr denn je wie ein Spion vorkam, betrachtete interessiert Aufnahmen aus Sues Kindheit.

Sie war ein hübsches Kind gewesen, mit einer Vorliebe für hübsche Kleidchen und Bänder im Haar. Die Einfachheit, die er so interessant fand, entwickelte sich später: als Halbwüchsige begann Sue schlaksig und mißmutig auszusehen, stand gehorsam für die Fotografen da, wandte aber das Gesicht zur Seite. Diese Bilder wurden rasch übergangen; Mrs. Kewley hatte ein offensichtlich selektives Erinnerungsvermögen.

Hinten im Album, nicht eingeklebt wie die anderen, sondern lose eingelegt, war eine Farbaufnahme. Sie fiel heraus und zu Boden, als Mrs. Kewley das Album weglegen wollte, und Grey hob das Bild auf. Es war eine neuere Aufnahme von Sue, auf der sie beinahe so gut aussah, wie er sie kannte. Sie stand neben einem Beet in einem Garten, und neben ihr war ein junger Mann, der ihr den Arm um die Schultern gelegt hatte.

»Wer ist das?« fragte Grey.

»Das ist Niall, freilich.«

»Niall?«

»Ja ... Ich dachte, Sie kennten ihn. Wir nahmen das Bild im Garten auf, als er uns besuchte.«

»Ach ja, jetzt erkenne ich ihn«, murmelte Grey und starrte auf das Foto. Bis zu diesem Augenblick hatte sein ungesehener Rivale in Greys Phantasie bedrohliche Kräfte besessen, aber ihn endlich zu *sehen,* und wenn es nur in einem ziemlich unscharfen Schnappschuß war, ließ diesen bedrohlichen Aspekt augenblicklich zurücktreten. Niall sah jung aus, war von schmächtigem Wuchs, hatte einen blonden Haarschopf und einen Gesichtsausdruck, der zugleich verdrießlich und eingebildet aussah. Er war elegant gekleidet und hatte eine Zigarette im Mund. Sein Gesicht war Sue zugewandt, und er hielt sie im Arm, als sei sie sein Besitz; sie hingegen stand linkisch da und sah bedrückt aus.

Er gab das Foto Mrs. Kewley zurück, und sie steckte es wieder ins Album. Ohne zu merken, welche Wirkung das Bild auf ihn gehabt hatte, begann sie von Sue und ihren Jugendjahren zu sprechen. Grey verhielt sich still und hörte aufmerksam zu. Was sich herausschälte, war eine Geschichte, die weder von den Bildern, die er gerade gesehen hatte, noch von Sues eigener Version gestützt wurde. Nach ihrer Mutter war Sue ein zufriedenes Mädchen gewesen, gut in der Schule, beliebt bei den anderen Mädchen, begabt mit zeichnerischem Talent. Sie war eine gute Tochter gewesen, mit einem engen Verhältnis zu ihrer Schwester, rücksichtsvoll und aufmerksam gegen ihre Eltern. Ihre Lehrer sprachen lobend von ihr, und Freunde in der Nachbarschaft erkundigten sich noch immer nach ihrem Ergehen. Bis die Mädchen herangewachsen waren und das Elternhaus verlassen hatten, waren sie eine glückliche, intime Familie gewesen, für die es kaum Geheimnisse gegeben hatte. Jetzt waren sie sehr stolz auf Susan und glaubten, daß sie aus dem Talent, das sie immer gezeigt hatte, das Bestmögliche mache. Ihre Eltern bedauerten nur, daß sie nicht öfter zu Besuch kommen könne, aber sie wüßten, wie beschäftigt sie sei.

Etwas fehlte, und nach einer Weile spürte Grey, was es war. Eltern, die gut von ihren Kindern sprachen, erzählten gewöhnlich erheiternde Geschichten von ihnen, harmlose Anekdoten von kindlichen Schwächen. Mrs. Kewley sprach in Verallgemeinerungen und Plattheiten, daß es sich wie das Aufsagen einer gut einstudierten Lobrede anhörte. Aber ihr Enthusiasmus war echt und sie lächelte oft bei ihren Erinnerungen, eine freundliche Frau, eine nette Frau.

Kurz nach halb eins kam ihr Mann nach Hause. Grey sah ihn auf dem Weg vor dem Fenster, und Mrs. Kewley ging zur Begrüßung hinaus. Augenblicke später trat er ein, schüttelte Grey die Hand und lächelte verlegen.

»Ich werde mich ums Mittagessen kümmern«, sagte Mrs. Kewley. »Würden Sie gern mit uns essen?«

»Nein danke, ich muß wirklich bald gehen.«

Die beiden Männer blieben allein im Wohnzimmer

zurück, standen einander gegenüber, und eine peinliche Stille entwickelte sich.

»Vielleicht mögen Sie ein Gläschen mit mir trinken, bevor Sie gehen?« sagte Mr. Kewley, der die Morgenzeitung noch unter dem Arm hatte.

»Ja, danke.« Aber der einzige Alkohol im Haus erwies sich als ein süßer Sherry, ein Getränk, das Grey nicht mochte. Er nahm das Glas mit Anstand entgegen und nippte höflich. Bald darauf kam Mrs. Kewley zurück, und sie saßen zu dritt in dem kleinen Wohnzimmer und sprachen über die Firma, für die Mr. Kewley arbeitete. Grey leerte sein Glas, so rasch er konnte, sagte dann, er müsse wirklich zum Bahnhof. Sues Eltern schienen erleichtert, aber sie wiederholten das Ritual der Einladung zum Mittagessen, und nach einer höflichen Ablehnung tauschte Grey einen Händedruck mit Sues Vater, und Mrs. Kewley begleitete ihn zur Tür.

Er war erst ein kurzes Stück gegangen, als er hörte, daß die Tür von neuem geöffnet wurde.

»Mr. Grey!« Sues Mutter eilte ihm nach. Im Tageslicht wirkte sie auf einmal jünger, mehr wie Sue selbst. »Nur noch etwas!«

»Ja, bitte?« sagte er und lächelte, um sie zu ermutigen, weil sie unerwartet eine andere Miene zeigte, erfüllt von Unruhe und Dringlichkeit.

»Entschuldigen Sie ... ich möchte Sie nicht aufhalten.« Sie blickte zum Haus zurück, als ob sie erwartete, daß ihr Mann nachkäme. »Es ist Susan. Wie geht es ihr?«

»Es geht ihr gut ... wirklich.«

»Nein, Sie verstehen nicht. Bitte sagen Sie es mir!«

»Ich weiß nicht, was ich sagen soll. Sie ist glücklich, arbeitet fleißig. Erfreut sich des Lebens.«

»Aber Sie *sehen* sie?«

»Ja, von Zeit zu Zeit. Einmal oder zweimal die Woche.«

Mrs. Kewley schien den Tränen nahe. »Mein Mann

und ich«, sagte sie. »Nun, wir kennen Susan in Wirklichkeit nicht mehr. Sie schreibt uns, und manchmal ruft sie uns an, aber ... wissen Sie ...«

»Sie spricht sehr viel von Ihnen«, sagte Grey. »Sie bedeuten ihr sehr viel.«

»Ich würde mich freuen, sie wiederzusehen. Bitte sagen Sie ihr das.« Sie schluchzte einmal, unterdrückte es aber rasch, hob den Kopf und blickte zur Seite. Sie atmete angestrengt.

»Ich werde es ihr sagen, sobald ich sie sehe.«

Mrs. Kewley nickte, dann ging sie schnell zurück zum Haus. Die Tür schloß sich hinter ihr, und Grey stand still auf der Straße. Sues Bericht über ihr Leben hatte eine seltsame Bestätigung erfahren. Er wünschte, er hätte auf den Besuch verzichtet.

4

Er hatte Sue versprochen, daß er sie gleich nach seiner Rückkehr anrufen würde, aber er war müde, als er aus dem Zug von Manchester stieg. Sie erwartete ihn noch nicht, und er hatte einen Tag frei, der ihm als Ruhepause zustatten käme. Er beschloß sie am Abend anzurufen.

Er bedauerte, daß er ihre Eltern besucht hatte, vor allem, weil er ihr nicht sagen konnte, was er getan hatte. Die Reise hatte nichts ergeben. Nun, da sie hinter ihm lag, gestand er sich ein, daß sein wirkliches Motiv Neugierde wegen ihrer Unsichtbarkeit gewesen war. Er hatte einen Beweis dafür oder dagegen gesucht, was immer herausgekommen wäre.

Und er hatte lediglich Hinweise auf eine schwierige Jugendzeit gefunden, die von ihren Eltern jetzt in einer übersichtlichen Art und Weise erinnert, teilweise unterdrückt oder als normal erklärt wurde. Wenn Sue ihnen unsichtbar gewesen war, so hatte es sich um einen Sehfehler anderer Art gehandelt: einer Unfähigkeit, sie heranwachsen, sich verändern und Leben und Hintergrund ihrer Eltern ablehnen zu sehen.

Der Druck häuslicher Bedürfnisse machte sich bemerkbar. Die Heimkehr von einer Reise brachte stets die gleiche Routine mit sich: ein Haufen angesammelter Post, eine Knappheit an sauberen Kleidern, das Fehlen frischer Lebensmittel. Er war den größten Teil des Vormittags unterwegs, um sich dieser Dinge anzunehmen, und während der Einkäufe schaute er bei dem Zeitungshändler hinein, der ihm noch immer jeden Wochentagmorgen die Boulevardzeitung lieferte. Er verabscheute die Zeitung wegen ihrer Betonung von königlichen Besuchen, Klatschgeschichten über Filmstars, Aufnahmen halbnackter Fotomodelle und lüsternen Reportagen über Sexualverbrechen, aber sie war neben alledem eine tägliche Erinnerung an seinen langen Krankenhausaufenthalt. Grey erhielt die Auskunft, daß die Zeitung auf Anweisung des Verlages geliefert werde, aber er überzeugte den Zeitungshändler, daß er sie nicht mehr wollte.

Als er mit sauberen Kleidern und einem Beutel voller Lebensmittel nach Hause ging, sah Grey jemand von seiner Haustür weggehen. Es war eine junge Frau mit kurzgeschnittenem dunklen Haar, und sobald sie ihn sah, lächelte sie erwartungsvoll.

»Mr. Grey? Ich dachte mir, daß Sie ausgegangen sein mußten. Ich wollte gerade gehen.«

»Ich war einkaufen«, sagte er überflüssigerweise.

»Ich versuchte Sie gestern schon anzurufen, hatte aber kein Glück.« Sie sah sein Stirnrunzeln und fügte hinzu: »Sie werden sich nicht an mich erinnern ... ich bin Alexandra Gowers. Eine Studentin von Dr. Hurdis.«

»Miß Gowers! Natürlich! Möchten Sie mit hineinkommen?«

»Dr. Hurdis gab mir Ihre Adresse. Ich hoffe, es macht Ihnen nichts aus.«

»Absolut nicht.«

Er sperrte auf, ging voraus und stellte sich seitwärts auf, um sie vorausgehen zu lassen. Sie zwängte sich an ihm vorbei in den engen Korridor und hob einen Zettel auf. »Ich hatte Ihnen eine Nachricht hinterlassen«, sagte sie und zerknüllte das Papier.

Er folgte ihr in seinem gewohnten schleppenden Schritt die Treppe hinauf.

Er versuchte sich zu entsinnen, wie sie vorher ausgesehen hatte: seine Erinnerung war die an ein ziemlich strenges Gesicht, dicke und formlose Kleidung, eine Brille, unmodisches und überlanges Haar. Sie hatte sich seitdem verändert.

Er führte sie in sein Wohnzimmer.

»Ich sollte dieses Zeug einräumen«, sagte er. »Möchten Sie Kaffee?«

»Ja, bitte.«

Er beschäftigte sich in der Küche, stellte Kaffeewasser auf und räumte seine Einkäufe ein, und während er dies tat, überlegte er, was er von ihr wußte. Sie war dabei gewesen, als Dr. Hurdis ihn das erste Mal hypnotisiert hatte. Seit seiner Entlassung aus Middlecombe hatte er nichts von Dr. Hurdis gehört.

Das Mädchen saß in einem der Sessel, als er den Kaffee brachte.

»Ich dachte, ich könnte vielleicht eine Verabredung treffen, um Sie einmal zu befragen«, sagte sie.

»Worüber?«

»Ich bin Doktorandin an der Universität Exeter. Dr. Hurdis ist mein Doktorvater. Ich schreibe an einer Dissertation über die subjektive Erfahrung der Hypnose, und dazu versuche ich so viele Leute wie möglich zu befragen.«

»Nun, ich glaube nicht, daß ich Ihnen da viel helfen kann«, sagte Grey. Er schenkte ihr und sich selbst Kaffee ein, tat Milch und Zucker hinzu, ohne sie anzusehen. »Ich erinnere mich heute nur noch lückenhaft daran.«

»Das ist ein Grund, weshalb ich mit Ihnen sprechen möchte. Könnten Sie eine Ihnen genehme Zeit vorschlagen?«

»Ich weiß nicht. Ich bin nicht sicher, ob ich darüber reden möchte.«

Sie rührte in ihrem Kaffee und sagte nichts. Grey verspürte ganz ohne Grund feindselige Empfindungen gegen sie. War man erst ein Krankheitsfall, so ließen sie einen hinterher nicht mehr in Ruhe. Sie erinnerte ihn daran, wie es war, in einem Rollstuhl zu sitzen, ständig in Schmerzen und Unbequemlichkeit, hilflos in den Händen von Pflegern und Ärzten. Er hatte gedacht, daß alles das hinter ihm bleiben würde, sobald er aus dem Krankenhaus war.

»Sie würden also nicht zu einem Gespräch bereit sein?« sagte sie.

»Sicherlich können Sie genug andere Leute finden, die Ihnen gern über ihre Erfahrungen Auskunft geben werden.«

Er bemerkte, daß das Notizbuch, das sie in den Händen gehalten hatte, in die Handtasche zurückgesteckt worden war.

»Unglücklicherweise ist das nicht so«, sagte sie. »Dr. Hurdis läßt mich nur an solche Patienten herantreten, an deren Hypnose ich mit ihrer Erlaubnis selbst teilgenommen habe. Die anderen Leute, die ich befragen kann, sind meistenteils Teilnehmer an Experimenten ... Freiwillige, andere Studenten. Klinische Fälle sind anders, und Ihrer ist besonders interessant.«

»Warum?«

»Weil Sie sich ausdrücken können, wegen der Umstände ...«

»Welcher Umstände?«

Sie zuckte die Achseln, hob die Kaffeetasse und nahm

einen Schluck. »Nun, darüber wollte ich mit Ihnen diskutieren. Ich hätte Sie nicht stören sollen.«

»Nein, es ist schon in Ordnung.« Grey begann seine feindseligen Gefühle bereits zu bedauern, denn seine Neugier war geweckt. »Wir können darüber sprechen, wenn Sie es wünschen. Aber sehen Sie, Sie sind aus heiterem Himmel hier hereingeplatzt. Ich wollte gerade zu Mittag essen. Gehen wir zusammen essen und lassen Sie mir ein paar Minuten Zeit, mich an die Idee zu gewöhnen.«

Da er sich der Speisen schämte, die er für sich selbst kaufte – wenn er allein war, lebte er von belegten Broten, Spiegeleiern und Obst –, blieb ihm nichts übrig als mit ihr zum nächsten Schnellrestaurant zu gehen. Als sie auf der Straße waren, identifizierte Grey plötzlich die unbehagliche Erinnerung, die er an sie hatte. Er erinnerte sich an den Augenblick, als Hurdis ihm während der Hypnose gesagt hatte, er solle dieses Mädchen anschauen, und er hatte gewußt, daß sie da war, sie aber nicht sehen können. Es war eine unheimliche Vorläufererscheinung der Dinge, die Sue ihm erzählt hatte.

Das Lokal war nur zur Hälfte besetzt, und sie hatten einen der Tische für sich. Als sie Essen und Trinken vor sich hatten, erzählte Alexandra ihm von sich selbst: nach der Graduierung war sie nicht imstande gewesen, eine Anstellung zu finden, und war an der Universität geblieben, um Forschungsarbeit zu leisten und das Problem der Arbeit aufzuschieben, indem sie auf eine höhere Qualifikation abzielte. Da ihr Stipendium nur die Gebühren deckte, lebte sie unter bescheidensten Verhältnissen bei ihrem Bruder in London, und wenn sie in Exeter war, wohnte sie in einem Heim mit anderen Studentinnen zusammen. Sie meinte, die Forschungsarbeiten würden wahrscheinlich noch einige Monate in Anspruch nehmen, danach aber würde sie eine Stellung suchen müssen.

Das Gespräch über diese Dinge führte zum Thema ihrer Dissertation. Sie sagte, das sie interessierende Phänomen sei spontane Amnesie; die hypnotisierte Person, die sich ohne Hinweise des Hypnotiseurs nachher nicht erinnern könne, was während der Hypnose geschah.

»An Ihrem Fall interessiert mich, daß Sie wegen traumatischer Amnesie behandelt wurden, daß Sie unter Hypnose Teile Ihrer Gedächtnisinhalte zurückzugewinnen schienen, sich hinterher aber nicht erinnern konnten.«

»Damit ist es gesagt«, sagte Grey. »Deshalb kann ich Ihnen nicht helfen.«

»Aber Dr. Hurdis sagt, Sie hätten Ihr Gedächtnis jetzt wiedergewonnen.«

»Nur teilweise.«

Sie griff in ihre Handtasche und zog das Notizbuch hervor. »Macht es Ihnen etwas aus? Es scheint, daß wir unser Fachgespräch begonnen haben.« Grey schüttelte lächelnd den Kopf, als sie die Brille aufsetzte und schnell in den Seiten blätterte. Sie sagte: »Sie waren in Frankreich ... vor dem Unfall?«

»Nein, ich *erinnere* mich, in Frankreich gewesen zu sein. Ich glaube aber nicht, daß ich jemals dort war.«

»Dr. Hurdis sagte, Sie seien dessen ziemlich sicher gewesen. So sprachen Sie beispielsweise Französisch.«

»Das geschah auch in späteren Sitzungen. Ich glaube, daß folgendes geschah: ich setzte Erinnerungen zusammen, die kein wirkliches Geschehen betrafen, sondern nur den Anschein hatten. Damals war es wichtig, jedwede Erinnerung zu mobilisieren.«

»Paramnesie«, sagte Alexandra.

»Ich weiß. Dr. Hurdis sagte es mir.«

»Erinnern Sie sich an dies?« Sie brachte ein Stück Papier zum Vorschein, eselsohrig und offensichtlich viele Male zusammengefaltet und wieder geöffnet. »Dr. Hurdis bat mich, es Ihnen zurückzugeben.«

Grey erkannte es sofort. Es war der Text, den er während der ersten hypnotischen Sitzung geschrieben hatte. Der Flughafen Gatwick, der Wartesaal der Fluggäste, die Menschenmenge der Passagiere. Er war ihm vertraut, erschien ihm banal, und nachdem er einen Blick darauf geworfen hatte, faltete er ihn wieder zusammen und steckte ihn in die Jackentasche.

»Sie scheinen nicht interessiert zu sein«, sagte Alexandra.

»Jetzt nicht.«

Er stand auf, um frische Getränke an der Bar zu kaufen. Weitere Erinnerung an ihre erste Begegnung regte sich: ihre unbefangene Bemerkung über Bühnenhypnotiseure und ihren suggestiven Kniff, die Versuchspersonen andere Leute ohne Kleider sehen zu lassen. Sue hatte damals seine Gedanken beherrscht, aber ein paar Augenblicke hatte Alexandra ihn unschuldig zum besten gehabt. Es war erfrischend, jetzt mit einem Mädchen zusammenzusein, das nicht Sue war, denn mit Sue gab es immer die Unterströmung dessen, was zu sagen erlaubt war, was zugegeben wurde, was im Hintergrund blieb. Alexandra hatte die anziehende Eigenschaft, unkompliziert zu sein, weil er sie kaum kannte. Er mochte ihre Ernsthaftigkeit und ihre zielbewußte Aufrichtigkeit, die Art und Weise, wie sie ihn einschüchterte, ohne es zu wollen. Sie war jetzt reifer, weniger befangen. Während die Gläser gefüllt wurden, blickte er zu ihr zurück. Sie blätterte in ihrem Notizbuch, hatte das kurze dunkle Haar hinter ein Ohr gestrichen; offensichtlich eine Gewohnheit aus der Zeit, als es ihr noch ins Gesicht gefallen war.

Wieder am Tisch, sagte Grey: »Was geschah noch an dem Tag?«

»Sie sagten Dr. Hurdis, daß Sie sich an die Trance nicht erinnern könnten?«

»Nicht an alles. Ich weiß, daß er mir sagte, ich solle in eine tiefere Trance übergehen, aber meine nächste Erinnerung war, daß er mich aufweckte.«

»Ja, das ist der Punkt, der mich interessiert. Etwas

ziemlich Ungewöhnliches geschah, etwas, das Dr. Hurdis Ihnen nicht sagte. Es läßt sich erklären, aber keiner von uns hatte es bis dahin erlebt, und an dem betreffenden Tag sagte Dr. Hurdis, es würde die Dinge nur komplizieren, wenn wir darüber sprächen.«

»Was war es?« fragte Grey.

»Es geschah, als Sie Französisch sprachen. Sie murmelten, und es war schwierig zu verstehen, also standen wir beide ganz nahe bei Ihnen und schauten Sie an. Da passierte etwas. Es ist schwierig, eine genaue Beschreibung davon zu geben, aber es fühlte sich so an, daß ich plötzlich den Eindruck hatte, wir seien fertig, die Konsultation sei beendet, und Sie hätten den Raum verlassen. Ich erinnere mich deutlich, wie Dr. Hurdis sagte, er wolle nach dem Mittagessen nach Exeter fahren, und ob er mich mitnehmen solle. Ich steckte mein Notizbuch weg und griff nach meinem Mantel. Dr. Hurdis sagte, er wolle noch mit einem der anderen Ärzte sprechen, würde aber in ein paar Minuten mit mir zum Mittagessen gehen. Wir verließen das Zimmer zusammen, und ich folgte ihm hinaus. Als ich zur Tür hinausging, blickte ich zurück zu dem Stuhl, in dem Sie gesessen hatten, und – *Sie waren nicht da!* Ich bin mir dessen absolut sicher. Wir gingen den Korridor entlang zur Treppe, aber dann blieb Dr. Hurdis plötzlich stehen, schaute mich an und sagte: »Um Himmels willen, was tun wir da?« Ich wußte zuerst nicht, was er meinte, aber dann schnippte er heftig mit den Fingern, und ich erschrak. Es war wie das Erwachen aus einem Traum. ›Miß Gowers, wir haben die Konsultation nicht beendet!‹ Wir eilten zurück, und Sie saßen im Sessel, noch immer in Trance, und murmelten vor sich hin.«

Sie machte eine Pause und trank vom Kaffee. Grey starrte auf den Tisch zwischen ihnen, dachte an jenen Tag zurück.

»Haben Sie überhaupt keine Erinnerung daran?« fragte Alexandra.

»Nein. Sprechen Sie weiter!«

»Nun, Dr. Hurdis war sehr betroffen. Er kann schwierig sein, wenn er verstimmt ist, und er fing an, mich herumzukommandieren. Ich nahm wieder mein Notizbuch zur Hand und versuchte zu verstehen, was Sie sagten, aber nach ein paar Sekunden schob er mich beiseite. Er sprach zu Ihnen, während Sie in Trance waren, befahl Ihnen zu beschreiben, was Sie täten. Darauf baten Sie um Schreibmaterial, und Dr. Hurdis nahm mir Notizbuch und Stift aus der Hand und gab sie Ihnen. Und Sie schrieben das.« Sie zeigte auf die Tasche, in die er das Papier gesteckt hatte. »Während Sie schrieben, sah Dr. Hurdis mich an und sagte: ›Wenn der Patient aus der Trance kommt, dürfen wir nichts davon sagen.‹ Ich fragte ihn, was geschehen sei, und er sagte, wir könnten später darüber sprechen. Er wiederholte, daß wir unter keinen Umständen vor Ihnen darüber sprechen dürften. Sie schrieben weiter, und schließlich nahm Dr. Hurdis Ihnen den Stift weg und gab mir mein Notizbuch zurück. Sie sagten, daß Sie weiterschreiben wollten, und Ihre Stimme klang unglücklich. Dr. Hurdis meinte darauf, er werde Sie nun aus der Trance holen, und ermahnte mich abermals, nichts zu sagen. Er beruhigte Sie, dann weckte er Sie aus der Trance. An den Rest können Sie sich wahrscheinlich erinnern.«

»Also machten Sie mich verschwinden«, sagte Grey.

»So kann man es nicht sagen.«

»Sie sagten, es gebe eine Erklärung. Wie lautet sie?«

»Negative Halluzination. Es geschieht zuweilen, daß der Prozeß der Hypnose, die Wiederholung von Worten, die beschwichtigenden Ratschläge, der ruhige Raum, daß all diese Dinge den Hypnotiseur selbst in eine leichte Trance einlullen können und er so suggestibel wird wie seine Versuchsperson. Das ist ein ziemlich verbreitetes Phänomen, obwohl der Hypnotiseur gewöhnlich Vorsichtsmaßnahmen ergreift. Dr. Hurdis und ich sind beide gute hypnotische Versuchspersonen, und wir vermuten, daß wir beide hypnotisiert wurden. In diesem Fall ist es möglich, daß wir beide die gleiche negative Halluzination hatten, in der wir Sie nicht sehen konnten. Ein derartiges Zusammentreffen ist sicherlich extrem selten, aber es ist die einzige mögliche Erklärung.«

Grey dachte an etwas, was Sue gesagt hate, nämlich, daß Unsichtbarkeit ebensosehr von der unbewußten Einstellung des Beobachters wie von der Fähigkeit der Person abhänge, sich selbst unsichtbar zu machen. Manche können *sehen,* manche nicht. War es alles eine negative Halluzination?

Als er schwieg, sagte Alexandra: »Ich weiß, es klingt nicht sehr wahrscheinlich. Aber es *ist* möglich.«

»Hat es solche Fälle früher schon gegeben?«

»Ich habe nachgeforscht, so weit ich konnte. Es gab vergleichbare Fälle, wenn ein Hypnotiseur allein arbeitete, aber ich glaube, es gibt keinen Präzedenzfall, daß sowohl der Hypnotiseur wie auch ein Beobachter eine solche Erfahrung teilten.«

Was würde Sue dazu sagen? War ihr Glaube an die eigene Unsichtbarkeit in Begriffen erklärbar, die Dr. Hurdis und Alexandra rational begründen konnten? Er erinnerte sich des Tages, als sie ausgegangen waren und unter den Passanten die Leute fotografiert hatten, die Sue als von Natur aus unsichtbar deklariert hatte. Er dachte an die Aufnahme von Sue und Niall. Die Kamera konnte keine negativen Halluzinationen erzeugen.

»Sie meinen also, das sei die Erklärung für das, was geschah?«

»Eine andere Erklärung gibt es nicht«, sagte Alexandra lächelnd. »Es sei denn, Sie hätten sich tatsächlich unsichtbar gemacht.«

»Wäre das nicht möglich?« sagte Grey, einer momentanen Regung folgend. »Ich meine ...«

»Wirkliche körperliche Unsichtbarkeit?« Sie lächelte noch immer. »Nur, wenn Sie an Zauberei glauben. Sie selbst hatten eine durch Dr. Hurdis erzeugte negative Halluzination, und Sie konnten mich nicht sehen. Aber ich war nicht *wirklich* unsichtbar, außer für Sie.«

»Wo liegt da der Unterschied?« versetzte Grey. »Ich konnte Sie nicht sehen, also waren Sie tatsächlich unsichtbar. Sie sagen, ich sei für Sie und Hurdis unsichtbar geworden. War ich in Wirklichkeit noch da?«

»Selbstverständlich. Wir hörten nur auf, Sie zu bemerken.«

»Aber das ist das gleiche. Sie machten mich unsichtbar.«

»Nur subjektiv. Durch das Versagen unserer Wahrnehmung machten wir, daß Sie unsichtbar schienen.«

Sie erzählte ihm von einer anderen Fallgeschichte, einer Frau, die spontan negative Halluzinationen entwikkelte und mit Hypnose behandelt wurde, und Grey hörte ihr aufmerksam zu. Zugleich aber dachte er parallel über das Problem nach und versuchte alles, was Sue ihm in diesen Begriffen gesagt hatte, neu zu interpretieren.

Wenn zutraf, was sie sagte, und sie glaubte es anscheinend, dann war es vielleicht möglich, daß einige Menschen die unbewußte Fähigkeit hatten, andere in ihrem Umkreis zu hypnotisieren, so daß sie nicht gesehen werden konnten. Das Versagen der Wahrnehmung: war es ein natürlicher Zustand? Oder etwas, was durch bestimmte Leute hervorgerufen werden konnte?

Er hatte das Gefühl, daß es sich so verhalten könnte. Wie Alexandra gesagt hatte, so unwahrscheinlich es scheinen mochte, es war die einzige mögliche rationale Erklärung, auch wenn das *Ausmaß* von Sues Behauptungen die Unwahrscheinlichkeit erhöhte. Es war schwierig, darüber nachzudenken und gleichzeitig Alexandra zuzuhören, und als das Gespräch allgemeiner wurde, ließ er es sein. Sie erkundigte sich nach den

Fortschritten seiner Genesung, wie seine Anpassung an das Alltagsleben vorankäme, welche Probleme es noch gebe. Er erzählte ihr von seinen jüngsten Filmarbeiten und sagte, daß er kurz in Manchester gewesen sei. Irgendwie unterließ er es, Sue zu erwähnen.

Als das Lokal geschlossen wurde, gingen sie zusammen zurück zu seiner Wohnung. Vor der Tür angelangt, sagte Alexandra: »Ich muß nach Hause. Danke, daß Sie mit mir darüber gesprochen haben.«

»Ich glaube, ich habe mehr gelernt als Sie.«

»Ich wollte nur bestätigt haben, was nach meiner Auffassung geschehen sein könnte.«

Sie schüttelten einander die Hand, wie sie es bei ihrer ersten Zusammenkunft getan hatten.

Grey sagte: »Ich dachte gerade ... sollten wir uns nicht wieder einmal zu einem Glas zusammensetzen? Vielleicht an einem Abend?«

»Ja, das würde mir gefallen«, sagte sie und sah ihn mit einem Lächeln an. »Aber keine Interviews mehr.«

Sie verabredeten sich für die folgende Woche.

5

Am Abend suchte er Sue auf, und sofort merkte er, daß etwas nicht in Ordnung war. Die Erklärung ließ nicht lange auf sich warten: Sues Mutter hatte sie angerufen und ihr von seinem Besuch erzählt.

Zuerst versuchte er zu lügen.

»Wir hatten ein paar Filmaufnahmen in Manchester zu machen«, sagte er. »Ich nutzte die Gelegenheit und machte einen Höflichkeitsbesuch.«

»Du sagtest, ihr hättet in Toxteth zu tun; was, zum Teufel, hat das mit Manchester zu schaffen?«

»Also gut, ich fuhr eigens hin. Ich wollte deine Eltern kennenlernen.«

»Aber warum? Sie wissen nichts von mir! Was haben sie dir gesagt?«

»Ich weiß, daß du denkst, ich spioniere dir nach, aber so war es wirklich nicht, Sue. Ich mußte mich informieren.«

»Worüber informieren? Was könnten sie dir über mich sagen?«

»Schließlich sind sie deine Eltern.«

»Aber sie haben mich seit meinem zwölften Lebensjahr kaum noch gesehen!«

»Deshalb fuhr ich hin. Etwas geschah, während ich in Liverpool filmte.« Er berichtete ihr von der Bierhalle und der Erinnerung an das Wirtshaus in Belfast, das sie ausgelöst hatte. »Das ließ alles, was du gesagt hattest, in einem anderen Licht erscheinen ... als ob schließlich doch ein wahrer Kern darin stecken könnte.«

»Ich wußte, daß du mir nicht glaubtest.«

»Das ist es nicht. Ich glaube dir ... aber ich muß selbst wissen. Es tut mir leid, daß du meinst, ich hätte herumgeschnüffelt, aber der Gedanke kam mir plötzlich in den Sinn, und ich dachte nicht lange darüber nach. Ich wollte bloß mit jemand anderem sprechen, der dich kannte.«

»Ich bin seit unserer Kindheit für meine Eltern mehr oder weniger unsichtbar gewesen. Sie sahen mich nur, wenn ich mich dazu zwang, gesehen zu werden.«

»Das ist nicht der Eindruck, den ich von ihnen gewann«, sagte Grey. »Du hast recht darin, daß sie dich nicht sehr gut kennen, aber das liegt daran, daß du herangewachsen bist und das Elternhaus verlassen hast. So ergeht es vielen Eltern mit ihren Kindern.«

Sue schüttelte den Kopf. »Das ist bloß die Art und Weise, wie sie es erklären. So verfahren die Leute mit jemandem, der in ihrem Umkreis unsichtbar ist. Sie kommen automatisch mit irgendeiner rationalen Version, um sich selbst zu erklären, was passiert ist. Es ist eine Art der Anpassung.«

Grey dachte an Alexandra und ihre Rationalisierung. »Deine Mutter sagte, sie habe Niall kennengelernt.«

»Das ist unmöglich!« Aber sie war überrascht.

»Den Eindruck hatte ich nicht. Du sagtest selbst, daß er einmal mit dir nach Haus gefahren ist.«

»Niall war die ganze Zeit unsichtbar. Richard, sie bilden sich ein, sie hätten ihn gesehen. Sie wissen von Niall, ich erzählte ihnen vor Jahren von ihm. Das einzige Mal, daß er mit mir nach Hause gekommen ist, war dieses eine Wochenende. Aber sie können ihn nicht gesehen haben, weil das einfach nicht möglich ist.«

»Warum glaubt deine Mutter dann, sie kenne ihn? Sie hat sogar ein Foto von ihm ... mit dir, im Garten.«

»Ich weiß. Sie machten mehrere Aufnahmen. Niall wird auf allen zu sehen sein. Verstehst du nicht ... das ist, wie sie es sich selbst erklärt! Als er mit mir dort war, muß ihnen bewußt gewesen sein, was vorging. Sie müssen eine Wahrnehmung von ihm gehabt haben ... selbst jemand von Nialls tiefer Unsichtbarkeit ist immer *da*. Nachdem wir gegangen waren, werden sie unbewußt versucht haben, eine Erklärung für all die Spannung zu finden. Und als sie die Fotos entwickeln ließen, bot sich die Erklärung. Rückblickend werden sie sich eingebildet haben, ihm begegnet zu sein.«

»Ja, aber genauso wahrscheinlich ist, daß sie ihn tatsächlich sahen. Es beweist nichts, weder so noch so.«

»Warum brauchst du Beweise für all dies?«

»Weil es etwas ist, was zwischen uns steht. Zuerst ist es Niall, jetzt dies. Ich möchte dir glauben, und ich glaube dir, aber alles, was du mir sagst, kann auf zweierlei Weise erklärt werden.«

Sue saß mit untergeschlagenen Beinen auf ihrem Bett, Grey saß auf dem Stuhl vor ihrem Schreibtisch. Nun verließ sie das Bett und ging im Zimmer auf und ab.

»Nun gut«, sagte sie. »Während du fort warst, dachte ich viel darüber nach. Wenn du recht hast und dies zwischen uns steht, möchte ich es richtigstellen. Wir kommen auseinander, Richard, und das gefällt mir nicht. Wenn du einen Beweis willst, glaube ich dir einen liefern zu können.«

»Wie?«

»Es gibt zwei Wege. Der erste ist einfach ... es ist Niall. Er ist der Beweis. Er hat uns vom ersten Augenblick an beeinflußt, und er ist tatsächlich bei uns gewesen, war körperlich gegenwärtig, und doch bist du dir seiner nicht bewußt gewesen.«

»Siehst du, das ist für mich kein Beweis«, sagte Grey. »Es kann so oder so interpretiert werden. Er ist hier und bei uns, wie du sagst, lungert unsichtbar herum ... oder er ist nie in meiner Nähe gewesen, und ich habe ihn nie getroffen. Der Umstand, daß ich ihn nicht gesehen habe, beweist nicht, daß er unsichtbar ist.«

»Ich dachte mir, daß du das sagen würdest.« Sie fuhr sich mit den Fingern durchs Haar, während sie auf und ab schritt. Sie wirkte erregt, aber auch entschlossen.

»Ich glaube, daß Niall wirklich existiert«, sagte Grey. »Aber versuch es von meinem Gesichtspunkt aus zu sehen. Du hast mir nur von Niall *erzählt,* und seit ich aus dem Krankenhaus entlassen wurde, hast du von ihm nur in der Vergangenheitsform gesprochen. Selbst du hast ihn seit langem nicht gesehen.«

»Das ist wahr.«

»Welches ist der andere Beweis?«

Sie hielt inne. »Das ist komplizierter. Ich habe jetzt Hunger. Ich habe Essen gekauft, um mir etwas zu kochen. Ich kann mir nicht leisten, ständig essen zu gehen.«

Grey sagte: »Laß uns in ein Restaurant gehen, ich bezahle.«

»Nein, das Essen verdirbt sonst.« Sie hatte bereits eine Plastiktüte zum Vorschein gebracht und ein paar Kochtöpfe heruntergenommen.

»Du kannst es mir sagen, während du kochst«, sagte er.

»Es ist etwas, was ich dir zeigen muß. Setz dich dorthin und bleib mir aus dem Weg!«

Grey tat wie geheißen und drehte sich mit ihrem Bürostuhl hin und her. Sie hatte erst einmal oder zweimal für ihn gekocht, aber er mochte die Art und Weise, wie sie ans Werk ging. Sie hatte eine beiläufige Art, Reis und Fleisch und Gemüse in Töpfe zu werfen und etwas Köstliches daraus zu machen. Und es war angenehm, sie bei einer gewöhnlichen Beschäftigung zu beobachten; sie verbrachten soviel von ihrer Zeit besessen von sich selbst.

Aber während sie kochte, sagte Grey: »Übrigens, wo steckt Niall gegenwärtig?«

»Ich fragte mich schon, wann du damit kommen würdest.« Sie wandte sich nicht zu ihm um. »Es ist nicht mehr von Bedeutung, oder?«

»Ich hoffe nicht. Aber allem, was du sagtest, entnahm ich, daß er dich niemals in Ruhe lassen würde.«

»Wird er auch nicht.« Sie schnitt Kartoffeln und schüttete sie in den dampfenden Kochtopf. »Er könnte jetzt mit uns hier im Raum sein, soviel ich weiß. Weil er sich vollständig unsichtbar machen kann, habe ich keine Möglichkeit, etwas dagegen zu tun. Aber was ich tun kann und getan habe, ist, mich selbst zu verändern. Ich kam endlich darauf, was ich falsch gemacht hatte. Ich hatte zugelassen, daß Niall es zu einer wichtigen Sache für mich machte. Heute ist es mir einerlei. Niall ist überall. Er kann überall hin, wo es möglich ist, und beinahe nichts kann ihn daran hindern. Er kann tun und lassen, was ihm gefällt. Aber wenn es so ist, dann spielt es keine Rolle, ob er wirklich da ist oder nicht ... das Wissen, daß er diese Fähigkeit hat, ist ihrem Gebrauch durch ihn gleichwertig. Heutzutage nehme ich an, daß er überall ist, wo ich gehe; ich nehme es als gegeben hin, daß er mich beobachtet, mir zuhört. Es ist mir ganz einerlei, ob er wirklich da ist, oder ob ich es mir einbilde: die Wirkung ist, daß er mich in Ruhe läßt, und das war alles, was ich von Anfang an wollte.« Sie schaltete die Kochplatten auf ihre unterste Stufe und legte die Deckel auf die Töpfe. »In zehn Minuten können wir essen, und danach werden wir einen Spaziergang unternehmen.«

6

Es hatte geregnet, aber nun war der Nachthimmel sternklar. Der Verkehr rauschte vorbei, die Reifen der Fahrzeuge zischten auf der glänzenden Nässe der Straßen. Sie passierten mehrere Lokale, einen noch geöffneten Zeitungsstand, ein indisches Restaurant mit blauem Neonschild. Bald gingen sie eine breite Straße zwischen Wohnhäusern hinunter, die der Flanke des Crouch Hill folgte; vor ihnen glitzerten die Lichter der nördlichen Stadtteile. Eine Verkehrsmaschine mit blendenden Scheinwerfern durchkreuzte den Himmel im Landeanflug auf Heathrow, mehrere Kilometer westlich.

»Haben wir irgendein bestimmtes Ziel?« fragte Grey.

»Nein, du kannst wählen.«

»Wie wär's damit: um den Block, dann zurück zu dir?«

Sue blieb unter einer der Straßenlaternen stehen. »Du willst einen Beweis, und ich werde ihn dir liefern. Wirst du es dann als das akzeptieren, was es ist?«

»Wenn es ein Beweis ist.«

»Es wird einer sein, ich verspreche es dir. Sieh mich an, Richard ... komme ich dir anders vor als sonst?«

Er schaute ihr im orangefarbenen Licht der Natriumlampe ins Gesicht. »Die Beleuchtung ist nicht vorteilhaft für dich.«

»Seit wir von Zuhause weggegangen sind, bin ich unsichtbar.«

»Sue, ich kann dich noch immer sehen.«

»Niemand sonst kann. Ich werde dich auch unsicht-

bar machen, und dann werden wir in eins von diesen Häusern gehen.«

»Ist das dein Ernst?«

»Absolut.«

»In Ordnung, aber das Problem bin ich.«

»Nein, keine Bange.« Sie streckte die Hand aus und umfaßte seine. »Du bist jetzt unsichtbar. Alles, was ich anrühre, wird unsichtbar.«

Er konnte nicht umhin, an sich hinabzublicken: Brust und Beine waren solide da. Ein Wagen fuhr vorüber, zeigte blinkend sein Linksabbiegen an. Das Sprühwasser wehte in einer Wolke zu ihnen her.

»Niemand kann uns sehen«, sagte Sue. »Du mußt mich nur bei der Hand halten, und einerlei, was geschieht, laß sie nicht los.« Sie faßte fester zu. »Nun, welches Haus soll es sein?«

Ihre Stimme hatte einen ernsten Ton angenommen, und eine erregte Aufladung war darin spürbar. Grey fühlte ein leises Prickeln der gleichen Erregung.

»Wie wäre es mit diesem da?«

Sie blickten hinüber. Die meisten Fenster waren dunkel, aber durch Vorhänge im obersten Stockwerk drang blaßroter Lichtschein.

»Es sieht so aus, als sei es in Wohnungen unterteilt worden«, sagte Sue. »Suchen wir ein anderes.«

Sie gingen Hand in Hand weiter und musterten die Häuser. Sie traten in ein paar Eingänge, aber wo es mehrere Klingelknöpfe und eine Liste von Namen gab, wollte Sue nicht hinein. Zu viele verschlossene Türen, sagte sie. Am Ende der Häuserreihe fanden sie eins mit einer dunklen, überdachten Veranda und einer einzelnen Türglocke. Hinter den Vorhängen des Wohnzimmers war der Lichtschein eines Fernsehgeräts zu erkennen.

»Dies ist richtig«, sagte Sue. »Hoffen wir, daß eine Tür offen ist.«

»Ich dachte, du würdest ein Fenster einschlagen.«

»Wir können tun, was wir wollen, aber ich möchte keinen Schaden anrichten.«

Sie gingen durch den Vorgarten und einen schmalen Weg am Haus entlang, streiften dabei regennasse Büsche und Bäume. Der Raum auf der Rückseite des Hauses war von einer Leuchtstoffröhre erhellt, und als Sue den Türdrücker betätigte, ging die Tür auf.

»Wir werden nicht lange bleiben«, sagte sie. »Laß meine Hand nicht los!«

Sie stieß die Tür ganz auf und ging hinein, gefolgt von Grey, der die Tür hinter ihnen schloß. Sie waren in einer Küche. Zwei Frauen standen gegen eine Anrichte gelehnt, eine hielt einen schlafenden Säugling in den Armen. Auf dem Tisch vor ihnen standen zwei billige Bechergläser mit Bier, und in einem Aschenbecher schwelte eine Zigarette. Ein älteres Kind in einer schmutzigen Strampelhose spielte auf den PVC-Platten des Bodens mit einem Plastikwagen und ein paar Holzklötzen. Die Frau mit dem Säugling sagte: »... aber wenn du da hineingehst, behandeln sie dich wie Abschaum. Ich fragte ihn, was für ein Benehmen das sein sollte, aber er sah mich nur an, als ob ich ein Stück Dreck wäre, und stell dir vor, ich hatte dreißig Pfund Eintritt bezahlt, und die sehen dich an, als ob du Abfall wärst ...« Grey fühlte sich riesig und befangen in dem engen Raum und wollte sich an den beiden Frauen vorbeischieben, aber Sue führte ihn zur Spüle, wo sie das kalte Wasser aufdrehte. Der Strahl platschte geräuschvoll auf das im Becken gestapelte ungewaschene Geschirr und spritzte weit in die Küche hinein. Die Frau, die der anderen zugehört hatte, ging um den Tisch und drehte den Hahn zu. Unterwegs nahm sie die Zigarette aus dem Aschenbecher und steckte sie in den Mund.

Sue sagte: »Sehen wir, was es im Fernsehen gibt.«

Grey zuckte zusammen, weil ihre Stimme so laut war, aber keine der Frauen schien es zu bemerken. Sues Hand fest in der seinen, folgte er ihr aus der Küche in den kurzen Korridor, der zum vorderen Eingang führte. Hier lehnten ein paar alte Fahrräder am Treppengeländer, und drei große Kartons voll Flaschen waren aufeinandergestapelt. Sue öffnete die Wohnzimmertür, und sie gingen hinein.

Im Fernsehen wurde ein Fußballspiel übertragen, und die Lautstärke war weit aufgedreht. Das Zimmer war voller Männer und Jungen, die vorgebeugt saßen, die Ellbogen auf den Knien, Bierdosen oder Zigaretten in den Händen. Die Luft war blau und dunstig vom Rauch, und die Männer begleiteten das Spiel und den Kommentar mit ihren Bemerkungen; England spielte gegen Jugoslawien und war am Verlieren. Hohn und Spott ergossen sich über die englischen Spieler, wann immer sie den Ball verloren.

Sue sagte: »Sehen wir uns die Leute mal genauer an!«

Sie schaltete die Deckenbeleuchtung ein und führte Grey durchs Zimmer. Die Zuschauer waren drei Erwachsene und vier junge Burschen.

»Mach das verdammte Licht aus, John!« sagte einer der älteren Männer, ohne den Blick vom Bildschirm zu wenden. Einer der Jungen stand auf und schaltete die Lampe aus. Als er zu seinem Platz zurückkehrte, mußte er an Grey vorbei, der sich instinktiv seitwärts bewegte, um dem anderen Platz zu machen. Sue zog ihn wieder zu sich.

»Wollen wir uns hinsetzen?« fragte sie.

Bevor er antworten konnte, führte sie ihn zum Sofa, wo zwei Männer saßen. Keiner der beiden blickte auf, aber einer schob sich vorwärts und setzte sich auf den Boden, und der andere rückte zur Seite, um ihnen Platz zu machen. Sue und Grey setzten sich. Grey war überzeugt, daß ihre Anwesenheit jeden Augenblick entdeckt werden müsse. Das Spiel ging weiter, und England verpaßte eine weitere Chance. Verächtliche Geräusche erfüllten den Raum, und Bierdosen schnalzten mit schmatzendem Geräusch.

»Wie fühlst du dich?« sagte Sue mit erhobener Stimme durch den Lärm.

»Sie werden uns jeden Augenblick sehen.«

»Nein, werden sie nicht. Du wolltest einen Beweis, und hier ist er.« Er bemerkte, daß ihre Stimme einen veränderten Tonfall angenommen hatte; sie klang jetzt rauh und sinnlich und erinnerte ihn an ihre Liebesnächte. Ihre Handfläche schwitzte. »Willst du mehr sehen?« fragte sie.

Sie stand vom Sofa auf und zog Grey mit sich. Zu seiner Bestürzung ging sie direkt zum Fernsehgerät, stellte sich vor den Bildschirm, so daß sie den Zuschauern die Sicht nahm, und schaltete auf einen anderen Kanal. Nach einigen Versuchen fand sie eine Studiodiskussion, offenbar über Banken und Geldwirtschaft. Sie trat zurück, und gemeinsam beobachteten sie die Reaktion der Männer.

Diese verhielten sich so, als ob das Spiel plötzlich zu Ende gegangen war. Die Stimmung schlug um und war entspannt, die Männer lehnten sich zurück, zündeten Zigaretten an. Sie beklagten sich über das Spiel, die mangelhafte Strategie, die Linienrichter, die Auswahl der Mannschaft.

Grey sagte: »Sie merkten, daß du das Licht eingeschaltet hattest. Werden sie nicht darauf kommen, daß du einen anderen Kanal eingeschaltet hast?«

»Nicht solange wir hier beim Gerät stehen. Im Moment nehmen sie alle an, daß einer von den anderen es getan hat. Wenn wir weggehen, werden sie wieder umschalten.«

»Aber sicherlich wissen sie es jetzt?«

»Sie wissen, daß wir hier sind, aber sie können uns nicht sehen. Hat einer von ihnen uns angeschaut?«

»Nicht direkt, nein.«

»Weil sie uns nicht sehen können.« Sues Gesicht war gerötet, ihre Lippen feucht. »Paß auf!«

Mit der freien Hand knöpfte sie sich rasch die Bluse

auf. Dann zog sie Grey hinter sich her zu einem der Männer, griff in ihre Bluse und holte eine der Brüste heraus. Sie beugte sich über den Mann, daß die Brustwarze nur ein paar Handbreit von seinem Gesicht entfernt war. Er redete weiter über die Strategie des Spiels, ohne ihr die geringste Beachtung zu schenken.

Grey zog Sue an der Hand zurück. »Laß das!«

»Sie können mich nicht sehen!«

»Meinetwegen, aber ich mag nicht, daß du das tust.«

Sie wandte sich mit offener Bluse und entblößter Brust zu ihm. »Macht dich das nicht scharf?«

»Nicht so.« Aber er spürte, daß er eine Erektion bekam.

»Mich macht das immer geil.« Sie führte seine Hand an die Brust, wo die Warze wie ein harter Knopf war. »Willst du?«

»Du machst Witze!«

»Nein, komm schon, laß es uns tun! Wir können hier machen, was wir wollen.«

»Sue, es ist unmöglich.« Er war zu nervös, zu sehr des Raumes voller Männer gewahr.

»Komm, laß uns ficken! Am Boden, vor ihnen allen.«

Sue hatte immer schon einen unpassenden Hang zu vulgärer Derbheit gehabt, wenn sie miteinander geschlafen hatten, aber noch nie war es so hemmungslos gewesen wie jetzt. Ihre freie Hand fummelte an seiner Hose und zog am Reißverschluß.

»Nicht hier«, sagte er. »Draußen.«

Sie gingen in den Korridor, und dann sah Sue die Treppe und lief hinauf, ohne seine Hand loszulassen. Sie fanden ein Zimmer mit einem Bett und warfen sich darauf. Sie öffneten ihre Kleider, und augenblicklich war er über ihr und sie paarten sich gierig. Als Sue kam, stieß sie einen spitzen Schrei aus, fuhr ihm mit beiden Händen ins Haar und zerrte daran, als wollte sie es ihm büschelweise ausreißen. Er hatte sie nie so enthemmt erlebt.

Sie lagen noch in ihrer Vereinigung auf dem Bett, als die Tür aufging und eine der Frauen, die sie in der Küche gesehen hatten, hereinkam. Grey spannte sich unwillkürlich und wandte das Gesicht in einem verzweifelten Versuch, sich zu verbergen, von ihr weg. Sue sagte, wieder mit ruhiger Stimme: »Halt dich still! Sie weiß nicht, daß wir hier sind.«

Grey schaute wieder hin und sah, wie die Frau eine Tür des Kleiderschranks öffnete. Sie musterte sich im langen Spiegel, dann begann sie sich zu entkleiden. Als sie nackt war, stellte sie sich wieder vor den Spiegel und drehte sich von einer Seite zur anderen. Ihr Gesäß war massig und von Zellulitis genarbt, ihr Bauch hing, und ihre Brüste waren flach, weit herabgezogen und wiesen auswärts. Sie beugte sich vor, betrachtete ihre Augen im Spiegelbild, zog die unteren Lider abwärts. Sie ließ geräuschvoll einen fahren. Als sie wieder zurücktrat, versuchte sie ihrem Haar mit den Händen Form zu geben, während sie sich wieder von einer Seite zur anderen wendete und kritisch betrachtete. Grey konnte sich selbst und Sue im Spiegel hinter ihr sehen. Er empfand tiefe Scham und Abscheu angesichts ihrer Verletzung einer fremden Privatsphäre. Seine sexuelle Erregung war vergangen, er begann sich von Sue loszumachen.

Sie schlang die Arme um seine Schultern und hielt ihn an sich gedrückt. »Bleib liegen, Richard! Warte, bis sie fort ist!«

»Aber sie wird zu Bett gehen!«

»Noch nicht. Sie kann nicht, solange wir hier sind.«

Nach einer kleinen Weile seufzte die Frau und schloß die Schranktür. Sie nahm einen Morgenmantel vom Haken an der Zimmertür und zog ihn über. Bevor sie hinausging, zündete sie sich eine Zigarette an und warf die Zündholzschachtel auf den Nachttisch. Ihre Rauchwolke wallte und wirbelte hinter ihr in der Türöffnung.

»Laß uns gehen, Sue! Du hast deinen Beweis geliefert.«

Er löste sich von ihr, stand auf, zog Unterhose und Hose hoch, stopfte sein Hemd hinein. Er wußte, daß er nun, da Sue ihn nicht mehr berührte, wieder sichtbar war, aber er wollte nur noch hinaus aus diesem Haus und die Leute darin in Ruhe lassen. Ein tiefer Widerwille erfüllte ihn.

Sue hatte sich genauso schnell angezogen wie er und nahm wieder seine Hand.

»Nichts kann passieren«, sagte sie.

»Ja, aber wir sollten nicht hier sein.«

Er spähte aus der Türöffnung zum Treppenabsatz. Die Frau stand bei offener Tür im Badezimmer und cremte sich das Gesicht ein. Dann schloß sie die Tür und sperrte zu.

»So wie hier hast du es immer mit Niall gemacht, nicht?«

»Ich lebte so. Drei Jahre lang schlief ich in anderer Leute Häuser. Wir aßen ihr Essen, benutzten ihre Waschbecken, lasen ihre Bücher, badeten in ihren Wannen.«

»Dachtest du nie an die Leute, an ihre Privatsphäre, die ihr verletztet?«

»Großer Gott!« Sie entzog ihm die Hand. »Warum, meinst du, versuchte ich aus diesem Leben herauszukommen? Ich war nicht viel mehr als ein Kind. Verstehst du nicht, daß ich versucht habe, dies alles hinter mich zu bringen, seit ich dich kenne? Niall lebt noch immer so, und er wird es den Rest seines Lebens tun. Wir sind nur hier, weil du deinen verdammten Beweis wolltest!«

»Schon gut«, sagte er leise, da er wußte, daß man ihn hören konnte. Mit dem Gedanken an ihre sexuelle Erregung fügte er hinzu: »Aber die Wahrheit ist, daß du noch immer deinen Spaß daran hast.«

»Natürlich! Es hat mir immer Spaß gemacht. Das ist der Fluch der Unsichtbarkeit. Es ist wie eine Droge.«

»Ich glaube, wir sollten von hier verschwinden. Laß

uns auf dem Heimweg darüber reden!« Er streckte die Hand nach ihr aus.

Sie schüttelte den Kopf und setzte sich aufs Bett. »Nicht jetzt.«

»Wir sind lange genug hier gewesen.«

»Richard, ich bin nicht mehr unsichtbar. Es löste sich auf, nachdem wir ins Bett gegangen waren.«

»Dann sieh zu, daß du es wieder fertigbringst.«

»Ich kann nicht ... ich bin ausgelaugt. Ich weiß nicht, wie.«

»Was soll das heißen?«

»Ich kann es einfach nicht mehr zuwege bringen. Heute abend war das erste Mal seit vielen Wochen.«

»Kannst du es nicht so lange tun, bis wir draußen sind?«

»Nein, es ist weg.«

»Was, zum Teufel, sollen wir dann tun?«

»Wir werden rennen müssen.«

»Das Haus ist voller Leute.«

»Ich weiß«, sagte sie, »aber die Eingangstür ist am Fuß der Treppe. Es könnte klappen.«

»Dann komm jetzt! Diese Frau kann jeden Augenblick zurückkommen.«

Aber Sue rührte sich nicht. Sie sagte leise: »Immer hatte ich Angst, daß es dazu kommen würde. In den alten Zeiten, mit Niall. Daß wir in irgendeinem fremden Haus wie diesem sein würden, und der Zauber auf einmal von uns gewichen wäre. Das war immer der Kitzel, die Gefahr dabei.«

»Wir können nicht einfach warten, daß etwas geschieht. Das ist verrückt!«

»Du könntest es versuchen, Richard. Du weißt, wie.«

»Was?«

»Wie du dich unsichtbar machen kannst ... du hast es schon getan.«

»Daran kann ich mich nicht erinnern!«

»Wir waren an einem Strand ... ein paar Mädchen lagen in der Sonne. Du tatest so, als wolltst du sie filmen. Und die Kneipe in Belfast! Stell dir vor, du würdest hier filmen. Wir sind in Gefahr, aber du hast die Kamera und arbeitest weiter.«

»Ich habe zuviel Angst, hier gefunden zu werden! Ich kann mich darauf nicht konzentrieren!«

»Aber du konntest am besten filmen, wenn du in der Klemme stecktest. Wenn die Leute mit Benzinbomben schmissen.«

Grey kniff das rechte Auge zusammen, daß die Lider halb geschlossen waren, um ihr Blickfeld dem schmalen Ausschnitt eines Suchers anzunähern. Er stellte sich die vertraute Berührung des Okulars aus Schwammgummi vor, die leise Vibration des Motors. Er straffte die Schulter, nahm das Gewicht und neigte den Kopf ein wenig auf die rechte Seite. An seiner Hüfte war der Generator, dessen Verbindungskabel hinter seinem Rücken zur Kamera führte und gegen sein Schulterblatt schlug. Neben ihm war der Kollege für die Tonaufzeichnung mit dem Mikrophongalgen, dessen grau umhüllter Mikrophonkopf ihn von hinten überragte. Er dachte an die Straßen von Belfast, massierte Streikposten vor Fabriktoren, eine C.N.D.-Demonstration im Hyde Park, ein Hungeraufstand in Eritrea, alle noch lebhaft in seinem Gedächtnis, Augenblicke aufwallender Emotionen und unberechenbarer Gefahr, gesehen durch die Kameralinse.

Sie stand auf und legte ihm die Hand auf die Schulter. »Wir können jetzt gehen.«

Sie hörten beide das Rauschen der Toilettenspülung, das Öffnen einer Tür und dann Schritte auf dem Treppenabsatz draußen. Einen Augenblick später kam die Frau, die sie beim Auskleiden gesehen hatten, wieder ins Zimmer, die halbgerauchte Zigarette aus dem Mund hängend. Grey schwenkte die Kamera, um ihren Bewegungen zu folgen, drehte die Scharfeinstellung. Die Frau ging um sie herum und trat wieder zum Kleiderschrank.

Grey schob sich, gefolgt von Sue, zur Tür hinaus, dann schritt er langsam, Stufe für Stufe die Treppe hinunter. Sie hörten die Geräusche der Fernsehübertragung des Fußballspiels durch die offene Tür des Wohnzimmers. Grey schwenkte zur Türöffnung, sah die Hinterköpfe der Männer. Sue langte an ihm vorbei und öffnete die Haustür. Sobald sie draußen waren, zog sie sie hinter ihnen zu.

Grey filmte, bis sie auf der Straße waren, dann sackte er vor Erschöpfung in sich zusammen. Sue nahm ihn beim Arm und hob den Mund, ihn auf die Wange zu küssen, aber er wandte sich von ihr weg, zornig, zermürbt und abgestoßen.

7

Es gab immer einen nächsten Tag, ein Erwachen zu den Realitäten der Gegenwart. Richard Grey erinnerte sich kaum seiner Träume, als er aufwachte, obwohl ihm immer bewußt war, geträumt zu haben. Er verstand die Träume instinktiv als eine Reorganisation tatsächlicher Tageserinnerungen in eine Art symbolischen Code, der im Unbewußten gespeichert war. Wenn er allein zu Hause war, stellte jeder Morgen darum einen neuen Erinnerungsanfang dar. Als er sich schläfrig durch die ersten zwei oder drei Stunden wurstelte, die Post durchsah, die Überschriften der Zeitung las, heißen Kaffee schlürfte, war er sich eines oneirologischen Schmorgerichts in seinem Kopf bewußt, eines Amalgams von größtenteils vergessenen Träumen und Bruchstücken des Vortags. Bewußte Erinnerungen stellten sich selten ein, solange er sich nicht zwang, richtig zu denken. Erst nachdem er die zweite Tasse Kaffee getrunken, sich angezogen und rasiert hatte und zu überlegen begann, wie er den Rest des Tages verbringen solle, fing er an, den neuen Tag im Zusammenhang mit dem alten zu sehen. Dann kehrte die Kontinuität zurück.

Am Morgen nach dem Besuch im Haus der fremden Leute fiel Grey das Aufwachen schwerer als gewöhnlich. Er war nicht besonders spät zu Bett gegangen, aber bevor er sich von Sue verabschiedet hatte, war es bei ihr zu einem langen und mißgelaunten Gespräch gekommen. Irgendwo war darin eine Meinungsverschiedenheit über Sex enthalten gewesen: Sue hatte wieder mit ihm schlafen wollen, und er hatte keine Lust dazu gehabt.

Beim Erwachen fühlte er sich verdrießlich. In der Post war nichts, und die Zeitung deprimierte ihn. Er briet ein Ei und machte einen fettigen Sandwich daraus, dann trank er Kaffee und starrte zum Fenster hinaus auf die Straße.

Als er sich ankleidete, wählte er frische Sachen und transferierte den Inhalt seiner Taschen. Unter dem Sammelsurium von Münzen, Schlüsseln, Geldscheinen und Papiertaschentüchern fand er das Stück Papier, das Alexandra ihm gegeben hatte, nachlässig in die Jackentasche gesteckt.

Er entfaltete es vorsichtig, strich es mit der Hand auf dem Tisch glatt und las den Text durch. Er begann mit den Worten:

> *Die Abfluganzeige meldete für meinen Flug eine Verspätung, aber ich hatte die Paßkontrolle bereits passiert, und aus dem Fluggast-Warteraum gab es kein Entkommen.*

Der Absatz fuhr mit einer Beschreibung des Warteraums fort und schloß:

> *Nirgendwo gab es einen freien Sitzplatz, und es blieb einem nichts übrig als herumzustehen und zu gehen und die anderen Fluggäste anzuschauen. Ich unterhielt mich mit einem Sp …*

An diesem Punkt hatte Dr. Hurdis ihn unterbrochen. Das letzte Wort, das Grey wußte, war *»Spiel«*, und es war nicht mehr vollständig ausgeschrieben, und darunter war das Papier eingerissen. Aber er kannte den Rest; die Geschichte war ihm vertraut. Er schaute müßig zum Fenster hinaus und erinnerte sich der langen Reise durch Frankreich, des Zusammentreffens mit Sue, des Erwachens ihrer Gefühle füreinander, ihrer Trennung wegen Niall, dann ihrer Wiedervereinigung und Rückkehr nach England. Die Erinnerungen endeten mit seiner Verstrickung in den terroristischen Bombenanschlag.

Es war ihm alles noch sehr gegenwärtig, das einzige Wissen um den Zeitabschnitt, dessen Anschluß er verloren hatte. Wann immer er sich in seinen Gedanken damit beschäftigte, stellten sich vollständige und überzeugende Erinnerungsbilder ein: das erste Mal, als er und Sue miteinander geschlafen hatten, wie er in seinem Innern die Liebe zu ihr empfunden hatte, wie er sie vermißt hatte, die lange und fruchtlose Wartezeit in St. Tropez und die Tröstungen des hübschen Mädchens vom Hertz-Büro, die entnervende mediterrane Hitze, der Geschmack der Speisen, Picasso an der Arbeit in Collioure. Diese Erinnerungen hatten innere Überzeugungskraft, ein Gefühl für den natürlichen Ablauf von Ereignissen. Früher hatte er es alles mehr wie einen fertig geschnittenen und bearbeiteten Film gesehen, aber wenn er jetzt wieder darüber nachdachte, kam es ihm vor, daß eine genauere Analogie die eines Kinobesuches war, bei dem man den Film vorgeführt bekommt. Ein Kinopublikum akzeptierte von vornherein, daß das ganze Ding eine Erfindung war, daß es geschrieben und produziert und gefilmt war, daß irgendwo hinter der Kamera eine vielköpfige Mannschaft war, daß der Film geschnitten und synchronisiert, mit Musik und Geräuscheffekten unterlegt worden war ... gleichwohl aber hielten sie mit ihrem Unglauben zurück und gingen auf die Illusion ein.

Grey hatte das Gefühl, daß sein wirkliches Leben außerhalb des Kinos stattgefunden habe, während er drinnen gewesen war und den Film angesehen hatte ... daß die Erinnerung an den Film jedoch ein annehmbarer Ersatz war.

Dieses Fragment seiner vertraulich schwatzenden Vergangenheit hatte eine weitere Bedeutung für ihn. Es war ungebeten seinem Unterbewußtsein entsprungen, die Hervorbringung eines inneren Bedürfnisses, eines verzweifelten Wunsches, zu wissen. Das Ergebnis war, daß es nun ein Teil von ihm war, wenn es auch nicht das war, was wirklich geschehen war. Es handelte ausdrücklich von seiner verlorenen Zeit, von den Ereignissen bis zur Explosion der Autobombe. Es verlieh ihm Kontinuität.

Und es schloß Sue aus, außer als eine Gestalt von minderer Bedeutung. Es ließ ihre Unsichtbarkeit nicht zu. Die wirkliche Sue verlangte eine erstrangige Position und bestand darauf, daß er ihre Behauptung der Unsichtbarkeit akzeptiere.

Der Gedanke an Sue brachte Grey wieder auf die Ereignisse des vergangenen Abends. Seit seinem Erwachen hatte er nicht an den Besuch im Haus der fremden Leute gedacht, obwohl das Ereignis in einer unbestimmten Form stets im Hintergrund seines Bewußtseins gewesen war.

Hatte er es unterdrückt?

Er hatte es als eine zutiefst beunruhigende Erfahrung erlebt, belastet mit Assoziationen von Einbruch, Übertretung, Voyeurismus, Zuwiderhandlung. Der Geschlechtsverkehr mit Sue, erzwungen von ihrem rasenden körperlichen Verlangen, hatte nur neurotische Erleichterung gebracht, war ohne Genuß geblieben. Er erinnerte sich des Herunterreißens der Kleider, der gierigen Vereinigung, während sie beide noch Schuhe trugen und ihre Jeans um die Knöchel verstrickt waren, während Sues Bluse unordentlich über ihren halbentblößten Brüsten lag. Danach die nichtsahnende Frau, übergewichtig und von sich selbst fasziniert vor dem Spiegel, während Fremde sie taxierten, und dann die Furcht, ertappt zu werden in einem fremden Haus.

An diesem Morgen hatte alles das die Qualität eines halberinnerten Traumes, während er schlaftrunken in der Wohnung herumtappte, als ob die Wirklichkeit des Geschehens während der Nacht eine symbolische Umdeutung erfahren hätte, verschlüsselt und abgesandt an sein Unbewußtes. Grey dachte an etwas, das einige Jahre früher geschehen war: er hatte geträumt, ein Freund von ihm sei gestorben, und am nächsten Tag hatte er ein unbestimmtes Gefühl von Traurigkeit und Verlust verspürt, bis ihm am Nachmittag endlich aufgegangen war, daß es bloß ein Traum gewesen war, daß sein Freund lebte und wohlauf war. Das Gefühl über ihren unsichtbaren Besuch war ähnlich, obwohl sein Anlaß das Gegenteil war: bis er daran erinnert worden war, hatte Grey es in einer traumähnlichen Art und Weise im Gedächtnis bewahrt, es hatte seine Stimmung nur subtil beeinflußt, bis die bewußte Erkenntnis, daß es wirklich geschehen war, über ihn gekommen war.

Es war seltsam, daß ein Versagen der Erinnerung die Unsichtbarkeit umgab.

Sues Bericht von seiner verlorenen Zeit sprach von seiner eigenen natürlichen Fähigkeit, seiner Erkenntnis ihrer Fähigkeit und der Entwicklung seiner Fähigkeit, sich selbst unsichtbar zu machen. Aber infolge der Bombenexplosion hatte er dies alles vergessen. Unsichtbarkeit war ein vergangener, nicht erinnerter Zustand: Sue sagte, daß er nicht länger wisse, wie es gemacht wurde, daß überdies ihr eigenes Talent zurückgegangen sei. Selbst Niall, im höchsten Maße und endgültig unsichtbar, war nicht mehr um sie.

Und die Ereignisse des vergangenen Abends, die Sues schlüssiger Beweis hatten sein sollen, waren bis jetzt halb vergessen geblieben.

War Amnesie ihrem Wesen nach der Unsichtbarkeit verwandt? Alexandra hatte ihm gesagt, er sei ihr und Dr. Hurdis unsichtbar geworden ... doch geschah dies während der hypnotischen Trance, an deren Inhalte er sich nicht erinnern konnte. Dann gab es die verlorenen Wochen aus seinem Leben, ihm selbst bis heute unsichtbar, die er durch unechte, dahingeplauderte Erinnerungen ersetzt hatte. War dies nicht genau die Art und Weise, wie gewöhnliche Leute sich die Anwesenheit Unsichtbarer erklärten? Sues Eltern, die ein Kind aufzogen, das sie kaum sahen, erklärten das Geheimnis als eine schwierige Tochter, die aufwuchs und wegzog. Dem ungesehenen Niall, der aus Eigennutz Sues Besuch daheim verpfuscht hatte, wurde hinterher im Zweifelsfall recht gegeben, und man dachte an ihn als einen netten jungen Mann. Die Fußballfreunde, einiger Minuten ihrer Fernsehübertragung beraubt, kamen untereinander überein, daß das Spiel zu Ende sein müsse. Die Frau in der Küche verhielt sich, als hätte der Wasserhahn sich irgendwie selbst aufgedreht, und konnte später nicht sehen, daß zwei Fremde auf ihrem Bett Unzucht trieben.

Sue hatte gesagt, daß unsichtbare Leute von den Menschen um sie herum unsichtbar *gemacht* würden, durch ihr Versagen, sie zu bemerken: spontane Amnesie, gefolgt von harmlosem Geplauder, um das Unerklärliche zu erklären.

Es gab jedoch eine Erfahrung von Unsichtbarkeit, an die er sich deutlich erinnern konnte, und das war die Art und Weise, wie sie manchmal seiner Kameraarbeit geholfen hatte. Doch selbst dies war zweifelhaft.

Aufnahmeteams sind unter gefährlichen Umständen verletzlich. Sie sind belastet durch ungefüge und wertvolle Ausrüstungen, und im allgemeinen lenken sie Aufmerksamkeit auf sich. Die Gegenwart einer Filmkamera wird immer beachtet. Grey erinnerte sich, daß es eine Zeitlang Probleme mit den Sicherheitskräften in

Nordirland gegeben hatte, die Aufnahmeteams daran zu hindern suchten, Schauplätze von Unruhen aufzusuchen, weil, wie behauptet wurde, das Auftauchen von Filmkameras Zusammenstöße verschlimmerte oder erst erzeugte. Filmaufnahmen bei Nacht verlangten zuweilen den Einsatz von Scheinwerfern, obwohl hochempfindliches Filmmaterial dieses Problem weitgehend entschärft hatte. Kameramänner sind gewöhnlich im Zentrum des Geschehens, weil ihre Anwesenheit andernfalls keinen Sinn hätte, und wenn die Berichterstattung Illegalität oder politische Streitfragen betrifft, werden die Aufnahmeteams leicht zu Zielscheiben von Beschimpfungen oder Gewalt.

Wenn Grey an die Wirklichkeit der Filmberichterstattung zurückdachte, wie er sie über Jahre hin gekannt hatte, erschien die Vorstellung von einem Kameramann, der unbemerkt arbeitete, unglaublich. Es blieb jedoch die Tatsache, daß es Gelegenheiten gegeben hatte, als er in extremen Situationen Nachrichtenmaterial gefilmt hatte. Sues Interpretation hatte etwas Einleuchtendes, was an einen inneren Instinkt rührte.

Er wußte einfach nicht, was er denken sollte.

Nach dem Mittagessen unternahm er einen Spaziergang. Bewegungsübungen waren für seine Hüfte noch immer wichtig, und deshalb fuhr er mit dem Wagen zu den Anlagen von Hampstead Heath und wanderte ein paar Stunden lang durch den Eichenwald. Es war ein kleines, aber reizvolles Gebiet, das von Besuchern oft zugunsten des offeneren Parkgeländes vernachlässigt wurde.

Während er dort war, stieß er auf ein Aufnahmeteam der BBC, das Außenaufnahmen für ein Fernsehspiel filmte. Er kannte den Kameramann und ging hin und unterhielt sich zwischen zwei Einstellungen mit ihm; Grey suchte jetzt aktiv Arbeit und hatte keine Angst, es offen zu bekennen. Sie verabredeten sich für einen Barbesuch an einem der nächsten Tage.

Er sah den Arbeiten eine Weile zu und wünschte, er wäre ein Teil davon. Es handelte sich um eine Episode aus einer Kriminalserie, und die Szene sah vor, daß zwei Männer eine blonde Schauspielerin durch das Gehölz jagten. Sie trug ein dünnes gelbes Kleid, und zwischen den Einstellungen stand sie mit ihrem Freund beisammen, fröstelte in ihrem Mantel und zündete eine Zigarette an der anderen an. In den Drehpausen war sie völlig verschieden von dem verängstigten und verwundbaren Typ, den sie spielte.

Im Weitergehen dachte Grey über die eine Beobachtung vom vergangenen Abend nach, die seine Anschauungsweise grundlegend beeinflußt hatte. Dies war seine Entdeckung, daß Sue, wenn sie sich unsichtbar glaubte, sexuell aktiviert wurde. Weil er dortgewesen war, die Veränderung gesehen hatte, die über sie gekommen war, weil auch er es gefühlt hatte, war er darauf eingegangen. Er konnte sich noch des unvermittelten Dranges erinnern. Aber es war eine Einsicht, die er nicht erwartet hatte; was an Sue anziehend war, war gerade die Eigenschaft, die er immer als ihre Schüchternheit, ihre bescheidene Abneigung gegen Aufmerksamkeit jeglicher Art, ihre körperliche Neutralität angesehen hatte. In der Vergangenheit war es manchmal vorgekommen, daß sie im Bett ungehemmt derb und gewöhnlich gewesen war, und er hatte immer geglaubt, daß dies ein Zug sei, den er in ihr zum Vorschein gebracht habe. Sexuelles Kennenlernen ist häufig enthüllend. Aber sie war früher niemals ausdrücklich und betont vulgär gewesen. Er war sexuell nicht abgestoßen, aber es gab ihm das Gefühl, daß er sie bis dahin falsch eingeschätzt habe.

Die Schauspielerin, die er zuvor beobachtet hatte, war im wirklichen Leben der Rolle, die sie spielte, ganz unähnlich.

Sue, wenn sie sich ungesehen glaubte, schaltete von der Rolle, die sie gewohnheitsmäßig spielte, auf einen anderen Typ um. Sie war eine Doppelpersönlichkeit: die Frau, die er gewöhnlich sah, und die andere, die er vor dem vergangenen Abend nie gesehen hatte. In ihrer Unsichtbarkeit, ihrer Verborgenheit vor der Welt, hatte sie sich enthüllt. Für Grey hatte diese Erkenntnis zur Folge, daß seine übrigen Zweifel sich um dieses veränderte Bild kristallisierten. Wäre die Enthüllung früher gekommen, hätte es vielleicht nichts ausgemacht, aber in diesem späten Stadium fühlte er sich außerstande, sich mit einer weiteren Umkehrung abzufinden.

Als er zu seinem Wagen zurückkehrte, hatte er den Entschluß gefaßt, Sue nicht wiederzusehen. Sie hatten sich für den Abend verabredet, aber er nahm sich vor, sie gleich nach seiner Heimkehr anzurufen und die Verabredung abzusagen. Er fuhr zurück zu seiner Wohnung und dachte darüber nach, was er ihr sagen würde. Aber sie erwartete ihn bereits und saß auf den Stufen vor seiner Haustür.

8

Trotz seiner Entscheidung war ein Teil von ihm erfreut, sie zu sehen. Sie küßte ihn mit Wärme, bevor sie hineingingen, aber Grey empfand Widerstreben. Widerwillig nahm er sie mit in seine Wohnung und überlegte, wie er das Thema anschneiden solle. Ihm war nach einem kräftigenden Schluck zumute, und so nahm er eine Dose Lagerbier aus dem Kühlschrank, bereitete aber Tee für Sue. Er hörte, wie sie ruhelos im Wohnzimmer herumging, während er von dem Bier trank und auf das Kochen des Teekessels wartete.

Als er ihr den Tee brachte, stand sie am Fenster und schaute auf die Straße hinab.

»Du willst mich nicht hier haben?« fragte sie.

»Ich wollte dich gerade anrufen. Ich habe nachgedacht ...«

»Ich bin wegen etwas sehr Wichtigem gekommen, Richard.«

»Ich würde lieber nicht darüber reden.«

»Es handelt sich um Niall.«

Er stellte ihre Tasse vor dem freien Sessel auf den Tisch. Sie hatte einen großen, mit Papieren vollgestopften Manilaumschlag mitgebracht und auf den anderen Sessel gelegt. Draußen versuchte jemand einen Wagen zu starten, und der Anlasser machte wiederholt ein kläglich winselndes Geräusch. Wenn er es hörte, mußte Grey immer an ein krankes Tier denken, das von seinem unbarmherzigen Kutscher unbarmherzig geschlagen wurde.

»Es gibt nichts, was ich über Niall wissen möchte«, sagte Grey. Er fühlte sich distanziert von ihr, die Kluft zwischen ihnen verbreiterte sich.

»Ich bin gekommen, um dir zu sagen, daß Niall mich endgültig verlassen hat.«

»Das ist nicht, was du gestern sagtest. Außerdem ist es mir gleich. Niall ist nicht mehr das Problem.«

»Was ist es dann?«

»Alles, was gestern abend geschah, alles, was du je sagtest. Ich habe genug.«

»Richard, ich bin gekommen, dir zu sagen, daß es nichts mehr gibt, was zwischen uns steht. Es ist alles ausgestanden. Niall ist fort, ich habe den Zauber verloren. Was willst du mehr?«

Sie starrte ihn durch den Raum an, mit einem hilflosen Ausdruck in den Augen. Grey erinnerte sich plötzlich daran, was für ein Gefühl es gewesen war, sie zu lieben, und er wünschte, es wäre wieder möglich. Draußen fand das irritierende Geräusch der fruchtlosen Startversuche ein Ende. In der letzten Minute war die Batterie zusammengebrochen und hatte den Anlasser nur noch mit einem mitleiderregenden, hoffnungslos langsamen Geräusch durchgedreht. Grey ging hinüber zum Fenster, wo Sue stand, und schaute auf die Straße

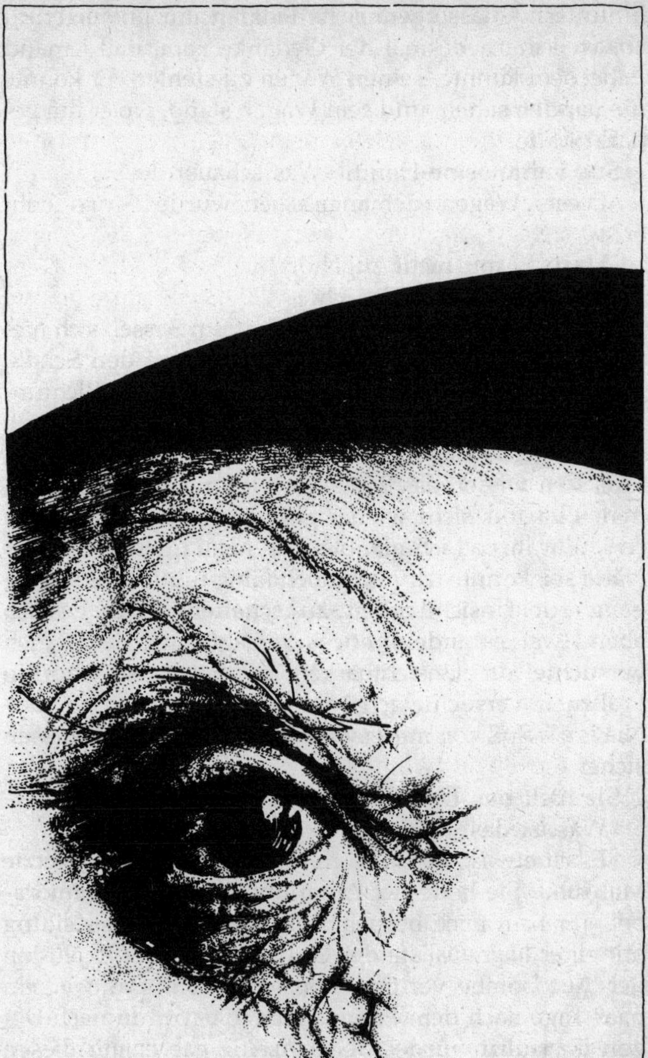
J.H. TELTSCHIK 4.86

hinunter. Anlassergeräusche lenkten ihn unweigerlich ab, weil ihm jedesmal der Gedanke kam, daß jemand dabei sein könnte, seinen Wagen zu stehlen. Er konnte niemanden sehen, und sein Wagen stand, wo er ihn geparkt hatte.

Sue nahm seine Hand. »Was schaust du?«

»Dieser Wagen, der angelassen wurde ... wo steht er?«

»Hast du mir nicht zugehört?«

»Doch, natürlich habe ich.«

Sie ließ seine Hand los und ging zum Sessel, sich niederzusetzen. Den Umschlag nahm sie auf den Schoß. Nachdem er noch einmal die Straße in beiden Richtungen überblickt hatte, ging Grey zu dem anderen Sessel.

»Was gestern abend passierte, war ein Fehler«, sagte Sue, »wir wissen das beide. Es wird nie wieder geschehen. Es kann nicht wieder geschehen. Ich muß erklären ... während ich glaubte, daß Niall irgendwo in der Nähe sei, konnte ich mich noch fähig fühlen, den Übergang zur Unsichtbarkeit zu schaffen. Aber gestern abend war es anders, etwas versagte. Ich dachte, ich versuchte dir Unsichtbarkeit zu beweisen, aber in Wahrheit versuchte ich mir selbst zu beweisen, daß Nialls Einfluß von mir gewichen sei. Jetzt bin ich dessen sicher.«

Sie hielt den Umschlag in die Höhe.

»Was ist das?«

»Es ist etwas, was Niall mir gab, als ich ihn das letzte Mal sah.« Sie holte tief Atem und beobachtete ihn dabei. »Er kam mich besuchen und gab mir eine Zeitung mit einer Namensliste der Opfer, die bei der Explosion der Autobombe verletzt worden waren. Das war ein paar Tage nach dem Ereignis, lange bevor du nach Devon überführt wurdest. Gleichzeitig gab er mir diesen Umschlag. Ich wußte nicht, was es war, und es war mir gleichgültig. Ich öffnete ihn nicht einmal. Ich wußte, daß etwas von Niall darin war, aber zu der Zeit hatte ich ihn so satt wie noch nie. Heute morgen dachte ich über den gestrigen Abend nach, warum es schiefging, und kam darauf, daß Niall irgendwie verantwortlich sein mußte. Es war ein Gefühl ... nun, als ob dieser Teil meines Lebens ohne ihn keinen Sinn mehr ergäbe. Ich erinnerte mich, daß er mir diesen Umschlag gegeben hatte, und suchte meine Sachen durch, bis ich ihn fand. Du solltest wissen, was es ist.«

»Sue, ich bin an Niall einfach nicht interessiert.«

»Bitte sieh es dir wenigstens an. Es ist sehr wichtig.«

Er nahm ihr den Umschlag aus den Händen und zog den Inhalt heraus. Dieser war ein Bündel Papiere, mit der Hand geschrieben und von einem Schreibblock gerissen, wie man ihn in jedem Papiergeschäft bekommt; die linke Seite jedes Blattes war ein wenig gewellt, wo sie abgerissen worden war. Die oberste Seite war eine kurze Notiz in derselben Handschrift wie alles übrige. Sie lautete: *Susan – Lies dies und versuche zu verstehen. Lebewohl – N.*

Die Handschrift war lesbar, wegen des Gebrauchs manierierter Schleifen und Schnörkel jedoch etwas verwirrend. Alle Punkte und I-Punkte waren als winzige Kreise geschrieben. Auf den meisten Blättern wechselte die Farbe der Tinte, offenbar mit dem Gebrauch verschiedener Füllhalter, aber die beliebtesten Farben waren Grün und ein leuchtendes Blau. Grey hatte keine Kenntnisse der Graphologie, aber alles an dieser Handschrift verriet Befangenheit und Geltungsdrang.

»Was ist das? Hat Niall alles geschrieben?«

»Ja ... du solltest es lesen.«

»Jetzt? Während du dasitzt?«

»Du solltest es wenigstens lange genug überfliegen, bis du erkennst, was es ist.«

Grey legte die Notiz beiseite und las die ersten Zeilen am Kopf der nächsten Seite. Sie lauteten:

Das Haus war so gebaut, daß es die See überblickte. Seit seiner Umwandlung in eine Rehabilitationsklinik waren zwei große Flügel im ursprünglichen Stil hinzugefügt und die Gartenanlagen so umgestaltet worden, daß Patienten, die sich im Freien bewegen wollten, nirgendwo starke Steigungen überwinden mußten.

»Ich verstehe nicht«, sagte Grey. »Was hat es mit alledem auf sich?«

»Lies weiter hinten darin!« sagte Sue.

Grey legte mehrere Blätter beiseite und las auf gut Glück:

Sie warf das Haar mit einer kurzen Bewegung zurück und hob den Kopf, um ihn anzusehen. Er betrachtete sie, versuchte sich zu erinnern oder so zu sehen, wie er es früher getan haben mochte. Sie hielt seinem Blick für einen Moment stand, dann schaute sie wieder weg.

»Starr mich nicht so an!« sagte sie.

Grey begann Verwirrung zu empfinden. »Das ist eine Beschreibung von dir, glaube ich.«

»Ja, etwas davon kommt vor. Lies weiter!«

Er wendete die Seiten, suchte einzelne Sätze heraus, die ihm auffielen, ständig irritiert von der ungewöhnlichen Handschrift und ihren Schnörkeln. Es war leichter, den Text zu überfliegen, als ihn zu lesen, aber nach weiteren willkürlichen Stichproben fand er wieder einen Absatz, an dem er hängenblieb:

Grey fühlte sich angenehm entspannt und schläfrig, war sich aber aller Vorgänge ringsum bewußt. Er hatte die Augen geschlossen und lauschte Dr. Hurdis, aber er konnte auch darüber hinaus Wahrnehmungen machen. Draußen im Korridor gingen zwei Leute vorbei, in ein Gespräch vertieft, und irgendwo im Zimmer machte Alexandra Gowers ein klickendes Geräusch mit einem Kugelschreiber und raschelte mit Papier.

Ohne etwas zu Sue zu sagen, durchblätterte Grey rasch den Rest der Seiten. Er wußte, was da geschrieben stand, weil ihm das alles vertraut war. Er brauchte nicht viel weiter zu blättern. Der Text endete mit den Worten:

> *Spät, viel später als er erwartet hatte, rief sie ihn aus einer Telefonzelle an. Sie war am Bahnhof von Totnes und im Begriff, ein Taxi zu nehmen. Eine halbe Stunde später war sie bei ihm.*

Als sie sah, daß er fertig war, sagte Sue: »Verstehst du, was es bedeutet, Richard?«

»Was *ist* das?«

»Es ist Nialls Art und Weise, sich mit dem Unvermeidlichen abzufinden. Es ist eine Geschichte, etwas, was er über uns erfunden hat.«

»Aber warum sollte er sie dir geben?«

»Er wollte, daß ich es weiß. Er schrieb sie, um zu sagen, daß er sich mit dem Ende unserer Beziehung und meinem Zusammensein mit dir abgefunden hat.«

»Aber das beschreibt, was *geschah!* Wie, zum Teufel, konnte er es *geschrieben* haben?«

»Es ist bloß eine Geschichte«, sagte Sue.

Grey hielt das Bündel Papiere in der Hand, rollte es langsam zu einem kurzen Knüppel zusammen.

»Aber wie konnte er es *wissen?*« sagte er. »Wann gab Niall dir diesen Umschlag? Du sagtest, es sei kurz nach der Autobombe gewesen – aber dies beschreibt doch, was später *tatsächlich* geschah!«

»Ich verstehe es auch nicht«, sagte Sue.

»Niall hat dies nicht erfunden! Er kann es nicht erfunden haben! Er muß dagewesen sein – die ganze Zeit, die ich im Krankenhaus verbrachte, war auch Niall dort! Das ist, was es bedeutet. Verstehst du?«

»Richard, diese Geschichte liegt seit Monaten in meinem Zimmer!«

Plötzlich rückte Grey in seinem Sessel herum und blickte wild im Raum umher.

»Ist Niall auch jetzt hinter uns her? Ist er hier?«

»Ich sagte dir, Niall ist immer hier. Mach dir nichts daraus!«

»Er ist jetzt hier, Sue! Er ist in diesem Raum!« Grey stand auf, taumelte auf der schwachen Hüfte und tat einen unbeholfenen Schritt zur Seite. Mit der Papierrolle in der Hand schlug er blindlings in die Luft. Die Bierdose zu seinen Füßen fiel um, das schäumende Lagerbier ergoß sich gluckernd auf den Teppich. Grey fuhr herum, tastete mit einer Hand in die Luft ringsum und stieß und schlug mit der Papierrolle in der anderen Faust. Er bewegte sich unbeholfen zur Tür, riß sie auf, um hinauszuspähen, schlug sie wieder zu. Er tastete blindlings nach mir, während die Luft um uns beide wirbelte.

Ich trat zurück, blieb auf Distanz, da ich kein Verlangen hatte, mit einem Knüppel meiner eigenen Herstellung geschlagen zu werden.

»Hör auf!« rief ich. Aber du hörtest natürlich nicht.

Ich hörte Susan sagen: »Richard, du machst dich lächerlich!« Aber keiner von uns schenkte ihr Beachtung. Du warst unmittelbar vor mir, balanciertest dein Gewicht auf dem unversehrten Bein, die Faust gegen mich erhoben, und deine Augen schienen mich in ihrer Verzweiflung direkt anzustarren. Ich wandte mich von deinem verwirrenden Blick, obwohl du niemals in der Lage sein würdest, mich zu sehen.

Es ist weit genug gegangen, hier endet es.

Halte diese Position, Grey; es wird nichts mehr geschehen. Auch Susan: halt still!

Ich halte inne.

Meine Hände zittern. Du machst mir Angst, Grey. Wir beide bedrohen einander, du mit deiner ungeschickten Fähigkeit, Schmerzen zu verursachen, ich mit meiner Freiheit, dich zu manipulieren. Aber jetzt habe ich das Heft in der Hand, und du kannst dort bleiben, wie du bist.

Also gut, Grey, laß dir sagen, was du am wenigsten hören willst:

Ich bin dein unsichtbarer Widersacher, und ich bin immer um dich. Du kannst mich niemals sehen. Ich bin überall bei dir gewesen: ich beobachtete dich im Krankenhaus, ich war da, als Susan dich besuchte, ich hörte, was du sagtest. Ich war in Südfrankreich, ich folgte dir durch Wales, ich bin mit dir in London gewesen. Du warst niemals frei von mir. Ich habe dich angesehen und dir zugehört; ich weiß, was du getan, und alles was du gedacht hast. Nichts ist dir allein eigen, weil ich dich kenne, wie du dich selbst kennst. Ich sagte, daß ich dich fertigmachen würde, Grey, und das habe ich getan.

Ich bin alles, was du je gefürchtet hast. Ich bin dir wahrhaftig unsichtbar, aber nicht in dem Sinne, wie du meinst.

9

Betrachte den Raum, in welchem wir drei uns jetzt befinden! Wieder sind wir in einer Konfrontation, stehen einander furchtlos gegenüber, und wie immer ohne zu sehen. Dennoch gibt es einen Unterschied: du und Susan, ihr seid beide hier, aber ich bin es nicht. Ich bin so wenig *hier* wie ich *überall* sein kann, denn jedes ist eine Sinnwidrigkeit.

Betrachte diesen Raum, das Wohnzimmer deiner Wohnung!

Ich spüre, daß ich es in allen Einzelheiten kenne, obwohl ich es in Wirklichkeit nie besucht habe. Ganz gleich, ich kann ihn *sehen.* Ich kann darin umhergehen oder sogar schweben, ihn in seiner allgemeinen Erscheinung betrachten oder im kleinsten Detail untersuchen. Hier die weißgestrichenen Wände, die Susan so verabscheut, bedeckt mit der billigen Dispersionsfarbe, die beim Umbau des Hauses in Wohnungen verwendet wurde, dort der etwas abgetretene Teppich und das Mobiliar, das einmal deinen Eltern gehörte. Ein Fernsehgerät in einer Ecke, eine Schicht blassen Staubes auf dem Bildschirm, darunter ein Videorekorder, dessen Digitaluhr ein und aus blinkt, weil du dir nie die Mühe gemacht hast, sie richtig einzustellen. Ich sehe ein paar Bücherregale, an einer Wand befestigt, und sie hängen in der Mitte durch, weil du oder wer immer sie anbrachte, die Entfernung zwischen den Wandarmen nicht richtig maß. Ich kann die Regale überblicken und die Auswahl deiner Bücher sehen – einige technische Handbücher, Bände über Fotografie, ein Stoß Filmzeitschriften, eine willkürliche Auswahl von Taschenbuchromanen mit gebrochenen Rücken –, und ich weiß, daß du kein ernsthafter Leser bist, außer wenn du reist. Auf dem Fensterbrett sind die Stellen zu erkennen, wo deine Zimmerpflanzen standen; der Sonnenschein hat die Farbe rings um die fünf runden Flecken vergilben lassen, und sie sind gekennzeichnet durch trockene Körner herausgefallener Komposterde. Es riecht ein wenig nach Staub, auch nach Feuchtigkeit. Dein Zimmer spricht von Flüchtigkeit, Vergänglichkeit. Ich schließe aus alledem, daß du häufig abwesend bist, daß du dich hier nicht behaglich oder häuslich eingerichtet fühlst, selbst wenn du seit einiger Zeit Eigentümer der Wohnung bist.

Ich kenne diesen Raum. Ich habe ihn geistig von dem Tag an bewohnt, da ich zum ersten Mal von dir erfuhr. Er ist mir Realität, weil ich ihn mir immer so vorgestellt habe, wenn ich wußte, daß du hier bist. Ich kenne den Rest der Wohnung in der gleichen Art und Weise, mein Interesse an dir greift über auf alles, was um dich ist.

Dein reales Leben kümmert mich nicht, noch die Wirklichkeit, wo du tatsächlich leben magst. Dies ist, was ich für dich geschaffen habe.

Und so bist du hier in diesem Raum, und Susan ist bei

dir. Ihr seid beide bewegungslos, denn ich habe euch einstweilen zur Ruhe gebracht. Susan sitzt mit großen Augen in dem Sessel beim Fenster und beobachtet, was du zu tun dich bemühst. Sie hat ihre Segeltuchtasche neben sich auf den Boden gestellt, und der Gurt liegt leicht über einem ihrer Füße. Auf dem Teppich vor ihr ist der geöffnete Umschlag, in dem ich ihr meine Geschichte gegeben hatte. Ein dunkler Nässefleck hat das Gewebe des Teppichs neben der umgeworfenen Bierdose durchdrungen. Du bist ein paar Schritte von Susan entfernt, erstarrt in deiner aggressiven Suche, geradeso, wie du warst, als ich mich entschied, dir Einhalt zu gebieten.

Und ich bin auch hier, natürlich, obgleich keiner von euch mich sehen kann. Was hoffst du mit deiner Suche nach mir zu erreichen? Was würdest du tun, wenn du mich fändest? Wünschst du all deine elenden Geschäfte zu einer Art Abschluß zu bringen? Sicherlich kann ich dir nicht mehr wichtig sein, habe ich dich doch seit Wochen in Ruhe gelassen, zumindest soweit du dir dessen bewußt warst? Du hast mich durch diesen plötzlichen Ausbruch von Interesse an mir aus meiner Ruhe geweckt. Dir selbst überlassen, hattest du beschlossen, dein Verhältnis mit Susan abzubrechen. Das paßte mir; nur Susan kümmert mich, und sobald du mit ihr fertig bist, werde ich es mit dir sein. Warum also sollte ich dir noch etwas bedeuten?

Ja, aber Susan hat dir gezeigt, was ich über dich geschrieben habe!

Du hältst es mit der Hand, wissend, daß es dich beschreibt. Es entwertet dich, Grey. An was du dich von dem Krankenhaus erinnerst, wird jetzt falsch, weil ich es für dich schuf, und durch Erweiterung entwertet es deine Erinnerungen an Frankreich und alles andere. Du dachtest, du könntest diesen Erinnerungen trauen, weil sie Überzeugungskraft besitzen, aber ich kann dir sagen, daß es nicht so ist.

Glaubst du mir? Wie gut ist dein Gedächtnis? Kannst du alles glauben, an was du dich erinnerst, oder traust du nur dem, was dir gesagt wird?

Wir alle sind Fiktionen – du, Susan, in einem geringeren Maße ich selbst. Du bist eine Fiktion in dem besonderen Sinne, daß du eine andere Stimme gewesen bist, die ich für mich sprechen ließ. Ich habe dich gemacht, Grey. Du zweifelst an mir, aber nicht so sehr, wie ich an dir zweifle. In deinem eigenen Leben bist du real genug, aber als du auf das meinige einwirktest, nahm ich und gebrauchte dich. Du bist »real« nur insoweit, als es mir gefällt, dich »real« erscheinen zu lassen, und vom Tag deiner Begegnung mit Susan an bereitetest du mir keine Freude.

Warum solltest du dem widerstehen? Wir alle machen Fiktionen. Keiner von uns ist, was wir scheinen. Wir ordnen unsere Erinnerungen neu, um sie unserem gegenwärtigen Selbstverständnis anzupassen, nicht um die Vergangenheit genau zu erklären. Wenn wir anderen Menschen begegnen, versuchen wir ein Abbild von uns selbst zu projizieren, das ihnen in dieser oder jener Weise gefallen oder sie beeinflussen wird. Wenn wir uns verlieben, machen wir uns selbst blind für das, was wir nicht zu sehen wünschen.

Der Drang, uns als real erscheinende Fiktionen umzuschreiben, ist in uns allen gegenwärtig: im schönen Schein unserer Wünsche hoffen wir, daß unser wahres Ich nicht sichtbar werden wird.

Dies ist alles, was ich getan habe. Du bist nicht du, sondern wie ich dich habe erscheinen lassen. Susan ist nicht Sue. Ich bin nicht Niall, aber Niall ist eine Version von mir; wieder habe ich keinen Namen. Ich bin nur ich.

Also bleibt dir die Schlußfolgerung verwehrt, die du zu suchen meintest. Nichts von alledem sagt dir, was du wissen zu wollen meinst, aber ich schulde dir keine Erklärungen. Susan hat dir bereits die Wahrheit gesagt, und du kannst und solltest ihr glauben, obwohl ich ihre Worte genommen und selbst niedergeschrieben habe. Die Fakten darin sind ihre, aber die Fiktionen sind meine.

Was bleibt für dich von Susan? Weil ich dich mitten in der Bewegung angehalten habe und du nicht einmal den Kopf wenden kannst, wirst du sie nicht sehen, wenn wir den Raum verlassen. Du wirst über ihren Verlust keine Bitterkeit empfinden – du bist bereits zu deiner eigenen Entscheidung über sie gelangt. Aber ich werde Sorge tragen, daß du sie niemals wiedersehen wirst, denn soviel steht in meiner Macht.

Ich könnte dich hier stehenlassen, für allezeit in diesem Augenblick erstarrt, eine ohne Ende aufgegebene Fiktion ... aber das wäre nicht recht. Dein eigenes wirkliches Leben geht weiter, und es ist Zeit, daß ich dich darein entlasse. Dein Leben wird nun geordnet sein, dein Körper wird heilen, die Verhältnisse sich bessern. Ich bezweifle, daß du wissen wirst, warum. Du wirst vergessen, wirst deine eigene negative Halluzination erzeugen. Diese Dinge sind dir nicht fremd, denn für dich ist Vergessen eine Art, Versagen zu sehen.

10

Der Sommer war heiß in diesem Jahr, und mit dem Einsetzen der warmen Witterung kam für Richard Grey die Aussicht auf eine feste Anstellung. Sein Freund bei der BBC brachte ihn mit den Verantwortlichen für Filmproduktionen in Ealing zusammen, dem Ort, wo seine Karriere als Kameramann begonnen hatte, und nach einem Gespräch erhielt er den Bescheid, daß er vom ersten September an fest angestellt würde.

Vor sich den langen Sommer, den es auszufüllen galt, befiel Grey seine gewohnte Ruhelosigkeit. Er erledigte einen freiberuflichen Auftrag als Kameramann in Malta, aber die Reise war kurz, und hernach langweilte er sich mehr, als er es zuvor getan hatte. Endlich erhielt er eine Entschädigungssumme: sie war geringer, als er erwartet hatte, aber mehr als genug, um seine unmittelbaren Bedürfnisse abzudecken. Obwohl er keine Schmerzen mehr litt und seine Hüfte normal beanspruchen konnte, kaufte er einen neuen Wagen mit automatischem Getriebe. Der alte hatte begonnen, ihm Schwierigkeiten zu machen, angefangen mit dem Verdruß einer erschöpften Batterie. Als Alexandra von Exeter zurückkehrte, um ihre Dissertation zu vollenden, wartete er noch eine oder zwei Wochen, dann schlug er eine Urlaubsreise vor.

Sie fuhren mit dem neuen Wagen nach Frankreich, ließen sich Zeit und folgten der Laune und einer gewissen Neugierde der Erinnerung. Sie besuchten Paris, Lyon, Grenoble, fuhren dann nach Süden zur Riviera. Es war noch Frühsommer, und die später zu erwartenden Urlaubermassen waren noch nicht eingetroffen. Grey fand Alexandras Gesellschaft entzückend, obwohl sie mehrere Jahre jünger war als er. Sie sprachen nie von der Vergangenheit, oder wie sie einander kennengelernt hatten, oder von irgend etwas, was nicht ihre unmittelbare Welt des Urlaubs und ihre Gesellschaft betraf. Sie verbrachten eine lange Zeit im Süden, sonnten sich, schwammen, besuchten Museen und Sehenswürdigkeiten, unternahmen Ausflüge ins Landesinnere. St. Tropez besuchten sie nur kurz, aber hier stieß Grey auf einen kleinen Laden, der alte Postkarten verkaufte. Eine war darunter, die ihm besonders gefiel: eine Ansicht des Hafens, als er noch den Fischern diente. Er kaufte sie für Sue. »Wollte, du wärest hier«, schrieb er in einer gewollt kunstvollen Handschrift, und signierte sie mit einem X.

Michael Nagula

VISION UND REALISMUS

Christopher Priests Neuschreibung der ›Science Fiction‹

»Mein neuer Roman, der den Titel *Der schöne Schein* trägt, ist der nächste logische Schritt nach *Der weiße Raum*. Ich sehe ihn als eine weitere neue Art von Science Fiction-Roman – aber das sage ich nicht laut, so daß nur Sie es hören können. Soweit es die Welt der Verlagshäuser betrifft, werde ich an der Version festhalten, daß *Der schöne Schein* ein allgemeiner Roman sei.«

Verlorene Rede eines Sohns
Christopher Priest

I

Was ist Science Fiction? Über den Ursprung des Begriffes herrscht weitgehend Klarheit, er wurde gegen Ende der zwanziger Jahre in Amerika ins Leben gerufen. Aber was zeichnet diese Gattung aus? Die Zahl der Kritiker und Autoren, die dieser Frage nachgegangen sind, ist Legion, und heute gibt es fast so viele Definitionen von Science Fiction, wie es Beschäftigte auf diesem Gebiet gibt. Neben der klassischen Auffassung eines Robert A. Heinlein (»Eine realistische Spekulation über mögliche zukünftige Ereignisse, die fest auf hinreichendem Wissen über die reale Welt, Vergangenheit wie Gegenwart, und einem genauen Verständnis der Natur und der Bedeutung der wissenschaftlichen Methode basiert.«[1]) steht etwa die humanistischere Auffassung des kürzlich verstorbenen SF-Autors Theodore Sturgeon: »Eine Science Fiction-Story ist eine Geschichte, die den Menschen im Mittelpunkt sieht, ein menschliches Problem behandelt und eine menschliche Lösung bietet, die aber ohne ihren wissenschaftlichen Gehalt gar nicht zustande gekommen wäre.«[2] Auf noch anspruchsvollere Weise kommt die humanistische Tendenz in dem Erklärungsversuch von Brian W. Aldiss zum Tragen: »Science Fiction ist die Suche nach einer Definition des Menschen und seiner Stellung im Universum, die vor unserem fortgeschrittenen und dennoch verworrenen Wissensstand (Wissenschaft) bestehen kann.«[3] Edmund Crispin, der den Begriff ›Wissenschaft‹ schon nicht mehr bemüht, unterstreicht bereits einerseits die innovative Komponente von Science Fiction und bemüht andererseits die Zugehörigkeit zu einer alten und breiten Tradition: »Eine Science Fiction-Story setzt eine Technologie, eine technologische Auswirkung oder eine Störung in der Ordnung der Natur voraus, wie sie die Menschheit bis zum Zeitpunkt der Niederschrift noch nicht besitzt oder erfahren hat.«[4] Kingsley Amis, der 1960 mit *New Maps of Hell* das erste Buch von Rang über diese Gattung schrieb, baut den ersten Teil dieser Definition aus: »Science Fiction ist jene Klasse von erzählender Prosa, die von einer Situation handelt, die sich in der uns bekannten Welt nicht ereignen könnte, auf der Grundlage einiger Neuerungen in der Wissenschaft und Technologie, Pseudowissenschaft und Pseudotechnologie, ob menschlichen oder extraterrestrischen Ursprungs, hypothetisch jedoch angenommen werden kann.«[5] Michel Butor kommt einer modernen Auffassung von Science Fiction noch am nächsten, wenn sie für ihn schlicht eine Literatur ist, »die das Feld des Möglichen erkundet, den Einblicken entsprechend, die uns die Wissenschaft gönnt. Es handelt sich um Phantastik in einem realistischen Rahmen.«[6] Einen zynischen Schlußstrich unter das Definitionsangebot ziehen sowohl Donald A. Wollheim wie Brian W. Aldiss, von denen es Michael Pehlke und Norbert Lingfeld übernahmen, mit der Behauptung: Science Fiction ist, was unter diesem Namen auf den Markt kommt.[7] Kein Zweifel – es ist schon so, wie Franz Rottensteiner einmal feststellte: »Die Definitionen sind ohne Zahl, und versucht man, zwei Enthusiasten dazu zu bewegen, sich auf eine Definition von SF zu einigen, holt man sich blutige Knöchel.«[8]

Von Klarheit im Selbstverständnis der Gattung also keine Spur. Und doch gibt es eine Gemeinsamkeit. Wie diese Beispiele zeigen, geht es den meisten Verfassern von Definitionen nämlich nicht darum, zu umschreiben, was Science Fiction ist, das heißt welche gemeinsamen Merkmale die unter dieser Sammelbezeichnung existierenden Werke aufweisen, sondern was sie sein *soll* – welche Eigenschaften, Vorzüge und Funktionen sie im Idealfall hat. Die Definitionen sind somit nicht analytisch und pragmatisch, sondern normativ gedacht und wollen Maßstäbe verbindlich vorschreiben. Bei einer solchen Vorgehensweise ist die Ghettoisierung einer Literatur schon vorweggenommen. Charakteristisch ist dann für den Krimi stets jenes, für die Science Fiction stets das. Für das Ausloten neuer Betätigungsfelder, den – wie Priest es nennt – »Grundsatz des Einbeziehens der Dinge«, ist dann kein Platz mehr. Science Fiction wird dann tatsächlich zu dem, wie Wollheim, Aldiss und Pehlke/Lingfeld schrieben, was unter diesem Namen auf den Markt kommt, nämlich einer Literatur ohne jede Aufgabe und jedes Interesse. Gute Science Fiction sollte aber nicht dazu dienen, den Konsum um des Konsums willen zu erhöhen, sondern dem Einzelnen ein höheres Maß an Erkenntnis zu vermitteln.

Für Priest ist Science Fiction mehr als nur das Ergebnis der Verquickung von menschlichen Problemen in einer bekannten Welt und ihrer Abarbeitung auf der Grundlage von Neuerungen in Wissenschaft und Technik, um einmal die wesentlichen Thesen von SF-Theoretikern zusammenzufassen. Priests Verständnis von Science Fiction ist das einer Literatur des visionären Realismus. Visionär, weil dies die Natur der schriftstellerischen Arbeit sei, der Arbeit eines Menschen, der durch idealistische oder radikale Ideen, insbesondere unausführbare, gekennzeichnet ist, Realismus, weil dies der Form der meisten SF-Erzählungen und Romane entspreche. Nach Priest ist Science Fiction volksnahe Unterhaltungsliteratur, in konventioneller Erzähltechnik geschrieben, als Geschichte erzählt und ausgestaltet mit überzeugenden Einzelheiten, und »darum kontrapunktiert Science Fiction die Verrücktheit der Idee mit der Vernünftigkeit des Textes. Die Vision steht im Widerspruch zum Realismus.«[9]

II

Diese Auffassung von Science Fiction, 1984 auf einem Kongreß in Brighton erstmals öffentlich vorgetragen, ist das Ergebnis einer Auseinandersetzung, die bis in die sechziger Jahre zurückreicht, als Priest – Jahrgang 1943 – im Alter von dreiundzwanzig mit »The Run«, seiner ersten veröffentlichten SF-Geschichte überhaupt, hervortrat. Seinem Debüt in *Impulse* (vormals *Science Fantasy*) folgten rasch weitere Kurzgeschichten, vornehmlich jedoch in *New Worlds,* einem avantgardistischen Schwestermagazin desselben Verlags, das sich unter der Federführung Michael Moorcocks allmählich zum Sprachrohr einer Bewegung entwickelte, die als ›New Wave‹, als Neue Welle, in der Science Fiction bekannt wurde. Die damalige Politik erläutert Moorcock folgendermaßen: »Sie ermutigte die Schriftsteller und Herausgeber auf beiden Seiten des Atlantiks dazu, etwas anderes, etwas Neues zu wagen, um auf diese Weise das Potential der zahlreichen literarischen Techniken, die unter dem allgemeinen Banner ›Science Fiction‹ entwickelt wurden, dahingehend auszuweiten, daß eine kompromißlose Form literarischer Fiktion entstand, die nichtsdestotrotz über ein breites Publikum als Leserschaft verfügte.«[10] An anderer Stelle erklärt Christopher Priest, was ihm diese Strömung bedeutet hat: »Die New Wave, wenn sie überhaupt etwas darstellte, war ein Bewußtseinszustand, eine revolutionäre Haltung, eine Infragestellung der abstrakten Qualität von Science-Fictionheit. Aber außerdem war sie, weil Moorcocks Einfluß wirklich konstruktiv war, eine Erforschung der Methoden, wie ihr persönlicher Stil erweitert werden, mehr mit dem Bewußtsein der Leute, von denen wir wußten, daß sie sie lasen, in Einklang gebracht werden konnte. Die Sechziger waren eine Zeit des schwungvollen sozialen Wandels in der westlichen Welt, und selbstgefällige Abenteuergeschichten, die sich in unstrittigen Welten abspielten, mit all den anerkannten und entlehnten Imaginationen der Genrefiktion, waren damals nicht (und sind es heute noch nicht) genügend stimulierend für intelligente Leser.«[11]

Von Anfang an hatte Priest dabei seinem eigenen Weg folgen wollen, jenseits lästiger Genrevorstellungen, die auch die New Wave mit ihrem Gebrauch der Techniken des Nouveau roman, des Burroughsschen Cut-up und ihrer inhaltlichen Neufassung alter Themen durch Mythisierung und eine introspektive Haltung nach und nach entwickelt hatte. Zu jener Zeit war es auch, genauer 1968, daß Priest beschloß, künftig ausschließlich vom Schreiben zu leben, und sich auf längere Texte zu konzentrieren begann. »Mein Schlachtplan war«, sagt er, »Arbeiten zu Papier zu bringen, die ich wirklich schreiben wollte, was genau in den Science Fiction-Bereich paßte, und mir langsam eine Leserschaft aufzubauen. Nachdem mir das gelungen war, hoffte ich, diese Leserschaft mit mir nehmen zu können, wo immer ich hingehen wollte. Was an diesem Plan schieflief, war die Tatsache, daß ich meinen Lebensunterhalt auf diese Weise nicht länger verdienen konnte. Der Absatzmarkt für mich war verschwunden.«[12] Und damit stand er nicht allein: Bedeutende britische SF-Autoren wie Brian W. Aldiss, J. G. Ballard und Robert Holdstock hatten Anfang der achtziger Jahre Schwierigkeiten, ihre Romane zu verkaufen. Dies sollte sich für Priest erst wieder mit dem Durchbruch in die allgemeinliterarische Szene ändern, in der er als Autor sorgfältiger und nachdenklicher Literatur großes Lob vom Range eines John Fowles und der *New York Times* bekam.

III

In jener Zeit zwischen 1965 und 1970, die nach Moorcocks Aussage wie nach einhelliger Meinung der SF-Kritik für die New Wave als bedeutsamste anzusehen ist, verfaßte Priest eine Reihe von Kurzgeschichten, die 1972 unter dem Titel *Transplantationen* erstmals auf deutsch gesammelt vorgelegt wurden; erst zwei Jahre später erschien der nämliche Band in einer englischsprachigen Ausgabe. Heutigen Maßstäben des Lesers wie des Autors können die Geschichten zwar nicht mehr genügen, denn längst ist der Autor über das modische SF-Interieur dieser Zeit hinausgewachsen, doch bemühte er sich auch in ihnen bereits, eine heutigen Maßstäben utopischen Denkens gemäße Literatur zu verwirklichen. Allerdings entstand erst in den siebziger Jahren eine Reihe von Kurzgeschichten, deren Bedeutung sich mit seinem jüngeren Romanwerk vergleichen läßt. Erzählungen wie »Ein endloser Sommer«, »Grenzstreifzüge« und »Der wundervolle Steinhügel« sind wahre Meisterwerke und wirken doch wie stilistische Vorentwürfe zu späteren Romanen des Autors. Sie künden in ihrer Vielschichtigkeit vor allem von der Absicht Priests, Auskunft über die eigene Person zu erlangen, aber die Protagonisten seiner Geschichten, um die Erforschung ihrer selbst bemüht, bleiben sich fremd. Sie sind in ständiger Auseinandersetzung mit den ihnen auferlegten Zwängen begriffen, die in der Regel ihre Zuspitzung in einem Kampf der Geschlechter finden, der jedoch an keiner Stelle seines Werkes ausdrücklich beim Namen genannt wird. Zu umfassend sind die Mechanismen der Entfremdung: Der Einzelne ist bei Priest nur noch bedingt, wie in einem Wachtraum gefangen, Subjekt seiner Wahrnehmung, seiner Gedanken und Gefühle, seines Urteilsvermögens, seiner Tatkraft, seiner Entscheidungen und Beziehungen zur Umwelt. Die von außen auf ihn einbrandenden Impulse reichen zwar noch an die Schicht personalen Erlebens heran, können aber keine kritische Reaktion mehr hervorrufen, die einer Änderung zum Besseren voranzugehen hätte. So geraten die Dimensionen von Glück und Zufriedenheit bei ihm zu bloßen Zerrbildern, zu gespiegelten Ansichten der Wirklichkeit, die eingeschränkt und deformiert sind durch die Struktur der Gesellschaft.

IV

1970 war als erstes Resultat von Priests freiberuflichem Schaffen der Roman *Indoctrinaire* (dt. *Zurück in die Zukunft,* 1971) erschienen, mit dem er in SF-Leserkreisen von sich reden machte. Dieses Buch, das von einem Stück brasilianischen Urwaldes erzählt, in dem ein Wissenschaftler in Erfüllung seines Auftrags erfährt, daß es seine eigene Erfindung vor zweihundert Jahren war, die noch Jahrhunderte später die Erde verseuchte, bekam für einen Erstling erstaunlich gute Kritiken. Ließ dieser Roman bereits ahnen, daß mit Priest ein talentierter Nachwuchsautor aufgetaucht war, so reihte sich sein Verfasser mit den nächsten Büchern qualitativ in die erste Garnitur der britischen SF-Schriftsteller ein.

Bezeichnenderweise ist es sein zweites Buch, *Fugue for a Darkening Island* (dt. *Schwarze Explosion,* 1972), das Charles Platt zufolge bei der breiten SF-Leserschaft heute noch am beliebtesten ist. Ganz in der Tradition der englischen Katastrophenromane schildert Priest darin die politischen und rassischen Spannungen, die sich aus dem Eintreffen schwarzer Flüchtlinge aus Afrika für das England der nahen Zukunft ergeben. Eine ähnliche Vernichtungswelle, die ihrem Kontinent durch einen Atomkrieg zuteil wurde, droht jetzt einem vom Bürgerkrieg zerrissenen England, in dem ein wenig heldenhafter Akademiker bei seinen Wanderungen durch die kaum mehr erkennbare Wüste seines Heimatlandes genug erlebt, um den Lack der Zivilisation von sich abbröckeln zu lassen und aus dem Flüchtling einen skrupellosen Mörder zu machen. Dieser Roman, der erheblich stärker ist als Priests Erstlingswerk, wurde zwar für den John W. Campbell Award nominiert, einen Preis, der dem besten neuen SF-Autor des Jahres von der SF-Lesergemeinde überreicht wird, konnte ihn aber nicht erringen.

Ebenso erging es Priest mit seinem bis dahin sicherlich besten Werk, dem Roman *The Inverted World* (dt. *Die Stadt,* 1976; erneut als *Der steile Horizont,* 1984), der bei der Wahl zum ebenfalls von Lesern vergebenen Hugo Award auf stärkere Konkurrenz traf. Dafür trug ihm dieses Buch mit dem British Science Fiction Award das englische Gegenstück zum Hugo Award ein. In diesem Roman versuchte Priest sich erstmals an technikorientierter, sogenannter Hardware-SF und ging von der Hypothese aus, eine mobile Stadt befände sich jenseits eines mathematischen Tores und außerhalb der gewohnten euklidischen Realität in einer hyperboloiden Welt. Um die Stadt immer im Brennpunkt der Hyperbel zu halten, muß sie auf Schienen über Land gezogen werden. Weicht man von der vorherbestimmten Route ab, so tritt ein Deformationseffekt auf, den der Zukunftsvermesser Helward Mann während seiner Erkundungsreisen am eigenen Leib verspürt. Je nachdem, ob er sich nach Süden oder Norden begibt, zieht sich die Oberfläche der Welt buchstäblich in die Länge oder wird gestaucht. Als es zu unerklärlichen Wahrnehmungsverschiedenheiten zwischen ihm und einer Frau von außerhalb der Stadt kommt, stellt sich heraus, daß die Stadtbewohner Opfer eines elektrischen oder Strahlenphänomens sind, das von den Stromerzeugern der Stadt hervorgerufen wird und ein Feld aufbaut, das sich permanent auf das menschliche Wahrnehmungsvermögen auswirkt und zu erheblichen Genveränderungen führt. Aber ungeachtet dessen, daß sich die Stadt auf diese Weise als fahrbares Forschungslabor entpuppt, das sich in einem ›natürlichen Translationsfenster‹ auf der Erde bewegt, geht die Reise weiter. Die Stadt ist durch Asien bis an den Rand Europas vorgedrungen und steht jetzt vor der unermeßlichen Aufgabe, eine Brücke über den Atlantik zu bauen. Es wäre also eigentlich angebracht, daß sich die subjektiv verfremdete Sichtweise ihrer Bewohner wieder objektiviert, aber die Handlung endet offen.

In einer Rezension des Romans heißt es, man könne sich als Leser am Ende des durchweg spannend erzählten und sehr geschickt aufgebauten Buches des Eindrucks nicht erwehren, »daß es Priest nur darum ging, die Translationsfenster-Erklärung als Überraschung zu präsentieren, denn danach wird nicht mehr beschrieben, was für Auswirkungen diese Erklärung, die doch die Rechtfertigung für das Gesellschaftssystem der Stadt aufhebt, auf die Stadtgesellschaft hat.«[13] In einer anderen Besprechung wird hingegen mehr auf das erzählerische Anliegen des Romans abgestellt und der Symbolcharakter dieser Erklärung hervorgehoben, der eine Konsequenz im Rahmen der Handlung – wie es später noch für die Texte des Traumarchipel-Zyklus von geradezu programmatischer Bedeutung werden sollte – fast von selbst verbietet: »Das individuelle Streben nach Horizonterweiterung bleibt Stückwerk und folgt einer Entwicklungslinie, die in sich gekrümmt ist, die eigene Wahrnehmung verändert und sie immer weniger mitteilbar macht.«[14] *The Inverted World,* die ›umgekehrte‹ Welt, dient Priest offenbar trotz ihres technikorientierten Ansatzes eher als grob skizzierte emotionale Standortbestimmung für die eigene Person denn als wissenschaftlich angelegte Problemanalyse, die einer größeren Gruppe zugute käme.

Mit seinem vierten Roman aus dem Jahre 1976 schlägt der Autor einen ganz anderen Weg ein. *The Space Machine* (dt. *Sir Williams Maschine,* 1977) ist eine nostalgische Rückkehr zur Scientific Romance, wie H. G. Wells sie schrieb, ein herrlicher Abenteuerroman mit der nostalgischen Patina der Jahrhundertwende und ein skurriler literarischer Spaß zugleich. Priest greift darin einige Handlungsstränge und Charaktere auf, die Wells in *The Time Machine* und *War of the Worlds* geknüpft beziehungsweise verwendet hat. Sir William Reynolds, der Erbauer jener berühmten Zeitmaschine, war von seiner zweiten Reise, die ihn in die Zukunft führen sollte, nicht mehr zurückgekehrt. Seine Maschine aber wurde – und das konnte Wells zu diesem Zeitpunkt noch nicht wissen – auch von seiner Assistentin und deren Liebhaber benutzt, wobei sich erwies, daß man mit diesem erstaunlichen Gerät nicht nur durch die Dimension der Zeit, sondern auch durch die des Raumes reisen konnte. Mit Hilfe der Maschine erreichen die beiden Liebenden nun den Mars und geraten mitten in die Vorbereitungen zu einer gewaltigen Invasion. 1903 glücklich auf die

Erde zurückgekehrt, kämpfen sie schließlich an Wells Seite im Krieg der Welten gegen die scheußlichen Invasoren vom Mars. Obwohl dieses Buch von den Kritikern recht gemischt aufgenommen wurde, erhielt es nach seinem Erscheinen den australischen Ditmar Award als international bester SF-Roman des Jahres.

Eine Art konzeptioneller Fortführung von *The Inverted World* ist *A Dream of Wessex* (dt. *Ein Traum von Wessex,* 1978). Hier wie dort wird das Thema des Solipsismus verhandelt, der vom subjektiven Ich geschaffenen Vorstellungswelt. Diesmal werden jedoch stärker die Möglichkeiten der menschlichen Psyche ausgelotet und ihre verschiedene Ausprägung bei unterschiedlichen Personen betrachtet. Durch ein Experiment gelingt es einer Gruppe von Versuchspersonen, eine gemeinsam vorgestellte Welt entstehen zu lassen. Zu einer geistigen Zelle zusammengeschaltet, erträumen sie, in Schubfächern liegend, das England der Zukunft. Dabei läßt Priest sie die Entwicklung des gesamten Commonwealth im Laufe dieses Jahrhunderts durchleben und den Zerfall des einstigen Empires noch weiter fortführen. So sind die USA unter dem Druck der Ölscheichs nun zum Islam konvertiert, und mitten durch Wessex führt von Wales bis zum Kanal eine schmale Meerenge, die Cornwall von der Mutterinsel trennt. Dorchester, an der Meerenge gelegen, ist Mittelpunkt der erträumten Zukunftswelt, in der sich die einzelnen Träumer zwischen Urlauberscharen und Surferassen normal und ohne Kenntnis ihrer eigenen Fiktionalität bewegen. Aber diese Welt hat einen Haken. Sie ist sozialistisch und läßt für die Industrie keine großen Gewinne erhoffen. Daher schleust man einen Interessenvertreter der Industrie in die Gruppe ein, unter dessen Einfluß sich die dortige Urlaubslandschaft in ein Kapitalistenparadies mit Raffinerien, Tankerflotten und toten Fischen verwandelt. Als sich herausstellt, daß die Traumwelt bei längerer Aufrechterhaltung und detaillierter Ausmalung stabil wird, versucht man, von dort aus eine zweite Traumwelt zu errichten, was jedoch mißlingt. Fast alle Teilnehmer des Experiments werden wahnsinnig, mit Ausnahme eines Mannes und einer Frau, die sich nach Dorchester zurückziehen, das nach dem Ausfall des Industrievertreters wieder seinen paradiesischen Ursprungszustand angenommen hat.

Der deutsche SF-Herausgeber Werner Fuchs schrieb über dieses Buch: »Die Flucht der Protagonisten in das Hippieparadies Dorchester und Priests Anleihen bei Galouyes *Welt am Draht*, das diese Welten/Pseudoweltenthematik früher auslotete, sind die Schwachstellen dieses Romans, das faszinierende Szenarium, die stilistische Ausarbeitung und der Mut zum Risiko (solche Themen mit immanenter Kapitalismuskritik findet man in der amerikanischen SF ganz selten) sind seine Stärken.«[15] Daß es sich um Priests bis dahin vermutlich besten Roman handelte, war weit verbreitete Meinung, obwohl man über den Science Fiction-Gehalt geteilter Ansicht war. »Wenn ich an Chris Priests positiv aufgenommenen *A Dream of Wessex* denke«, meinte Franz Rottensteiner, »finde ich es amüsant, daß niemand bemerkt hat, daß dieser Roman im wesentlichen ein in SF-Begriffe übersetzter gotischer Roman ist und mit dessen gattungsmäßiger Herkunft die gleiche kühle Mißachtung der einfachen Logik sowie deren Substitution durch eine Psychologie des Schreckens, ein hilfloses und verängstigtes Mädchen und dem Vergnügen daran teilt, Frauen zu schikanieren.«[16] Von demselben Kritiker enthusiastisch gefeiert wurde hingegen das nachfolgende Werk von Christopher Priest, auch wenn es seiner Ansicht nach mehr der modernen Literatur als der Science Fiction oder Phantastik zugehört. »Es ist ein sehr subtiles, nicht sehr handlungsreiches, aber spannendes und ergiebiges Buch, dessen innere Spannung nicht vermissen läßt, was ihm an äußerer fehlt.«[17]

Obwohl *The Affirmation* (dt. *Der weiße Raum*, 1984) zu

Anfang der achtziger Jahre in England nur mit sehr geringem Erfolg publiziert wurde und nicht nach Amerika verkauft werden konnte, hat es sich im Laufe der Zeit international einen Ruf als wichtigstes Buch des Autors erworben. Schon kurz nach dessen Erscheinen erklärte Ian Watson begeistert: »Es ist völlig von *A Dream of Wessex* verschieden, wo wir recht sicher waren, welches die zugrundeliegende Realität und welches die falsche (wenn auch wünschenswertere) Realität war. Die Technologie des elektronischen Denktanks schuf eine (relativ) scharf geschnittene Grenze zwischen den beiden. Aber jetzt gibt es keine so einfache technologische Grenze mehr. Der Urheber der Realitätsverschiebung ist das Buch selbst – zur selben Zeit, da das Buch, in wunderbarem Gleichgewicht, selbst ein Produkt dieser Verschiebung ist.«[18]

Haupthandlungsträger des Buches, mit dem Priest seinen ersten Roman zu dem auf mehrere Romane und Erzählungen angelegten Traumarchipel-Zyklus schrieb, ist ein junger Mann namens Peter Sinclair, der sich nach dem Verlust seines Arbeitsplatzes und einem Selbstmordversuch seiner Freundin in das leerstehende Landhaus eines alten Freundes zurückzieht. Dort, in einem Zimmer, das er der ›weiße Raum‹ nennt, beginnt er seine Autobiografie zu schreiben. Es ist eine fiktionalisierte Autobiografie, die in eine phantastische Welt verlagert ist, wo London zu Jethra wird und die Welt aus vielen Inselgruppen besteht. In dieser Traumwelt läßt er sich ein Lotterielos ziehen, einen Hauptgewinn, der ihm die Möglichkeit des ewigen Lebens verschafft, allerdings um den Preis des totalen Gedächtnisverlustes. Die Menschen im Archipel – Schatten oder Essenzen seiner wirklichen Bekannten – versuchen anhand eines Manuskripts, das in ebensolchen Metaphern das England und London der realen Welt beschreibt, wie sein Pendant den Traumarchipel, ihm sein Gedächtnis und damit seine Identität wiederzugeben. Der Roman oszilliert ständig zwischen den beiden Welten, den Schwierigkeiten in dieser und der Traumwelt. Schließlich tritt in Peter Sinclairs allgemeiner Wahrnehmung eine Verschmelzung beider Welten ein. Hatte er anfangs noch versucht, Schale um Schale von der Oberfläche der Wahrheit herunterzukratzen, um sich schreibend absolutes Erkennen zu verschaffen, wird er nun zum Spielball seiner eigenen Wahrnehmung. Er kann nicht mehr von der Abfassung des Manuskripts lassen, das ihn ausmacht, und am Ende erweist sich seine Autobiografie als Konvolut leerer Seiten. Das Manuskript, das der Leser als Roman in Händen hält, bleibt unvollendet. Es bricht mitten im Satz ab.

»Der Roman wechselt ständig zwischen den verschiedenen Realitätsebenen, zwischen Fiktion und Alltagswelt, Traum und Realität, Leben und Kunst«, erklärt Rottensteiner, »und *The Affirmation* ist eine kunstvolle Erzählung mit vielschichtigen Bedeutungsebenen von unzweifelhafter Attraktivität, in der sich der Leser so willig verliert wie der Held in seinen Fiktionen.«[19] Und Ian Watson fügt hinzu: »Das Buch erzielt eine Qualität von Magie, die im Weltlichen liegt; und diese Magie wohnt im wesentlichen nicht der Tatsache inne, daß der Traumarchipel ein exotischerer und folglich wünschenswerterer Ort als London und Sheffield ist, sondern vielmehr der Spannung und den Übergängen zwischen den beiden, ihrer gleichzeitigen gegenseitigen Verneinung und Bejahung.«[20] Den schwersten Schritt für Peter Sinclair läßt der Roman, nach Christian Lautenschlag, jedoch unbehandelt: »Die Wahrheit, der er sich zu nähern geglaubt hat, ist nicht die wirkliche, sondern beruht auf Selbstbetrug. Das Manuskript bleibt unvollendet, bevor der Betrug nicht beseitigt ist. Dann mag es, in einer Zukunft, von der wir als Leser nichts erfahren, neu geschrieben werden.«[21]

Priest selbst schiebt allen weitergehenden Spekulationen einen Riegel vor. »Mit *The Affirmation*«, erklärt er nüchtern, »habe ich einen Roman geschrieben, den ich schon immer schreiben wollte, es geht um die Gratwanderung zwischen Kreativität und Wahnsinn.«[22] Darüber hinaus »kann man ihn als simple Science Fiction-Story über einen Mann, der unsterblich wird, lesen. Keine Frage, darum geht es in dem Buch.«[23] Aber auch dieses Sichzurückziehen auf gängige Genreversatzstücke konnte nicht verhindern, daß der Roman bei seinem ersten Erscheinen von der SF-Leserschaft nicht angenommen wurde. Zwei Jahre später wählte man ihn jedoch als einziges Werk eines SF-Autors für die spezielle Werbekampagne ›Best of Young British Novelists‹ aus, die einige Zeit mit gutem Erfolg in England durchgeführt wurde, und er befand sich überraschenderweise unter jenen, die sich am besten verkauften. Wie inzwischen verlautet, wurde dadurch in England auch Interesse an den älteren Büchern des Autors geweckt, die von seinem Verlag bereits verramscht worden waren.

V

Mit dem vorliegenden Roman schrieb Priest sowohl in inhaltlicher wie in formaler Hinsicht das genaue Gegenstück zu *The Affirmation.* Auch *The Glamour* (dt. *Der schöne Schein,* 1987) lebt wieder von der kunstvollen Einrichtung verschieden gelagerter Realitäten, die – ähnlich wie im vorangegangenen Buch – schließlich zu einem Amalgam verschmelzen, das keinen Unterschied mehr zwischen erträumter und erlebter Welt aufkommen läßt. Während in *The Affirmation* die Geschehnisse jedoch im wesentlichen aus der Perspektive des im Traumarchipel Beheimateten gesehen werden, der sich dieses imaginierten Gegenstücks zur bisher als real empfundenen Umwelt durchaus bewußt ist, vollzieht die Imagination in *The Glamour* vielmehr aus eigener Kraft einen Einbruch des Unfaßbaren und Wahrhaftigen in die Alltagswelt. Damit hat Priests Schreiben eine neue Qualität angenommen. Die Personen sind, obwohl immer noch Mittelpunkt der Handlung, jetzt gleichzeitig Folie der Ereignisse, die sich auf ihnen vollziehen. Richard Greys langsames Auftauchen aus dem völligen Vergessen zur Normalität geht einher mit seiner Annäherung an die Grenze zu einer Vorstellungswelt, die der Betroffene selbst zunehmend weniger wahrnehmen kann und die er schließlich überschreitet. Sie erscheint ihm gleichermaßen real wie fremd. In diesem Roman wird der Erkenntnis geredet: Es gibt keinen Unterschied zwischen Vorgestelltem und Vorstellendem. Die Beschreibung der Wirklichkeiten gleicht zwei aufeinander zulaufenden Gedanken, die sich kreuzen und letzten Endes doch dasselbe Ziel haben – die Lebenswelt. Sie liegt für Priest offenbar in der ein für allemal unauflösbaren Einheit von Realität und Traum. Insofern stellt *The Glamour* die einzig denkbare Antwort auf jenen Selbstbetrug im Wahrheitsanspruch des Autors dar, den Christian Lautenschlag in seiner Besprechung des vorangegangenen Romans noch monierte.

Auch mit dem vorliegenden Buch macht Christopher Priest wieder deutlich, was der SF-Theoretiker Darko Suvin einmal in folgende Worte kleidete: »Der Begriff SF kann nicht intuitiv oder empirisch aus jenen Werken erschlossen werden, die als SF gelten.«[24] Priest geht es nicht um wissenschaftliche Vulgarisierung oder technische Voraussage, denen sich die Science Fiction immer wieder – etwa in den dreißiger Jahren in Amerika, aber auch schon früher im Frankreich zu Zeiten Jules Vernes – gewidmet hat. Technik und Technizismus sind für die Tradition der Science Fiction nur Zeiterscheinungen vor dem Hintergrund einer fortdauernden Frage nach Erkenntnis. So handelt denn auch moderne SF von Rang, die tiefere und dauernde Quellen des Genusses erschließen will, vorwiegend über den für den Menschen bedeutsamsten Bereich – seine Psyche. Die Neuschreibung der Science Fiction, die Priest betreibt, seine Umdefinierung der Gattung in eine Literatur des visionären Realismus, behandelt die zunehmende Enteignung der Psyche durch die Integration äußerer Umstände und zielt auf die politische, psychologische und anthropologische Bedeutung des heutigen Lebens für das Werden oder Nichtwerden neuer Wirklichkeiten als deren Folge.

ANMERKUNGEN

1 nach: Ulrich Suerbaum/Ulrich Broich/Raimund Borgmeier, *Science Fiction. Theorie und Geschichte, Themen und Typen, Form und Weltbild,* Stuttgart 1981.

2 aus: William Atheling, Jr., *The Issue at Hand. Studies in Contemporary Magazine Science Fiction,* Chicago 1964.

3 aus: Brian W. Aldiss, *Der Millionen-Jahre-Traum. Die Geschichte der Science Fiction.* SF Special 24002, Bergisch Gladbach 1980.

4 aus: Edmund Crispin (Hrsg.), *Best SF. Sience Fiction Stories,* London 1972.

5 aus: Kingsley Amis, *New Maps of Hell. A Survey of Science Fiction,* New English Library, London 1961.

6 aus: Michel Butor, »Die Krise der Science Fiction«, in: Eike Barmeyer (Hrsg.), *Science Fiction. Theorie und Geschichte,* UTB 132, München 1972.

7 aus: Michael Pehlke/Norbert Lingfeld, *Roboter und Gartenlaube. Ideologie und Unterhaltung in der Science-fiction-Literatur,* Reihe Hanser 56, München 1970.

8 aus: Franz Rottensteiner, »Stars of Albion?«, in: *Foundation 30,* März 1984.

9 aus: Christopher Priest, »Verlorene Rede eines Sohns«, in: Wolfgang Jeschke (Hrsg.), *Heyne SF-Magazin 11,* Heyne Science Fiction 4124, München 1984.

10 aus: Michael Moorcock, »Einführung«, in: Joachim Körber (Hrsg.), *Neue Welten,* Basel 1983.

11 aus: Christopher Priest, »›It‹ Came from Outer Space«, in: *Foundation 21,* Februar 1981.

12 aus: Charles Platt, »Interview mit Christopher Priest«, in: *Science Fiction Times 9/86.*
13 aus: Hans-Ulrich Böttcher, »Die Stadt«, in: *Science Fiction Times 141,* Ausgabe 1/77.
14 aus: Michael Nagula, »Der steile Horizont«, in: *Science Fiction Times 5/85.*
15 aus: Werner Fuchs, »Ein Traum von Wessex«, in: *Science Fiction Times 147,* Ausgabe 2/79.
16 aus: Franz Rottensteiner, »Stars of Albion?«, a. a. O.
17 aus: Franz Rottensteiner, »The Affirmation«, in: *Quarber Merkur 59,* August 1983.
18 aus: Ian Watson, »The Affirmation«, in: *Foundation 23,* Oktober 1981.
19 aus: Franz Rottensteiner, »The Affirmation«, a. a. O.
20 aus: Ian Watson, »The Affirmation«, a. a. O.
21 aus: Christian Lautenschlag, »Der weiße Raum«, in: Wolfgang Jeschke (Hrsg.), *Das SF-Jahr 1,* Heyne Science Fiction 4260, München 1986.
22 aus: Charles Platt, »Interview mit Christopher Priest«, a. a. O.
23 dto.
24 aus: Darko Suvin, *Poetik der Science Fiction. Zur Theorie und Geschichte einer literarischen Gattung,* suhrkamp taschenbuch 539, Frankfurt 1979.

DEUTSCHE BIBLIOGRAFIE

1. *Romane*

INDOCTRINAIRE (1970). Deutsche Ausgabe: *Zurück in die Zukunft,* Goldmann Weltraum Taschenbücher 0133, München 1971, übersetzt von Tony Westermayr.

FUGUE ON A DARKENING ISLAND (1972). Deutsche Ausgabe: *Schwarze Explosion,* Goldmanns Weltraum Taschenbücher 0154, München 1973, übersetzt von Tony Westermayr.

THE INVERTED WORLD (1974). Deutsche Ausgaben: *Die Stadt,* Heyne Science Fiction 3465, München 1976, übersetzt von Yoma Cap; unveränderter Nachdruck unter dem neuen Titel *Der steile Horizont,* Heyne Bibliothek der SF-Literatur 06/41, München 1984.

THE SPACE MACHINE (1976). Deutsche Ausgabe: *Sir Williams Maschine,* Heyne Science Fiction 3540; München 1977, übersetzt von Thomas Schlück.

A DREAM OF WESSEX (1977). Deutsche Ausgabe: *Ein Traum von Wessex,* Heyne Science Fiction 3631, München 1979, übersetzt von Ronald M. Hahn.

THE AFFIRMATION (1981). Deutsche Ausgabe: *Der weiße Raum,* Heyne Science Fiction 4073, München 1984, übersetzt von Walter Brumm.

THE GLAMOUR (1984). Deutsche Ausgabe: *Der schöne Schein,* Heyne Science Fiction 4413, München 1987, übersetzt von Walter Brumm.

2. *Storysammlungen*

TRANSPLANTATIONEN *(Originalausgabe).* Goldmann Science Fiction 0165, München 1973, übersetzt von Tony Westermayr. Enthält: »Soziologisches Experiment« (Real-Time World); »Aufruhr« (The Run); »Gemischtes Doppel« (Double Consummation); »Lebenslänglich« (Sentence in Binary Code); »Brutstätte« (Breeding Ground); »Die Transplantation« (Transplant); »Die Augen des Menschen« (The Eyes of Man); »Sturz in die Sonne« (The Perihelion Man); »Feuersturm« (Fire Storm).

DER TRAUMARCHIPEL *(Originalausgabe).* Sammlung Luchterhand 706, Darmstadt und Neuwied 1987, übersetzt von Michael Nagula. Enthält: »Der wundervolle Steinhügel« (The Miraculous Cairn); »Die Feuerbestattung« (The Cremation); »Die Verneinung« (The Negation).

3. *Vereinzelt erschienene Erzählungen*

AN INFINITE SUMMER (1976). Deutsche Fassung: *Ein endloser Sommer* in »Spinnenmusik«, herausgegeben von Wolfgang Jeschke, übersetzt von René Mahlow, Heyne Science Fiction 3446, München 1979; unveränderter Nachdruck in »Zielzeit«, herausgegeben von Karl Michael Armer und Wolfgang Jeschke, Heyne Bibliothek der SF-Literatur 06/29, München 1985.

THE WATCHED (1978). Deutsche Fassung: *Der Beobachtete* in »Venice 2«, herausgegeben von Wolfgang Jeschke, übersetzt von Rose Aichele, Heyne Science Fiction 4199, München 1985.

PALELY LOITERING (1979). Deutsche Fassung: *Grenzstreifzüge* in »Grenzstreifzüge«, The Magazine of Fantasy and Science Fiction – 58. Folge, herausgegeben von Manfred Kluge, übersetzt von Irmtraud Kremp, Heyne Science Fiction 3792, München 1981.

THE AGENT (1982; mit David Redd). Deutsche Fassung: *Der Agent* in »SF international III«, herausgegeben von Herbert W. Franke, übersetzt von Ulrike von Puttkamer, Goldmann Science Fiction 23412, München 1982; unveränderter Nachdruck in »Zielzeit«, herausgegeben von Karl Michael Armer und Wolfgang Jeschke, Heyne Bibliothek der SF-Literatur 06/29, München 1985.